빅 마 마

박영민 소설집

빅 마마

박영민 소설집

창연

차례

■ 작가의 말 • 6

단편소설

소리 없는 아우성 • 10

바람은 숲에 머물지 않는다 • 24

길 끝에 서다 • 36

이룰 수 없는 약속 • 54

운명(運命) • 70

혼자하는 놀이 • 89

흔들리는 성(城) • 105

중편소설

빅 마마 • 120

상처는 흔적을 남긴다 • 190

■ 작품 해설
인간 삶의 본질적인 문제들을 파헤치다 • 261
   – 강난경(문학평론가·소설가)

■ 작가의 말

　산길을 오르다 나무둥치만 남은 늙은 나무의 나이테를 본 적이 있다. 무수히 굴곡을 이룬 나이테는 나무가 자라온 세월의 흔적처럼 그 자리에 남아있었다.

　봄과 여름 성장기에는 활발한 활동으로 옅은 색을 만들고 가을과 겨울 휴면기에는 성장이 늦어지면서 진한 나이테를 이룬다. 이렇게 밝고 어두운 띠가 한 해의 기록이 되어 나무는 자기 생애의 일기를 차곡차곡 몸속에 새겨 두는 셈이다.

　따라서 나이테는 나무 자신의 연대기이자 생명의 기록이다. 눈에 보이지 않는 시간의 흐름이 나무의 몸을 통해 자신만의 고유한 형태를 만들어 가는 것이다.

　가만히 바라보니 나무가 묵묵히 견뎌 온 세월이 내 가슴으로 전해오는 것 같았다. 그렇다면 우리의 삶도 나무와 별반 다름이 없는 것 같았는데 우리도 나무처럼 각자의 마음속에 보이지 않는 나이테를 쌓아 가고 있다는 생각이 들었다.

　일상에서 보고 느끼고 행동하는 것들이 시간 속에서 자신만의 고유한 나이테를 형성하고 있을 것이다. 우리가 겪은 다양한 경험뿐만 아니라 한 권의 책, 한 줄의 좋은 문장이 겉으로 드러나지는 않지만, 마음에 남아 사유의 깊이와 감정의 폭을 계속 확장 시켜왔을 것이다.

그렇게 자신의 나이테가 형성되면서 우리는 하나의 인격체로 성장하고, 나름의 가치관을 세우며 살아간다. 미국의 사상가이며 시인이자 수필가이기도 한 랄프 왈도 에머슨 (Ralph Waldo Emerson)은 "나무의 아름다움은 그 뿌리의 깊이에서 나온다"고 했다. 내면의 근원적인 힘들이 모여서 결집될 때 비로소 겉으로 드러나는 삶의 지향을 이룰 수 있다는 것이다.

이 책에서는 그동안 써왔던 단편과 중편의 글들을 모았다. 지금까지 살아오면서 오늘의 나를 있게 한 많은 것들이 있었을 것이다. 유년 시절의 마산만 바다, 그리고 사랑하는 가족과 친구, 더불어 지금까지 무수히 겪어온 삶의 편린(片鱗)들이 모여 내 속에서 이야기가 되었고 글이 되었다.

책을 내면서 부족한 글이지만, 이 글을 접하는 이들에게 내면에서 성장하고 확장하는, 또 다른 나이테의 밑거름이 되었으면 하는 마음 간절하다.

책이 나올 수 있도록 도와주신 분들께 감사드린다.

2025년 11월

박엉민

단편소설

소리 없는 아우성
바람은 숲에 머물지 않는다
길 끝에 서다
이룰 수 없는 약속
운명(運命)
혼자하는 놀이
흔들리는 성(城)

소리 없는 아우성

날이 저물고 있었다. 오늘도 어제와 별반 다름없는 하루를 보냈다. 저녁에는 그가 당부한 대로 멀리서 살고 있는 아들이 다녀갈 참이었다. 아들이 오면 뭐라도 내놓아야 할 것 같아 낮에 인근 과일가게에서 샀던 방울토마토를 냉장고에서 꺼내 깨끗하게 씻어 접시에 담아놓고 한 개를 집어 먹어보았다. 별다른 맛은 없었으나 겉으로 싱싱해 보였고 입안에서 시원한 느낌이 들어 그런대로 먹을 만했다. 싱크대 아래로 걸쳐져 있던 수건으로 손을 닦고 마루로 나왔다. 습관처럼 툇마루에 걸터앉아 저물어 가는 하늘을 올려다보았다. 황사 때문인지 종일 뿌옇던 하늘은 마음마저 뿌옇게 만들었다가 지금은 어두움에 서서히 침잠하고 있었다. 동네 사람 중에는 며칠 전부터 심한 황사로 인해 코로나 이후 밀쳐두었던 마스크를 꺼내 쓰는 사람도 있었다.

마루에 서면 평소 멀리 바라보이던 앞산이 며칠 전부터 황사로 인해 희미하게 윤곽만 보이거나 보이지 않을 때가 있어서 답답한 생각이 들었다. 문득 빛이 없어야만 암흑이 되는 것은 아니라는 생각이 들었다. 빛이 있어도 앞이 안개처럼 뿌옇게 변해서 보이지 않는다면 암흑이나 마찬가지일 것이다. 그러자 갑자기 자신마저 예측할 수 없는 상태에 놓였을 것 같은 느낌이 들면서 또다시 불안감이 몰려왔다. 원인을 알 수 없는 병 때문에 마음마저 약해진 것일까? 불안감은 시도 때도 없이 다가와서 그를 옥죄었다. 뉴스에서는 황사의 원인을 중국의 몽골고원 사막이나 건조지역에서 발생한 미세한 모래와 먼지가 강한 바람에 의해 공중으로 들어 올려져 장거리를 이동하면서 발생한다고 했다. 지금은 인간으로 인한 환경오염이나 산림 벌채 등으로 사막화가 가속되면서 황사는 더욱 심해지고 있을 것이다.

그는 가슴이 막힌 것처럼 답답해져서 그 자리에 가만히 드러누웠다. 요즘 들어 이유 없이 부쩍 가슴이 답답했다. 그는 숨을 길게 들이 마시고 내쉬기를 반복했다. 그러다 보면 숨결이 원래대로 돌아오곤 했다.

시간이 제법 흘렀을까? 갑자기 집 앞이 환해지는가 싶더니 집으로 들어오는 골목길 옆으로 낡은 가로등이 불을 밝혔다. 누군가 걸어오는 소리가 났다. 골목길 하나뿐인 가로등은 오래전부터 시간대에 맞춰 밤에는 켜지고 새벽이 되면 꺼지는 일을 반복했으나 요즘에는 센서를 부착하여 누군가 나타나면 불을 밝혔다. 이것도 문명의 발전에 기인한 것이리라. 그러나 사람이 없더라도 밤새 불을 밝혔던 지난날이 좋았던 것 같다. 잠이 오지 않는 밤, 마루에 누워 가로등의 불빛을 바라보고 있노라면 누군가 곁에서 지켜주는 듯한 포근한 느낌이 들면서 혼자가 아니라는 생각이 들곤 했다.

발소리가 차츰 커졌다. 그는 아들이 아닌가 싶어 귀를 기울였다. 잠시 후 옆집으로 들어가는 소리가 났다. 황 씨네 둘째 아들인 것 같았다. 잠시 후 가로등이 꺼지면서 이내 아무 일도 없었던 것처럼 주변은 조용해졌다. 옆집 황 씨네 둘째 아들은 2년 전 도시 생활을 청산하고 집으로 돌아와 인근 주물공장에 다니고 있었다. 도시에서는 부부가 음식점을 했는데 처음에는 장사가 되어 돈도 제법 벌었으나 무리하게 욕심을 내어 확장한 지 얼마 지나지 않아 부도를 내고 야밤에 도망을 쳤다는 소문도 있었으나 확인할 방법이 없었다.

잠이 들었던 것일까? 집 앞 대문을 가볍게 미는 소리가 났다. 아들이 온 모양이다. 그가 벌떡 일어나 앉았다. 아들이 잠그지 않은 철제문을 밀면서 마당에 들어섰다. 그를 보더니 가볍게 고개를 숙이며 인사했다.

"오너라. 피곤할 텐데 오라고 해서 미안하다."

4월이지만 밤공기가 차가웠는지 아들은 아직도 두툼한 점퍼를 걸치고 있었다.

"아녜요. 먹고사느라 자주 못 찾아서 미안하지요. 그동안 잘 계셨어요?"

아들은 1톤 용달차를 몰고 있었다. 과거에는 이삿짐 주문도 많았지만, 포장이사가 대세가 되어버린 지금은 택배 화물이나 원룸 정도의 소규모 이삿짐을 싣고 다녔다.

"저녁을 먹지 않았으면 내가 밥을 해놓았는데 반찬이야 별로 없지만 같이 먹었으면 좋겠다."

그는 아들과 함께 방으로 들어서면서 말했다. 저녁 8시가 넘어 식사 시간은 지난 지 오래였다.

"아직 저녁 안 드셨어요? 나는 오면서 배가 고파 휴게소에서 간단하게 요기를 했는데…"

그가 방 가운데 담요를 넓게 깔아놓은 자리를 권했다. 아들이 점퍼를 벗어 곁에 가지런히 놓으면서 한 손에 들고 있던 비닐봉지를 앞으로 내밀었다.

"오다가 마트에서 돼지 목살을 좀 샀어요. 냉장고에 넣어 두었다가 드세요."

그가 봉지를 건네받았다. 제법 묵직했다.

"그냥 오면 되지. 뭘 이런 걸 사 오냐. 돈도 없을 텐데."

그러면서 부엌으로 가 비닐봉지째 냉장고에 넣고 식탁에 두었던 방울토마토 접시를 들고 나왔다.

"시장에 나가보니 방울토마토가 싱싱해 보이길래 샀어. 먹어봐."

아들 곁으로 접시를 놓고 그도 옆으로 앉았다. 둘 사이에 잠시 침묵이 흐르자, 아들이 방울토마토를 한 개 집어 입으로 가져갔다.

"그런데 제게 하실 말씀이…"

아들이 기다리다가 먼저 입을 열었다. 아들은 며칠 전 그가 전화했을 때 오늘 마침 지방에 내려가므로 일을 마치고 밤에 집으로 가는 길에 잠시 들르겠다고 했다. 아들은 모르긴 하지만 내일도 일찍 집을 나서야 할 것이다. 일에 지치고 피곤해서 오래 앉아있을 여유조차 없을 것이다.

"내가 근래 몸이 좋지 않아서 걱정이다. 만성적인 두통에 수시로 가슴이 답답하고, 불면증인지 잠을 설치기도 하는데 왜 그런지 아직도 뚜렷한 이유를 모르겠구나."

아들이 걱정스러운 모습으로 그를 보았다. 가끔 두통이 심할 때는 머리를 쥐어짜는 듯 심하게 아팠지만, 그 말을 하지 않았다.

"병원은 가 보셨어요?"

아들이 물었다. 돈을 아끼느라 아픈 것을 참고 있는 것은 아닌지 걱정하는 눈치였다. 그는 자주 갔던 한의원을 떠올렸다. 집에서 버스로 세 정거장 거리였지만 버스는 비가 오거나 바람이 심하게 불어서 걷기 어려울 때만 이용했고 추운 날씨에도 거의 걸어 다녔다. 일주일 정도 꾸준히 다녔다.

"동네 병원비는 그렇게 비싸지 않아. 처음에는 아무래도 한의원이 낫겠다 싶어 아랫동네에 있는 정수한의원을 찾아갔지."

그는 잠시 말을 멈추고 곁에 있는 플라스틱 컵에 물을 따라 천천히 마셨다.

"한의원에 가서 의사 선생님께 말했더니 진맥을 해보자더군. 그리곤 신경쇠약이라는 거야. 몸이나 머리를 많이 쓰는 것도 아니고, 스트레스를 받는 것도 아닌데 신경쇠약이라니 처음에는 좀 얼떨떨했지만, 그래도 내가 잘못 생각하나 싶었고 게다가 한의사는 자신을 믿고 약을 꾸준히 먹어보라고 해서 한 주일 정도 먹었지만, 나아질 기미가 없었어. 아까운 돈만 날렸지."

 그는 오래전부터 기초생활수급자로 지성되어 주민센터로부디 매달 일정 금액을 받고 있었다. 매달 나가는 방세를 포함하여 하루 세 끼 때우는 것까지는 여력이 되었으나 병원 치료비는 부담이 되었다. 가끔 고물상에서 리어카를 빌려 빈 병이나 박스를 실어 나르거나 아들이 보내주는 돈을 모아 겨우 충당하고 있었다.

 "한의원보다는 병원에서 검사를 해보는 편이 좋을 뻔했네요."
 아들이 걱정스러운 표정으로 말했다.
 "그래. 내가 잘못짚었나 싶어 한의원을 끊고 이튿날 병원을 갔지. 그런데 병원은 어디를 가야 할지 잘 모르겠더라고. 신경과를 가야하는지 정신과가 맞는지 헷갈리기도 하고."
 아들은 잠자코 듣고 있었다. 그는 할 말이 많았지만, 바쁜 아들을 붙들어 둘 생각은 없었다.
 "병원에서 의사가 요구하는 검사를 몇 가지 했는데 특별히 이상은 없다는 거야. 일부 할인을 받기는 했지만, 병원 검사비가 수월찮았어."
 아들이 이야기를 들으면서 갑자기 생각난 듯 말했다.
 "아버지, 제가 알기에 오래전에 전자파 때문에 병원에도 다니고 하셨던 것 같은데 혹시 지금 아픈 게 전자파 때문은 아닌지 알아보셨어요?"
 그는 10여 년 전, 전기를 이용하여 원재료를 녹여서 전자부품을 만드는 중소기업에 다녔는데 중간에 몸이 아파 8개월을 넘기지 못하고 퇴직했던 적이 있었다. 입사 후 3개월 정도 지나자, 머리 통증과 피부에 발진이 생기고 수시로 가슴이 답답한 것을 느꼈다. 그때 의아했던 것은 머리가 심하게 아프다가도 공장을 벗어나 집으로 돌아오면 통증이 눈에 띄게 줄어든다는 것이었다. 그의 요청으로 회사에서 병원에 의뢰하여 몇 가지 검사를 했으나 뚜렷한 이유를 찾을 수 없었다. 그가 지인의 소개로 찾아간 병원에서도 같은 대답이었다. 그는 환자로서 전자파 피해를 주장했지만, 증명할 방법이 없다는 것이었고 진단서에 기록할 질병분류코드조차 찾을 수 없다는 것이었다.

그는 더는 다닐 수 없어 회사를 그만두었지만, 회사를 그만둔 뒤에도 전자파의 고통에서 벗어날 수 없었다. 이제는 집의 가전제품에서도 몸이 반응했다. TV나 냉장고, 전기밥통 등이 특히 심했다. 그는 나름대로 수칙을 세워 지켜가기 시작했다. TV는 되도록 보지 않았고 꼭 봐야 할 경우에는 최대한 떨어져서 보았다. 냉장고가 특히 심했는데 몸에 닿는 강도를 낮추기 위해 부엌의 창문은 늘 열어두도록 했다. 전기밥솥은 한 번에 많은 밥을 하여 끼니마다 나눠 먹었다. 그 외의 조명등, 라디오, 전화기 등은 필요했지만 꼭 필요한 경우가 아니면 사용하지 않았다.

"전자파 때문에 몸이 아픈 건 지금도 여전해, 그런데 몇 달 전부터 갑자기 통증이나 불면증 같은 게 심해졌기 때문에 전자파 외에도 다른 이유가 있는 것 같아서 그래."

아들이 방울토마토 꼭지를 따서 입에 가져갈 생각도 없이 손으로 만지작거리면서 그를 우두커니 쳐다보았다.

"널 오라고 한 것은 내가 이러다가 앞으로 어떻게 될지 모르겠다 싶어서, 현재 상태를 네가 알고는 있어야지 하는 생각이 들어서 불렀다. 얼굴 본지도 제법 된 것 같고…."

밤바람이 불어와 찢어진 창호지가 떨리면서 우는 소리를 냈다.

"이제 가봐라. 바쁠 텐데 오라고 해서 미안하다."

그가 먼저 자리에서 일어섰다. 아들이 생각에 잠겼다가 마지못해 점퍼를 한 손으로 잡고 일어섰다. 그가 방문을 열자, 달빛이 마루로 내려앉고 있었다. 그렇게 밝지는 않았다. 보름이 되려면 아직도 며칠 더 기다려야 했다.

"가볼게요. 다음에 시간 내서 같이 큰 병원에 한번 가봐요."

대문 밖 골목 입구까지 걸어 나오자, 어둠 속에서 아들의 차가 보였다. 아들이 돌아서서 그에게 인사를 하고 차에 올라 시동을 걸고 왔던 길을 돌아 나갔다. 그는 집으로 돌아오면서 아들을 불렀던 것이 잘한 일인지 의문이 들었다.

"김상호 씨, 저녁에 우리 집에서 밥 한 끼 먹고 가."
 이튿날 낮, 그는 같은 동네에 살고 있는 양지만 씨의 전화를 받았다. 평소 비슷한 연배에 같은 고향 출신이어서 살갑게 대하던 양 씨는 서울에 살고 있던 둘째 아들이 최근 회사에서 이사로 승진했다면서 가까이 지내는 동네 사람을 집으로 부른다고 했다. 코로나19를 거치면서 어려웠던 회사는 인력을 줄이는 구조조정을 단행하기도 했지만, 몇 년 전 해외로 눈을 돌리면서 회생의 길을 열었고 현지 공장의 판매호조에 힘입어 인원을 확충하면서 승진을 한 모양이었다.
 초등학교 평교사 출신인 양 씨는 퇴직 후 큰아들이 운영하는 시내의 스마트폰 가게에 수시로 나가 수리를 맡긴 고객의 휴대폰을 들고 서비스센터에 찾아가 고장접수를 하고 긴 대기시간을 무료하게 기다리다가 수리가 끝나면 받아오곤 했다.
 그는 머리의 통증으로 낮에 진통제를 먹고 누웠다가 깜박 잠이 들었고 양 씨의 전화벨 소리에 잠에서 깼다. 진통제 효과였는지 통증은 어느 정도 줄었지만, 머리가 개운하지 않았다. 목이 말라 부엌 식탁에 올려져 있던 물통을 열어 물통 채로 들이켰다. 종일 밥을 먹지 않았지만 배가 고프지는 않았고 나중에 양 씨 집에서 저녁을 먹으면 될 것 같았다.
 어젯밤 다녀간 아들 생각이 났다. 나이 40을 넘겼지만, 아직 미혼이다. 주위에서는 중이 제 머리를 깎지 못한다고들 했지만 그로서도 어쩔 수 없는 노릇이었다. 아들은 공업계 고등학교를 나와 중소기업 여러 군데를 전전했지만, 적성에 맞지 않았는지 가는 회사마다 오래 버텨내지 못했다. 그러다가 덩치가 있어 이삿짐센터에 취직하더니 몇 년 전에 포터를 사면서 차주가 되었다. 2년 전쯤 그의 주변에서 결혼 말이 나온 적이 있었는데 아들은 아직 변변한 집 한 채 마련하지 못한 처지에 누가 시집을 오겠느냐며 다시는 입 밖에 꺼내지 못하게 했다.

  아들이 시간을 내어 대학병원을 찾더라도 병명을 알기 위해 여기저기 검사를 받아야 할 생각을 하니 이렇게 구차하게라도 살아야 하는가 싶은 생각이 들었다. 나이가 70을 넘지 않았으니 많이 산 것은 아니지만 몸이 성하지 않으니, 삶에 의욕이 없었다. 때로 잠이 들면서 이대로 조용히 저세상으로 간들 누구 하나 아쉬워할 사람이 있을까 싶었다. 다만 아들을 혼자 두고 가는 것이 마음에 걸렸다.

  이단에 깊숙이 빠졌던 아내는 숨겨져 왔던 사실이 하나둘 밝혀지자, 용서를 구하기는커녕 뜻밖에도 당당하게 이혼을 요구했다. 평소의 아내와는 달랐던 것이, 지금도 당시 교주의 지시였을 것이라고 굳게 믿고 있다. 아내는 그동안 그가 벌었던 돈을 은행 적금을 든다고 했지만 대부분 헌금이라는 명목으로 교회에 냈고 그는 어쩔 수 없이 아내와 재산을 잃고 다시 빈털터리로 출발해야 했다. 지금부터 8년 전의 일이었다. 그가 기억하는 아내의 모습은 그를 사탄으로 몰아세우면서 입으로 뱉는 끔찍한 말들이었다. 아들은 처음에는 어머니를 따랐으나 그가 아들까지 잃을 수는 없다는 생각에 끝까지 설득했고 종교 단체에서 많은 도움을 주었기에 6개월이 지날 때쯤 겨우 돌아설 수 있었다. 그는 그 사건 이후 거주지를 옮겨 낯선 이곳까지 내려왔으며 아들은 잠시 그와 같이 지내다가 취업한다며 도시로 떠났다. 이 일로 그는 누구든지 쉽게 믿지 못하고 의심하는 버릇이 생겼다. 믿었던 아내에게서 사탄으로 지목되었고 저주를 내뱉으며 자신에게서 물러가라는 소리를 들었을 때 그는 하늘이 무너지는 듯한 심정이 되었고 지금까지의 삶이 송두리째 부정당하는 생각에 몸을 부르르 떨었다. 지금까지의 인생길이 평탄하지는 않았지만, 유원지의 롤러코스터조차도 이보다는 낫지 않았을까 싶었다.

시간에 맞춰 양 씨 집에 도착했을 때 대문 밖으로 사람들의 웅성거리는 소리와 함께 환한 불빛이 새어 나왔다. 안으로 들어서니 마루며 방으로 손님을 받았고 부엌 주변으로 몇 명의 아낙네들이 음식을 옮기고 있었다. 주인 양 씨가 그를 보더니 손을 잡으며 반겼다. 양 씨의 손에 이끌려 마루로 오르다 보니 얼굴을 아는 동네 사람들도 제법 보였다. 더러 간단하게 악수도 했다.

"요즘 병원에 다니신다고 들었는데 몸이 좋지 않으신가 봐요."

그가 양 씨가 권하는 자리에 앉자 옆자리에 있던 사람이 아는 체를 했다. 인근 슈퍼주인 김 씨였다. 다리가 불편한지 걸을 때마다 다리를 절었기 때문에, 자주 밖으로 나다니지는 않는 것 같았고 가게에서 가끔 만났을 뿐이다. 얼굴은 익혔지만, 아직 서먹한 사이였다.

"안녕하세요."

그가 손을 내밀자, 슈퍼주인 김 씨가 들고 있던 막걸리 사발을 내려놓으며 그의 손을 잡았다.

"평소 건강하게 보이시던데 어디가 아프신가요?"

김 씨의 말에 그가 어디서부터 설명해야 할지 난감하기도 하고 무슨 말을 해야 이해할 수 있을까 싶어 잠시 망설였다.

"때로 두통이 심해서 잠을 설치기도 하고 피부에 원인 모를 발진도 생기는 게 여러 가지로 힘드네요."

그가 말하다 보니 자신의 처지가 원망스러운 생각이 들었다.

"병원에서는 뭐라고 하던가요?"

그가 병원에서도 아직 뚜렷한 병명을 듣지 못했다고 했다. 병명을 모르는데 무슨 치료를 할 수 있을까? 아들과 함께 큰 병원에서 검사한다면 결과를 알 수 있을까? 살기 위해 밤낮없이 일에 매달려 있는 아들에게 너무 부담을 지우는 것은 아닐까?

"언제부터 그런 증상이 있었나요?"

슈퍼주인 김 씨가 다소 진지한 표정으로 그를 보면서 물었다.

"그전에도 몸이 좋지는 않았지만 이렇게 심하지는 않았지요. 한 4, 5개월 전부터 심해진 것 같은데요."

슈퍼주인 김 씨가 고개를 끄떡였다. 그것은 단순히 알겠다는 뜻이라기보다는 아픔에 공감한다는 제스처 같았다.

"이 자리에서 실례가 될지 모르지만, 혹시 과거에 무슨 일을 했나요?"

그가 말없이 슈퍼주인 김 씨를 가만히 쳐다보았다. 김 씨가 순간적으로 당황했는지 얼굴에 웃음기를 띠면서 말했다.

"다른 뜻은 아니고 과거 다니던 직장과 연관이 있는 경우가 더러 있어서 물어본 것입니다. 제 조카가 과거 반도체 노동자로 일하다가 피부병에 걸려 어려움을 겪었지요. 처음에 직업병인지조차 모르고 있다가 그런 사람들이 한둘이 아니어서 뜻을 모아 데모하고 단체로 소송도 벌이고 난리를 부리더니 겨우 얼마간 보상받을 수 있었지요."

김 씨는 말을 마치고 잔에 담긴 막걸리를 단숨에 비웠다. 그런 사연이 있었구나. 그 일은 S 반도체 노동자들의 직업병 문제였고 2007년경 한 젊은 여성 노동자가 백혈병으로 사망한 뒤 본격적으로 세상에 알려졌다.

"그랬군요. 저는 10여 년 전에 전기로 원재료를 녹여서 제품을 만드는 중소기업에 다녔습니다. 중간에 몸이 좋지 않아 8개월 정도밖에 못 다녔지요."

양 씨가 어느새 잔치의 주인공인 큰아들을 그들에게 데리고 와서 인사를 시켰다. 그가 일어서고 김 씨도 일어서려고 하자 양 씨가 김 씨에게 아픈 다리로 무리한다며 그냥 앉아있도록 했다. 그가 인사를 나누고 다시 자리에 앉자 큰아들이 앉은 순서대로 술잔을 권했다. 그에게 술을 따르던 큰아들에게 축하한다고 말하고 옆에 있던 빈 술잔을 권했다. 큰아들이 공손하게 받았다. 양 씨가 그런 큰아들을 쳐다보며 흡족한 표정을 지었다. 그러다 보니 김 씨와의 이야기는 계속 이어지지 못하고 중단될 수밖에 없었다.

술을 마시지만 정신은 평소 그대로인 것 같았다. 그는 아픈 몸을 핑계로 잔치가 파하기 전에 자리에서 일어나 집으로 돌아왔다. 손에는 양 씨 부인이 집을 나서는 사람들에게 건네준 떡 담은 봉지가 들려있었다. 푸짐하게 식사하고 돌아가는 사람들에게 떡까지 준비한 정성이 고마웠다. 도시화 되어가긴 하지만 아직 여기는 인심은 살아있다는 생각이 들었다.

문을 걸고 들어와 대충 씻고 자리에 누웠다. 술을 몇 잔 마셨으나 잠이 오지 않기는 마찬가지였다. 열린 방문 밖에서 찬 바람이 불어왔다. 문을 조금 닫을까 생각하다가 그만두었다. 10여 년 전 직장을 그만둘 당시의 몸 상태는 심각했다. 입사하고 3개월을 지날 즈음부터 작업장에 들어설 때마다 가슴이 답답해지고 숨 쉴 때마다 뭔가 코를 통해 입으로 들어가는 것 같은 기분을 느끼면서 입안으로 통증을 느꼈다. 심할 때는 입안이 헐기도 했다. 퇴근하고 집으로 돌아오면 그나마 숨쉬기가 편했다. 몸은 만성두통 등으로 힘들었지만 의사들은 뚜렷한 원인을 찾지 못했다. 점점 불안은 심해졌고 결국 회사를 그만둘 수밖에 없었다. 사람들은 그런 그를 가리켜 특이체질이라고 했다. 회사를 그만두면서 처음 몇 달은 증상이 약해졌지만, 그 뒤로 다시 통증이 오기 시작했다. 그가 조심스럽게 집에 있는 가전제품에 의문을 가지고 하나씩 점검해 보았던 것도 이 시기였다. 제법 오랫동안 가전제품을 붙들고 스위치를 켜고 끄면서 몸의 변화에 주목했다. 그러면서 모든 전기는 가까이 하지 말아야 한다는 결론을 내렸다. 심지어 랜턴의 배터리 미세전류조차도 장기간 노출되면 속이 메슥거렸다. 몇 년 전에 아들이 선물한 스마트폰도 미세하지만, 통증을 유발했는데 특정 어플을 사용할 때 통증이 더 심하다는 것도 알았다. 다양한 기능을 가진 비싼 폰이었지만 가급적 전화로만 사용했고 전화가 오면 스피커를 작동시켜 거리를 두고 이야기했다. 그렇게 스스로의 약속을 지켜가고 있는 동안은 큰 어려움 없이 견뎌 나갔다.

이튿날 그는 평소와 같이 잠에서 깨었지만 그대로 자리에 누워 어제 슈퍼주인 김 씨의 말을 되새겨보았다. 다른 특별한 이유가 없다면 전자파와 어떤 연관이 있을 수 있다는 것이 마음에 걸렸다. 그렇다면 전기에 대한 몸의 반응이 지금까지와는 달라졌다는 것일까? 몸이 더 민감한 반응을 한단 말인가? 4, 5개월 전부터 달라진 이유는 무엇일까? 그는 슈퍼주인 김 씨를 만나봐야겠다고 생각하고 일어나 주섬주섬 옷을 입고 집을 나섰다. 슈퍼는 집에서 그렇게 멀지 않았다.

"어서 오세요."

가게를 보던 김 씨네 며느리가 그를 알아보고 인사를 했다. 그러더니 잠시 기다리게 하고는 옆으로 연결된 방으로 들어가 김 씨를 데리고 나왔다. 김 씨는 늦잠을 잔 듯 헝클어진 머리를 손으로 대충 빗어 넘겼다.

"어제 나누던 이야기를 조금 더 할까 싶어 들렀어요."

둘은 가게 밖에 있는 등받이가 없는 긴 나무 의자에 나란히 앉았다. 며느리가 판매대에 놓인 데워진 음료를 가져와 각자의 손에 쥐어주고는 급히 카운터로 향했다. 누군가 담배를 사러 온 모양이었다.

"이제는 슈퍼도 내리막길이라 언제까지 버틸 수 있을지 모르겠습니다."

그가 김 씨의 말에 잠자코 있었다. 도시 시골 가릴 것 없이 작은 슈퍼는 자취를 감추고 편의점이 하나둘 들어서기 시작했다. 사람들은 밝은 조명이나 다양한 물건을 갖추고 있는 편의점을 선호하는 것 같았다.

"그래도 아직 과일이나 신선한 야채를 사려면 일반 가게를 찾아야지요."

김 씨가 음료수를 한 손으로 돌려 따더니 한 모금 마셨다.

"동네 슈퍼도 이제는 다 옛날이야기지요. 시대의 흐름은 거역할 수 없는 것 같아요."

그들은 물끄러미 거리 풍경을 바라보았다. 가까이 자전거를 탄 노인이 달려오던 승용차를 피해 핸들을 틀다가 하마터면 길을 걷던 사람과 부딪힐 뻔했다. 노인이 자전거를 세우고 뒤를 돌아보며 욕을 퍼부었다. 그러나 승용차는 이미 사라진 뒤였다. 그가 김 씨를 보면서 어제 나누던 이야기를 계속

했다.

"어제 사장님 얘기를 듣다 보니 다시 전기로 인해 몸에 이상이 왔을 수도 있겠다는 생각이 들더군요. 만약 이게 사실로 드러난다면 이제는 더 이상 피할 곳이 없다는 생각이 드네요. 조용히 산으로나 들어갈 수밖에요."

몇 번 그 생각을 했었다. 아무도 모르는 산에 들어가 한 몸 눕힐 수 있는 조그마한 움막 하나면 족하다 싶었다. 그가 평생을 살면서 이루었다고 내세울 만한 것은 실상 아무것도 없었다. 결혼에 실패하여 갈라서게 된 것은 평소 아내의 심중을 헤아리지 못한 자신의 잘못도 있었을 것이다. 아내는 자신의 외로움을 보상받기 위해 이단에 빠졌던 것은 아니었을까? 아들은 계속 직장에 자리 잡지 못하면서 아버지의 사진관을 이어받으려고 했지만, 디지털카메라가 나오면서 사람들은 사진관을 찾지 않게 되었다. 더는 버티지 못하고 평생의 직장을 잃었고 아들의 꿈은 물거품이 되어 사라졌다. 간신히 취업했던 회사는 그의 몸과 정신까지 철저하게 황폐시켰다. 취업했을 때부터 그의 몸은 살기 위해 위험 신호를 감지하고 소리 없는 아우성 질렀는지 모른다. 알 수 없는 아우성은 앞으로도 버틸 수 없을 때까지 계속될 것이다. 과연 얼마나 버틸 수 있을까?

"몇 달 전에 근처 사우나 건물 5층 옥상으로 통신 중계기인지 증폭기를 설치했다는데 혹시 알고 계십니까?"

그는 처음 듣는 말이었다. 자세히 알려달라고 했다.

"모르셨군요. 여기 담배를 사러 오는 사우나 1층에 세든 철물점 주인 말이 4, 5개월 전에 건물 옥상으로 통신 중계기를 설치했다고 하더군요. 통신사와 집주인이 합의를 보면 된다면서."

그는 혹시 그동안 심했던 통증이 이로 인한 것이 아닌가 싶었다.

"4, 5개월 전이라면…"

그가 혼잣말처럼 되뇌며 머릿속으로 한의원이나 병원을 찾던 시기를 떠올렸다.

"지난해 12월 초순쯤 되네요."

슈퍼 김 씨가 그를 보며 말했다. 추운 날씨에 목도리를 두르고 다니던 생각이 났다. 엇비슷한 것 같았다.

"얼마 전에 집주인을 만났더니 이런 말을 하더군요. 이동통신사에서 통신 중계기를 옥상에 설치하면 주변으로 통화품질도 좋아지고 중계기 설치에 따른 임대료 수입도 생기니 서로가 좋은 게 아니냐고 하더군요. 이동통신 3사가 함께 계약한다는데 보통 2년 계약이니 임대 수입도 제법 되겠지요. 공사를 나왔던 통신사 직원 얘기로는 중대형 통신 중계기는 영역이 넓어 간혹 전자파 문제가 있긴 하지만 아파트 같은 곳은 입주민들이 반대할 수도 있지만 개인 건물은 문제 될 게 있겠냐고 하더군요."

그가 자리에서 일어나 고개를 돌려 사우나 건물 옥상을 올려다보았다. 그러나 뿌연 날씨 탓에 육안으로 보이는 것은 아무것도 없었다. 그는 잠시 망설이다가 사우나 건물을 향해 천천히 발걸음을 옮기기 시작했다.

바람은 숲에 머물지 않는다

겨울로 접어들었는지 해가 짧아져서 어느새 창밖으로 땅거미가 깔리기 시작했다. 성진은 퇴근 시간이 가까워진 것을 느끼고 책상에서 고개를 들어 사무실 벽에 걸린 시계를 힐긋 쳐다보았다. 갑자기 시선을 먼 곳으로 향했기 때문일까? 눈앞이 뿌옇게 되면서 시계 침을 정확히 읽을 수 없었다.

성진은 컴퓨터 화면에서 눈을 떼면서 두 손으로 얼굴을 감싸고 눈 주위를 천천히 어루만졌다. 요즘 들어 시야의 물체가 뚜렷하지 않고 흐려지면서 수시로 눈이 침침해지는 때가 잦았던 것 같다. 눈에 이상이 온 것일까? 전혀 관심도 없었던 눈이 새삼 걱정이 되면서 가까운 시일에 안과를 다녀와야겠다고 생각했다. 지금까지 이렇게나마 지내는 것을 다행으로 여겨지면서도 잘못되면 한순간에 나락으로 떨어질 수 있는 것 또한 건강 문제가 아닐까 생각했다.

다시 시계를 천천히 올려보았다. 초점이 흐릿해서 눈을 가늘게 만들어 겨우 시간을 읽을 수 있었다. 퇴근 시간은 40분가량 남아있었다. 얼마 전부터 간혹 머리가 아플 때면 덩달아 눈이 빠실 듯이 아프곤 했던 생각이 났다. 그럴 때마다 사두었던 두통약을 먹거나 눈과 귀 사이 패인 부분을 양손으로 오랫동안 누르고 있다 보면 통증이 사라질 때가 있었다. 두통은 오래전부터 있었지만, 문제는 두통이 오면서 눈까지 같이 아픈 것인지 아니면 최근 눈의 통증이 두통을 수반하는 것인지 알 수 없었다. 지난 건강검진에서 시력 검사를 했던 간호사는 이전에 비해 시력이 조금 떨어졌지만, 아직 안경 쓸 필요까지는 없다고 했다. 늘 사무실에서 컴퓨터를 마주하고 스마트폰을 들여다보는 환경에서 이제는 눈도 신경을 써야겠다고 생각했다.

그는 책상의 컴퓨터 화면에 어지럽게 나열된 숫자들을 다시 볼 엄두를 내지 못하고 그대로 저장을 눌러 작업을 마감했다. 월말 마감은 주말이 끼어 있어 이틀은 여유가 있었기 때문에, 입력하지 못한 부분은 주말 이후 정리해도 무리는 없을 것이다.

"오늘 퇴근하면서 우리 팀 회식 있습니다."

술이라면 자다가도 벌떡 일어난다는 나승철 과장이 사무실 문을 열고 들어서며 말했다. 사무실에서 각자 자리에 앉아 일에 파묻혀있던 직원들이 일제히 고개를 들어 소리 나는 출입구 쪽을 향했다. 출장을 나갔던 팀장과 나 과장이 일을 마치고 들어서고 있었다. 직원들은 나 과장의 상기된 얼굴을 보면서 나갔던 일이 잘 풀렸다는 것을 짐작했다. 최근 인근 군의 면 소재지에 새롭게 매장을 연 중형 마트에 자사 제품의 납품 건을 진행하고 있었는데 나 과장은 오늘 마트에서 열린 면담에서 합의가 이루어져 곧 양측대표들이 만나 계약서에 서명까지 할 수 있을 것이라고 말했다.

지난해부터 물가는 하루가 다르게 치솟으면서 소비가 줄고 경기는 둔화 조짐을 보이고 있었다. 이는 자사 제품 판매에도 그대로 이어져서 전년도 하반기부터 부진을 면치 못하고 있었다. 그러던 터에 들려온 소식에 직원들은 환성을 질렀다. 사무실의 다른 부서에서도 영업 2팀에 부러운 표정으로 박수를 보냈다.

"오늘 회식에 참석하지 못하는 직원 혹시 있습니까?"

나 과장이 책상에 앉으며 좌우를 돌아보았다. 일부 직원들이 평소 퇴근하면서 예외 없이 유치원에 들러 아이를 데리고 집으로 돌아가는 여직원을 보았다. 일하다 말고 갑자기 자신을 지명하는 듯한 소리에 놀란 여직원이 앉은 자리에서 고개를 들면서 잠시 고민을 하는 것 같았다.

"김희영 대리는 사정을 감안해야 하지 않을까요?"

옆에 앉아있던 입사 동기인 최 대리가 나지막하게 말했다. 영업 2팀은 여직원 두 명을 포함하여 모두 7명으로 구성되어 있었는데 해당 여직원의 고민하는 모습을 보던 팀장이 말했다.

"강제성이 있는 것은 아니니까 사정이 있으면 빠져도 됩니다. 너무 부담 갖지 마세요. 그냥 우리끼리 계약을 축하하는 자리니까."

여직원이 그 말에 가볍게 고개를 숙였다. 아무래도 부담이 된 모양이었는지 표정은 굳어있었다.

"오늘 이 대리도 참석할 수 있나요?"

팀장의 말에 건너편 책상에 앉아있던 이성진 대리가 기다렸다는 듯 미소를 지으며 자리에서 일어섰다.

"당연하지요. 제가 술을 마시지는 못하지만, 우리 팀 분위기메이커 아닙니까?"

이성진 대리가 그렇게 말하면서 어깨를 으쓱거려 보였다. 퇴근 이후 거래처와 약속이 있어 술자리를 갖게 되면 팀장은 누구보다 먼저 성진을 찾았다. 성진은 어느 장소에 참석하더라도 낙천적인 성격에 언변도 좋아 분위기를 띄우는 편이었다. 그리고 술을 마시지는 않았지만, 마지막까지 자리를 지켰다가 술에 취한 팀장의 차를 대신 몰아 그의 집까지 태워주는 수고를 마다하지 않았다. 팀장은 대리운전을 부르면 된다고 했지만, 뒤로도 몇 번 그런 일이 있고 나서는 술을 마시면 으레 성진을 찾았다. 다행히 최근 코로나19가 계속 이어지고 경기도 좋지 못해 퇴근 후 약속을 잡는 일은 흔치 않았다.

"그러면 시간이 되는 사람은 퇴근 후 길 건너 갈빗집에서 만나기로 하지."

오랜만에 회식이 있어서인지 유치원에 자녀를 데리러 가야 했던 여직원을 제외하고는 모두 참석했다. 직원들의 화제는 단연 오늘 성사된 계약 건이었다. 납품단가 책정을 놓고 마트와 여러 번 줄다리기가 있었다는 것을 성진은 이미 들어서 알고 있었다. 회사에서는 대형거래 시 정해진 별도의 할인 규정을 준수해야 한다는 방침이었고 마트에서는 이제 막 개업한 상태에서 다른 업체와 경쟁을 하려면 할인 폭을 늘리거나 최소한 보름 이상 할인 기간을 추가로 연장해 주어야 한다는 것이었다. 또한 제품홍보를 위해 따로 여직원의 마트 내 상시 배치도 요구했다. 하지만 회사 일부에서는 불경기를 타개하기 위해 회사에서 마트의 제안을 순순히 받아들인다면 이번 계약으로 지금까지 보였던 이미지에 타격을 입을 것이라는 지적이 있었다. 말 그대로 소탐대실이 될 수 있다는 것이었다.

"회사에서 협상을 맡길 때는 그래도 팀장에게 어느 정도 융통성을 주어야지. 그렇게 회사가 방침만 내세우면 계약이 어렵지. 윗선에서 직접 현장에 나와서 분위기를 파악했어도 그렇게 말할까?"

술이 몇 차례 돌고 나서 이번 계약의 어려움을 직접 경험했던 나 과장이 말했다. 그 말에 팀장이 잔을 내려놓으면서 말했다.

"그렇기도 하지만 회사에서는 기존의 타 납품처를 의식하지 않을 수 없다는 거겠지."

제법 오랫동안 술자리가 이어졌다. 성진은 술을 마시지는 않았지만, 분위기메이커답게 이야기를 나누거나 때로는 잔을 받고 술을 따르기도 했다. 직원들은 성진이 술을 마시지 못한다는 것을 알고 간혹 음료수를 소주잔으로 권하기도 했다. 시간이 흐르자 일부 직원들이 시계를 보거나 수시로 자리를 비우곤 했다.

"오늘 2차 있습니까?"

술자리를 마칠 무렵 누군가 팀장에게 묻는 소리가 들렸다. 요즘의 분위기는 코로나19 외에도 젊은 직원들의 개인주의 성향으로 2차를 꺼렸기 때문에 대개는 바로 집으로 돌아가는 추세였다. 그렇다고 해도 팀장에게 의견을 묻지 않을 수 없었다.

"2차를 가자 이 말이지, 오랜만에 들어보는 유혹적인 단어이긴 한데 오늘은 여기서 마치기로 합시다. 갑자기 마련된 자리라 계속 붙들기도 어렵겠고 오늘은 이 정도에서 마치고 다음에 전체 모임이 있을 때 노래도 한 곡 하도록 합시다."

팀장이 말을 마치자 모두가 주섬주섬 팀장을 따라 일어섰다. 오랜만에 모인 자리였지만 이제 입사한 젊은 사원이 둘이나 있었으므로 팀장은 그들을 고려하고 있는 듯했다.

"그러면 오늘 모임은 여기서 마칩니다. 각자 집으로 돌아가시고 근처 포장마차에서 가볍게 입가심하실 분만 남아주세요."

식당 앞에서 나 과장의 말에 젊은 직원들을 필두로 인사를 하고 뿔뿔이 흩어졌다. 일부는 식당에서 제공한 대리운전 명함을 받아 전화하거나 더러는 택시를 이용하기도 했다.

"성진 씨는 술을 마시지 않았으니 입가심할 필요도 없을텐데."

팀장과 나 과장 그리고 성진, 세 명이 남은 자리에서 팀장이 성진에게 웃으면서 말했다. 팀장은 회사에서 부르는 이 대리 대신 성진으로 불렀다. 간혹 밖에서 따로 만날 때에는 이름을 불렀는데 성진에게는 그게 더 편했다. 성진의 대답을 들을 생각도 없이 팀장은 벌써 포장마차를 향해 천천히 걷고 있었다.

"별수 없이 따뜻한 오뎅 국물이나 먹고 속 차리는 게 좋겠네요."

성진은 앞서가는 팀장이 들릴 정도로 말했다. 차가운 밤공기를 마시며 그들은 종종걸음으로 200여 미터를 걸어 도로가 꺾이는 한 편으로 희미하게 불을 밝히고 있는 포장마차에 들어섰다. 이 동네에서 포장마차가 영업을 시작한 지는 제법 되었고 길거리를 따라 서너 곳이 늘어서 있었는데 오늘 마주치는 포장마차는 한 집뿐이었다. 근래 들어 포장마차에 들어오기는 처음이었다. 과거에 보아왔던 포장마차와는 달리 내부는 생각보다 넓었다. 조명도 밝았고 테이블도 깔끔한 디자인으로 10여 개가 넘었는데 자리도 이동용 플라스틱 의자가 아닌 것이 일반 가게와 비슷했다. 무엇보다 앞에 걸린 메뉴판에는 각종 전 종류부터 해산물까지 다양한 메뉴가 붙어있었다. 이제는 포장마차도 과거 거리로 내몰린 서민들이 생계 수단으로 사용하던 곳은 아니라는 생각이 들었다.

"포장마차도 이제는 번듯한 기업으로 탈바꿈 했구만."

나 과장이 자리를 안내하며 말했다. 그들 세 사람은 추위를 느끼고 입구에서 조금 안쪽의 테이블에 둘러앉았다. 한쪽에서는 흰 앞치마를 두른 남자 종업원이 빠른 손놀림으로 살아있는 생선의 목을 따고 피를 빼더니 이어서 비늘까지 깨끗하게 제거했다. 배를 갈라 내장을 제거하고는 몸통을 반으로 잘라 가운데 뼈를 발라내고 옆의 기계에 넣으니 자동으로 돌아가면서 껍질이 벗겨져 나왔다. 종업원은 생선의 물기를 마른행주로 눌러주더니 회칼로 얇게 잘라내어 깔끔하게 접시에 담았다. 조리 과정은 오랜 경험으로 자연스럽게 이어져서, 미리 각본에 따라 정밀하게 움직이는 듯한 느낌을 받았다. 몇몇 테이블에서 손님들이 술을 마시면서 언성을 높였기 때문에 실내는 조금 소란스러웠다.

"여기 일하는 사람들 완전히 프로급이네."

가스 불 앞에서 일하는 아주머니가 더웠는지 목에 걸친 수건으로 콧등을 찍어내면서 프라이팬으로 홍합 등 해산물을 넣은 파전을 구워내고 있는 모습을 보면서 나 과장이 말했다. 포장마차가 기업화되면 결국 없는 이들이 어려움을 겪게 될 것이다. 직장을 잃고 생계형으로 운영하는 영세한 포장마차는 자본에 밀려 자리를 지키지 못하는 사이, 이익을 극대화하고자 달려드는 기업형 포장마차가 그 자리를 차지할 것이다. 이렇게 내버려 둔다면 생계형 운영자나 지갑이 얇은 소비자 모두 피해를 감수해야 하지 않을까?

"그런데 성진 씨가 아직 술을 마시지 못한다는 것이 신기하네."

나 과장이 입가심으로 맥주를 시키고 안주 메뉴판을 쳐다보면서 말했다.

"성진 씨가 있으니 따뜻한 국물에 칼국수도 하나씩 할까?"

팀장이 메뉴판을 보면서 말하자 나 과장이 그 말을 받아 마른안주와 칼국수를 주문했다.

"글쎄요. 선천적으로 체질에 맞지 않는 것 같더라고요. 술이 몸에 좋지 않다니까 오히려 잘 되었지요."

팀장과 나 과장이 동시에 고개를 주억거렸다. 성진은 술을 마시지 않아도 술자리에 잘 어울렸고 헤어질 때는 누구라도 도움이 필요하면 나서주었다. 힘든 심야 택시를 잡거나 가끔은 술값을 대신 내기도 했다. 그러면 이튿날 주변에서 듣거나 사정을 알게 된 당사자가 고마워했다. 성진이 직장에 발을 들여놓은 지 1년 가까이 지나면서 직원들은 겪거나 들어서 알고 있는 일이기도 했다.

"근데 이렇게 잘 생기고 직장도 있겠다. 인간성 좋겠다. 술, 담배도 못하는 친구가 40이 가깝도록 장가를 못 갔다는 게 말이 되냐고."

나 과장이 팀장과 잔을 부딪치며 말했다. 성진이 들으라고 하는 소리겠지만 팀장도 공감한다며 고개를 끄떡였다. 성진은 자신의 이야기가 화제가 되어 불편했지만, 아랑곳없이 따뜻하게 끓인 칼국수가 나오자 그릇을 들고 천천히 불어가면서 국물 맛을 본 다음 나무젓가락으로 저어가면서 먹기 시작했다. 속이 따뜻해졌다. 실상 집에 가도 먹을 것은 별로 없었다. 냉장고에는 오래전에 넣어두었던 냉동 만두와 어제 저녁 식사 때 남겨둔 삼겹살과 상추, 며칠 전 마트에서 사놓은 김치와 멸치볶음 등의 밑반찬이 들어있을 것이다. 밥통에 남은 밥은 언제 했는지 기억이 나지 않는다. 내일쯤이면 상해서 버려야 할지도 모른다.

"낼 주말인데 무슨 계획이라도 있어?"

나 과장이 성진을 보면서 물었다. 성진이 잠시 생각을 하더니 말했다.

"내일은 옛날 학교 친구들과 산에 오를 예정입니다. 단풍은 끝났겠지만, 친구가 산길을 걸으면서 떨어진 낙엽을 밟는 것도 운치가 있다네요."

곧 부장으로 승진될 예정이라는 말이 나돌고 있는 팀장이기도 한 전용수 차장이 성진을 보면서 넌지시 한마디 했다.

"성진 씨, 그 나이에는 친구도 좋지만, 친구보다는 애인이 더 좋은 법이지. 성진 씨도 더 늦기 전에 결혼을 두고 심각하게 고민을 해봐. 늦어서 후회하지 말고 말이야."

맥주 세 병을 비우고 그들은 자리에서 일어섰다. 이미 시간이 제법 흘러서 길거리에는 인적이 드물었다. 나 과장을 먼저 집으로 보내고 팀장과 성진은 앞서 술을 마셨던 식당 근처에 주차된 팀장의 차로 향했다. 바람이 불면서 가로수의 앙상한 가지들이 외마디 소리를 냈다.

팀장의 집을 다녀와 성진이 거주하는 임대아파트에 도착했을 때는 자정을 조금 넘긴 시간이었다. 다행히 버스가 끊기지 않아 마지막 버스를 탈 수 있었다. 팀장은 항상 성진에게 돌아갈 택시비를 챙겨주었고 어쩔 수 없이 택시를 탄 적도 있었지만, 지하철이나 심야 버스를 이용할 때가 많았다. 그는 임대아파트에서 혼자 살고 있었다. 회사에 다니기 시작하면서 입주했으니 이제 1년을 거의 채웠다. 당시 어머니는 성진이 직장을 구하고 어렵게 임대아파트에 들어가게 되었다고 하자 이제는 돌아다니지 말고 한곳에서 지긋하게 지냈으면 좋겠다고 했다. 그때 성진은 어머니에게 그러겠노라고 말했지만, 자신과도 굳게 다짐했다. 이제 1년을 버틴 셈이니 그 약속을 지킨 셈이다. 그러나 어머니는 그 뒤 6개월도 채우지 못하고 돌아가셨다. 어머니 돌아가실 때 모습을 생각하자 가슴이 밑바닥에서부터 아려왔다. 살아생전 어머니 속을 부단히도 썩였고 그때마다 어머니는 남모르게 자책하며 가슴을 쳤을 것이다. 때늦은 후회가 밀려왔다. 왜 지금에야 후회가 되는 것일까? 자식은 부모가 떠나고 나서야 비로소 그 한량없는 사랑을 깨달을 수밖에 없는 것일까?

성진은 잠시 식탁에 앉아있다가 검은 점퍼로 겉옷을 바꿔입고 모자를 눌러썼다. 싱크대 아래 놓여있던 빈 생수통 2개를 백팩에 넣어 어깨에 걸치고 아파트를 나섰다. 아파트 내에 있는 상가의 편의점을 지나 길거리를 따라 100여 미터를 내려가면 또 다른 편의점이 있었다. 24시간 영업하는 편의점은 자정이 넘었는데도 환하게 불을 밝혀놓았다. 그러나 손님은 주말이 아니면 가뭄에 콩나듯 했기 때문에 성진은 그 모습을 볼 때마다 아르바이트생 인건비조차 업주에게 부담이 되지 않을까 싶었다. 인도 옆으로 나 있는 문을 열자 멜로디가 들리면서 아르바이트생인 듯한 청년이 계산대에서 고개를 돌려 성진의 얼굴을 힐긋 쳐다보았다. 단발머리를 한 젊은 여자는 낯익은 얼굴은 아니었다. 서민 아파트가 즐비한 곳이어서 그런지 편의점은 이곳 말고도 아래로 내려가면 몇 군데 더 찾을 수 있었다. 편의점마다 아르바이트생을 수시로 바꾸기 때문인지 성진이나 종업원이 서로 얼굴을 알아보는 경우는 흔하지 않았다.

성진은 빠른 손놀림으로 진열대에서 소주 4병을 골랐다. 술을 고르고 진열대를 돌아 나오다가 평소 어머니가 즐기던 전병이 눈에 들어왔다. 성진은 주춤했다. 어머니와 같이 지내던 때, 가끔 마트에서 술을 사면서 전병을 따로 사드렸던 적이 있었다. 이제는 먼 과거의 이야기일 뿐이다. 계산대에서 종업원이 상품의 바코드를 찍으며 가격을 알려주자 지갑에서 현금을 꺼내 계산했다. 그리고 한쪽 코너로 걸어가 소주를 따고 백팩에서 생수병을 꺼내 조심스럽게 부었다. 코로나19가 오기 전에는 편의점마다 취식 코너가 있었으나 지금은 없어진 곳도 제법 있었다. 그런 곳에서는 남의 시선을 받는 것 같아 다소 불편했다. 생수병 하나에는 소주 두 병이 들어갔다. 작업을 마치고 빈 소주병을 재활용 통에 넣고 백팩을 어깨에 걸치면서 편의점을 나섰다. 집으로 오는 길은 춥고 으스스했지만, 소주를 마실 생각에 조금은 들떠 있었다.

"이제 이 어미도 어쩔 수가 없구나. 의사 선생님께서 치료받아야 한다니 창살 없는 감옥 같아서 답답하겠지만 참고 견디는 수밖에 없겠다. 이번 기회에 술을 끊는다면 오히려 더 잘된 일이 될지도 몰라."

성진은 언제부터 알코올에 빠져들었는지 정확하게 기억하지 못했다. 지금은 연락이 끊긴 형으로부터 알코올 중독으로 신고가 들어갔고 어느 날 알코올 중독 전문병원에 강제로 입원하게 되었다. 어머니는 간혹 병원에 들러 매정하게 동생을 입원시킨 형을 나무라기도 했지만, 성진은 형의 마음을 이해할 것 같았다. 원인 제공자는 자신이었고 가족이라야 형과 어머니뿐이었지만 자신으로 인해 그들은 뿔뿔이 흩어지게 되었다. 형은 성진이 알코올 치료를 위해 병원에 입원한 며칠 뒤 친구와 지방에서 사업을 하게 되었다면서 떠나고, 어머니는 혼자 적막한 도시에서 지낼 이유가 없다면서 집을 처분하고 친정이 있는 시골에 작은 밭이 딸린 집을 수소문해 이사하였다.

"알코올 중독을 치료받아야 하는 가장 큰 이유는 계속 진행된다는 것입니다. 진행성 질환은 더 이상 진행이 되지 않도록 도와주는 것이 제일 빠른 치료법입니다. 또한 알코올 중독은 재발이 잘 되고, 지속적인 관리가 필요한 만성적인 질환입니다. 알코올 중독 치료가 쉬운 것은 아니지만 그렇다고 불치병은 아닙니다. 알코올 중독은 약물치료나 심리치료, 그리고 재활치료 등을 꾸준히 하다 보면 좋은 결과를 얻기도 합니다. 꼭 낫겠다는 각오가 중요하지요."

의사는 젊은 나이에 한 번뿐인 인생을 알코올에 저당 잡히는 대신 자신을 굳게 믿고 처방에 충실히 따른다면 생각보다 빠르게 회복할 수 있을 것이라고 했다. 그러나 성진은 병원에 입원하기 전까지도 자신이 알코올 중독이라는 것을 인정할 수 없었다. 평소 술을 좋아했기에 많은 양은 아니지만 매일 조금씩 마셨던 것 같고 그러다가 어느 날부터 소화가 잘되지 않고 헛배가 부르거나 눈 주위에 황달이 나타나기도 해서 병원을 찾았다가 간이 나빠졌다는 말을 들었다. 의사의 지시에 따라 당분간 술을 끊으려고 했는데, 뜻하지 않게 식은땀을 흘리거나 불안감을 느끼고 밤에 잠을 이루지 못하기도 했는데 병원에서는 이를 두고 알코올 중독에 따른 금단증세라고 말했다.

"외로움, 우울증, 자기연민, 불안증, 두려움, 수치심 등은 알코올중독자면 누구에게나 자동으로 찾아오는 것이죠. 이것이 술을 마시는 핑곗거리가 됩니다. 이래서는 술의 유혹을 이겨내지 못합니다. 천천히 술의 노예가 되는 것입니다."

병원에 있는 동안 성진은 알코올 중독이 사실이라면 지금이라도 속히 치료받고 정상적인 삶으로 돌아가고 싶었다. 아직 할 일이 얼마나 많은데 이런 곳에서 아까운 시간을 보낼 수는 없는 노릇이었다. 그렇게 1년을 보내고 의사의 권고에 따라 병원을 나서게 되었다.

"그동안 수고했습니다. 특히 어머니께서 고생이 많았습니다. 이제 퇴원해도 되겠습니다. 대신 금주 약속은 꼭 지켜주셔야 합니다. 그리고 2주마다 통원 치료를 받아야 한다는 것도 기억하셔야 합니다."

처음 몇 달은 빠지지 않고 병원에 다녔으나 직장에 취업하면서 불안증 같은 과거의 증상이 나타나기 시작했다. 성진은 직장을 잃을지도 모른다는 두려움을 견디다 못해 다시 술을 찾게 되었고 그때부터 병원과는 발을 끊었다. 병원에서 뒤에 몇 번 전화가 오기도 했으나 받지 않자 이후로는 연락이 없었다.

성진은 맥팩을 열어 생수통 2개를 꺼내 식탁 아래에 가지런히 놓았다. 싱크대에서 맥주잔을 찾고 냉장고를 열어 봉지째 들어있는 마른 멸치를 한 움큼 꺼내 식탁에 놓았다. 적당한 크기의 마른 멸치는 짭짤하게 간도 맞거니와 한 마리씩 입에 넣기도 안성맞춤이었다. 고추장을 꺼낼까 생각하다가 귀 찾아서 그만두었다. 주머니의 스마트폰은 꺼내 전원을 끄고 식탁 한쪽에 밀쳐놓았다. 식탁 위로 패트병 하나를 집어 올려 뚜껑을 열고 맥주잔에 따르다가 적막함을 느끼고 리모컨을 찾아 거실의 TV를 켰다. 채널을 이리저리 돌리다가 트로트 가수 선발 프로그램이 있어 멈췄다. 늦은 시간이었지만 심사 결과를 놓고 관중들의 뜨거운 열기가 화면을 통해 느껴졌다. 성진은 스피커 볼륨을 조금 줄였다. 그리고 나머지 잔을 마저 채우고 오른손으로 맥주잔을 들어 식탁 맞은편에 사람이 앉은 것처럼 잔 부딪히는 흉내를 냈다. 그리고 마시기 시작했다. 내일은 친구와 산을 간다고 미리 말해 놓았기 때문에 회사에서 찾는 사람은 없을 것이다. 이대로 마시다가 쓰러져서 잠이 들었다가 아침에 깨어나지 못한다 해도 크게 염려할 일은 없었다. 성진은 술을 마실수록 정신은 되레 멀쩡해지는 것 같았다. 이제는 알코올 중독 따위로 병원에 가는 일은 없을 것이다. 누구라도 자신의 생활을 간섭한다거나 개입한다면 이제는 참거나 그냥 보고 있지는 않을 것이다. 갑자기 형이 생각났다. 어머니가 돌아가시고 이틀째 되던 날, 장례식장을 찾은 형은 친구와 두어 달 전 갈라서고 이제는 혼자 다른 일을 알아보고 있다고 했다. 그게 형의 인생이라면 그렇게 살 수밖에 없을 것이다. 마찬가지로 자신 역시 자신의 인생을 사는 것일 뿐이다. 누가 누구를 탓할 수 있을까? 다시 소주를 맥주잔에 넘칠 정도로 부어 천천히 들이켰다. 갑자기 기분이 좋아졌다. TV를 보며 아는 노래가 나오자 멜로디를 따라 흥얼거리기 시작했다. 손으로는 다시 패트병을 들어 빈 맥주잔에 술을 따르기 시작했다.

길 끝에 서다

　오늘은 오랫동안 직장을 따라 외지에서 혼자 지내고 있던 외아들 경훈이 집에 다니러 오는 날이다. 아들은 이달 초 그녀와 통화하면서 마지막 주 토요일쯤 다녀갈 수 있을 것이라고 했다. 평소에도 집을 자주 찾지는 않았지만, 연말이라 바쁜 직장 일에 쫓겨 근 두 달 만에 어렵사리 시간을 내어 다녀갈 모양이었다. 집에 오는 날이면 아들 얼굴도 보고 맛있는 음식도 해 먹이고 싶은 마음에 그녀는 어제 오랜만에 아파트 단지에서 조금 떨어진 재래시장을 찾았다. 기껏 고등어와 아들이 좋아하는 삼겹살을 조금 샀을 뿐이다. 잘해 주어야겠다는 생각은 늘 마음뿐이었고 집안 형편을 생각하면 더 이상의 지출은 어려웠다. 아들이 월급에서 매월 조금씩 보내오지만, 저도 많지 않은 봉급에서 매달 적금도 붓고 자취생활을 하다 보니 형편이 넉넉치 않을 것으로 여겨져서 매달 잊지 않고 보내오는 것만으로도 고마웠다. 그나마 기초생활수급자로 선정되어 주민센터에서 매월 얼마간의 돈이라도 들어오니 생활을 이어 나갈 수 있었다.
 그녀 혼자 지내다 보니 아들이 오면 부탁해야 할 일들이 수시로 생겼다. 예순이 넘은 데다 평소 무릎관절이 좋지 못한 그녀는 외출하거나 거주하는 임대아파트 계단 오르내리기가 수월치 않았다. 엘리베이터가 없는 5층 임대아파트의 맨 위층에 살다 보니 밖으로 나갈 때마다 오르내려야 하는 일이 걱정되었다. 그녀는 나이가 들면서 몸이 조금씩 망가지고 있다는 생각이 들 때면 살아온 세월이 야속하게 느껴졌다. 집안일 가운데 수리를 한다거나 자신이 할 수 없는 것은 어쩔 수 없이 아들이 다녀갈 때까지 기다려야 했다.
 그녀는 이번에도 화장실 조명등이 보름 전쯤 나가는 바람에 어려움을 겪고 있다. 자다가 깨어 볼일을 보려면 아파트 창으로 들어오는 달빛에 의지하거나 분간이 어려울 때면 거실 불을 밝혀야 화장실을 다녀올 수 있었다. 그리고 부엌 싱크대 아래로 밤이면 바퀴벌레가 기어 다니는 것도 보였다. 몇 번 파리채로 잡으려고 했지만, 사람이 있을 때는 눈에 잘 띄지도 않았고 때로 보더라도 어찌나 빠른지 그녀로서는 파리채를 휘두르기만 할 뿐 허탕을 칠 수밖에 없었다. 지난주 관리사무소에 이야기했더니 한 마리가 보이면 벌써 많이 있다는 것이니 한두 마리 잡는 것은 의미가 없고 약국에서 약을 사서 잡아야 한다고 했다. 그녀는 아파트가 여러 세대가 붙어 있으니 한두 가구에서 약을 치기보다는 관리사무소가 전체 입주민을 상대로 약을 놓도록 하는 게 맞지 않겠느냐고 했다. 소장은 못마땅한 듯 그녀의 얼굴을 힐긋 쳐다보고는 몇 호에 사는지 물었고 곁에 있던 장부를 뒤적이며 아파트가 오래되다 보니 책정된 예산으로는 한계가 있다고 말했다. 별다른 성과도 없이 집으로 돌아오면서 아들이 집에 오면 푹 쉬도록 해야 할텐데 시킬 일이 늘어나는 것 같아 미안한 마음이 들었다.
 낮에 거실에 앉아 무료하게 TV를 보고 있는데 전화벨이 울렸다. 아들이었다. 조금 늦나보다 싶어 전화를 받았다. 아들이 잠시 말이 없었다.
 "엄마, 나 오늘 집에 내려가지 못할 것 같아. 회사 납품 기일을 맞추다 보니 아무래도 집에 가기는 어려울 것 같아. 많이 기다렸을 텐데 못 내려가서 미안해."

두 달 가까이 기다린 만큼 기대가 되었고 보고 싶은 마음도 컸지만, 회사 일이 바빠 오지 못하는 것이니 어쩌겠는가 싶었다. 아들도 마찬가지일 것이다.

"그래, 집에야 언제든지 시간 나면 오면 되지. 네가 좋아하는 고등어 김치찌개에 삼겹살도 조금 샀는데 아쉽구나. 다음에 오면 되니 어미 걱정은 말고 잘 지내거라. 회사 생활은 잘하고 있니?"

아들과 통화를 조금이라도 이어가고 싶었지만, 전화상으로 들리는 목소리가 힘이 없어 보였고 작업 중인 것 같아 대충 안부를 묻고 전화를 끊었다.

아들은 어려서부터 그녀 말을 잘 들었다. 사춘기를 겪으면서 한때는 어미 말을 듣지 않고 제 마음대로 집을 나가 몇 날을 소식도 없이 지낸 적도 있었지만 그래도 남에게 해를 끼치거나 욕 들을 짓은 하지 않았다. 그 때문인지 아들 때문에 고생했던 기억은 별로 없었다. 그녀를 아는 사람들은 남편 복은 없지만, 자식 복은 있다고 했다. 그녀도 맞는 말 같았다. 그녀가 결혼할 당시 상대 남자는 경찰공무원으로 앞날이 창창해 보였다. 직업상 수시로 야간 근무를 하고 사건이 터지기라도 하면 며칠씩 집에 들어오지 않는 날도 있었다. 그렇지만 남자의 선량한 눈빛을 보면서 결혼하는 날부터 경찰공무원의 아내로서 살아야 한다고 마음을 다잡았다. 결혼 초기 임신이 되지 않아 애를 먹었지만, 아들 경훈이 태어나면서 그녀는 비로소 한 남자의 아내이며 자식을 양육해야 할 엄마가 되었다는 생각에 알 수 없는 책임감과 함께 희열을 느꼈다.

"어머니, 이제 아버지랑은 헤어져요."

아들 경훈이 그녀 곁에 붙어 서서 두려운 눈으로 막 잠든 남편을 바라보고 있었다. 오늘따라 술에 취해 늦게야 들어온 남편은 집에 들어서면서부터 음성이 높아졌다. 그녀가 외출복 차림으로 밖에서 돌아오는 것을 알고는 여자가 살림은 팽개치고 어디로 쏘다니느냐고 눈을 부라렸다. 남편 대신 생활비를 벌어야 했으므로 늦은 시간 집으로 돌아올 때면 술에 취한 남편과 수시로 겪는 일이기도 했다.

"지금까지 같이 살아온 것만 해도 어머니는 할 만큼 했다고요."

아들 경훈이 대학교 1학년이었을 때 그때까지만 해도 단란했던 가정은 남편이 뜻하지 않게 경찰을 떠나게 되면서 종지부를 찍었다. 남편은 억울함을 호소했지만 받아들여지지 않았다. 엎친 데 덮친 격으로 직장을 구하기까지 당분간 일했던 막노동판에서 다치는 일까지 당했다.

강직한 성격으로 일찍 경찰에 몸담았던 남편은 당시 지역에서 일어난 조직폭력배 집단 난투 사건을 계기로 조직폭력배 일제 소탕 작전에 개입하게 되었다. 남편은 동료들과 함께 지역 조직의 하나인 텍사스 파를 맡아 한 달이 넘는 수사 끝에 용의자들의 윤곽을 밝혀냈고 본격적인 검거작업에 나서게 되었다. 당시 검거한 한 용의자가 검찰청 조사 과정에서 뜻밖에도 남편에게 뇌물을 건넨 사실을 고백했는데 이후 정보과에서 발 빠르게 남편을 수사에서 배제시키고, 그들의 또 다른 아지트를 급습해 압수 수색한 결과 남편에게 그들의 자금이 일부 송금된 자료를 발견했다. 남편은 이 일로 수사를 받게 되었는데 통장에 입금된 돈은 송금 날짜가 검거 이틀 전으로 자신은 모르는 일이라며 펄쩍 뛰었지만, 돈을 보낸 용의자는 수사 과정에서 이 경위에게 이후의 편의를 약속받고 돈을 보냈다고 했다. 남편은 용의자와 몇 차례 만난 사실은 인정했지만, 수사망에 올랐던 용의자를 추적하면서 추가 정보를 얻기 위한 방편이었을 뿐이며 돈 이야기는 일절 없었다고 주장했다. 남편이 워낙 강하게 부정하니 돈 입금 외에 다른 추가적인 증거를 확보하지 못한 경찰은 이미 외부에 알려진 사건이라는 이유로 남편을 희생양으로 삼아 불명예 퇴직을 시켰다. 이 일로 남편은 그동안 쌓아온 모든 것을 잃은 사람처럼 보였다. 바깥출입을 거의 하지 않고 종일 집안에 갇혀 지냈다. 그녀가 가끔 장을 보기 위해 시장이라도 같이 갈 것을 권하면 겨우 못이기는 척 따라나설 정도였다. 그러한 상황에서 수입이 끊겨 생활이 어렵게 되자 남편은 직장을 구하려고 여기저기 알아보았으나 50대의 퇴직 경찰을 받아 주는 곳은 없었다. 고심 끝에 마지못해 직장이 잡힐 때까지 당분간 다니겠다면서 일용직 막노동 작업장에 뛰어들었다. 그렇지만 몸으로 승부를 걸어야 하는 막노동이 힘들었는지 아니면 생소한 일이어서 그랬는지 채 두 달을 버티지 못하고 신축공사장 사고를 겪게 되었다.

당시 신축 중인 아파트 공사장에서는 자재나 장비를 올려 작업할 수 있도록 일꾼들이 임시로 비계를 설치하고 있었는데 전날 꿈자리가 좋지 않았다는 남편의 걱정대로 임시로 가설한 비계를 밟다가 미끄러지는 바람에 건물 아래로 떨어져 다리를 심하게 다쳤다. 병원에서는 발목에 철심을 박는 등 몇 차례 큰 수술을 했지만 결국 한쪽 발을 절게 되었다. 5층 높이였는데 평소 단련된 체격에다 아래에 쌓여있던 건축자재 위로 떨어져 더 큰 사고는 면할 수 있었다. 당시 수술을 맡았던 의사는 생명을 건진 것만 해도 다행이라고 했다. 그러나 그때는 몰랐지만 사고 이후 한동안 의기소침하던 남편은 술을 찾게 되면서 점차 성격이 난폭하게 변해갔다. 주야를 가리지 않고 술을 찾았고 술에 취하면 몸을 제대로 가누지 못하고 폭언도 마다하지 않았다. 불과 한 해 사이에 주변의 친구들은 멀어졌고 불편한 몸으로 밖에 나가는 대신 주로 집에서 술과 시간을 보내다가 그녀가 일을 마치고 돌아오는 저녁 시간이면 기다렸다는 듯이 험한 말을 쏟아 냈다.

"당신 만난 것부터 잘못되었어. 당신 만나고 내 인생이 틀어진 것 같아."

남편은 그녀의 가슴을 찌르는 말을 수시로 내뱉거나 반복하기도 했다. 그래도 분을 삭이지 못하면 곁에 있던 물건을 집어 던졌다. 험한 말들은 남편의 입에서 나와 잠시 귓전에 머물렀지만, 사라지지 않고 곧 화살이 되어 오랫동안 그녀의 몸 여기저기에 파고들어 생채기를 만들었다. 그럴 때마다 제 어미를 지키겠다며 곁에 서 있던 아들도 크게 다르지 않았을 것이다.

"그래, 그동안 너도 무척 힘들었을 거야. 나는 네 아버지가 언젠가는 아픔의 상처를 딛고 반드시 일어설 수 있다고 생각했어."

'지금도 그 생각은 변함이 없어'라고 말하려다가 말을 멈췄다. 짧은 순간이었지만 그녀는 지금도 남편이 훌훌 털고 일어설 수 있다고 생각하는지 다시 한번 자신에게 물어보았다. 그녀는 답할 수 없었다. 아들은 아버지의 상태에 대하여 어느 정도 알고 있을 것이다. 그리고 더는 아버지에게서 바랄 것이 없다고 생각했을지 모른다. 남편은 언젠가 자신이 아들에게 들려주었던 말처럼 아들을 자신의 분신과도 같이 여겼는지 모르지만, 이제 아들은 아버지의 테두리에서 멀리 벗어나 있다고 생각했다. 언제쯤 원래의 자리로 돌아올 수 있을까? 어쩌면 영영 돌아오지 못할 수도 있었다. 아마 영영 돌아올 수 없다는 것이 더 현실성 있어 보였다.

"경훈아, 네 마음을 모르지는 않는다. 그러나 아버지는 너와 우리 가족의 생계를 위해 일하다가 공사장에서 뜻하지 않게 사고를 당했다. 그리고 그 사고로 지금도 제대로 걸을 수 없는 상태다. 더구나 이제는 알콜 중독으로 자신마저 가눌 수 없는 상태에서 헤어지자고 말한다는 것은 같이 살아온 가족으로서 잔인하다고 생각지 않니?"

아들은 말이 없었다. 아들은 자세히 몰랐겠지만, 남편은 자신으로 인해 가정이 무너져가는 것을 못 견뎌 했을 것이다. 경찰복을 벗으면서 그리고 다리를 다치면서 자신이 평생을 쌓아 올린 울타리가 하나씩 무너지는 것을 지켜보는 심정이 어땠을지 생각했다. 남편에게 술이 없었다면 어떻게 되었을까?

"네 아버지는 나쁜 사람이 아니었다. 과거 돈을 네 아버지 통장에 보냈다고 말했던 자를 뒤에 아버지가 교도소까지 찾아갔는데 그 사람이 알아보고는 사과를 했다고 하더구나. 보스가 시켜서 돈을 먼저 보내고 이를 미끼로

협박하려고 했는데 생각보다 사건이 빨리 터지는 바람에 후속 조치를 하지는 못했다더구나. 계좌번호를 어떻게 알았느냐고 물었더니만 당시 아버지가 한 장애인 자선단체에 후원하고 있었는데 어떻게 알았는지 이들이 후원단체를 찾아갔다는구나."

"나도 대학 대신 취업 자리를 알아볼게요."
아들이 군 제대를 하고 집으로 돌아왔을 때였다. 당시는 남편의 피 같은 보상금으로 하루하루를 견디고 있었다. 아들은 복학 대신 여러 군데 이력서를 내고 면접을 보기도 했지만, 직장을 구하기는 어려웠다. 그러던 중 직업훈련원에서 1년간 기능 교육 을 받는 조건으로 취업을 알선하는 곳이 있어, 집에서 멀리 떨어진 공단지역으로 떠나게 되었다.
"못난 부모를 만나 공부할 나이에 힘들게 일할 생각을 하니 걱정스럽구나. 그렇지만 어디에 있더라도 건강하게 잘 지내기를 바란다. 자주 연락하고…"
그녀는 울지 않으려고 했지만 여행용 캐리어 두 개에 짐을 나눠 담고 떠나는 아들을 배웅하고 집으로 돌아와 소리 없이 울었다. 그녀의 흔들리는 마음을 붙잡아 주고 가정을 책임지고 이끌어야 할 남편은 아직도 방 한쪽에서 어제 마신 술 때문인지 깨어나지 못하고 깊이 잠들어 있었다.

남편의 알콜 중독 증세는 날이 갈수록 심해져서 이제는 평소에도 손을 떠는 증상이 나타났고 소화 장애와 복부에 물이 차는 간경변 증세를 보이기도 했다. 치료가 시급한 것으로 보였지만 남편은 신경을 쓰지 않다가 뒤늦게 찾아간 곳이 마을 병원이었고 의사가 큰 병원에 가보라면서 임시로 처방해 준 약으로 연명하고 있었다. 그녀가 병원에 가서 정밀검사라도 받아야 하지 않겠느냐고 하면 오히려 더 살아서 무슨 낙을 보겠느냐고 반문했다.
"내가 없어져야 당신도 편하게 살 게 아니야."

그러던 어느 날 그녀는 알콜 중독자들을 전문으로 치료를 하는 병원이 있고 빠른 회복을 돕는 프로그램을 운영한다는 사실을 알게 되었고 시간을 내어 전문병원을 찾았다. 알콜 중독 전문병원에서는 이들을 대상으로 재활프로그램을 운영하고 있었고 일정부분 치료 경과가 좋으면 다시 가정으로 돌아가기도 한다고 했다.

"가장 좋은 방법은 스스로 입원하도록 유도하는 방법입니다. 환자 스스로 위험성을 알고 알콜로부터 건강을 회복하는 가장 바람직한 방법입니다만 이런 경우는 흔치 않습니다."

그녀는 고개를 끄덕였다. 남편이 알콜 중독을 인정하고 스스로 치료받겠다고 병원을 찾을 수 있을까 생각해보니 지금으로서는 어림도 없는 일이었다.

"이게 어렵다면 강제 입원 방법이 있습니다. 가족이나 보호자가 거주지 관할 보건소에 강제 입원 신청을 하면 이후 검사를 받아 입원의 필요성을 확인하는 방법입니다. 이 경우 정신보건심판위원회에서 최종 판단을 하게 됩니다. 하지만 이 경우 인권 보호나 윤리적 차원에서 문제가 제기되기도 합니다."

그녀는 무거운 발걸음으로 병원을 나섰다. 어떻게 해야 할까? 일단 남편에게 본인의 생각을 물어보아야 했다. 병원에서 받은 자료를 보여주며 심각성을 일깨운다면 스스로 입원이 가능할까? 하지만 자신은 없었다.

그날도 그녀는 일을 마치고 시장을 들렀다가 저녁 무렵 집에 도착했을 때 남편은 술을 마시다가 거실의 TV를 켜놓은 채 잠들어 있었다. 난방도 제대로 되지 않는 방에서 헝클어진 머리에 티셔츠는 반쯤 말려 올라가 아랫배를 드러내놓고 있었다. 소주 빈 병이 나뒹굴고 냉장고에서 꺼낸 김치통은 잠결에 건드렸는지 뚜껑이 열린 채로 옆으로 기울어져 붉은 김치국물이 바닥에 말라붙어 있었다. 베개 대신 팔을 베고 추웠는지 옆으로 웅크린 모습을 보고 있으려니 불쌍한 생각이 들었다.

남편의 수입이 끊긴 뒤 그녀는 일자리를 위해 여기저기 알아보았지만, 단기간 아르바이트 외에는 자리를 구하기 어려웠다. 젊은이들도 취업이 힘든 판에 오랫동안 전업주부로 살아온 그녀에게 취업은 꿈같은 이야기였다. 취업이 하루 이틀 미루어지자 마음이 조급해졌다.

그러던 중 평소 가깝게 지내던 여고 동창이 그녀의 딱한 형편을 듣고 소개한 곳이 법무법인의 한 변호사 가정이었다. 여자 쪽 가까운 친척이라고 했는데 대학에서 만난 그들은 지금 남편은 검사로 아내는 변호사로 활동하고 있다고 했다. 여자는 어린 자녀와 가사를 돌보는 사람을 원한다고 했다. 그녀는 밤새 고민을 했다. 그러나 답은 어렵지 않았다. 힘들더라도 우선은 돈을 벌어야 했으므로 만나보기로 했다. 단정하게 차려입고 이튿날 친구가 알려준 법무법인 사무실을 찾았는데 입구에서 여자 변호사의 이름을 대자 개인 사무실로 안내했고 깔끔하게 정장을 차려입은 여자 변호사가 자리에서 일어나며 반갑게 맞았다. 40대 초중반으로 보이는 여자는 옅게 화장한 얼굴에서 자신감이 넘치는 듯했다. 그녀가 친구 이름을 대자 옆으로 다가오면서 응접 의자에 앉기를 권했다.

"어서 와요. 강정아 변호사입니다. 김지연 씨 되시나요?"

지극히 사무적인 그러나 의뢰인을 대하듯 다소 부드러운 말투였다. S 아파트에 거주하고 있으며 하나뿐인 딸아이가 유치원에 다니지만, 자신이 아침마다 출근길에 데려다주고 있으니 일찍 나올 필요는 없다고 했다. 대신 오전 10시경 와서 빨래나 청소를 하다가 오후 2시경 아이가 유치원에서 돌아오면 과일이나 간식을 챙겨주고 말동무도 해주었으면 좋겠다고 했다. 오후 3시부터 두 시간 동안 과외 선생님이 오셔서 영어 회화 지도를 하고 있으니 중간 쉬는 시간 간식도 챙기고 저녁 6시쯤 아이의 저녁을 챙기고 퇴근하면 된다고 했다. 그들 부부는 집에서 저녁 먹는 경우는 드물기 때문에 따로 신경 쓰지 않아도 된다고 했다. 지금까지는 어머니가 봐주고 계셨는데 최근 무릎이 아파서 곧 무릎 연골 수술을 받을 것이라고 했다. 주 5일 근무로 사례는 섭섭지 않게 주겠으니 특별히 아이를 잘 부탁한다고 했다.

"첫인상이 수수하고 좋으시네요. 맞벌이하다 보니 애가 유치원을 돌아오면 제 할머니와 둘이서 지냈는데 최근에 어머니께서 몸이 편찮으셔서 힘들어하시니 애가 거의 혼자 지냈나 봐요. 50대 후반이라고 들었는데 만나보니 그렇게까지 보이지는 않네요."

그러면서 옅은 웃음을 보였다. 딸아이는 어렸지만 야무졌는데 부잣집 아이들이 즐겨 입는 명품 옷이나 신발 대신 평범한 것들을 즐겨 입었다. 언젠가 변호사에게 그 이유를 묻자 혹시라도 아이가 유괴범의 표적이 될까 봐 걱정되어 남들 눈에는 평범하게 키우려고 노력하고 있다고 했다. 맡은 일은 어렵지 않았다. 딸아이는 그녀의 말을 잘 따랐고 주인 내외를 만나기는 어려웠지만, 가끔 얼굴을 마주치면 어려운 점은 없는지 관심 가져주었다. 그러다 채 2년이 되기 전에 변호사는 아이와 함께 미국으로 떠난다면서 그동안 고마웠다고 했다. 그녀는 다시 직장을 구해야 했다. 당시 그녀는 허리통증을 앓고 있었는데 때로 통증이 엄습할 때면 근처 한의원이나 정형외과에서 물리치료를 받아야 했다. 남편은 오래전 알콜 중독 치료를 위해 병원에 입원했다. 안타까웠지만 강제 입원을 시킬 수밖에 없었는데 한사코 감금시키려 든다면서 아내를 비난하던 남편은 하루에도 몇 번씩 정신적으로 혼란을 보인다고 했다. 아들은 직장을 따라 객지로 떠나고 그녀는 혼자 남았지만, 수입이 끊기고 살림이 어려워지면서 주민센터로부터 기초생활수급자에 선정되었다.

시간이 나면서 그녀는 병원에 입원 중인 남편에게 수시로 다녀왔다. 그녀는 남편을 강제로 병동에 입원시키면서 심한 갈등을 겪었다. 남편을 위한 일이었지만 한사코 거부하는 남편의 뜻을 외면하는 것이 옳은 것인지 그리고 이 길 외에 다른 방도는 없는 것인지 수없이 반문했다. 그렇지만 아들은 조심스러워하는 그녀를 위로했다.

"언젠가 아버지가 회복되어 집에 돌아온다면 먼저 어머니께 고맙다고 할 거예요. 지금은 실상 다른 방법은 없잖아요. 그렇다고 환자를 그냥 둘 수도 없으니까요."

아들의 말대로 그녀는 언젠가 남편이 그녀의 마음을 알아줄 것을 믿었다. 그리고 아들을 의지하여 힘을 얻었다. 입원병실 침대에 누워 횅한 모습으로 그녀를 쳐다보는 눈은 이전의 살기가 가득했던 눈초리나 혹시 모를 폭행의 두려움으로 몸을 사려야 했던 남편은 아니었다. 그러나 아직 이전의 습관을 버리지 못하고 있는 듯했다. 병실을 나와 따로 만난 의사는 아직도 치료를 거부하고 있다면서 좀 더 지켜보아야 할 것 같다고 말했다. 앞으로 얼마나 이 생활이 이어져야 하는 것인지 그때마다 그녀는 착잡한 마음을 안고 병실을 나설 수밖에 없었다.

아파트 차임벨 소리에 놀라 눈을 떴다. 아파트 거실과 이어진 부엌 식탁에 앉아 아파트 건너편 놀이공원을 보고 있다가 깜박 잠이 들었던 것 같다. 그녀가 정신을 추스를 시간도 없이 다시 차임벨이 울렸다. 누굴까? 이 시간에 찾아올 사람은 없었다. 주민센터에서 복지 담당자가 찾아온 것일까? 그녀는 엉거주춤 일어나 현관문을 열었다.

"이게 누구야? 경훈이 아니야?"

아들은 가볍게 고개를 숙이며 인사를 했다. 저번 연말에 다녀가기로 했으나 회사 일이 밀려 전화로만 연락을 주고받은 것이 벌써 3개월이 흘렀다. 집에 다녀가라는 말에는 3월 이후에나 가능하다고 했다. 걱정되었지만 어디서 지내든지 건강하게만 지낸다면 다행이라고 생각하고 있었다. 3월이 지나 기다리던 봄은 돌아왔지만, 날씨는 아직도 추운 겨울을 벗어나지 못하고 있었다. 그런데 항상 주말이 되어야 집에 내려왔던 때와는 달리 오늘은 평일이었다. 그녀가 의아한 생각을 하고 있을 때 아들이 현관에 들어서며 오른손에 들려있던 과일 봉지를 그녀에게 내밀었다. 그녀가 엉겁결에 받았다. 언뜻 아들이 등 뒤로 가져간 왼손에 감긴 하얀 붕대가 보였다. 덜컥 가슴이 내려앉았다. 아들은 그녀의 눈치를 보며 조심스럽게 거실로 올라섰다. 그녀가 자세히 보기 위해 같이 거실로 올라서며 몸을 조금 돌려 아들이 등 뒤에 감춘 왼손을 보았다. 손목 아래 전체를 붕대로 둘둘 말아놓은 상태였다. 그녀가 놀라서 한걸음 물러서며 물었다. 하마터면 과일 봉지를 떨어뜨릴 뻔했다.

"손은 왜 그런 거야?"

아들은 그제야 감추었던 손을 앞으로 돌리며 멋쩍은 듯 웃어 보였다. 그녀가 재차 다그치며 정색을 하고 물었다.

"일하다가 조금 다쳤어요. 붓기가 조금 줄어들기는 했지만, 아직 본래대로 돌아오려면 조금 더 지나야 된다나 봐요."

그녀는 아들을 당겨 같이 식탁 의자에 앉았다. 그리고 손을 자세히 보려고 했지만, 아들이 다시 뒤로 돌렸다.

"자세히 설명을 해봐. 어떻게 된 거야?"

아들은 머뭇거리다가 어렵게 입을 열었다. 두어달 전쯤 회사에서 야간 프레스 작업을 하다가 순간적인 실수로 손가락이 잘리는 사고를 당했다고 했다. 다친 손가락은 왼손 검지와 중지, 약지였는데 중지와 약지는 첫 마디가 잘리고 검지는 손톱이 거의 잘렸다고 했다. 그녀는 갑자기 현기증이 나면서 어지러웠다. 그녀는 의자에 등을 기대고 눈을 감고 잠시 그대로 있었다.

"얼마나 아팠겠어? 그런데 너는 왜 엄마한테 여태 말을 안 한 거야?"

아들은 사고가 났던 때부터 지금까지 혼자 입원하여 치료받았을 것이다. 집에 연락하려고 했으면 얼마든지 할 수 있었지만, 어미가 걱정할까 봐 지금까지 말없이 지냈을 것이다. 얼마나 힘들었을까를 생각하니 가슴이 아팠다. 아들은 아무런 말이 없이 바닥을 내려다보고 있었다.

"너도 힘들었을텐데 내가 너를 몰아붙인 것 같다. 천천히 얘기하자꾸나. 좀 있으면 저녁인데 먹고 싶은 것 있으면 말해봐. 오랜만에 아들이 왔는데 뭘 준비해야 할까?"

간신히 몸을 일으켜 부엌으로 향했지만, 생각이 복잡하여 일이 손에 잡힐 것 같지 않았다. 그녀는 다시 몸을 돌려 아들을 따라 제 방으로 들어갔다.

"그런데 다친 손 마디는 지금 어떤 상탠지 말해줄 수 있어?"

아들이 책상에 앉아 다친 손을 책상 위에 올려놓았다. 손가락 부분부터 손목까지 붕대를 칭칭 감아 잘린 부분의 손마디가 있는지 없는지 형태를 분간할 수 없었다. 아들이 머뭇거리다가 입을 열었다.

"병원에서 프레스 사고는 손가락이 잘리기보다는 부서지는 형태여서 재접합 성공률이 낮다고 하더군요. 사고가 나는 순간 정신을 잃은 것 같은데 같이 일하던 직원들이 급하게 전원을 끊고 119를 불렀고 손 마디 잘린 부분을 챙겨서 병원에 갔나 봐요. 회사에서 배우기도 했지만, 가끔 사고가 나는지 직원들이 대응 방법을 잘 알고 있더라고요. 뼈가 조금 부서져도 피부나 혈관, 신경 등이 살아있다면 접합도 가능하다고 해요. 산재 지정 병원에서 수술받았는데 검지와 중지는 최대한 재접합을 해서 살려보겠다고 했고 약지는 잘린 부분을 살리기 어렵다면서 피부를 이식하는 기능 재건술을 했다더군요."

그녀는 평소와 달리 아들이 말을 하면서도 애써 덤덤한 모습을 보이는 것 같아 마음이 아팠다. 직업훈련원에서 공작기계를 배운다면서 자격증을 따기 위해 주말에도 기계 앞을 벗어나지 못했다는 이야기를 들었을 때는 자격증만 따면 뭔가 이루어질 수 있을 것 같은 생각도 들었지만, 아들을 보면서 과연 이 길이 옳은 길이었는지 후회가 되었다.

아들은 집에 잠시 다니러 온 것이 아니라 회사 생활을 정리하고 집으로 돌아온 것이란 것을 이튿날 알게 되었다. 객지에서 쓰던 물건들도 하루 이틀 사이 택배로 집에 도착했다. 집 떠날 때와 마찬가지로 짐은 많지 않았다. 아들은 인근 병원에 통원 치료를 다니는 것 외에는 종일 제 방에서 나오지 않고 혼자 스마트폰을 보며 지냈다. 그녀는 최대한 내버려 두는 게 나을 것 같아 식사 시간 외에는 찾지 않았다. 앞으로 아들은 어떻게 될까? 몸도 장래도 걱정되기는 했지만, 또 다른 길이 있을 것이다. 아들은 큰 충격을 받았겠지만, 내색 없이 견뎌내고 있었다. 지금은 자신을 응원하며 몸과 마음이 회복되는 것이 우선이었다. 그렇게 지내다 보면 또 살아갈 힘을 얻지 않겠는가. 아들은 며칠에 한 번씩 통원 치료를 다녔는데 병원에 다녀올 때면 상처가 빠르게 회복하고 있다면서 치료 경과를 이야기하기도 했다.

"어머니, 제가 사귀고 있는 여자 친구가 있어요. 제가 살던 집 옆에 있던 건물 편의점에서 알바를 하던 친구인데 6개월 정도 만나면서 교제를 시작했고 서로가 객지에 살면서 힘들 때마다 큰 힘이 되었던 친구예요. 어머니에게 진즉 말씀드려야 했는데 늦었어요. 내일 여기를 오기로 했는데 한번 만나보세요. 마음에 들지 모르겠어요."

어느 날 저녁 아들이 말했다. 그녀는 속으로 놀랐지만, 한편으로는 그럴 수도 있겠다고 생각했다. 아프기 전부터 사귀었다니 아픈 남자 친구를 떠나지 않고 병실을 지켜준 고마운 여자로 생각되었다.

"그래, 갑자기 말하니까 아가씨가 나이는 얼마나 되고 어떤 사람인지 궁금한 게 많구나. 하지만 급한 것은 없으니 지금은 서로를 잘 알아가는 것이 좋겠구나. 어미는 좋은 아가씨 같은 생각이 든다. 아픈 너를 병실까지 찾아와 간호했다니 요즘에도 그런 착한 아가씨가 있는지 몰랐구나."

아들의 잠시 웃는 것 같더니 이내 본래의 무표정한 얼굴로 돌아왔다. 이제 아들 나이가 스물여덟이니 이른 감도 있지만, 차라리 잘된 일이기도 했다. 그녀는 더 이상 아들에게 해줄 것이 없었으므로 빨리 독립하여 제 가정을 이루는 것이 맞겠다고 여겼다. 그러나 몇 가지 걱정되는 부분도 있었다. 아들의 손이 얼마나 회복할 수 있을 것이며 제 기능을 할 수 있을지가 문제였다. 온전하게 회복되지 않는다면 이후의 삶은 어떻게 될까? 그리고 한편으로 병실에 있을 남편의 일그러진 얼굴이 떠올랐다. 남편도 이제는 그만 자리를 털고 일어나 아들에게 따뜻한 위로의 말을 건넨다면 얼마나 좋을까?

이튿날 점심시간에 맞춰 아들을 따라 여자 친구를 만나러 나갔다. 그녀는 간밤에 늦게까지 잠을 이루지 못하고 뒤척였다. 아들이나 자신에게 앞으로 어떤 삶이 펼쳐질지 기대와 걱정이 교차했다. 현 상황을 고려한다면 쉽지는 않을 것이라는 생각이 들었다. 다만 지금까지 버텨온 삶이 헛되지 않았으면 좋겠다는 생각이 간절했다. 만나는 장소는 시외주차장 근처 식당이었다.

"안녕하세요. 장수아라고 해요."

예약했던 식당에 들어섰을 때 홀 안쪽에서 기다리고 있던 여성이 자리에서 일어서더니 그녀가 가까이 가자 웃으면서 인사했다. 실내여서 자색의 두툼한 외투가 거추장스러웠는지 옆자리에 벗어놓고 연두색 셔츠를 입고 있었다. 조금 작은 키였지만 머리를 어깨까지 내려서 그런지 얼굴은 갸름했으며 성격이 활달해 보였다. 그녀가 아들에게서 듣고 혼자 생각했던 모습과는 다른 듯이 느껴졌다. 그들은 자리에 앉았다.

"오빠, 다친 손은 어때? 조금 나아진 것 같아?"

여성이 테이블 옆에 앉은 아들을 보며 물었다. 아들이 주춤거리며 마주 앉아있는 그녀를 쳐다보다가 고개를 끄덕이며 말했다.

"괜찮아지겠지."

음식을 주문하고 서로가 별말이 없었다. 아들이 다친 손을 아래로 늘어뜨리고 있었기 때문에 그녀가 테이블 위로 올리도록 했다. 혈액 순환을 위해서는 팔을 심장과 비슷하게 두는 것이 좋다는 것을 아들도 알고는 있을 것이다. 하지만 다친 팔을 보이기 싫었던 마음이 더 컸을 것이다.

"아가씨는 고향이 어딘가요?"

어색한 분위기를 깨면서 그녀가 여성에게 묻자 여성이 얼굴이 굳어지며 말을 머뭇거렸다. 아들이 중간에 끼어들었다.

"어머니, 미처 말을 못했는데 수아는 어려서부터 보육원에서 자랐대요.

고향이나 부모님이 누군지 잘 몰라요. 이름이나 나이는 보육원에 맡기면서 메모지에 남겼나 봐요. 혼자서 힘들게 자랐지만, 서로가 의지하며 산다면 뭐든지 극복할 수 있을 거예요."

어떻게 밥을 먹고 헤어져 집으로 돌아왔는지 모른다. 아들은 시외주차장에서 여성을 바래다주고 돌아오겠다면서 그녀와 헤어졌다. 그녀 혼자 터덜터덜 집으로 돌아와서 식탁 의자에 주저앉았다. 온몸의 기운이 다 빠져나간 듯했다. 왜 그런 감정이 들었는지 천천히 되짚어보다가 뜻밖에도 지금까지 아들을 온전히 믿었던 것이 일시에 무너진 것 같은 생각이 들었다. 그러면서 무력감과 함께 배신감이 밀려왔다. 배신감의 실체는 무엇이었을까? 그녀는 아들이 다쳐서 입원했을 때 여성의 도움을 받았다는 생각에 어미로서 고마운 마음을 전하고 싶었고 장래의 배우자가 될 수도 있을 것이라고 보았다. 그래서 함께 만나기로 했던 것인데 아들은 그 자리에서 여성과 함께 살겠다는 의지를 드러낸 것이다. 사귀는 여성으로 인해 제 어미는 안중에도 없었던 것일까? 이럴 때 같이 의논할 상대가 아무도 없다는 사실이 그녀를 더욱 슬프게 만들었다. 그날 밤 늦은 시간에 아들이 집에 들어왔다. 술에 취해 있었는데 아들의 그런 모습을 보는 것은 낯설었다.

"술을 마신 것 같구나. 같이 마셨니?"

아들이 고개를 절레절레 흔들었다. 그리고는 비틀거리는 모습으로 자신의 방으로 들어가 버렸다. 약을 복용하고 있으면서 술을 마셔도 괜찮은 것일까? 그녀는 걱정이 되었지만, 아들도 충분히 알고 있을 것이다.

그녀가 자신의 방으로 들어와 침대에 걸터앉아 맞은편의 거울을 물끄러미 쳐다보았다. 머리카락 사이로 흰머리가 유난히 많아 보였다. 환갑을 넘긴 나이를 말하듯 얼굴의 곱던 피부는 어디론가 사라지고 눈가 주위로 벌써 잔주름이 여기저기 눈에 띄었다. 그녀가 물끄러미 얼굴을 쳐다보고 있는 사이 아들이 방문을 노크했다. 그녀가 정신을 차리고 고개를 돌려 출입문을 바라보았다. 아들이 조용히 열고 들어와 침대 반대편에 걸터앉았다.

"술 냄새가 나는 게 제법 마셨구나. 오늘은 늦었는데 내일 말해도 되지 않을까?"

아들이 고개를 들어 그녀를 바라보았다. 눈동자는 생각 외로 또렷해 보였다.

"어머니, 잠시 말씀만 드리고 갈게요. 어려운 처지에 내몰렸을 때 여자 친구는 제게 큰 힘이 되었어요. 어머닌 어떻게 생각하실지 모르지만 우리는 이미 결혼을 약속했어요."

아들의 목소리는 조금 떨리고 있었다. 술을 마신 탓일까? 어디서 그런 용기가 나왔는지 아들은 또렷하게 말했다. 그녀는 아무런 말도 할 수 없었다.

"남들처럼 갖춘 결혼식은 애초에 꿈꾸지 않았어요. 그냥 둘이서 하나하나 장만하면서 살아가려고 해요. 집에 있으면 어머니께 짐이 될 것 같아 내일 아침 떠나려고 합니다. 못난 아들이지만 용서하세요."

아들은 이튿날 아침 들어설 때와 마찬가지로 간단하게 짐을 꾸려서 집을 나섰다. 아침이라도 먹고 가길 원했으나 여자 친구가 기다린다면서 서둘러 집을 나섰다. 그녀는 현관을 나와 아파트 5층 계단에 서서 배낭을 어깨에 메고 오른손으로 캐리어를 끌고 내려가는 아들을 말없이 지켜보았다.

아들이 집을 떠나고 그녀는 심한 열병을 앓았다. 혼자 이불을 뒤집어쓰고 끙끙 앓았다. 해열제를 먹으면 열이 내려갈 것 같았으나 약을 사러 갈 사람이 없었고 전화라도 걸어 부탁할 만한 사람도 없었다. 곧 4월이었으나 밖으로 여전히 찬바람이 수시로 베란다 창을 두드리며 지나갔다. 아들이 그렇게 집을 나간 뒤 하루에도 몇 번씩 보고 싶은 마음은 여전했지만, 아들에게서는 도통 연락이 없었다. 그녀가 먼저 전화할 수도 없었다. 아들이 원치 않을 것이다.

그렇게 몇 달이 지났다. 완연한 봄이 되어 가로수의 잎들은 날이 갈수록 무성해지고 지역마다 다양한 꽃축제가 펼쳐지면서 연일 매스컴을 탔다. 그녀는 집에 누워있는 날이 많았다. 과거 불편했던 허리가 다시 재발 되었는지 몸을 일으켜 세우기가 어려웠다. 병원의 남편에게도 가봐야 할텐데 집을 나서기가 겁이 났다.

그러던 어느 날 그녀에게 전화가 왔다. 지역번호가 휴대폰 화면에 뜨는 것을 보니 유선으로 걸려 온 전화였다. 마침 그녀는 남편이 입원 중인 병원으로부터 지난달 청구서를 받아들고 통장 잔고를 걱정하고 있었다. 기초생활수급자여서 병원비 일부가 감면되었지만, 나머지 금액도 부담스러웠다. 지금은 생활비를 포함한 모든 지출을 기초생활수급자 급여에 의존하고 있는 상태였다. 간신히 일어나 벽에 몸을 기대어 전화를 받았다.

"안녕하세요. 주민센터 담당자 조혜정입니다. 아드님 이름이 이경훈 씨 맞죠. 같이 계신 아드님 통장에 큰돈이 입금된 것 알고 계시죠. 어머니께서 지금까지 기초생활수급자로 선정되어 생계급여를 받고 계시는데 아드님 통장 입금액이 기준에 초과되어 규정에 따라 기초생활수급자 탈락 조건에 해당되므로 미리 전화로 연락드립니다. 문의 사항이 있으면 언제라도 담당자에게 연락주시기 바랍니다."

갑자기 눈앞이 캄캄해지면서 이게 무슨 일인가 싶었다. 그녀는 전화를 끊을 생각도 없이 팔을 늘어뜨리고 그대로 앉아있었다. 머리로는 온갖 생각이 어지럽게 돌아다녔다.

이룰 수 없는 약속

"이 사과 어떻게 팔아요?"

그가 1톤 트럭 화물칸을 손질해 만든 진열대 옆으로 간이 의자에 앉아 눈을 감은 채 라디오 음악을 듣다가 깜박 졸았던 것 같다. 과일 가격을 묻는 목소리에 움찔 놀라 소리 나는 쪽으로 시선을 돌렸다. 중년의 여자가 장을 보고 돌아오는지 장바구니를 들고 서서 진열대의 사과를 만지작거리고 있었다. 여자의 장바구니에는 내용을 알 수 없는 까만 비닐봉지가 여러 개 보였고, 밑둥치만 싼 대파가 한 묶음 길게 세워져 있었다. 그가 일어서면서 말했다.

"사과가 요새 제 철이라 맛이 있지요. 여기에 있는 것들은 모두 아침에 올라온 맛있는 청송 사과입니다. 골라보세요."

그가 진열대 위의 사과를 고르고 있는 여자에게 빈 플라스틱 소쿠리를 내밀면서 얼굴을 힐끗 쳐다보았다. 짧은 커트 머리를 한 40대 중반으로 보이는 여자는 인근 서민 아파트에 거주하는지 티셔츠의 간편한 복장에 슬리퍼를 끌고 있었다.

"이쪽 것은 일곱 개 만 원인가요?"

빨갛게 익어 색이 곱고 겉이 매끄러운 큰 사과는 네 개 만 원을 받았고 그보다 조금 작기는 해도 집에서 먹기 괜찮은 것들은 여섯 개나 일곱 개 정도를 만 원에 받았다. 따로 구분한 작은 것들은 열 개씩 미리 봉지에 담아 두었다. 가격을 눈에 잘 띄도록 굵은 펜으로 적어놓았지만, 묻는 이들이 많았다.

"좀 큰 것은 여섯 개, 작은 것은 일곱 개까지 드립니다."

그렇지만 만 원에 여섯 개를 골라 순순히 가져가는 사람은 드물었다. 주부들은 무슨 말을 해도 하나라도 더 담으려고 했다. 그도 주부들의 심리를 터득하고 나서는 조금이라도 큰 사과는 가격이 높은 곳으로 미리 옮겨 놓았다. 그래서 손님을 봐가며 선심이라도 쓰듯 한 개를 더 담아 주면 그들은 고마워했다.

중년의 여자는 사과를 아래위로 뒤지면서 제법 좋은 것을 고르느라 시간을 보내더니 일곱 개를 채우고 만 원을 내밀었다. 과일은 사람 손이 갈수록 서로 부딪히고 찍히거나 멍이 들게 마련이어서 신경이 쓰였지만, 잠자코 쳐다볼 수밖에 없었다. 돈을 받아 허리에 찬 전대에 넣었다.

"그렇게 좋은 것으로 일곱 개를 고르면 우리는 뭘 먹고 삽니까?"

그가 골라놓은 사과를 익숙한 솜씨로 비닐에 담아 여자에게 건네면서 말했다.

"아저씨, 장사하는 사람 밑진다는 것은 다 거짓말이래요. 그리고 장사하다 보면 득을 볼 때도 있고 손해를 볼 때도 있는 거지 늘 득만 보고 살 수는 없잖아요."

말이야 옳은 말이다. 그러니까 장사치들은 물건을 팔되 손해가 가지 않게 조심해야 한다. 싸게 사서 적당한 이윤을 붙여서 팔면 된다. 그러나 알면서 손해 볼 때도 자주 있었다. 상하기 쉬운 과일을 그날 떨이를 못해 남길 때는 이튿날 판다고 해도 제값을 받기가 어려웠다. 그리고 일기예보에도 없었던, 비나 바람이 갑자기 불어닥치거나 폭설이 내리는 등 이상 현상도 조심해야 했다. 때로는 인도나 차도에 주차하면서 주차 단속원과 말다툼을 벌이기도 했다. 누구라도 가진 것 없이 돈 버는 것이 쉽지는 않겠지만 유독 없는 자들에게 세상은 냉정하다는 것을 그는 이미 몸으로 터득하고 있었다. 그는 불과 2, 3년 전만 해도 잘 나가던 사업가였다. 지금은 비록 과일 행상을 하고 있지만 들인 노력에 비해서 수중에 돈은 없었다. 지금까지 처자식 굶지 않고 살고 있는 것을 그나마 다행이라고 여겼다. 언제쯤 다시 재기할 수 있을지 생각하면 막막하기만 했다.

주머니에 넣어두었던 휴대폰을 꺼내 시간을 보았다. 시간이 제법 흘렀다. 주부들이 장을 보러 나오기에는 늦은 시간이었다. 고개를 들어 서쪽 하늘을 올려 보았다. 짧아진 해가 곧 산에 걸릴 듯이 기울어져 있었다. 이제부터는 퇴근을 하거나 집으로 돌아가는 이들이 손님이 된다. 또다시 지루한 시간이 이어질 것이다. 그가 차량 주위를 서성이며 담배에 불을 붙였다.

"당신 어제 몇 시에 들어왔어?"

그가 여느 때와 마찬가지로 새벽같이 일어나 앉아 옆에서 정신없이 잠들어 있는 아내를 흔들면서 물었다. 어젯밤 늦게까지 거실에 앉아 TV를 보다가 새벽 1시가 가까울 무렵 잠들었지만, 그때까지도 아내는 돌아오지 않았다.

"왜 그래? 어제 늦게 마쳤단 말이야. 졸려서 더 자야 될 것 같아."

아내가 잠꼬대 같이 중얼거리고는 이불을 끌어 얼굴을 덮었다. 아내의 그런 모습을 잠시 내려다보다가 일어나 거실로 나왔다. 아직 해가 뜨기 전이어서 주위는 어두웠다. 거실 가득 10월 하순의 찬 공기가 느껴지면서 한기를 느꼈다. 그는 조명을 켤 생각도 없이 소파에 주저앉았다.

그는 오랫동안 농기구 부품을 생산하는 하청 업체를 운영하면서 원청으로부터 물량의 주문이나 납품이 일정하게 이루어졌으므로 계약기간 동안 운영에 큰 어려움은 없었다. 한창 공장이 잘 돌아가고 있던 어느 날 밤 공장에 알 수 없는 화재가 발생했고 소방차가 출동하였으나 인근 도로에 주차된 차들로 인해 화재를 바로 진압하지 못했다. 순식간에 조립식 판넬 공장은 검은 연기를 내뿜으며 불길이 치솟았고 시간이 흐르자 천천히 잿더미로 변했다. 다행히 모두 퇴근한 뒤라 인명피해도 없었고 옆 공장과도 담으로 공간을 두고 있어 불이 번지는 2차 피해도 막을 수 있었다. 경찰서에서는 이튿날 공장 주변으로 띠를 두르고 출입 금지구역으로 지정했다. 이후에 일반인의 출입을 통제하고 화재 원인을 조사하기 위하여 수시로 들락거렸으나 결과발표는 계속 늦어졌다. 나중에는 인근 CCTV를 조사했고 그날 밤 누군가 공장 사이 좁은 공간에서 추위를 피하고자 불을 지피는 것을 확인했지만 설비가 노후되고 화면이 어두웠는지 노숙자로 보이는 남자를 특정하지도 못했고 시간이 지나자 사건은 흐지부지되었다. 그는 화재 이후 보험사를 쫓아다니며 보상금을 받아내 공장을 복구하기 위해 노력했으나 3, 4개월 전 원청과의 재계약을 목표로 대출을 받아 무리하게 신형기계를 넣으면서 미처 보험회사에 알리지 못했던 것을 알았다. 그로 인해 은행 차입금 상환이 계속 미루어졌고 결국 얼마간 나온 보상금과 자신의 수족과도 같던 공장을 헐값에 처분한 돈으로 채무와 직원들의 인건비, 퇴직금 등을 지급하고 문을 닫아야 했다.

"나도 집에만 있지 말고 돈을 벌어야겠어."

하루아침에 갈 곳을 잃은 그에게 아내가 말했다. 당시 그는 밖으로 나돌았다. 집에는 답답해서 있을 수가 없었다. 밖에서 다리가 아픈 것도 잊고 온종일 돌아다니다가 저녁에 돌아와 밥을 먹는데 아내가 말했다. 그때 그는 대수롭지 않게 고개를 끄덕였다. 실상 40대 후반의 가정주부가 돈을 벌기 위해 할 수 있는 일이 그리 많지 않다는 것을 알았기 때문에 내버려 둘 수밖에 없었다. 처음에는 파트타임 마트 계산원으로 6개월 정도 다니더니 그만두었다.

"시급 만 원도 안 되면서 하루 다섯 시간을 꼬박 서서 버텨야 하니 차라리 다른 곳을 알아봐야겠어."

그리고 이어서 들어간 곳이 어릴 적 가까이 지내던 고향 친구가 소개한 식당이라고 했다. 제법 입소문을 타는 고깃집이어서 낮에는 모임 장소로 저녁에는 접대가 필요한 기업체나 회사의 직원 회식 장소로 인기가 높다고 했다. 코로나19로 인해 얼마나 다닐지 모르겠다면서 그에게는 식당 위치나 이름을 밝히지 않았다. 그러면서 굳이 알려고 하지 말라고 했다. 그도 오히려 그게 편할 것 같아서 그러라고 했다. 근무 시간이 오후 4시부터 밤 11시까지로 임금은 월급제로 180만 원 정도 되는 모양이었다. 뒤로는 가끔 집 반찬에 육류가 오르기도 했다. 그런 날이면 학교에서 늦게 돌아온 외동딸 혜영에게도 고기를 내놓았다. 딸은 평소에도 고기를 좋아했다.

"많이 먹어, 공부도 체력이 받쳐주어야 하는 거야."

그렇지만 일하게 된 식당은 거리가 제법 멀다고 했다. 그러다 보니 아내가 집으로 돌아오는 시간은 항상 자정 무렵이었다. 식당은 오랫동안 코로나19로 인해 손님이 줄면서 적자를 보기도 했으나 코로나의 위세가 조금씩 꺾이면서 영업시간이 연장되고 손님도 꾸준히 늘어난다고 했다.

"밤에 돌아올 때 누가 태워줘?"

간혹 버스가 끊기기도 했기 때문에 처음에는 오래전에 따 두었던 면허증을 내보이며 중고차라도 사야겠다면서 중고차 시장을 다녀오기도 하고 더 싼 곳을 알아본다며 컴퓨터로 중고차 사이트를 찾기도 했는데 쓸만한 차는 가격이 만만치 않자, 포기를 하는 것 같았다. 안타까웠지만 그로서도 어쩔 수 없는 노릇이었다. 그 뒤로는 말이 없어 은근히 걱정되었는데 마침 같이 일하는 종업원이 아내의 형편을 듣고 조금 돌아가는 길이지만 퇴근 시간에만 카풀을 하겠다고 하여 한숨 돌릴 수 있었다.

그가 대충 옷을 입고 현관을 나섰다. 회사 다닐 때 와는 달리 매일 면도를 할 필요가 없었고 복장도 신경 쓸 일이 없었다. 오늘도 평소와 같이 새벽 청과물시장으로 향했다. 청과물시장은 집과 한 시간 거리여서 시간이나 경비가 수월하지 않게 들었지만, 그는 물건을 받는 날 외에 쉬는 날에도 특별한 일이 없으면 빠짐없이 다녔다. 새벽에 이루어지는 경매를 통해 그날의 과일 시세를 파악하고 어떤 과일을 팔 것인지 살펴봐야 했기 때문이다. 청과물시장은 매일 인근 지역에서 가꾼 과일과 채소들이 경매를 거쳐 규모가 큰 가공 공장이나 소매업자에게 유통되는 본거지 역할을 했다.

새벽 4시를 막 넘긴 시간인데도 청과물시장은 환하게 불을 밝히고 출입하는 차량과 인파로 붐볐다. 그가 평소 거래하는 중도매인 가게 쪽으로 차를 몰았다. 지금 거래하는 중도매인은 그가 과일 장사를 할 수 있도록 도움을 주었던 사람이다. 잘 나가던 공장이 하루아침에 당한 화재로 실의에 빠져 있을 때 청과물시장에 들렀다가 우연히 만나 이야기를 나누게 되었는데 그에게 선뜻 과일 장사 해보기를 권했다. 과일 장사가 생각보다 어렵지 않고 수입도 그다지 나쁘지 않다고 했다. 마침 자신에게서 물건을 받던 사람이 차를 바꾸면서 이전에 쓰던 차를 내놓았는데 조금만 손보면 아직도 몇 년은 더 쓸 수 있을 것이라 했다. 들어보니 이것저것 가릴 때가 아닌 것 같다면서 할 수 있다는 마음이 중요하다고 했다.

'그래, 해보는 거야. 하다가 어려우면 그때 그만두면 되는 거지.'

사업을 하면서 사람들을 만나다 보면 그 사람의 본심을 알 수 없는 경우가 더러 있다. 그렇지만 이 사람은 믿어보기로 했다. 사실 지금 가진 것이라고는 없는 빈털터리였기 때문에 더는 잃을 것도 없었다.

이튿날 아침, 혜영이 등교한 뒤 아내와 식탁에 앉았을 때 그가 과일 장사를 해봤으면 하면서 어제 들렀던 청과물시장 이야기를 했다. 아내가 잠자코 듣고 있더니 할 수 있겠느냐고 물었다. 그가 말 대신 아내를 바라보며 웃어 보였다.

"여보, 고마워. 지금까지 사장님이었는데 하루아침에 장사꾼으로 변신한다니 나도 얼떨떨 하지만 당신이 해보겠다면 나도 응원할게. 나도 계속 다니면서 부지런히 돈을 모아서 우리 다시 공장을 일으켜야지."

그는 이내의 말이 고마워서 아내의 손을 꼭 쥐었다. 아내가 손을 풀더니 눈물이 나는지 눈으로 손등을 가져갔다. 그는 비록 지금은 힘들지만, 곧 다시 일어설 수 있을 것이라고 믿었다.

"오늘은 시세가 어떻습니까?"

그가 인근에 차를 주차하고 6번 중도매인 가게에 들어서자, 가게 주인은 경매가 아직 끝나지 않았는지 보이지 않고 그의 아내가 전화를 받고 있다가 그를 보고 아는 척했다.

"오늘은 샤인머스켓이 많이 나왔네요. 샤인머스켓은 며칠째 값이 떨어지고 있는데도 계속 물량은 나오나 봐요."

잠시 후 여자가 전화를 끊고 평소처럼 인스턴트커피를 담은 종이컵을 건네면서 말했다. 방금 뜨거운 물을 넣어 종이컵은 생각보다 따뜻했다. 그가 차가워진 손을 종이컵에 움켜쥐고는 천천히 한 모금 마셨다.

"익어서 출하는 해야겠고 값은 갈수록 떨어지고 진퇴양난이겠네요."

청과물뿐만 아니라 자연에서 나는 것들은 정해진 시기가 있어 그 시기를 놓치면 상품의 가치가 급격히 떨어지게 된다. 그래서 손해를 감수하면서도 시기를 놓치지 않으려고 출하를 결정하는 것이다. 밭이나 비닐하우스에서 시기를 맞춰가며 정성껏 작물을 길러도 값을 결정하는 다른 요인들이 무수히 많다는 것은 얼마나 안타까운 일인가? 그러나 공장의 가공품은 얼마든지 시기를 조정할 수 있다. 그리고 가격을 결정하는 요인도 훨씬 안정적이다. 그렇게 생각하면 이래저래 농사를 짓는 사람들이 힘없는 존재라는 생각이 들었다.

"오늘은 날씨가 영락없는 초겨울이네."

사장이 경매가 끝났는지 멀리서 돌아오다가 그를 알아보고 손을 들어 보였다. 모자 앞으로 6번이라는 중매인 번호가 커다랗게 적혀 있었다.

"오늘도 물량이 많은 게 가을걷이가 한창인가 봐요."

그는 오늘 사과를 받기로 했다. 어제 남긴 사과를 체크하고 오늘 팔 물량을 차량에 실었다. 서민 아파트 단지에서는 비싼 상품은 종류를 불문하고 잘 팔리지 않았기 때문에 중품을 중심으로 물건을 받았다.

과일은 계절에 따라 팔 수 있는 품목이 다양했다. 가끔 수입 과일도 눈에 띄었다. 더구나 요즘 비닐하우스에서는 계절을 가리지 않고 과일들이 쏟아져 나온다. 그러나 아무래도 제철 과일이 영양도 풍부하고 값도 싸기 때문에 인기가 많다. 며칠 사이에 가격이 떨어진 샤인머스켓을 차의 진열대 옆으로 자리를 만들어 20박스 정도 실었다.

"정 씨, 샤인머스켓은 가격이 좋아서 좀 더 실어도 될 것 같아요."

사장 아내가 그를 보며 말했다. 그는 더 실을 수도 있었지만, 가격이 점차 떨어질 것으로 보이는 데다 오늘은 먼저 반응을 보고 천천히 결정하리라 생각했다.

"어제는 배가 물이 올라 맛이 있었는데도 가격이 비싸다면서 몇 개 팔지도 못했지요. 그나마 늦은 밤에 집으로 돌아가던 남자가 배를 보더니 맛있겠다면서 몇 개 샀는데 집에 돌아가 아내에게 좋은 소리나 들었는지 모르겠네요."

당시 술에 취해 기분이 좋아진 남자는 아직은 비싸서 잘 팔리지 않던 배와 사과를 담아달라고 했다. 그리고 주머니에서 지갑을 꺼내 값을 치르고는 콧노래를 흥얼거리며 밤길을 걸어 올라갔다. 오랫동안 그의 뒷모습을 바라보면서 문득 술이란 저렇게 먹는 것이라는 생각이 들었다. 기분이 좋을 정도로, 그리고 집에 있는 처자식을 생각할 정도로 술을 마신다면 술은 어디서나 환영받을 것이다.

그가 사장과 헤어져 차를 몰고 시장을 벗어나 대로를 달리기 시작했다.

오늘은 주공아파트를 갈 예정이었다. 처음에는 한곳을 정해 장사했는데 주변 사정을 빨리 파악하고 상인이나 주민들과 자주 접촉하는 등 좋은 점도 있었지만, 과일가게로서는 큰 메리트가 없었다. 그리고 다른 곳은 어떤지 비교해 보고 싶어졌다. 그래서 나름대로 몇 군데를 정해 옮겨 다니고 있었다.

속으로 평소 잘 다니는 곳을 순서대로 짚어 보았다. 먼저 조금 멀기는 하지만 영구임대아파트가 떠올랐다. 아파트가 오래되어 낡았지만, 유동 인구는 유난히 많은 곳이다. 기초생활수급자나 장애인 등이 많이 거주한다고 소문이 났지만, 그가 겪기에는 여느 아파트나 다름없었다. 값비싼 외제차량이 수시로 들락거리기도 하고 과일을 박스로 사는 사람도 있었다. 박스로 주문을 받을 때는 사장에게 연락하여 시세를 다시 확인하고 택배로 배달을 보냈다.

그리고 20여 평정도 작은 평수의 서민 아파트가 옹기종기 모여있는 곳도 있었다. 서민 아파트는 세대수가 많은 곳을 선호했는데 다행히 아파트 주변으로 다세대 주택이 들어서 있어 장사는 그럭저럭 되었다. 맞벌이하는지 낮에도 주부들을 보기는 어려웠다. 그들은 물가나 시세에도 민감했다. 단돈 천 원에 쉽게 흥분하기도 하고 때로 험한 말이 쏟아져 나왔다. 장사를 하다 보면 가끔은 젊은 아낙네로부터 지금까지 들어보지도 못한 말을 들을 때도 있었다. 그렇지만 손님에게 덩달아 화를 낼 수는 없는 노릇이었다. 생각해 보면 본래 그렇게 화를 내는 사람들만 살았던 것은 아닐 것이다. 주변의 환경이나 살아가는 형편이 그렇게 만들었을 것이다. 그런 일을 겪을 때마다 화가 치밀어 오르면서도 한숨 돌리고 나면 안타깝기도 하고 착잡한 마음이 들었다.

과거에 건축한 낡은 주택이 다닥다닥 들어선 산 동네 오르는 길 옆으로 자리를 잡기도 했다. 도심에서 조금 떨어진 산비탈의 외곽에 자리 잡아 과거 달동네와 흡사한 동네는 아직 어린아이들도 제법 보였다. 재개발이 임박

했다면서 부동산에서는 수시로 외지인을 차에 태워 들락거렸다. 그들은 여기에 지금까지 남은 원주민은 얼마 없을 것이라고 했다. 재개발을 시작하고 대단지 아파트가 세워지면 돈 없는 사람은 살고 싶어도 살 수 없게 된다. 그들은 얼마 되지도 않는 보상금을 받고 정들었던 곳을 떠나 또 다른 정착지를 찾아 나서야 한다. 그들도 같은 시민이고 한 이웃이며 법이 정한 세금을 꼬박꼬박 내는 선량한 사람들이지만 단지 가난하다는 이유로 작은 몸 뉠 방 한 칸 찾지 못해 도심을 헤매고 있는 것이다.

그가 비교적 자주 찾는 주공아파트는 원도심 가까이 있었지만, 오래된 단독 주택이 많았고 그들이 서서이 빠져나가면서 과거의 명성을 잃어버리고 공동화 되어있었다. 시에서는 원도심을 살리기 위해 부랴부랴 예산을 들여 도로를 정비하고 상가를 중심으로 문화의 거리로 조성한다고 했지만, 여전히 주변의 영업 중인 가게는 많지 않고 임대를 놓는다고 써 붙였거나 아예 영업하면 할수록 손해가 난다면서 영업조차 하지 않고 오랫동안 문을 닫은 가게도 보였다.

과일을 실었으므로 그는 늘 차를 천천히 몰았다. 특히 커브 길에서는 조심했다. 초기에는 경험이 없어 예전처럼 달리다 보면 차에서 과일이 서로 부딪치는 바람에 상처를 입거나 겉으로 표시가 없더라도 멍이 들어 상품 가치가 떨어지는 경우가 있었다. 20여 분을 달려 목적지인 주공아파트 입구에 들어섰다. 주공아파트는 약간 경사진 길이었으므로 천천히 차를 몰아 주공아파트가 바라보이는 입구에서 불과 5, 6미터 떨어진 가로수 그늘 공터에 차를 세웠다. 팝송이 나오는 휴대용 라디오를 켜서 운전석에 놓고 창문을 조금 열었다. 아파트 주변은 잡음이 들리다가도 한낮에는 조용했으므로 항상 라디오를 가지고 다녔다. 차에서 내려 화물칸을 덮었던 비닐 커버를 벗겨내고 진열대를 세워 박스에 담긴 과일을 꺼내어 보기 좋게 정리했다. 라디오에서 10시를 알렸다. 오늘은 물건을 받으면서 청과물시장에서 조금 지체를 한 것 같았다. 사장은 업자들이 농촌에 직접 찾아가 밭떼기한다는 것은 익히 알고 있었지만, 지금은 그 정도가 심해 돈이 될 만하면 가리지 않고 달려든다면서 흥분을 감추지 못했다. 그가 보도를 통해 일부 업자들이 채소나 과일 등을 밭에 심겨있는 상태에서 통째로 거래한다는 것을 본 적이 있었다. 농민들로서는 안정적인 판로가 생긴 셈이니 다행일 수도 있을 것이다. 그러나 업자가 과일이나 채소가 아직 충분히 자라지 않은 상태에서 혹시 모를 위험을 감수하면서까지 거래에 나서는 것은 더 많은 이윤을 얻기 위한 것이 아니겠는가? 그러면 결국 피해는 도시의 가난한 서민들의 몫으로 돌아올 것이다. 우리나라에서 이제 돈은 절대 권력이나 다름없다. 그러므로 누구나 돈이 될 만하면 물불을 가리지 않는다. 이게 정상적인 사회일까?

진열대 정리를 마치고 담배를 꺼내 물었다. 문득 아내가 잠에서 깨고 딸은 늦지 않게 학교에 갔는지 궁금했다. 아내에게 전화를 걸고 싶은 충동이 들었다가 이내 사라졌다. 지금 전화한다고 달라질 것은 없다. 연애 시절 아내를 만나면서 자기주장이 강하다는 생각을 했다. 왜 그렇게 여겼을까? 그녀는 제 나이 또래가 쓰지 않는 말을 자주 했다. 인생에서 우연은 없을 것이라고 하거나 한 사람의 인생은 그가 지나온 하루하루의 당연한 결과일 뿐이라고도 했다. 그러므로 젊어서부터 현실에 충실해야 한다고 했다. 인생에서 아무런 노력도 없이 일확천금을 노린다는 것이 얼마나 무모한 짓인가에 대해서 말했다. 그렇게 사는 것은 자신의 존재 이유를 부정하는 것이라고 했다. 어려서부터 그녀의 부모로부터 또는 책에서 배운 것일 수도 있었다. 아내는 현실에서도 자신의 주장처럼 할 수 있는 것들을 찾았고 어려움을 겪을 때도 쉽사리 주저앉지 않았다. 어렵게 일궜던 공장이 한순간 사라지고 살길이 막막했을 때도 아내는 주저없이 자신의 팔을 걷어붙였던 것이다.

아내는 혜영에 대해서도 적극적이었다. 딸이 중학교를 졸업하던 해였다. 당시 주말을 맞아 부부가 외출했다가 돌아와 보니 혜영은 카렌다 뒤 흰 여백에 그림을 그리고 있었다. 집에서 기르던 선인장이 몇 년 만에 빨간 꽃을 피웠는데 그 모습이 좋았는지 크레파스로 그리고 있었다. 혜영은 부모가 돌아오자 그리던 것을 그만두려고 했으나 그들 부부는 계속 그리도록 했고 이윽고 다 그렸다면서 그림을 보여주었다. 서툴렀지만 뭔가 사람의 시선을 끄는 듯한 매력이 있었다. 아내는 이튿날 그림을 들고 인근 미술학원을 찾았다.

"학원에서 선천적으로 소질이 엿보인다면서 이번 주말에 데리고 나와서 석고 데생을 그리도록 해 봤으면 좋겠다고 해."

토요일을 기다려 아내는 혜영을 데리고 미술학원을 다녀왔는데 원장은 장래가 기대되는 학생이라면서 늦었지만, 지금부터라도 시작하면 두각을 나타낼 수 있을 것이라고 전했다.

"그동안 혜영이 미술에 소질이 있는지 까맣게 모르고 있었는데 먼저 축하해. 너도 갑자기 겪는 일이라 정신이 없겠구나. 이 일은 네게 중요한 일이니까 천천히 생각을 해보고 뒤에 다시 이야기하자꾸나."

그가 말했다. 혜영은 수긍하는 듯 말이 없었다.

"여보, 혜영이 늦게나마 적성을 발견한 것은 큰 행운일 수도 있어. 지금부터 차근차근 실력을 쌓아가는 거야. 원장님 말씀대로 학원에 다니면서 체계적으로 공부하는 것이 중요하다고 봐."

아내는 지금부터라도 빨리 혜영이 미술에 발을 들여놓기를 원했다. 그도 아내의 성격을 알고 있었으므로 더 이상 말하지 않았다. 혜영은 이후에 고등학교에 입학하면서 학원에 등록하여 본격적인 미술 과외를 받기 시작했다. 이후 한 해 동안 부지런히 학원을 다니면서 차츰 실력이 늘었는지 이후 제법 큰 대회에 나가 상을 받기도 했다. 3학년에 오르면서 대학 진학을 앞두고 아내는 그에게 혜영을 미대를 보냈으면 하고 말했다. 주말이었던 어느 날 혜영이 그를 자신의 방으로 안내했다.

"아빠, 아빠는 내가 그림 그리는 것을 어떻게 생각해?"

혜영이 방에 들어서자마자 뜻밖의 말을 꺼냈다. 그는 딸의 얼굴을 쳐다보았다. 혜영은 얼굴을 마주치지 않으려는 듯 고개를 돌려 책상을 향했다. 책상 앞 벽면으로 가족 그림이 붙어 있었다. 3년 전쯤 여름철 직원들에게 하계휴가를 주면서 그들 부부도 혜영과 함께 제주도를 다녀왔는데 그때 바닷가에서 찍은 가족사진을 그림으로 그린 것이었다. 혜영의 창 넓은 모자가 배경인 바다와 어울린다고 생각했다.

"네가 좋으면 아빠도 좋아, 좋아하는 것을 하면서 살 수 있다면 그것도 축복받은 인생이라고 할 수 있겠지."

혜영이 대학 입시를 앞두고 심리적으로 불안한 마음을 가지고 있는 것은 아닌가 싶었다. 그러나 딸의 말은 그게 아니었다.

"그런데 아빠는 잘 모르겠지만 나는 어려서부터 시간이 나면 노트나 연습장에 그림을 그렸어. 엄마한테 노트를 버린다고 몇 번 야단맞기도 했는데 그래도 나는 그 시간이 좋아서. 그 시간이 즐겁고 행복했는데 학원에 다니면서부터 그림을 그리는 것이 부담스럽기도 하고 어떤 제약을 받는다는 기분이 들어. 내 마음대로 그리는 것이 아니라 형식에 맞춘 그림을 그리는 듯한 기분이 들었어. 왜 그럴까?"

그가 말을 못하고 딸의 얼굴만 바라보고 있는 사이 혜영이 계속해서 말했다.

"엄마가 너는 꼭 미대에 진학해야 한다고 말했어. 그렇게 하려면 전공 교수님께 따로 과외를 받아야 한다고 했는데 학원비는 어떻게든 엄마가 마련해 보겠다고 했어. 만약에 내가 미술을 전공하게 된다면 잘 그릴 수는 있을지 몰라도 과거처럼 행복하지는 않을 것 같아."

무엇이 아이를 저렇게 생각하게 했을까? 천천히 생각해 보자며 얼버무리고 나왔지만, 아내에게도 섣불리 말할 수 없었다. 아내와 상의가 필요했다면 혜영은 먼저 제 엄마를 찾았을 것이다.

"아빠, 요즘 엄마한테 무슨 일이 있는 거야?"

장사를 하나 보면 어떤 날은 마수걸이조차 못하고 시간을 죽이거나 사려던 손님들이 물건만 만지다가 돌아가는 날도 있다. 장사하는 사람으로서 끔찍스러운 일이다. 그런 날은 다소 손해를 감수하더라도 일찍 집에 들어가 쉬는 게 스트레스를 받으며 손님을 기다리는 것보다 훨씬 낫다. 흔하지는 않았지만, 그에게도 그런 날이 더러 있었다. 그가 일찍감치 차를 돌려 집으로 돌아오자, 혜영이 몸이 아파 학교에서 조퇴하고 일찍 돌아왔다면서 소파에 누워있다가 그를 보자 말했다.

"왜? 무슨 일이 있었어?"

그가 옷을 갈아입으며 물었다.

"아니, 요즘은 계속 늦게 들어오시고, 그러다 보니 예전과 달리 아침에 일어나기도 힘들어하시고, 아침도 내가 알아서 찾아 먹고 가라고 말씀하시기도 하고…"

예전의 아내였으면 어림도 없는 일이었다. 아내는 딸과 관련된 일이라면 대충 넘어가는 일이 없었다. 극성스러울 정도였다고 해도 과언이 아니었던 아내가 딸의 아침 밥상 차리는 일을 힘들어했다면 예사로운 일이 아니라고 생각했다.

식당에서는 음식을 나르기로 했지만 바쁘면 설거지도 거든다고 했다. 코로나19로 인해 영업에 타격을 받자, 종업원을 줄였으나 이제 조금씩 손님이 늘어나지만, 미래를 예측하지 못하면서 섣불리 종업원을 늘이지 못하는 것 같았다. 영업시간이 연장되면서 아내의 퇴근 시간도 조금씩 늦어졌다. 대신 월급은 조금씩 오른다면서 기뻐했다. 그러나 그는 마음이 편치 않았다. 늦은 저녁 아파트 베란다를 내려다보며 아내가 오늘 밤에는 지금 저 현관을 열고 들어서면 얼마나 좋을까 생각했던 적이 한두 번이 아니었다.

"그런데 아빠, 엄마가 밤에 종종 술 마시고 들어오는 것 알아?"

가끔 잠자리의 아내에게서 술 냄새가 났다. 그러나 늦은 시간까지 밖에서 힘들게 일하는 아내에게 그것을 문제 삼기는 어려웠다. 아내조차 평소 잘 마시지 못하는 술을 가까이할 때는 그만한 이유가 있었을 것이다.

"그래, 아빠도 대강은 알고 있어. 그렇지만 엄마도 집안에 도움이 되려고 애쓰고 있으니 조금만 참고 기다려 보자. 아빠도 머지않아 다시 재기할 생각이야. 그러면 엄마는 옛날처럼 집에서 살림만 해도 되겠지."

딸은 저녁을 먹고 병원에서 처방해 온 약까지 먹더니 일찍 잠자리에 들었다. 그가 거실 소파에 앉아 TV를 보면서 아내를 기다리려고 하였으나 시간이 흐를수록 잠을 이기지 못하고 소파에서 그대로 잠이 들었다.

"혹시 어젯밤 아내 되시는 분이 늦은 시간에… 아마 새벽쯤 집에 들어오지 않았는지요?"

이튿날 새벽, 정신을 차려보니 엊저녁 소파에서 잠든 그대로였지만 이불이 덮혀 있었다. 아내가 가져다 놓은 것일까? 안방에서 정신없이 잠에 빠져 있는 아내를 물끄러미 바라보다가 일찍 아파트를 나섰다. 아파트 입구에 있는 편의점에서 담배를 사려고 문을 열고 들어서자, 평소 안면이 있는 남자가 인사를 했다. 아이스크림을 좋아하는 아내와 외출하고 돌아올 때면 수시로 들렀기 때문에 기억하고 있는듯했다. 남자는 편의점 주인이었지만 야간에 아르바이트를 쓰지 못하고 자신이 종종 가게를 지켰다. 밤새 매출이 몇만 원 안 될 때도 많은데 계약에 걸려 문을 닫지 못하는 형편이어서 아르바이트를 쓰면 오히려 적자가 난다고 했던 것이 기억났다. 남자는 조금 망설이더니 말했다.

"어젯밤 아니 오늘 새벽쯤 외제승용차가 들어오기에 유심히 보았는데 사모님이 내리시더라고요. 조금 비틀거리는 것이 술이 많이 되셨는지 아파트 입구에서 현관문을 따면서 시간이 걸렸는데 나중에 보니 현관 입구에 뭘 놓고 간 것 같았지요. 처음에는 다시 찾아가겠지 싶어 대수롭지 않게 지켜보았는데 시간이 지나도 그 자리에 있어 나중에 나가서 살펴보니 이게 놓여져 있었어요."

그러면서 바닥에서 무언가 집어 올려 계산대에 놓았다. 백화점 포장지로 둘러싸인 것은 여성용 정장 의류와 외국의 유명 메이크 상표가 부착된 핸드백이 든 상자였다. 그는 순간적으로 놀라 숨을 멈추었다.

"백화점에서 쇼핑하신 것 같은데 제가 가져다드려야 할지 아니면 관리사무소에 맡겨야 할지 생각 중이었는데 마침 남편분이 오시니 잘 되었네요."

남자는 박스를 그에게 내밀었다. 그가 다시 아내가 맞는지 조심스럽게 물었다. 남자는 늘 그 외제 차에서 사모님이 내리셨다고 말했다. 그가 조심스럽게 박스를 받았다. 박스는 생각보다 커서 두 손으로 받아야 했다. 얼떨결에 고맙다는 말을 남기고 편의점을 나왔다.

'어떻게 할까?'

그가 결정을 못하고 망설였다. 이대로 집에 들어가 아침부터 아내를 놀라게 할 이유도 없었고 아내의 변명을 듣는 것도 싫었다. 아직 혜영은 잠에 빠져 있을 것이다. 그가 차 문을 열어 박스를 조수석 의자 위에 올려놓았다. 그리고 아무런 일도 없었던 것처럼 담배를 피워 물고 운전석에 앉아 시동을 걸었다. 차가 부르르 떠는 것 같더니 시동이 걸렸다. 아직 해가 뜨기에는 이른 시간이어서 그가 라이트를 밝히며 조심스럽게 길을 나섰다. '우리 다시 공장을 일으켜야지' 아내의 목소리가 여운처럼 귓가를 맴돌았다.

운명(運命)

"날씨가 추우니까 목도리를 했으면 좋겠어. 먼저 나가서 차 시동을 걸어 놓고 있을게."

남자가 먼저 마당에 내려서면서 혜진을 향해 말했다. 혜진은 외투를 걸친 채 툇마루로 나오다가 남자의 목소리를 들었다. 혜진은 목에 두른 목도리를 확인이라도 하듯 손을 가져갔다. 부드럽고 매끈한 감촉이 손끝으로 전해졌다. 목도리는 며칠 전 남자가 겨울맞이 선물이라며 사 주었다. 그날은 인근 5일 장 공터에서 열리는 서커스를 보느라 시간 가는 줄 몰랐다가 저녁이 되면서 갑자기 기온이 떨어지자, 코트의 깃을 세우고 목을 움츠리는 혜진을 바라보던 남자가 장터 인근 가게에 들러 마음에 드는 목도리를 고르게 했다. 그때 혜진은 코트와 색상이 어울리는 짙은 회색 목도리를 골랐다.

그날 저녁 그들은 장터에서 국밥을 시켰고 남자가 오랜만에 소머리곰탕 국물을 안주 삼아 소주도 한 병 시켰다. 남자는 속이 좋지 못해 치료 중이었기 때문에 걱정이 되었지만 지켜보기로 했다. 혜진은 술을 마시지 않았기 때문에 첫 잔 외에는 남자 혼자 수시로 술을 조금씩 잔에 따랐다. 혜진이 밥그릇을 반쯤 비웠을 때까지 남자는 밥을 몇 술갈 뜨지 않은 채 술을 마셨는데 마신 분량은 그리 많지 않았다.

"아저씨, 밥도 좀 드세요. 아직 몸이 온전히 회복된 것도 아니잖아요."

남자는 혜진의 말에 아무런 대꾸 없이 잔에 남아있던 술을 마저 마시고 국물을 조금 들이켰다. 그리고 나서려는 듯 의자에서 일어섰다. 혜진이 따라 일어나 주인에게 카드를 내밀었고 계산을 마치자 남자 뒤를 따라 식당을 나왔다. 파장 뒤 시간이 제법 지났는지 주위가 어두웠기 때문에 아직 불을 밝힌 가게와 가로등 불빛을 따라 주차장으로 향했다. 간혹 을씨년스러운 바람이 장터를 훑으며 지나갔다. 주차장에 이르러 남자로부터 차량 키를 넘겨받은 혜진이 운전석에 올라 시동을 걸었다. 그새 남자가 옆자리에 오르자 천천히 집을 향하기 시작했다. 남자는 조수석에 등을 기대어 지그시 눈을 감았다. 그날 밤 집으로 돌아온 남자는 쉽게 잠드는가 싶더니 한밤중에 깨어나 속이 메스껍다며 토하기 시작했고 혜진은 남자의 뒤치다꺼리로 한동안 잠을 설쳐야 했다.

오늘은 남자의 어머니가 입원한 요양병원을 다녀오기로 했다. 지난주 남자는 누나의 전화를 받았다. 누나네 집에서 손녀를 봐주던 노령의 어머니가 밤에 화장실을 다녀오다가 잠결에 화장실 입구에서 미끄러져 대퇴부 골절을 입었다고 했다. 119구급차에 실려 간 병원에서 진단을 받았고 수술을 마치고 1주일가량 입원했다가 얼마 전 요양병원으로 옮겼는데 몸이 급격히 쇠약해진 어머니가 남자를 찾는다고 했다. 그때 남자는 혜진에게 같이 갔으면 좋겠다고 했다. 순간적으로 혜진은 생각이 복잡했지만, 먼 길을 다녀오면서 말벗이 되는 것도 괜찮을 것으로 생각했다. 마당을 지나 대문 앞에 이르자 먼저 차에 오른 남자가 창문을 내리면서 말했다.

"오늘 병원에 가면 누나를 만날지도 모르겠어."

그렇게 말하는 남자의 얼굴은 해쓱해 보였다. 며칠 전 마신 술이 원인이었을 것이다. 병원에 다녀와서 죽을 먹으며 며칠을 보냈다. 오늘 아침도 과일주스를 조금 마셨을 뿐이다. 남자는 오랫동안 위궤양으로 병원 치료를 받았지만, 치료는 생각보다 더뎠다. 혜진은 말없이 조수석에 올랐다. 남자가 혜진의 얼굴을 힐끗 쳐다보고는 출발하면서 창문을 올렸다.
"부담이야 되겠지만 그렇게 의미를 둘 필요는 없어."
혜진이 대답이 없자 남자가 서둘러 말했다. 혜진은 잠시 여기에 머무르고 있을 뿐이라고 생각했다. 아직 갈만한 곳을 찾지 못했고 형편이 되는대로 속히 떠나야 한다는 생각은 남자의 집에 들어올 때부터 지금까지 변함없었다. 남자는 마을로 난 길을 향해 천천히 달렸다. 마을로 들어가는 길을 따라 들어가다가 왼쪽으로 난 샛길을 따라 10여m 정도 더 들어가면 그들이 살고 있는 집이 있었다. 주변에 거주하던 주민들의 탈농촌화가 본격화되면서 하나둘 도시로 떠난 뒤 폐가는 흉물스럽게 남아있었다. 남자가 집을 알아볼 당시 집주인은 얼마 전까지만 해도 사람이 살던 집이라면서 조금만 손보면 살아가는데 불편은 없을 것이라고 했다. 그렇지만 계속 망설이며 미심쩍어하는 남자에게 주인은 집세를 조금 더 깎아줄 수 있다면서 붙들었다고 했다.

겨우 차 두 대가 스칠 정도의 좁은 길은 오랜 세월 자갈길이 군데군데 패여 울퉁불퉁했기 때문에 속력을 내지 못하고 천천히 달렸다. 군에서는 시멘트 포장을 하려고 했으나 활용도가 낮다는 이유로 사업순위에서 번번이 밀려났다고 했다. 간혹 가로수의 몇 장 남지 않은 잎들이 바람에 팔랑거리는 것이 보였다. 아직도 가지에 붙어있는 잎들은 며칠쯤 더 버틸 수 있을까?
"같이 가자고 해서 놀라지는 않았어?"
남자가 문득 생각난 듯 말했다. 혜진은 덤덤하게 전방을 주시했다. 오랫동안 둘 사이에 정적이 이어졌다. 남자가 침묵을 깨듯 라디오의 볼륨을 틀었다. 라디오에서는 오래전 유행했던 팝송이 흘러나왔다.

"어머니 수술 후 경과가 좋지 못하다고 해서 언제 혼자서라도 한번 다녀 오려고 했어. 그렇지만 누나가 어머니에게 혜진에 대해 무슨 이야기를 했는지 뒤에는 혜진을 꼭 한번 만나봐야겠다는 거야."

차는 한참을 달려 덜컹거리는 길을 벗어나 포장된 길로 접어들었다. 병원까지는 세 시간 이상 달려야 할 것이다. 혜진이 남자를 쳐다보았다. 문득 남자와 겹쳐서 아버지 모습이 떠올랐다. 아버지는 주말이면 할머니 댁을 찾든지 야외에 나가면서 옆자리에 어머니를 태우고 혜진을 뒷자리에 태웠는데 그때마다 의자 옆으로 깊숙이 몸을 묻고 이어폰을 끼고 음악을 듣던 때가 떠올랐다. 그러나 그때의 기억은 어머니의 갑작스러운 죽음으로 다시는 되돌릴 수 없는 일이 되고 말았다.

"혜진아, 이번 주 토요일 저녁에 잠시 만났으면 좋겠다."

아버지가 새 여자를 집으로 들인 뒤 무작정 집을 나와 닷새를 넘긴 어느 날 저녁, 대학 같은 과 친구의 숙소에서 지내던 혜진은 아버지 전화를 받았다. 그날 친구는 약속이 있다며 아직 집에 들어오지 않았고 혜진은 혼자 저녁을 먹고 침대에 걸터앉아 스마트폰으로 음악을 듣고 있었다.

"알겠어요."

혜진은 어쩔 수 없이 약속을 잡았지만, 아버지가 원한다고 하여도 다시 집에 들어갈 생각은 없었다. 아버지의 요구대로 새로 들어온 여자에게 엄마라고 부를 수는 없었다. 혜진이 스스로 내린 결론은 어머니는 결코 둘이 될 수 없다는 것이었다. 당연히 지금의 여자는 아버지의 아내일 뿐이다. 그렇게 생각이 미치자, 가방 하나를 들고 조용히 집을 나왔다. 여자가 집으로 들어오고 채 한 달이 지나지 않았을 때였다. 집을 나오기 하루 전날 여자가 혜진의 방으로 들어왔다.

"살아갈수록 외로움이라는 것을 느껴. 나도 네 아빠도 나이가 들면서 외로움을 견디기 힘들었던 거지. 혜진이 지금은 이해하기에 어려울 수도 있겠지만 아빠도 나도 서로가 그 이상 바라는 것은 없어."

그때 혜진은 여자에게 물었다.

"그동안 아빠와 엄마가 오랜 세월 나누었을 부부간의 사랑, 약속, 믿음 그리고 깊이를 알 수 없는 많은 이야기들이 부부 중 한 사람의 죽음으로 이 모든 게 한순간 끝난다고 생각하세요?"

여자는 말이 없었다. 혜진은 혼잣말처럼 중얼거렸다.

"아닐 거예요. 그럴 순 없어요. 죽음조차 갈라놓지 못하는 것이 세상에는 있는 법이니까요."

통화가 끝나고 며칠이 지난 주말, 약속 장소였던 찻집에서 혜진은 아버지를 만났다. 아버지는 오히려 차분해 보였다. 자리에 앉으면서 회사를 마치고 집으로 돌아가는 길이라고 했다. 그새 아버지는 조금 초췌한 모습이었는데 혜진은 자신의 탓인 것 같아 고개를 숙였다. 아버지는 자리에 앉자마자 지난날이 생각나는지 잠시 고개를 들어 허공을 바라보았다. 평소에 아버지는 혜진을 볼 때마다 눈이 엄마를 빼닮았다고 했다.

"잘 지내니? 평소에 온순했던 네가 집을 나갈 생각까지 했다는 게 믿어지지 않았다. 그렇지만 새엄마 말을 들어보니 아직도 돌아가신 엄마를 잊지 못하고 있다고 하더구나. 나는 네가 그렇게 힘들어할 줄 몰랐어. 엄마가 돌아가시고 네가 처음 학교 휴학 얘기를 꺼냈을 때 걱정이 되기도 했지만 잠시 힘든 세월이 지나고 나면 다시 활달한 모습으로 돌아올 거라고 믿었지."

아버지는 말을 마치고 잔을 들어 따뜻한 커피를 한 모금 마셨다. 혜진은 말없이 아버지를 바라보았다. 어색한 분위기가 이어지자, 아버지는 양복 상의에서 지갑을 꺼내 카드 한 장을 혜진에게 내밀었다.

"힘들다면 당분간 방을 얻어 생활하거라. 카드에 돈을 넣어두었으니 필요하면 찾아서 쓰고, 앞으로 돈 쓸데가 있으면 카드 결제를 하면 좋겠다. 그래야 어디서 어떻게 지내는지 대강이라도 알 수 있으니까 말이다. 어디에 있더라도 아빠가 항상 곁에 있다는 것을 잊지 말고…"

아버지는 카드를 테이블 앞으로 내밀었다.

"힘들거나 선디기 어려우면 언제든지 집으로 돌아오너라. 처음 새엄마 이야기를 꺼냈을 때 네가 별말이 없었는데 그때 미처 알아차리지 못했던 것 같구나."

한동안 만나지 못할 것이라는 사실을 알았는지 아버지는 혜진을 찬찬히 바라보았다. 그리고 몸을 일으키면서 말했다.

"네 새엄마도 나쁜 사람은 아니야. 남편을 오래전에 지병으로 잃고 자식도 없이 혼자 힘들게 살아왔던 것 같아."

아버지는 자리에서 일어나 복도를 통해 출구를 빠져나갔다. 혜진은 눈으로 뒷모습을 쫓으면서 아버지가 밖으로 사라지는 것을 지켜보았다. 언제쯤 다시 만날 수 있을까? 혜진은 출입구 쪽을 한참 동안 바라보았다. 그리고 커피잔 앞에 놓인 카드를 물끄러미 쳐다보았다. 아버지 이름이 영문으로 새겨진 신용카드는 새로 발급된 것 같았다. 지갑을 꺼내 안으로 꽂고 자리에서 일어섰다.

"반갑습니다. 정혜진 씨."

굵은 남자의 목소리였다. 혜진이 바다를 보고 걷다가 고개를 돌려 소리 나는 쪽을 쳐다보았다. 정장 차림의 말쑥한 남자가 멀리 등대 옆에서 가까이 다가오면서 말했다. 혜진이 가볍게 목례로 받았다.

"아저씨, 안녕하세요."

남자가 혜진의 곁으로 다가와서 오랫동안 알고 지내는 사이인 듯 손을 내밀며 악수를 청했다. 혜진이 망설이다가 주뼛거리며 손을 내밀자, 남자가 가볍게 잡았다. 오랫동안 채팅으로 교제해 왔고 오늘이 첫 만남이었다. 채팅 때부터 나이 차이가 제법 났기 때문에 남자를 아저씨로 부르겠다고 하자 듣고 싶은 말은 아니지만 혜진이 원한다면 그렇게 불러도 좋다고 했다. 사진까지 주고받으면서 서로에 대해 어느 정도는 알고 있다고 생각했지만, 혜진은 오늘 남자를 보면서 생소한 감정을 느꼈다. 남자는 생각보다 키가 커 보였으며 정장 차림 때문인지 나이가 더 들어 보였다. 마침 바닷바람이 불어오면서 혜진의 머리카락이 바람에 휘날렸다. 혜진이 한 손으로 머리카락을 쓸어내렸다.

"사진은 못 나온 것을 골라 보냈나 봐요."

남자가 웃으며 말했다. 오늘 만나는 장소는 오래전에 남자가 정했다. 자신이 사는 동네 인근 바닷가를 구경시켜 주겠다고 했고 혜진도 흔쾌히 동의했다. 그렇지만 찾아오는 길은 생각보다 멀었다. 시외버스 주차장에 내려 다시 버스를 갈아타고 한참을 달려 남자가 가르쳐준 대로 해안마을 초입에서 버스를 내려 해안을 따라 한참을 걷자 멀리 오래된 등대가 나타났다. 등대 근처에서 만나기로 했기 때문에, 먼저 나와서 기다리고 있던 남자가 쉽게 혜진을 알아보았을 것이다. 아침부터 찌푸린 하늘은 곧 비라도 내릴 것 같았지만, 바닷가로 나오자 멀리 구름 사이로 가끔 햇살이 비치기도 했다. 그러나 바다는 온통 잿빛이었다. 비릿한 갯냄새가 코끝으로 묻어났.

"오늘 날씨가 별로 좋지 못하네요. 그렇지만 비가 내리지 않아서 다행이에요."

혜진은 어머니를 잃고 바깥 활동을 중단한 채 종일 방에만 틀어박혀 지내다가 우연히 채팅을 시작하게 되었고 그러다가 지금의 남자를 알게 되었다. 남자는 어머니를 잃고 갈피를 잡지 못하고 있던 혜진의 마음을 이해해 주었다. 당시 마음 둘 곳이 없어 전전긍긍하던 혜진에게는 그렇게 고마울 수가 없었다. 남자는 자신을 30대 초반으로 소개했는데 취업에서 번번이 고배를 마시고 이제는 마음을 다잡고 회사에 취업하기 위해 자격증 공부 중이라고 했다.

"도시에서만 살다가 이렇게 오랜만에 바닷가에 나와보니까 어때요?"

남자가 물었다. 초기에는 어머니 생각으로 우울한 감정에 빠질 때나 저녁 잠자리에 들기 전 가끔 채팅을 시도했지만, 시간이 갈수록 횟수가 늘었고 서로의 일상을 공유할 정도에 이르렀을 때쯤 남자로부터 만나자는 말을 들었다. 석 달 정도 지났을 때였다. 혜진은 아직 만날 준비가 되지 않았다고 했는데 남자는 만남에 그렇게 큰 의미를 둘 필요는 없다고 했다.

"그냥 자연스럽게 만나는 거예요. 우리가 만난다고 해서 천지가 개벽할 일도 없고 우리가 만나지 않는다고 해서 세상이 변함없이 그대로 돌아간다고 할 수도 없지요. 우리는 그저 우리에게 주어진 역할만 충실하면 그만이지요."

남자는 같이 지내던 어머니가 손녀를 보러 누나 집에 들어가면서 집을 나와 혼자 독립하여 살게 되었고 싼 방을 얻다 보니 여기까지 밀려왔다고 했다.

"변두리다 보니 시내에 나갈 때마다 버스 시간 맞추는 게 힘들다고 했더니 누나가 매형에게 말했나 봐요. 중고차를 한 대 받았는데 기름값이며 유지비가 장난이 아니에요. 그렇다고 돌려주거나 처분하려고 해도 쉽지 않네요."

둘은 해안가를 걸었다. 얼굴이 햇볕에 거슬린 뱃사람들이 그들을 스치며 지나갔고 한쪽에서는 아낙네들이 길옆으로 대나무로 만든 발을 걸치고 생선을 말리고 있었다. 배를 수리하는 듯 인근 배 갑판에서 쇠를 두드리는 소리가 들렸고 간혹 용접 불꽃이 위로 치솟았다. 해안을 따라 옆으로 조그마한 배들이 띄엄띄엄 떨어져 닻을 내리고 파도에 한가로이 몸을 맡기고 있었다. 평일 오후의 작은 항구는 날씨를 닮았는지 적막해 보였다.

"지금부터는 도로가 끊기고 산길로 접어들면서 데크로 이어진 길이라 걷기는 편할 겁니다."

제법 걸었을까, 마을 끝으로 해안과 이어진 산기슭이 보였고 옆으로 데크로 조성한 길이 나타났다. 근처에는 해안로라고 쓰인 안내판이 보였다. 그때 갑자기 혜진이 머리를 누르는 듯한 통증이 오면서 어지러움을 느꼈다. 혜진이 몸을 휘청이면서 급히 옆에서 걷던 남자의 팔을 붙들었다. 남자가 놀라 혜진을 부축했다.
"어디 불편하세요?"
남자의 부축을 받아 곁에 보이는 배가 계류할 때 쓰는 둥근 시멘트 기둥 위에 걸터앉았다. 놀랐는지 등에서 식은땀이 났다. 벌써 몇 달 전부터 수시로 편두통과 함께 어지러움이 따라왔다. 혜진이 천천히 숨을 골랐다. 남자가 그 모습을 보더니 걱정스러운 표정으로 말했다.
"현기증인가 봅니다. 잠시 쉬었다가 차로 돌아가야겠어요."
잠시 한숨을 고르며 쉬었다가 혜진이 혼자 조심스럽게 중심을 잡고 일어섰다. 남자가 혜진에게 괜찮은지 묻고는 오던 길로 발걸음을 돌렸다. 오래전 시멘트를 깔아 만든 길은 여기저기 물웅덩이가 생겼고 걷기 불편했으므로 혜진은 아래를 보면서 천천히 발걸음을 옮겼다. 어지러움의 원인은 무엇일까? 이런 일을 겪노라면 정체를 알 수 없는 불안이 스멀스멀 기어오르는 것을 느꼈다. 그렇지만 아직 병원을 찾을 정도는 아닐 것이다. 혜진은 말없이 남자 옆으로 걸었다.
"간혹 답답한 생각이 들면 수시로 이 해안가에 나와 무작정 걸었지요. 젊은 사람들이 대학을 마치고 사회로 나와도 받아줄 곳이 마땅히 없다는 현실이 안타까웠습니다. 인구가 줄고 덩달아 젊은이들도 갈수록 줄어들고 있다는데 얼마나 줄어야 결혼이나 취업을 제대로 할 수 있을지 모르겠네요."
남자는 여느 젊은이들처럼 학교를 마치고 취업을 위해 원서를 넣고 시험을 보면서 이번이 마지막이 되기를 바랐을 것이다. 그렇지만 합격 소식은 없었고 이러다 도저히 안 되겠다는 생각이 들어 공무원 시험으로 방향을 돌렸지만, 그 또한 호락호락하지 않았다. 마침 매형이 다니던 회사에 위험물산업기사 자리가 비었는데 자격증 시험에 합격하는 조건으로 근무할 예정이라고 했으며 현재의 빈자리는 계약직으로 채웠다고 했다.
남자가 자신의 속마음을 보여주었다는 생각이 들었는지 얼른 화제를 바꾸었다.

"시내에 나가 알바를 하면서 용돈을 벌고 있지만 얼마 전에는 큰마음 먹고 바리스타 시험을 봤지요. 여유가 된다면 여기 바닷가 근처에 카페를 차리면 좋겠다 싶었지요. 늘 좋아하는 음악을 들을 수 있고 가끔은 심한 바람이 불거나 폭풍이 일고 파도가 치는 자연현상도 그리 나쁘지는 않을 것 같더군요."

혜진은 자신과 마찬가지로 남자가 음악을 좋아한다는 것을 익히 알고 있었다. 클래식이나 세미클래식, 팝송 등을 가리지 않는다고 했다. 언제 시간이 난다면 음악에 대해서도 말해볼 수 있지 않을까 싶었다. 음악은 이성에 호소하기보다는 먼저 상대방의 가슴을 두드린다. 그리고 천천히 가슴을 파고들어 듣는 이와 하나를 이룬다. 서로에게 음악은 그런 것이라고 믿고 있었다.

어머니의 갑작스러운 사고로 아버지의 전화를 받은 것은 혜진이 코앞에 닥친 학기말시험을 준비하기 위해 학교 도서관에서 공부에 몰두하고 있던 평일 저녁 늦은 시간이었다. 그때 혜진은 아버지의 전화를 받으면서 뭔가 잘못된 것 같은 예감을 받았다. 시험을 준비하면서 도서관에 박혀 공부한다는 것을 가족 모두 알고 있었기 때문이었다.

"혜진아, 지금 속히 병원에 와봐야겠다. 네 엄마가 교통사고로 병원에 입원했는데 위독한 상태야."

혜진이 정신없이 병원에 달려갔을 때 어머니는 이미 수술실에 들어간 후였다. 수술실 입구 복도에서 수술실 출입문을 뚫어지게 바라보며 서 있던 아버지의 뒷모습을 본 순간 혜진의 가슴이 또 한 번 덜컥 내려앉았다.

"아빠."

아버지가 돌아서며 혜진을 보았다. 아버지는 울고 있었다. 아버지의 눈물을 본 것은 그때가 처음이었을 것이다. 그렇게 강해 보이던 아버지에게 눈물이라니. 슬픔은 정해진 시간도 없이 누구에게나 갑자기 찾아오는 것일까? 슬픔은 지나간 시간들이 결코 평범하지 않았다고 말하고 그 시간을 그리워하게 만든다. 그러므로 시간 속에 살아있는 모든 생명은 기실 슬픈 존재들이다.

"오너라. 네 엄마가 시장 다녀오는 길에 사거리를 건너다 급하게 우회전하던 트럭에 받혔던 모양이야."

트럭 기사는 경찰에서 인도를 건너는 엄마를 보았으나 끝까지 자세히 살피지 못했다고 했다. 사거리 좌측에서 달려오는 차량에 신경을 쓰며 우측을 보기는 했으나 트럭의 운전석은 사람의 키 정도로 높았으므로 사람이 보이지 않아 모두 건넜던 것으로 판단했다고 말했다.

"엄마가 심하게 다쳤나요?"

아버지는 잠시 말이 없었다.

"구급차가 도착하면서 병원에 오는 동안 심폐소생술을 계속했던 모양인데 의식이 돌아오지 않았다고 해."

병원에서의 수고도 헛되어 어머니는 결국 깨어나지 못했다. 아무런 약속이나 기약도 없이 어느 순간 맞닥뜨리는 이별은 곁에서 지켜보는 이들의 마음을 찢어놓기에 충분했다.

한 남편의 아내이며 사랑했던 외동딸을 둔 어머니로서 한 여자의 삶이 그렇게 허무하게 끝나면서 아버지와 혜진은 부쩍 말수가 줄었다. 혜진은 사람을 만나는 일이 두려워지기 시작했다. 어디든지 숨고 싶었다. 학교에 휴학계를 내고 종일 집안에 틀어박혔다. 당시 음악만이 유일한 벗이 되어주었다.

이사를 하기로 했지만 집을 팔고 새로 구하는 일은 쉽지 않았다. 그러다가 6개월을 넘길 즈음 이사를 했다. 아파트에서 아파트로 옮겼을 뿐이지만 아버지는 교외로 나오면서 공기가 한결 맑아졌고 앞으로 바라보이는 낮은 산은 산책길로도 좋다고 했다. 그러나 그 뒤에도 혜진은 두려움으로 선뜻 집을 나설 수는 없었다.

그 시기였을 것이다. 아버지에게 사귀는 여자가 있다는 것을 어렴풋이 알았다. 퇴근 후나 주말에도 밖에서 약속이 있다면서 저녁을 먹고 들어올 때가 많았고 때로 술을 마시고 늦게 돌아왔다. 과거의 가정적인 아버지가 아니었다. 혜진이 묻는 말에는 건성으로 답했다. 그러나 이 일은 아버지의 일이었기 때문에, 혜진은 지켜보기만 할 뿐이었다. 돌아가신 어머니를 생각하면 약간은 서운한 마음이 들었을 뿐이다.

그러다가 지난 연말을 앞둔 어느 날이었다. 아버지가 새 여자를 받아들이기 며칠 전이었는데 퇴근 후 일찍 돌아온 아버지가 혜진을 찾았다.

"혜진아, 네가 알고 있을지도 모르겠지만 엄마가 돌아가시고 그 빈 자리가 너무 컸던 것 같다. 너도 여러 가지로 힘들었겠지만 나도 힘들기는 마찬가지였고. 나름대로 고심했는데 새엄마를 맞았으면 한다. 네가 이해해 주면 좋겠다."

아버지에게 여자가 있다는 사실을 알았지만, 그래서 어렵고 힘들 때마다 만나 위로받으며 살아갈 것으로 알고 있었는데 지금 아버지는 여자를 집으로 들이고 새롭게 가정을 꾸리려는 것이다. 전혀 생각하지 않았다고 할 수는 없지만 돌아가신 어머니를 생각하니 가슴이 답답해져 왔다.

"그래도 아빠 인생이니까. 아빠가 원한다면 나는 찬성이야. 그런데…."

혜진은 아버지를 바라보았다.

"그런데 나는 아무리 생각해도 엄마가 두 사람이라는 건 받아들이기 어려워. 엄마란 낳고 기른 사람인데 어떻게 내게 엄마가 또 있다는 거야? 그래서 아빠에게 정말 미안하지만, 우리 집에 들어오시는 분은 아빠의 아내로만 알고 있을게. 엄마는 내 마음에 있는 한 분만으로 족해."

그때 혜진을 바라보는 아버지 표정은 낙담하는 빛이 역력했다.

채팅으로 사귄 남자와 몇 번의 만남이 있었고 혜진은 남자 집으로 거처를 옮기기로 했다. 학교를 휴학한 상태에서 개학을 앞둔 친구와 계속 지내기도 어려웠고 바닷가를 드나들다 보니 도시는 폐쇄된 공간같이 답답하게 느껴졌다.

"혜진이 원한다면 시골집으로 들어와도 좋아. 마침 빈방이 있기도 하고. 너만 좋다면 나는 찬성이야."

아직 서로를 충분히 알지 못한 상태에서 젊은 남녀가 한집에서 생활할 수 있을까? 그러나 예전처럼 그렇게 걱정스럽지는 않았다. 살아가면서 문제가 생기면 해결하면 될 일이었다. 혜진은 자신도 모르게 새로운 의욕 같은 것을 느꼈다. 언제부터였을까? 남자를 만나고 나서부터는 아니었을까? 어머니를 잃고 혜진은 한때 자신을 울타리에 가두었지만, 지금은 그것을 뚫고 나오기 위해서 스스로 더 강해져야 한다고 믿었다.

"혜진아, 괜찮겠어? 네가 집을 나온 게 마음에 걸리기도 하고 그 남자가 잘해주겠지만 한편으로는 걱정이 되기도 해."

친구는 진심으로 걱정해 주었다. 그때 혜진은 친구를 보며 생각했다. '걱정마, 괜찮을 거야.' 이삿짐이라고 해야 입고 다니던 옷가지 몇 벌과 책이 전부였다. 집에서 가져왔던 캐리어 가방에 다시 차곡차곡 담았다. 친구와의 마지막 밤을 도란거리며 보내다가 새벽녘에야 잠시 눈을 붙이고 이튿날 오전 시외버스를 타고 한 시간 가까이 달려 남자가 살고 있는 시골의 버스 정류장에 도착하자 미리 정류장에 나와 기다리던 남자가 가방을 건네받아 자신의 차량 트렁크에 실었다.

"혜진아, 시골집에 들어온 것 축하해. 오늘 저녁은 삼겹살 파티라도 해야겠지."

남자가 혜진을 옆자리에 태우고 집으로 향했다. 앞으로 어떻게 될까? 혜진은 자신을 믿었지만, 그것만으로는 해결되지는 않는다는 것을 알고 있었다. 집 근처에 이르자 길가 둑으로 이어진 개나리의 노란 꽃망울이 보였다. 아직 완연한 봄이 되려면 더 기다려야 했다.

"혜진아, 개나리 꽃말이 뭔지 알아?"

달리는 차에서 개나리가 펼쳐진 둑을 지나면서 남자가 물었다. 혜진이 남자를 바라보았다.

"개나리의 꽃말은 희망과 기대라고 해. 나에게도 그리고 혜진에게도 꽃말처럼 새로운 희망으로 가득 찼으면 좋겠어."

사람들은 길가의 개나리꽃을 보면서 어떻게 희망과 기대를 떠올렸을까? 살을 에는 듯한 혹독한 겨울을 보내면서 다가올 봄을 염원하며 고통을 묵묵히 견뎌낸 것일까? 그래서 이른 봄, 잎이 나오기도 전에 먼저 노란 꽃을 피워 올리는 개나리를 보며 겨울이 남기고 간 아픔을 위로받았을까?

차는 어느새 남자의 집 앞에 멈추었다. 남자가 먼저 가방을 마루로 옮겨 주었다. 집 안팎을 청소했는지 예전에 다녀갔을 때보다 한결 정돈된 느낌이 있고 주변도 깨끗하게 정리되어 있었다. 눈에 띄게 달라진 것은 마당 옆으로 붉은 벽돌로 경계를 만든 화단이었다. 색색의 꽃모종이 보였고, 뒤쪽으로 꽃씨를 뿌렸는지 파릇한 새싹이 드문드문 돋아나 있었다.

"혜진이 좋아할 것 같아 시간을 내어 화단을 만들어 보았어."

장터에 나가 꽃씨며 모종을 몇 가지 사서 심었다고 했다.

"아저씨, 고마워요."

문득 외딴집이지만 마음 붙일 곳이 한군데 더 생겼다는 생각이 들면서 왠지 모를 안도감을 느꼈다.

"그리고 말했던 것처럼 그동안 비워 두었던 끝방을 혜진이 쓰도록 만들었어. 마음에 들지 모르겠어."

남자는 부엌과 가까운 왼쪽의 작은 방과 가운데 방을 쓰면서 오른쪽 방을 비워 두고 있었는데 이번에 정리를 한 모양이었다. 혜진이 마당을 가로질러 현관을 열고 작은 마루에 올라섰다. 그리고 남자가 말한 오른쪽 방문을 열었다. 방은 깨끗하게 정리되어 있었다. 벽지나 바닥의 장판지는 쓰던 그대로였지만 마주 보이는 창 쪽으로는 새로 산 것으로 보이는 1인용 침대가 자리 잡았고 접이식 옷장과 자그마한 화장대도 한 개 보였다.

"고마워요. 이렇게까지 준비해 놓을 줄은 몰랐어요."

혜진은 이렇게까지 할 것이라고는 미처 생각하지 못했다. 꼭 필요한 것은 살면서 조금씩 구입할 생각이었다.

"새것과 다름없는 것들이지만 모두 중고품이야, 전혀 부담 갖지마."

남자가 혜진의 가방을 들고 방으로 들어서면서 벽의 스위치를 올리자, 금세 방이 환해졌다.

"아직은 부족한 것이 많을 거야."

혜진이 침대에 걸터앉아 가방을 열어 곰 인형을 꺼냈다. 갈색 천으로 만든 머리가 큰 곰 인형은 대학에 입학할 당시 어머니가 입학 선물로 사 준 것이었다.

"그동안 토토가 가방에 갇혀 얼마나 답답했을까? 이제 숨 좀 쉬어,"

혜진이 큰 곰 인형을 꺼내 침대맡에 세웠다. 남자가 그 모습을 보더니 웃었다.

"가족이 또 있었구나. 난 혜진이 혼자 오는 줄 알았지. 그런데 토토라고 했나? 토토도 좋아할 것 같아. 시골의 맑은 공기를 마음껏 마실 수 있으니까 말이지."

문득 어머니 생각이 났다. 믿었던 어머니가 그렇게 덧없이 떠난 것은 지금도 받아 들이기 어려웠다. 매일 얼굴을 맞대며 살다가 한순간 인사도 나누지 못한 채 영원한 이별이라니. 지금도 어머니를 생각하면 꿈을 꾸고 있는 것은 아닐까 싶었고 꿈이라면 제발 깨어났으면 좋겠다고 생각했다.

고속도로 휴게소에서 잠시 쉬면서 화장실을 다녀오거나 물을 마셨을 뿐 차는 부지런히 달려 오후 2시가 넘어 요양병원에 도착했다. 요양병원은 국도에서 안으로 조금 들어간 곳에 자리 잡고 있었지만, 국도에서도 입간판이 보였기 때문에 찾는 데 어려움은 없었다.

남자가 장시간 운전으로 피곤한 듯 안전벨트를 풀면서 팔을 올려 기지개를 켰다. 주차장은 병원 옆으로 따로 조성했다기보다는 노지 상태의 공터나 다름없었다. 여기저기 잡초가 보이고 한편으로 낡은 안내판도 보였는데 본관 옆으로 건물을 세울 모양이었다. 그들은 차에서 내려 본관 건물로 향했다. 찬 바람이 나무들 사이로 불어왔다. 남자는 오는 길에 휴게실에 들러 어머니께 드릴 음료와 같은 병실에 계신 분들과 드실 가벼운 간식거리를 사서 양손에 들고 있었다. 4층의 병원은 겉으로 새로 지은 건물같이 보였지만 현관 안으로 들어서자, 내부의 모습은 외부와 확연히 차이가 나서 남자가 최근 외관 도색공사를 다시 한 것 같다고 말했다.

"면회 왔습니다."

현관을 들어서자, 입구 옆으로 입, 퇴원 데스크가 보였고 마주 보는 곳에 빈 의자가 줄지어 놓여있었다. 데스크 안으로 두 명의 직원이 마주 보고 이야기를 나누고 있다가 남자의 목소리를 듣고 한 직원이 앉은 자리에서 얼굴을 돌려 남자를 보면서 물었다.

"환자분 성함이 어떻게 되나요?"

직원은 테이블에 놓인 파일을 집어 들었다. 남자가 이름을 말하자 직원이 서류를 들춰보았다.

"이길순 할머니는 312호실이네요. 엘리베이터를 타고 3층으로 올라가면 3병동 간호사실이 있으니, 그곳에서 다시 안내받으세요."

남자를 따라 혜진도 엘리베이터를 타고 3층으로 향했고 잠시 후 알림 소리와 함께 3층에서 멈추자, 복도 옆으로 간호사실이 보였다. 한 간호사가 자리에 앉아 컴퓨터 자판을 두드리고 있었다.

"이길순 씨를 만나러 왔습니다."

남자가 낮은 음성으로 말했다. 간호사가 화면에서 눈을 떼고 남자를 올려다보면서 어떻게 되는 사이인지 물었다.

"아들됩니다만…"

그 말에는 일찍 찾아오지 못한 미안함과 부끄러움이 묻어났다. 간호사가 차트를 보더니 손으로 312호를 가리켰다.

"312호실입니다. 지금은 자유시간이라 30분 정도 만나실 수 있습니다. 그리고 먹을 것을 가져오신 것 같은데 음료수 외에 먹는 음식은 허용되지 않으니 여기 두셨다가 나중에 돌아갈 때 가져가셔야 합니다."

남자가 난처한 표정을 지었다. 간호사는 보호자가 가져오는 간식이나 음식 때문에 환자가 잘못되어 심하면 생명까지 잃는 경우도 더러 있다고 했다. 누나가 미리 알려주었더라면 싶었지만 하는 수 없이 음료수 외에는 간호사실에 맡겨야 했다.

남자가 앞장서서 간호사가 알려준 대로 복도를 걸어 312호실 앞에 이르러 출입구 옆에 부착된 환자 명단을 보았다. 그리고 이름을 확인하고 문을 열었다. 6인용 병실이었는데 어머니는 안으로 오른쪽 창 가까운 침대에 누워있었다. 창가에 서서 바깥을 바라보던 누나가 인기척을 느끼고 문으로 눈길을 돌렸다. 그리고 남자를 보고 손짓을 했다. 침대로 다가가자, 누나가 반가운 표정으로 말했다.

"오느라고 수고했다. 엄마는 내가 왔을 때 잠시 깨어있었는데 지금까지 계속 주무시는구나."

남자가 한걸음 뒤에 있던 혜진을 누나에게 소개했다. 혜진이 두 손을 앞으로 모으고 고개를 숙여 인사했다. 누나가 혜진을 찬찬히 보았다.

"반가워요. 동생한테 이야기 들었어요. 동생 집에서 같이 지내고 있다고…"

혜진이 주춤거리며 할 말을 찾지 못하자 남자가 화가 난 듯 누나에게 말했다.

"아니, 그런 이야기를 여기서 하면 어떡해."

누나가 남자의 말에 아랑곳없이 태연하게 말했다.

"왜?, 결혼할 사이라면 굳이 숨길 필요는 없잖아?"

남자의 언성에 입원해 있던 할머니 몇 명이 소리 나는 쪽을 쳐다보았다.

동시에 어머니도 잠에서 깼는지 눈을 뜨면서 목을 움직이는 대신 눈으로 주변을 훑었다. 남자가 어머니 침대 옆으로 쭈그리고 앉아 눈을 맞추며 말했다.

"엄마, 서현이 왔어요."

어머니가 한 손을 뻗어 아들의 얼굴로 가져갔다. 그리고 고개를 끄덕였다. 얼굴은 평온해 보였다. 남자는 어머니를 보면서 또 한 번 진작 왔더라면 하는 생각을 했다.

"아가씨…"

어머니의 목소리가 희미하게 들렸다. 어머니가 혜진을 부르고 있다는 것을 알아차리고 남자가 말했다.

"아가씨 이름은 혜진이라고 해요. 누나가 무슨 말을 했는지 모르지만, 결혼하고 말고 할 사이는 아니에요."

남자가 어머니의 다음 말을 미리 차단하듯이 말하자 잠시 실망의 빛이 돌더니 다시 눈을 감았다. 남자는 물끄러미 어머니를 쳐다보았다.

"서현아, 엄마는 돌아가시기 전에 네 결혼식을 봐야겠다고 벼르고 있는 것 같던데 너는 그렇게 엄마 마음을 모르냐?"

남자는 누나의 말에 화가 났는지 채 듣지도 않고 돌아서서 병실을 나갔다. 더 이상 어떤 말을 해도 시간 낭비가 될 것 같다고 생각한 모양이었다. 혜진이 천천히 뒤따라 나오자, 남자가 복도유리창으로 혜진을 보고 돌아서더니 가야겠다고 말했다. 누나가 뒤따라 나오면서 말했다.

"잠시 이야기 좀 하자."

누나가 이끄는 대로 병원 지하 1층 휴게실에 앉을 때까지도 서먹한 분위기는 그대로였다.

"서현아, 이제 어머니가 살면 얼마나 더 살겠니?"

누나가 입을 열었다. 남자가 말없이 발밑을 내려다보고 있었다.

"오늘 두 사람을 만나보니 나이 차이는 있다지만 모르는 사이도 아니고 서로가 좋은 사람을 만났다는 생각이 든다. 네가 결혼을 염두에 둔 것은 아니라고 했지만 나는 지금이라도 생각을 바꿔 같이 살았으면 좋겠다. 아가씨 생각은 어때요?"

갑자기 생각지도 못한 말에 혜진이 놀라 누나를 쳐다보았다. 동시에 가슴이 뛰기 시작했다. 지켜보던 남자가 나서면서 뭔가 말하려 하자 누나가 중간에서 가로막았다.

"너는 좀 있어 봐, 아가씨 말을 듣고 싶으니까."

혜진은 당황했지만 망설이지 말고 대답해야 한다고 생각했다. 그러나 어떻게 말해야 할지는 알 수 없었다. 지금까지 이 남자와 지냈던 것은 무엇이었을까? 남들이 흔히 말하는 잘못된 만남이었을까? 그렇다면 오늘이라도 당장 짐을 꾸리고 남자와 헤어져야 한다는 말일까? 그러자 갑자기 어머니의 죽음 이후 지나온 일들이 머리를 스치면서 누군가가 만든 계획된 각본처럼 느껴졌다. 내가 이런 걸 원한 것은 결코 아니었어. 왜 이렇게 흘러왔을까? 이것이 운명이라는 것일까? 신(神)이 나에게 허락한 운명이라면 어떻게 할까? 나는 몰랐지만, 이 운명이라는 것이 잔인하게도 나를 지금껏 수중에 붙들고 있었던 것일까? 갑자기 혜진은 머리의 심한 통증과 함께 어지러움을 느꼈다. 요즘 부쩍 심해진 것 같다고 생각하는 순간 그 자리에 고꾸라지고 말았다. 남자가 혜진의 상체를 붙들고 다급하게 부르는 소리가 들리더니 점차 귀에서 멀어졌다.

혼자 하는 놀이

 오늘은 병원에 가는 날이다. 두 달에 한 번씩 병원에 가서 혈압약을 받아 온다. 혈압약을 먹은 지는 30년이 넘었다. 처음 혈압이 높다는 것을 알았던 때는 40대 중반이었다. 당시 병원에서 정기건강검진을 받을 때였는데 의사는 간호사가 사전에 기록한 혈압수치를 한눈에 훑더니 내게 팔을 책상에 걸치게 하고는 다시 책상에 놓인 혈압계로 천천히 압력을 가했다. 혈압계 공기주머니가 부풀어지는가 싶더니 압력이 빠지면서 잠시 후 숫자가 멈추었다. 수치가 얼마였는지 기억은 나지 않는다. 의사는 고혈압이라면서 평소 운동을 얼마나 하는지 물었다. 무슨 운동을 말하는 것일까? 언뜻 생각하기에 헬스장 같은 곳에서 빠짐없이 하는 것만을 말하는 것은 아닐 것이다. 아침저녁으로 집 주위를 걷는다거나 주말이면 등산을 다녀오는 것도 좋은 운동이 될 것이다. 하지만 형편은 그렇지 않았다. 직장은 직장대로 바빠서 정시 퇴근은 가뭄에 콩 나듯 했고 밤늦은 시간에도 퇴근 후 운동은 뒷순위로 밀려나고 하나뿐인 딸이 눈에 밟혀서 뭐라도 사서 일찍 집에 들어가야 했다. 아내는 그런 모습을 보면서 딸바보라며 애나 어른이나 야식은 몸에 해로우니 사지 말라고 했다. 그래도 졸린 눈을 비비며 기다리는 딸을 생각하면 하다못해 비스킷이라도 사야 했다. 그러면 아내는 애 핑계 삼아 자기가 먹고 싶은 것을 사 오는 것은 아닌지 의심했는데 정말 내가 먹고 싶어서 산 기억은 별로 없다. 눈에 넣어도 아프지 않은 딸이 늦게 퇴근하는 아빠의 손을 유심히 쳐다본다면 맨손에 들어올 아빠가 얼마나 될까?

주말에도 운동다운 운동을 한 기억은 별로 없다. 그렇지만 건강에는 자신이 있다고 믿던 때였다. 과거에 비해 뱃살이 조금 올랐을 뿐 활동에는 전혀 지장이 없었다. 굳이 하고 있는 운동을 대라면 100대 명산에 도전한다는 슬로건을 내세운 등산동호회에 가입을 권유하는 바람에 얼떨결에 들긴 했지만, 출석 성적은 그다지 좋지 않았던 주말 등산이 있다. 등산을 가면 평소와는 다르게 부서별로 다양한 직원들을 만나므로 회사 돌아가는 상황을 파악할 수 있다는 점과 타 부서장의 눈도장을 받기 좋다는 점도 있었다. 그렇지만 현실적으로 주말이면 늦게까지 침대에 누워 뒹굴거나 침대로 찾아온 딸과 장난을 치면서 보내는 시간이 얼마나 호사스러운지 모를 것이다. 그리고 가을마다 열리는 부서별 테니스 대회는 직원에게는 강제조항처럼 여겨져서 어쩔 수 없이 참가하고 있지만 경력이 짧은 데다 연습 부족으로 예선에서 탈락하는 경우가 다반사였고 복식에서는 이웃을 잘 만나 본선에도 몇 번 진출했지만, 지금까지 시상대까지 오르는 일은 손가락으로 꼽을 정도였다. 열성파들은 해마다 봄부터 테니스 대회를 앞두고 새벽이며 주말마다 코트에서 땀을 흘리지만 그렇게 열심히 할 만큼의 동기부여가 내게는 없었다. 의사의 질문에 명쾌하게 말하지 못하자 앞으로 운동도 열심히 하시고 만약 다음 검진 때에도 혈압이 높게 나오면 약을 복용해야 할 것이라고 말했다. 그 뒤로 한 달 동안 평소와는 다르게 시간을 내어 아침저녁으로 집 주위를 뛰기도 하고 제법 부지런히 걸었지만, 한번 올라간 수치는 내려올 줄 몰랐고

혈압약을 복용하게 되었다. 그동안 혈압도 제법 변동이 있었는데 혈압약을 복용한다고 금세 혈압이 정상으로 뚝 떨어지는 것이 아니란 것도 알았고 약 종류가 많아서 제 몸에 맞는 약을 골라야 한다는 것도 깨달았다.

"오늘도 일정이 바쁜 모양이네."
 아내가 밖에 나가려는지 화장대 앞에 앉아 얼굴을 들여다보고 있다. 안방 한쪽으로 이부자리를 깔고 누운 상태로 한마디 했지만 쳐다보지도 않는다. 거울에 정신이 팔린 탓일까? 평생을 함께 하지만 평소에는 느낄 수 없다가 거울을 통해서만 제 얼굴을 볼 수 있다는 것이 내게는 큰 축복처럼 느껴진다. 아내는 거울 앞에만 앉으면 누구에게 하는 말인지도 모르는 말을 수시로 되뇌었다. 이제는 나이가 들어 눈 밑이 처지거나 얼굴 곳곳의 잔주름 같은 세월의 흔적이 잔뜩 불만인 모양이다.
 에이브러햄 링컨이 미국 대통령이 되었을 때 친한 친구가 주변 사람 한 명을 천거했던 일화가 있다. 친구는 새 내각에 적임자라고 생각하고 결정했을 것이다. 그런데 그를 만나본 링컨은 일언지하에 거절했다고 한다. 그 일로 서운했던 친구는 나중에 왜 그 사람을 발탁하지 않았는지 묻자, 링컨은 그 사람 얼굴이 마음에 들지 않았다고 했다. 어릴 때는 부모가 준 얼굴로 살 수밖에 없지만, 나이 마흔을 넘으면 자기 얼굴에 책임을 져야 한다고 말했다는데 링컨은 얼굴 생김새가 마음에 들지 않았다는 의미보다는 평소 어떤 생각을 하면서 살았는지 얼굴을 보면 알 수 있다고 판단했을 것이다.
 그렇다면 아내는 누워서 침 뱉는 것이나 다름없는 말을 하고 있다. 제 얼굴을 다른 사람이 허락 없이 손댄 적이 단 한 번도 없음에도 세월이나 남의 탓으로 돌리는 것을 어떻게 설명할 수 있겠는가? 평소 마음 자세를 바르게 하고 깨친 대로 살지 못한 자신의 어리석음을 탓해야 할 일이다.
 아내는 5년 전 아파트 폐기물 수거 장소에서 누군가 이사하면서 버리고 간 화장대를 집에 옮겨놓고 지금까지 잘 쓰고 있다. 다른 것은 큰 탈이 없는

데 거울은 세월이 가니 뿌옇게 흐려지는 것 같아 거울만 한번 교체하면 앞으로 10년은 무난하게 쓰겠다고 했다. 지금도 외출할 때면 보통 30분 이상은 화장대에서 공을 들인다. 화장대 거울을 볼 때마다 불만을 늘어놓으면서 그걸 또 장시간 붙들고 있는 아내의 취미도 참 고약하다는 생각이 든다.

"우리 만남은 우연이 아니야, 그것은 우리의 바램이었어. 잊기엔 너무한…"

갑자기 아내가 콧노래를 흥얼거렸다. 그새 기분이 풀린 것일까? 하긴 거울 앞에서 열을 내봐야 들어줄 사람도 없거니와 스트레스만 쌓일 뿐이니 이쯤에서 털고 일어나는 것이 좋겠다고 생각했을 것이다.

"오늘 혈압하고 당뇨약 받으러 가는 날인 것은 알지요? 천천히 잘 다녀오시오. 밥통에 밥 있으니 시간 맞춰 챙겨 드시고…"

옆으로 자리에 누워있는 나를 보며 심드렁하게 말했다. 나이가 든다는 것은 달리 말하면 몸의 기능들이 하나씩 퇴화한다는 것이다. 혈압약을 처음 먹게 되었을 때 몸에 대한 자신감이 떨어지기는 했지만 아직은 건강하다 믿었는데 그 뒤로 당뇨병 진단을 받자, 몸이 마음 같지 않다는 것을 실감했다. 엎친 데 덮친 격으로 2년 전에는 스텐트시술을 받았다. 동맥경화증으로 뇌에 피를 공급하는 경동맥 폭이 좁아졌다는데 조금만 늦었어도 큰 어려움을 당할 뻔했다. 성호(星湖)였던가? 어느 책에서 읽은 기억이 난다. 열 가지 좌절을 들어 늙음을 탄식했다는데 대낮에는 꾸벅꾸벅 졸지만 밤에는 잠이 오지 않아 설치고, 소리 내어 울 때는 눈물이 나지 않는데 웃으면 눈물이 흐르며, 30년 전의 일은 전부 기억나는데도 조금 전 일은 문득 잊어버리고 만다. 고기를 먹으면 뱃속에 들어가는 것 없이 모두 이 사이에 끼고 흰 얼굴은 검어지고 검은 머리는 희어진다고 탄식했다. 동서고금을 막론하고 나이를 먹고 늙는다는 것은 누구나 피할 수 없는 숙명과 같은 것이 아니겠는가? 늙어간다는 인식은 좌절과 절망감으로부터 온다고 하는데 살 만큼 살았으니, 이제부터라도 살고 죽는 것에 크게 연연하지는 않을 생각이다.

화장대에서 일어난 아내가 입고 나갈 옷을 고를 시간이다. 낡아빠져서 문을 여닫을 때마다 삐걱대는 옷장은 대부분 아내 옷으로 가득 차 있다. 그렇지만 입고 나가는 옷은 계절별로 대개 서너 벌로 정해져 있다.

"오늘은 어디로 가는감?"

내가 묻자, 콧노래를 계속 흥얼거리면서 누워있는 나를 쳐다보았다. 그리고 시간표를 꿰듯이 말했다.

"9시 30분 문화센터 노래 교실 갔다가 점심때는 영숙이랑 백화점에서 만나기로 했으니, 점심은 기다리지 말고 혼자서 먹어. 백화점에 가을 신상 들어왔다고 알림이 오더니만 내 처지에서야 언감생심이지."

아내가 가끔 옷을 사려면 시간을 내어 구제품시장을 찾는다. 버스를 타고 멀리 나가기 때문이기도 하지만 시장에서도 부지런히 발품을 팔아야 하므로 대개 온종일 돌아다녀야 한다. 처음에는 시장 구경도 할 겸 멋모르고 따라나섰다가 지쳐서 중도에 뻗어버릴 뻔했다. 비슷한 옷들 사이로 이리 보고 저리 살피면서 끝없이 시장바닥을 헤쳐 나가는 대단한 인내심에 혀를 내둘렀다. 그 강인한 에너지는 어디서 나오는 것일까? 그렇게 다니다가 다행히 옷을 골랐다고 끝난 게 아니었다. 즉석에서 입어 보고 팔이 길다든지 허리춤이 마음에 들지 않으면 멀쩡한 새 옷을 수선점에 맡기는데 돈이 이중으로 들어간다. 몇 번 싫은 소리를 했더니만 이후로는 혼자 다닌다. 그런데 나이 먹고 몸이 아픈 지금은 같이 돌아다닐 그때가 오히려 좋았다는 생각이 든다. 아내와 같이 다녔던 적이 언제인지 지금은 기억도 나지 않는다.

이제 여름 무더위가 한 풀 꺾기면서 아침저녁으로 선선한 기운이 느껴지고 있다. 올여름은 유난히 더웠다. 나이가 드니 몸의 적응력이 무뎌진 것일까? 올여름같이 찌는 듯한 더위를 근래에는 느껴보지 못했다. 그래도 지금은 아파트에 살다 보니 견딜만하다. 과거 단독주택 2층에 세 들어 살 때는 한여름 햇살이 뜨거워 연신 수돗물을 2층 베란다에 뿌렸는데 잠시 뒤에는 다시 달궈져서 열기가 베란다 창문을 타고 거실로 넘어왔다.

"갔다 올게요."

아내가 옷을 갈아입더니 커다란 핸드백에 노래 교실 책자를 챙기고 현관에서 신발을 고르느라 잠시 뜸 들이는가 싶더니 요란한 문소리를 내면서 집을 나갔다.

내가 퇴직하기 전까지만 해도 아내는 집에서 보내는 시간이 많았다. 화초 키우는 것을 좋아해서 봄이면 모종을 사 오거나 화분 분갈이 하면서 베란다 한쪽에 비닐을 깔고 며칠씩 공들여 작업했다. 흙이나 비료가 제법 무거워서 옆에서 거들어 주지 않으면 혼자서는 힘들 것 같아 주말이면 차를 몰고 식물원을 따라다니면서 부지런히 옮겨주었다. 아내는 집에서 키우는 화분을 보면 주인이 얼마나 관심을 가지고 관리하는지 알 수 있다고 했다. 햇볕을 좋아하는 식물과 그늘을 좋아하는 식물이 다르고 나무에 따라서 물을 얼마나 자주 주어야 하는지도 배워야 알 수 있다. 그렇게 키운 난이나 선인장이 꽃을 피울 때가 있다. 짧은 기간이지만 그윽한 향기가 집안 가득 번지면 괜히 코를 실룩거리기도 한다. 이곳으로 이사 온 지 10년이 훨씬 지났지만, 아직도 이사 때 들여온 나무들이 제 자리를 지키고 있는 것은 오직 아내의 관심과 열정으로만 설명할 수 있을 것이다.

그랬는데 퇴직하고 내가 집에 있는 날들이 많아지자, 이제는 아내가 슬슬 밖으로 나돌기 시작했다. 나는 퇴직 이후 아내와 함께 시간을 보내는 게 좋겠다 싶었는데 아내 생각은 그렇지 않았던 것이다. 나 혼자만의 생각이었다. 아내가 외출하고 나면 혼자 빈둥거리는 날이 많았는데 그러다가 알게 되었다. 남편과 함께 집에 있으면 끼니마다 챙겨야 하는 것은 물론 남편의 소소한 요구도 들어주지 않을 수 없을 것이다. 이것을 노후에 겪는 또 다른 속박으로 여겼음에 틀림없다 싶었다. 그래서 마음이라도 편하게 해주고 싶어 어느 날 아내에게 말했다.

"여보, 그동안 내 뒷바라지하랴, 애 키우고 출가시키랴, 고생했는데 이제는 당신 하고 싶은 대로 하시오. 배우고 싶은 것 있으면 배워도 좋고…"

그전에도 뜨개질이나 필요한 셋이 있으면 배우러 다닌 것은 알고 있지만 아직도 여자에게 폐쇄적인 사회에서 중년이 지난 여자들이 다닐 곳이 얼마나 있겠는가 싶었는데 뒤에 아내가 알아본 내용을 살펴보니 내 생각이 얼마나 허술했는지를 보여주었다. 먼저 주민센터에서 지역민들을 대상으로 요일별 프로그램을 돌렸는데 사교댄스, 하모니카, 플롯 등의 악기, 노래교실, 요가 등 거의 모든 분야를 망라하고 있었고 문화센터도 붓글씨, 캘리그라피 등으로 수업은 주민센터와 비슷했다. 문화원에서는 문화유적 탐방 프로그램을 한 해 동안 계속 운영했고 근처의 시립도서관에서는 회원들을 상대로 독서토론회, 문학 탐방 등이 이어지고 있었다. 모르는 사이 이제 한국은 어디서나 조직적인 교육활동이 가능한 평생교육 프로그램이 활개를 치고 있었다.

늦게 배운 도둑이 날 새는 줄 모른다고 아내는 집보다는 바깥세상에 재미를 들인 모양이었다. 한 학기 동안 배우고 나면 강사와 수강생이 그간 배운 것을 발표하는 기회를 가진다. 주최 측에서도 홍보하겠지만 수강생의 가족이나 친구들이 참석하다 보면 제법 인원이 많았고 열기도 뜨거웠다. 2, 3년을 쫓아다니다 보니 이후로는 반장을 맡기도 했는데 그러면 다른 팀과는 달리 같은 색상의 티셔츠를 맞춰 입거나 스카프를 목에 두르는 등으로 포인트를 주어서 관람객의 시선을 끌었다. 나도 몇 번 성화에 못 이겨 따라다녔는데 하모니카 연주를 하면서 아래위로 두 개를 포개어 장단을 넣어가며 부르기도 하고 하프 연주에서는 일부에서 다른 음이 툭 튀어나오기도 했지만, 3개월이나 6개월의 짧은 기간에 배운 것이니 대견했다. 아내는 특히 노래교실에서 두각을 보였는데 목소리가 평소 저음으로 노사연을 닮았다는 소리를 간혹 듣긴 했지만, 직접 부르는 것은 보지 못했는데 무대에서 만남, 바램 등의 노래를 멋지게 부르면서 박수갈채를 받는데 아내에게 이런 재주가 있다는 것이 신기하기도 했다.

세상 이치에는 양면이 있는 법이다. 이렇게 외부 활동에 공을 들이다 보니 이전같이 집안일에 매달릴 수는 없었다. 반짝반짝 윤이 나는 신혼살림도 아니고 연예인같이 TV에 나와 카메라를 들이대고 집구경 시킬 일도 아니어서 웬만한 것은 참고 견디기로 했다. 빨래가 며칠 밀리고 거실 걸레질 한두 번 빠진다고 무슨 대수겠는가? 이가 없으면 잇몸으로 사는 방법을 터득한 나이가 아니던가? 그렇게 생각하며 살기로 하니 없던 여유까지 생겼다.

제대로 된 벌이도 없이 과거 직장에 다니면서 넣었던 국민연금과 부부의 노령연금이 수입의 전부였는데 단촐하지만 살림이라고 꾸려가다 보니 먹는 것이나 입는 것, 휴대폰 요금에다 여기저기 다니는 병원비도 만만찮은데, 밖에 나돌다 보니 아내도 금전적으로 어렵지 않을까 싶었지만, 아내는 걱정하지 말라는 눈치였다. 가끔 딸이 조금씩 보내주는 것을 알뜰하게 모았던 모양이다. 하지만 정작 내가 걱정하는 것은 아내가 밖을 나돌다 보니 부부 간에 대화가 거의 사라졌다는 것이다. 평소 서로에 대해 잘 알기 때문일 수도 있지만 아내가 바쁘다 보니 대개 그러려니 하고 넘어가기 일쑤다. 하지만 우울증으로 바깥에 나가는 일이 힘들어진 나로서는 아내의 잦은 외출로 집에서도 대화할 기회가 줄어들었을 뿐만 아니라 종일 말 한마디 없이 지내는 날도 있었다. 병원 정신과 의사는 가족 간 대화의 중요성을 강조했지만, 바깥으로 나돌면서 집에서 피곤해하는 아내를 보면 나보다도 먼저 아내가 걱정되었다.

아내가 나가고 나는 잠시 그대로 누워있었다. 오늘은 새벽 이른 시간 잠에서 깨어 거실에 나와 현관 쪽 폐지 모아놓은 곳을 지나다가 우연히 지난 신문에서 흔치 않은 기사를 접하고 돋보기를 찾아 끝까지 읽어보느라 제법 시간을 보냈다.

지난해 신문이었는데 11월 초 대구지법은 직업 없이 생활하는 30대 아들을 살해한 혐의로 구속 기소된 60대 아버지 김 아무개 씨에게 징역 7년을 선고했다는 기사였다. 자신의 집에서 잠자던 아들을 둔기로 여러 차례 내리쳐 살해한 사건이었는데 심지어 아들이 마당으로 도망치다 넘어지자 다시 머리를 내리쳤고 아들은 두개골 골절로 숨지고 말았다.

사망한 아들은 오랜 기간 사법시험과 공무원 시험 등을 준비했지만 잇달아 낙방하고 장기간 무직 생활을 해왔다고 한다. 우울증을 앓아 온 김 씨는 경찰 조사에서 자신이 죽으면 이런 아들을 책임질 사람이 없어 자신이 죽기 전에 죽여야겠다는 마음을 먹었다고 진술한 것으로 알려졌다.

재판부는 피고인이 아들을 무참히 살해한 패륜적인 범죄를 저질렀다고 지적하면서도 다만 범행 당시 우울증으로 변별 능력이 떨어지는 등 심신 미약 상태였던 점과 평생을 죄책감과 회한 속에서 살아가게 될 피고인의 사정을 감안했다고 밝혔다.

문제는 아버지 김 씨가 우울증에 걸려 심신 미약 상태였다는 점이다. 그렇지 않다면 나름대로 직장을 구하고자 공부했으나 결과가 좋지 않았다는 것일 뿐 아들이 아버지를 괴롭히거나 돈을 뜯어내려고 했던 것도 아니었다. 장래를 생각하며 취업을 걱정하던 평범한 젊은이였을 뿐이다.

우울증으로 병원에서 처방한 약을 먹기 시작한 것도 벌써 여러 해를 넘겼다. 처음 병원에 가야겠다고 느꼈던 것은 밤에 잠들기 어려워졌을 때였다. 몇 시간씩 누워서 눈을 감고 있으면 나중에는 내가 어둠에 갇힌 것같이 느껴져서 두려운 생각도 들었다. 잠을 충분히 자지 못하니 종일 피로감을 느끼게 되고 매사에 의욕이 떨어졌는데 사람 만나기가 싫어서 잘 나가던 복지관도 끊었다. 바둑반에서 평소 호적수(好敵手)였던 최 씨는 처음 보름 정도 어디 아프냐면서 이틀이 멀다고 전화가 오더니만 그것도 두어 달이 지나니 뚝 끊겼다. 자연히 혼자 있는 시간이 늘었고 말수도 줄어들면서 사람 만나는 것이 조심스러워졌는데 병원에서는 가급적 낮에 집에 있기보다는 밖으로 나가서 사람도 만나고 햇살을 쐬는 것이 정신 건강에 낫다고 했다. 굳이 의사 설명이 아니더라도 마음은 뻔한데 몸이 말을 듣지 않으니 그게 병인 것 같다. 병원에서는 처방약을 꾸준히 복용하면 효과를 기대할 수 있을 것이라고 했지만, 지금도 우울증약은 물론 밤에는 수면제를 먹어야 겨우 잠들 수 있을 정도다.

아침에 신문에서 아들을 살해한 아버지가 평소 우울증이었다는 소식에 하마터면 소리를 지를 뻔했다. 우울증이 생각보다 무섭게 느껴졌다. 아무리 우울증으로 인한 심신 미약이라고 하지만 그 정도까지인 줄은 모르고 있었다. 나는 마른침을 꿀꺽 삼켰다. 애써 남의 일이라고 생각하며 넘기려고 했지만, 기억에서 쉽사리 지워지지는 않을 것 같다. 아내에게 넌지시 말을 꺼내 보려다가 그만두었다.

그러다가 깜박 잠이 들었다. 병원에 다녀오려면 버스로 두 정거장이면 됐지만 사람이 많은 곳은 피하다 보니 평소에도 모자를 눌러쓰고 인도를 걸어 다녔다. 오전에 일찍 다녀오면 좋겠지만 병원이 환자로 붐빌 수 있기 때문에 오후에 다녀와도 괜찮을 것 같았고, 한숨 더 자고 일어난다고 해서 문제 될 것은 없었다.

짧은 잠이었지만 꿈을 꾸었다. 눈을 떠보니 아내가 나가고 아직 30분도 지나지 않은 시간이었다. 짧은 시간 잠시 눈을 붙인 것 같은데 언제 꿈을 꾸었던 것일까? 꿈에서는 늦게 결혼해 신랑을 따라 객지에서 살고 있는 딸을 만났다. 지난달 아내 생일을 앞두고 딸은 제 어미와 통화하면서 이번에는 애 아빠랑 내려가기 어렵겠다면서 얼마간의 돈을 보냈다고 들었다. 사위는 지역에서 비교적 규모가 큰 기업으로 알려진 S 기업 생산직 근로자로 오랫동안 근무했지만, 회사는 계속된 불황에 따라 구조조정을 하면서 대규모 인원 감축을 예고했고 불안을 느낀 노조에서는 불황에 대한 정확한 원인 규명도 없이 인원 감축부터 들고나오는 회사의 방침에 불만이 터져 나왔고, 이어서 단체 시위에 들어갔다고 했다. 신랑이 노조 임원이었던 탓에 위원장과 함께 둘이 회사 건물 위로 망루를 설치해 투쟁하고 있어 며칠째 땅을 밟지 못하고 있으며 통화도 어렵다고 했다. 아내는 세상 물정도 모르는 사람이 판단을 그르쳐서 좋지 않은 일에 휩쓸렸다며 김 서방을 탓했다. 순한 사람을 임원으로 꼬드긴 회사 노조도 천벌을 받아야 한다는 말도 했는데 딸은 제 어미 말을 가만히 듣고 있는 눈치였다. 사위는 충남 논산 출신으로 평소 느긋한 성격에다 생각도 있는 사람이었는데 이번 일은 자의 반 타의 반으로 이뤄진 것 같았다.

꿈에서 딸을 만난 곳은 큰 병원 수술실 앞이었는데 딸은 막 병원을 찾은 나에게 신랑이 밤에 시위하던 곳에서 떨어져 전신을 크게 다쳐 몇 시간째 수술을 받고 있다며 남편을 태운 침대가 들어간 수술실 입구를 가리키며 울먹이고 있었다. 나는 자세한 영문을 몰랐으므로 우선 딸의 어깨를 두드리며 걱정하지 말고 기다려보자면서 주위를 둘러보았다. 주위는 딸 외에 아무도 보이지 않았다. 복도를 밝히고 있는 붉은 조명등이 깜박이며 꺼지고 켜지기를 반복하고 있어 불안했으므로 딸에게 언제부터 불이 깜박이고 있느냐고 물었다. 딸이 평소와 달리 퉁명스럽게 지금 애 아빠 생사가 달려있는데 그깟 불 깜박이는 걸 가지고 묻고 그러냐고 다소 화난 목소리로 말했다. 나는 엉겁결에 수술실도 불이 깜박이면 안 되니까 물어보았다고 얼버무렸는데 그 소리를 하자마자 딸이 버럭 고함을 질렀다. 그러니까 엄마가 평생 고생을 했지. 그 말이 충격이었는지 화들짝 놀라 잠에서 깼다.

잠에서 깨자 찝찝한 마음이 가시지 않았다. 무슨 이런 말도 되지 않는 꿈을 꾸었을까? 찬찬히 생각해 보니 좋은 구석이라고는 한 군데도 없는 말 그대로 쓰레기 같은 꿈이었다. 왜 이런 꿈을 꾸었는지 모르지만, 찾아보면 원인이 있을 것이다. 누운 상태로 꿈을 다시 처음부터 복기해 보기로 했다. 망루에서 떨어졌다고 했는데 망루의 높이는 어느 정도일까? 겨우 두 사람이 누울 정도의 좁은 공간이라고 들었는데 좁은 공간에서 먹고 자는 일상을 견뎌내지 못했던 것일까? 사위는 어떻게 되었을까? 딸에게 전화하면 자세한 사정을 알 수 있을 것이다. 그렇지 않으면 하루에도 몇 번씩 아내가 딸과 통화하는 것 같았는데 아내에게 물어보아도 형편을 알 수는 있을 것이다. 불이 깜박이는 것은 또 무슨 뜻일까? 나는 누워서 휴대폰으로 꿈해몽에 대해 검색하기 시작했다. 두 팔을 허공으로 올려 휴대폰으로 검색하려고 하자 잠시 후 팔이 뻐근하면서 아프기 시작했다. 휴대폰과 눈높이를 적절히 조절해가면서 한참을 두드린 뒤에야 꿈풀이 사이트를 찾아냈다. 전등이 계속 깜박이는 꿈은 불확실한 감정 상태나 혼란스러운 인간관계를 상징한다고 나와 있었다. 특히 가까운 사람과의 갈등 상황에서 자주 등장하며 관계에 있어 확실하지 않은 태도, 지속적인 오해, 불안정한 소통이 암시된다고 했다. 이를 내 꿈과 적용한다면 어떻게 해석할 수 있을까? 나는 마치 사주팔자를 풀이하는 사람처럼 연관된 단어들을 풀어보려고 했다. 하지만 이제는 팔 외에 목이나 눈도 침침해져서 아무 생각도 할 수 없었다. 할 수 없이 팔을 아래로 늘어뜨리고 눈을 질끈 감았다. 그제야 살 것 같았다. 그러자 지금까지 내가 무슨 일을 했던 것인지 혼란스러운 생각이 들었다.

　휴대폰이 울렸다. 누워서 천장 벽지에 수놓은 작은 국화 문양의 꽃 개수를 이번에는 왼쪽 아래로부터 하나씩 세다가 형광등 뒤로 가려진 부분에서 잠시 멈추고 이전의 방식대로 보이는 것만 셀 것인지 아니면 오늘은 형광등으로 인해 감춰진 부분까지 추정하여 셀 것인지 고민하고 있을 때였다. 밤에 잠이 오지 않으면 자리에 누워 종종 천장의 꽃 개수를 세어보았다. 셀 때마다 개수가 조금씩 차이가 났는데 정확한 개수를 꼭 알 필요는 없었다. 대략 600개가 넘는 꽃을 하나씩 세노라면 때로는 천장이 빙빙 도는 것처럼 느껴져서 양 손바닥으로 방바닥을 꼭 누르고 엎어지지 않으려고 애쓰기도 했다. 전화벨은 평소 진동으로 해 놓아서 잘 받지 않았지만, 오늘은 밖으로 나갈 일이 있어 아침에 일기예보를 듣기 위해 소리를 올렸다가 그대로 두었던 것이 생각났다. 휴대폰을 보니 모르는 번호였다. 보이스피싱이 활개를 친다는데 이럴 때는 받지 않는 것이 상책이다. 휴대폰을 가만히 제자리에 내려놓았다. 회색 구름이 하늘을 덮어 잔뜩 찌푸린 날씨로 오후에는 비도 예보

되어 있었다. 일찍 병원에나 다녀와야겠다. 나는 자리에서 일어나 옷을 주섬주섬 주워 입기 시작했다.

아파트를 나와서 오른쪽으로 돌면 관리사무소가 나오고, 옆으로 상가 건물이 이어진다. 상가 건물은 3층으로 아파트 입주민들 외에 외부인들은 오후에야 겨우 구경을 할 수 있을 정도로 내왕객이 많지 않다. 상가 1층 한쪽으로 자그마한 평수의 부동산 가게가 있었는데 지금은 주인이 바뀌었지만, 이전에 자주 드나들었던 곳이다. 강원도 강릉이 고향이라는 부동산 사장은 나이가 서너 살 아래로 부지런하고 인사성이 좋아서 상가 주변으로 평이 좋았다. 아침 일찍 문을 열고 지금은 구경하기도 힘든 싸리 빗자루로 부동산 가게 앞뿐만 아니라 주변까지 쓸기도 했는데 산에서 싸리를 꺾어와 직접 만들었다면서 먼지가 나지 않게 물을 뿌리고 싸리 빗자루로 깨끗이 쓸고 나면 속이 다 시원하다고 했다. 가게에 들어서면 사탕이나 1회용 커피와 녹차가 있어 누구라도 마실 수 있게 했고 신문이나 잡지도 있어 시간 보내기에는 안성맞춤이었다. 독실한 크리스천이어서 그렇겠지만 성경 말씀을 기록한 액자가 한쪽 벽면을 장식하고 있었고 비치된 신문이나 잡지가 기독교 계통이어서 타 종교를 가졌거나 기독교에 관심이 없는 사람에게는 조금 부담스러울 수도 있었다. 나는 종교가 없었지만, 구애받지 않고 편하게 지냈다. 시내 제법 큰 교회 장로라고 했다.

"정 형 같은 사람이 교회에 안 나가니까 교회에 사람이 없지."

부동산 사장은 평소 고객이 오면 부동산 사업 못지않게 전도에도 관심을 드러냈다. 고객에게 원하는 매물이나 필요한 정보를 제공하고 나면 틈나는 대로 신앙 관련 이야기를 꺼냈다. 대개 교회 팸플릿을 건네며 가까운 교회에 나갔으면 좋겠다고 했다. 아내는 종교라고 할 것까지는 없었지만, 큰일을 앞두면 며칠을 근처 절에 나가서 기도했는데 특히 해마다 사월 초파일에는 아내와 같이 절에서 종일 지내다가 돌아오고는 했다. 부동산 가게에 수시로 나가다 보니 사장 손에 이끌려 여러 번 교회를 다녔다. 교회 전도 축제 같은 기간에는 예배에 참석하면 유명 연예인의 어려웠던 시절 간증을 듣거나 공연을 보기도 하고 마칠 때에는 준비한 선물을 받고 식사도 푸짐했다. 예배에 참석하면서 느낀 것은 개신교 예배의 핵심은 설교에 있었다. 할애된 시간도 가장 길었고 전하는 메시지도 뚜렷했다. 그렇지만 성경 말씀을 그대로 받아들이기에 무리가 있었다. 무엇보다 천지 창조론은 그동안 배워온 진화론을 일시에 뒤엎는 것이어서 생각을 정리하는 시간이 필요했다. 아내는 이야기를 듣고 펄쩍 뛰었다. 교회 다니는 사람은 조상님께 제사도 드리지 않는다고 하더니 그렇다면 자신들의 근본부터 알아야 할 사람들이 아니냐고 따지듯이 물었다. 그 뒤로 아내에게는 교회에 대해 입을 닫았다.

평소 가게를 찾을 때마다 따뜻하게 대해주는 부동산 사장의 권유에 못 이겨 교회에 나가기 시작한 지 석 달째 접어드는 어느 날이었다. 그날도 예배를 마치고 장로를 따라 교회 식당에서 줄을 서서 배식 받으려는데 급한 전화가 걸려 온 모양이었다.

"정 형, 주일에는 사업 관련 일은 하지 않는데 급하게 매물을 찾는다는 연락이 있어 아무래도 사무실에 들어가 봐야겠네요. 미안하지만 혼자 식사하고 가셔야 할 것 같습니다."

그러면서 황급히 자리를 떴다. 나도 같이 나갈까 생각했지만, 바쁜 사람 옆에서 성가시게 하기 싫어 그러겠다고 말하고 혼자 배식 받아 자리에 앉았다. 평소와 달리 혼자 떨어져 식사하고 있을 때였다.

"반갑습니다. 이동찬 집사라고 합니다."

50대 후반으로 보이는 양복 차림의 남자가 식판을 들고 기웃거리다가 옆자리에 앉으면서 인사를 했다. 나는 식사를 하다 말고 그 자리에서 반갑다고 말했다.

"늘 차상수 장로님과 함께 식사하시더니 오늘은 어떻게 혼자 계시네요?"

오늘은 볼 일이 있어 일찍 가시는 바람에 그렇게 되었다고 짧게 말했다.

이 집사는 주머니에서 명함을 꺼내 내밀었다. 요즘 한창 인기를 끌고 있는 얼음에 탄산수까지 나온다는 정수기 대리점 대표였다. 나는 명함을 보고 천천히 윗도리 안주머니에 넣었다. 별다른 이야기 없이 식사를 계속하다가 밥을 다 먹을 때쯤 그가 물었다.

"장로님과는 잘 아실 것 같은데 혹시 장로님 부인 최근 근황은 알고 계시나요?"

나는 처음 듣는 생소한 말이어서 궁금한 표정으로 이 집사를 쳐다보았다. 그가 내 표정을 보더니 짐작이라도 한 듯 고개를 몇 번 끄덕였다.

"무슨 일이 있었습니까?"

나는 궁금한 생각에 물었다. 그러나 이 집사는 아무런 말도 없이 빠르게 식사를 마치고 자리에서 일어섰다. 나는 혼자 식사를 마치고 평소와 같이 식기를 반납하고 나오자, 이 집사가 근처 카페 입구에서 손을 들어 보였다. 그리고 식당 옆 카페 안으로 나를 안내했다. 카페는 교회에서 운영하는 것으로, 찻값이 저렴해 식사 후에는 가까운 사람끼리 오후 예배 시작 전까지 차와 담소를 나누는 장소였다.

"사실 말씀드리기는 그렇습니다만 차 장로님의 부인은 암으로 오랫동안 서울 딸네 집에서 치료받는 것으로 알고 있습니다만."

처음 듣는 말이었다. 지금까지 왜 한마디 말이 없었을까?

"그런데 들리는 말로는 부동산이나 심지어 집에서 부인처럼 보이는 분이 있다고 해서 어떻게 된 영문인지 궁금했지만 정작 본인에게는 물어보지 못하고 있습니다."

그러자 몇 가지 일이 생각났다. 부동산 가게에서 종종 보던 여자였다. 간혹 여자가 부동산에 나오면 차 장로가 반갑게 맞이했고 다정한 모습으로 이야기를 나누기도 했지만, 부인으로 보기에는 나이 차이가 있었기 때문에 딸이나 친척 정도로 알고 있었다. 뒤로는 가끔 상가 지하 슈퍼마켓에서 마주치면서 인사를 나누거나 차 장로와 같이 차를 타고 다닐 때도 있었는데 차

장로는 여기에 대해서 별다른 말이 없었고 나 역시 여자에 대해 따로 물어볼 이유도 없었다. 이 일이 있고 나서 나는 교회는 물론 부동산 가게에도 발을 끊었고 차 장로도 한두 번 다녀가라는 연락이 오더니 이후에는 소식이 없었다. 나는 한동안 이 문제로 혼란을 겪었다. 서울에서 치료 받던 아내는 몇 달을 넘기지 못하고 결국 숨졌고 차 장로는 집과 가게를 처분하고 여자와 함께 다른 곳으로 이사 갔다는 말이 상가 주변에서 들려왔다. 하나님을 믿기도 어렵거니와 믿음에 걸맞는 행동이 더 어렵다는 것을 차 장로를 통해 알았다. 차 장로에게 믿음이란 한때 자신을 던져서라도 가지고 싶었던 것이었는지 모르지만, 지금은 면피를 위한 수단 정도로 여겼을지 모르겠다는 생각이 들었다.

    병원을 들러 혈액검사를 하고 약을 처방받고 돌아오는 길에 비가 내렸다. 여름도 지난 것 같은데 소나기 같은 국지성 호우가 내려 하마터면 비를 맞을 뻔했다. 약국에서 나오려다가 미처 우산을 챙기지 못한 것을 후회하며 어떻게 집까지 갈까 궁리하고 있는데 옆에서 지켜보던 젊은 약사가 그런 내 모습이 딱하게 보였는지 가방을 열어 자그마한 3단 우산을 건네며, 언제라도 시간이 나면 가져오시면 된다고 했다. 살다 보니 세상에 이런 좋은 사람도 있구나 싶었다. 나는 고맙다고 말했다. 굳이 종교를 가져야 하는 것이 아니라 이 정도의 인심만 있어도 세상은 얼마든지 살 수 있을 것 같은 생각이 들었다.
    집에 돌아오자 피곤하여 바로 자리에 누워야 했다. 휴대폰을 꺼내 이부자리 옆으로 놓으려다가 살펴보니 아내에게서 문자가 와 있었다. '오늘 저녁 신입회원 작품전시회가 남도 화랑에서 있다니 가봐야 해서 늦을 것 같소.' 나는 한참을 들여다보다가 휴대폰을 머리맡으로 툭 던졌다.

흔들리는 성(城)

아내 경희와 함께 출근 시간에 맞춰 집을 나선 현수의 승용차는 아파트 주차장을 벗어나 고층아파트가 밀집된 주거 단지를 지나고 있었다. 최근의 건설 붐을 타고 이곳에도 고층아파트가 우후죽순처럼 세워지고 있었다. 이제는 고층아파트가 도시의 대표적인 주거 형태로 자리 잡고 있는 듯했다. 길게 이어진 주거 단지를 지나 해안선을 바라보며 남북으로 길게 이어진 국도에 접어들도록 둘은 말이 없었다. 바쁜 출근 시간을 넘긴 국도는 평소와 마찬가지로 컨테이너를 실은 화물차들로 혼잡했으므로 앞차와 일정 거리를 두고 천천히 달렸다. 잠시 후 오른쪽으로 파도가 넘실거리는 동해 바다가 눈에 들어왔다. 먼바다의 물결은 잔잔한 듯했지만, 해안가로는 파도가 쉼 없이 밀려왔다가 미끄러지듯 빠져나갔다. 비가 오려는지 마을로 향하는 입구에 세워진 여러 색상의 바람개비가 불어오는 바람을 맞으며 바삐 돌아가고 있었고 바다 멀리 짙은 운무가 띠를 두르며 내려앉아 있었다.

"어디로 가는 거야?"

그녀는 차창으로 비가 한, 두 방울 떨어지는 것을 보면서 현수에게 물었다. 일기예보에는 비 소식이 없었다. 아침에 집을 나서기 전까지만 해도 맑은 날씨였고, 그들은 평소와 다름없이 출근 시간에 맞춰 집을 나섰다.

"잘 다녀오너라. 애 걱정일랑 말고."

손녀를 돌보기 위해 어머니는 1년 가까이 집에 와있었다. 그녀가 여느 때처럼 큰방에 들러 요람에서 잠자는 딸 지은의 얼굴을 들여다보고 남편 현수와 함께 출근하려고 현관을 향했다. 어머니는 부엌에 있다가 그들을 따라 현관 앞으로 나왔다. 부부는 아침 식사로 대개 과일주스와 호밀로 만든 빵으로 대신했지만, 어머니는 그렇게 드릴 수가 없어 그녀가 아침마다 식사를 간단하게 차려드리곤 했다. 어머니는 늘 너희들 가고 나면 내가 천천히 차려 먹겠다고 했지만, 그녀는 차려 드리는 것이 오히려 마음 편했다.

"어디를 갈까? 당신 생각해 놓은 곳이 있어?"

현수가 앞을 주시하면서 물었다. 그녀가 특별히 생각해 둔 곳은 없었다. 장소를 선택하는 것이 그렇게 중요한 문제가 아닐 것이다. 어디를 갈까? 잠시 생각하다가 고개를 돌려 현수를 쳐다보았다. 운전대를 잡은 현수의 옆모습이 눈에 들어왔다. 오랜만에 나서는 둘만의 외출이어서 그런 생각이 들었을까? 문득 밖에서 보는 현수의 얼굴이 낯설다는 생각이 들었다. 언제 그의 얼굴을 자세히 보았을까? 결혼하고 제법 오랫동안 집에 돌아오면 거실이며 식탁에서 그리고 침실에서 서로를 바라보던 때가 있었다. 이야기를 많이 나누지는 않았지만, 같이 있는 것만으로도 행복했다. 그러다가 잠이 들 때면 때로 밤중에 깨어나 희미한 불빛 아래 잠든 현수의 모습을 쳐다보던 때가 있었다. 그렇지만 언제부터인지 정확하지는 않지만, 지금처럼 자연스럽게 서로 등을 돌리고 자는 것이 습관이 되었다. 집에서 자주 얼굴을 대하기도 어려웠다. 그러다 보니 그들 사이에도 보이지 않는 거리감이 느껴졌을 것이다.

현수는 회사를 옮기고 나서부터 퇴근 시간에 맞춰 집에 들어오는 날이 드물었다. 지금 다니고 있는 회사는 학교 선배가 3년 전쯤 그를 스카웃 했고 잘 다니고 있던 회사에서 자리를 옮긴 현수는 늘 일에 파묻혀 지내야 했다. 선배는 미안해하면서 조금만 더 기다리면 형편이 나아질 것이라고 말했지만 그렇게 3년이란 세월이 흘렀어도 달라진 것은 별반 없었다. 간혹 집에 일찍 돌아오더라도 잠자리에 들 때쯤이면 혼자 늦게까지 책상에 앉아 업무를 계속하는 것이 다반사였다.

그녀 또한 항상 일에 지쳐 피곤했기 때문에 늘 잠이 부족했다. 그녀가 취업한 지 5년이 지난 어린이집은 학생 수에 비해 교사가 부족했지만, 원장은 아동의 입, 퇴원이 빈번하다는 이유로 교사 충원 요구를 묵살하기 일쑤였다. 게다가 이제는 집에 돌아오면 어머니로부터 딸 지은을 넘겨받아 돌봐야 했다. 이제 돌을 지난 딸은 불안했지만, 혼자 걸을 수 있었기 때문에 집안을 제 마음대로 돌아다니다가 다치지는 않을까 신경이 쓰였다. 말을 배우려는 것인지 수시로 웅얼거려서 옆에서 지켜봐 주는 것도 필요했고, 젖니가 나면서 다양한 식단을 만들려다 보니 집에서의 일도 끊이지 않았다.

"오랜만의 외출인데 멀리 조용한 곳으로 갔으면 좋겠어."

그녀가 혼잣말처럼 중얼거렸다. 오늘 나들이는 며칠 전에야 결정되었다. 그녀는 보름 전부터 현수와 밖에서 만나 대화할 것을 원했고 회사 사정을 살피던 현수가 어렵게 오늘 시간을 낼 수 있었다. 어머니에게는 비밀로 했지만, 어머니는 그들의 냉랭한 관계를 진작에 짐작하고 있을 터였다. 그러나 현수뿐 아니라 며느리인 그녀에게도 따로 말은 없었다. 때가 되면 자연스럽게 알게 될 것이라는 생각에 기다리고 있는 것인지도 몰랐다.

오늘도 그들은 평소와 다름없이 일어났고 출근 시간에 맞춰 집을 나섰다. 평소 현수는 직장까지 승용차로 30여 분을 달려야 했지만, 그녀는 방향이 달랐기 때문에 근처 정류장에서 시내버스를 타고 다섯 정거장을 가면 됐다. 만약 아파트 베란다에서 어머니가 내다보고 있었더라면 평소와 다르게 같이 승용차를 타는 모습에 의아했을 것이다. 그렇지만 어머니는 지금쯤 식사를 할 것이기 때문에 도중에 베란다 아래를 유심히 내려다보는 일은 없을 것이라고 그녀는 생각했다.

"병명은 비문증이라고 합니다. 일반적으로 눈앞에 먼지나 벌레처럼 생긴 무언가가 떠다니는 것을 느끼는 증상입니다. 하나 또는 여러 개의 점이나 실타래 같은 것이 보여서 손으로 잡으려고 해도 잡히지 않고 위를 보면 위에 있고, 아래를 보면 아래에 있는 등 시선이 가는 곳으로 이물질의 위치도 따라서 변하는 특성이 있습니다."

벌써 3개월이 지났을까? 어느 날 오후 사무실에서 일하다가 의자에서 일어서는데 눈앞으로 가는 실 같은 것이 떠다니는 것이었다. 처음에는 손으로 눈을 비벼보는 등 피곤해서 그런 것으로 알고 관심을 두지 않았다. 그랬는데 이튿날에도 동일한 증상을 보였고 걱정은 되었지만, 며칠 지나면 자연히 없어질 줄 알았다. 그렇지만 눈앞의 이물질은 쉽게 그를 놓아주지 않았다.

1주일 정도 지났을 때 오후에 잠시 틈을 내어 회사 근처 안과를 찾았을 때 의사는 현수의 증상을 듣더니 몇 가지 기본 검사를 했고 추가 검사가 필요하다면서 동공 확장 검사를 했다. 안약을 넣고 30여 분 기다렸다가 동공을 확장 시킨 뒤 약한 마취를 했고 콘택트렌즈를 통해 눈 여기저기를 보면서 열공(裂孔)이 생긴 것은 아닌지 점검했다. 눈이 부시고 따갑기도 하고 꺼끌거리는 증상 때문에 그는 그 상황을 견디느라 무척 힘들었다. 제법 시간이 지나고 의사가 현수에게 검사 결과를 알려주었다.

"비문증은 눈 속에 있는 유리체의 투명한 물질이 나이가 들수록 변성되어 작은 부유물이 뜨거나 혼탁이 생겨 눈으로 들어가는 빛을 가리게 되는 현상입니다. 비문증의 모양으로는 점, 선, 구름, 연기, 물방울, 커튼 모양 등 여러 가지가 있습니다. 심한 사람은 시선을 움직일 때마다 비문이 태풍처럼 휘몰아치기도 합니다. 검사 결과 다행히 망막박리를 비롯한 망막 상의 질병은 아닙니다."

의사는 모니터에서 눈을 떼고 현수를 바라보며 말했다. 검사 결과 문제가 없으므로 당분간 지켜보자고 했다. 계속 적응이 안 되거나 도저히 견디기 어렵다 싶으면 유리체 절제술을 고려해 볼 수 있지만 간단하게 시도할 수술도 아니거니와 부작용이 있을 수 있으므로 웬만해서는 권하지 않는다고 했다. 현수는 안과를 나와 회사에 돌아왔지만, 제대로 치료받지 않았을 뿐만 아니라 앞으로 어떻게 될지 알 수 없었기에 병원 갈 때와 마찬가지로 생각이 복잡했다.

그 뒤에도 현수는 의사의 말대로 당분간 그 상태로 지내야 했는데 단지 부유물이 보이는 것이 전부였지만, 시간이 갈수록 참을성과 인내가 필요했다. 누구라도 결코 가볍게 볼 증상은 아니라는 생각이 들었다. 24시간 시야에 머물면서 눈 내부에 있는 부유물이 보이는 것이기 때문에, 수술 이외에 물리적으로 제거할 방법은 없었고 눈을 이리저리 돌려서 일시적으로 보이지 않게 하더라도 다시 둥둥 떠다니면서 보였기 때문에 시간이 갈수록 정신적 스트레스가 심했다.

"그렇게 견디기 힘들면 수술을 하면 어떨까?"

어느 날 저녁 현수가 집에 돌아와 잠시 지은과 놀아주다가 일찍 자리에 들자 그녀가 다가와 걱정스레 말했다. 현수는 병원 진료 이후 시간이 날 때면 직장이나 집에서 눈을 감고 있을 때가 많았다. 눈을 감더라도 눈으로 빛이 들어오면 눈동자에서 돌아다니는 것이 느껴졌기 때문에 조명을 끄거나 그렇지 않으면 안대로 눈을 가렸다.

"병원에서는 유리체 부분 절제술이라고 유리체 내의 비문만을 선택적으로 제거하는 방법이 있다는데 원래는 망막박리 등 질병 치료를 위한 수술이라고 해. 유리체를 제거하니 유리체 속의 비문까지 함께 제거되는 것이지. 비문이 눈에 띄게 줄거나 전절제술의 경우 비문 자체를 완전히 없애는 것도 가능하지만, 수술 후 부작용으로 백내장 같은 또 다른 증세가 나타날 가능성이 있다고 해."

현수는 잠시 쉬었다가 다시 입을 열었다.

"그런데 비문증에 대해 찾아보니 비문증 자체는 안구에 영향도 없으며 건강에 치병적인 것도 이니고 시각적인 거슬림 정도 외에는 문제가 없기에, 큰 문제로 취급하지 않는다고 해. 치료하려다 더 큰 부작용이 발생할 수 있으니 그런 것 같아. 대개 단순한 증상 정도로 가볍게 치부되고, 질병으로 분류되지도 않을 뿐 아니라 의사들의 관심도 상대적으로 낮고 당연히 보험도 적용되지 않는다고 해. 질병으로 분류되지 않으니 병역 판정 검사에서도 다른 질병으로 발병한 경우가 아니면 비문증을 사유로 병역 감면을 받을 가능성도 매우 적다고 하더라고."

"그래도 당신이 힘들면 수술하는 게 낫지 않겠어?"

그녀가 차분하게 말했다. 그녀는 현수가 불편해하는 것을 지켜보는 것이 힘들었다. 주변에서는 비문증 증세를 잊고 있다가도 어쩌다 한번 의식하게 되면 계속 눈앞에 아른거려 일에 집중하기가 힘들다고 했으며 심각하게 고통받는 사람 중에는 남들이 공감해주지 않는다는 이유만으로도 상당한 우울감을 드러내기도 했고 심하면 자살을 기도할 정도로 정신적 고통이 엄청나다고 했다.

"알아보니 나이 든 사람뿐 아니라 젊은 층에도 제법 많은 사람이 비문증 증상을 가지고 있다고 해. 그러면서도 생활에 큰 지장은 없이 지낸다는데 그런데 나는 왜 남들처럼 견디지 못하는 것일까?"

그들이 탄 차는 해안을 끼고 두 시간 가까이 달리다가 산길로 방향을 틀어 조그마한 사찰 입구에 다다랐다. 차를 타고 오는 동안에도 비가 몇 차례 내리다가 그치기를 반복하더니 서서히 하늘이 맑아지면서 날씨가 개었다. 여기 사찰은 과거 신혼 시절 그들이 주말이면 산행을 하면서 주지와 인연을 쌓은 곳으로 딸을 낳기 전까지는 간혹 들렀지만, 근래에는 1년이 넘도록 와

보지 못했던 곳이었다. 사찰까지는 차량이 다닐 수 있는 도로가 없어 산길을 걸어야 했으므로 입구에 차를 세우고 제법 먼 길을 걸어야 했다. 비는 내리지 않았지만, 접는 우산을 챙기고 아직 늦더위가 가시지 않은 길을 그들은 천천히 걷기 시작했다. 평일이었고 비가 내린 탓인지 주차장에는 차가 보이지 않았고 인적도 드물었다. 울창한 숲속에는 간혹 산새들의 지저귀는 소리와 날갯짓 소리가 들렸고 바람이 불 때마다 나뭇잎이 흔들리며 잎에 머물러 있던 빗물이 어깨 위로 떨어지기도 했다.

"주지 스님이 그대로 계실지 모르겠어."

그녀가 말했다. 주지는 그들이 찾아올 때마다 알아보고 반갑게 맞아 주었다. 젊지 않은 나이의 여승이었지만 머리를 깎고 승복을 입은 깔끔한 모습은 젊은 시절을 떠올리게 만들었다. 동시에 무슨 연유로 머리를 깎았는지 궁금했었다. 하지만 여승은 모두가 업보라고 짧게 말했었다.

"얼마 만에 와보는 것인지 모르겠어."

그녀가 혼잣말처럼 말했다. 순간적으로 그녀는 그동안 자신의 지내 온 모습이 떠올랐다. 거의 매일 근무하는 어린이집과 가족이 사는 아파트를 쳇바퀴 돌듯 오가는 생활을 해 왔다. 어린이집에서는 아이들 틈에서 일정표에 따라 쫓겼고 집에서는 나름대로 가사와 양육으로 힘든 시간을 보냈다. 좋은 선생님이어야 했고 좋은 아내와 엄마가 되어야 했는데 그렇게 좋았던 기억은 없었다. 지은은 수시로 할머니를 찾았고 어떻게든 아들을 보려고 노력하던 그녀는 현수와도 수시로 의견 차이를 드러냈다. 차츰 자신도 모르는 사이 아이나 남편과 담을 쌓으며 살았던 자신이 서글퍼지면서 이렇게 사는 것이 옳은 것인지 의문이 들었다.

"당신, 둘째 가질 생각이 아예 없는 거야?"

그녀가 현수를 보면서 물었던 적이 있었다. 그녀는 어머니의 희망이 아니더라도 지은이 외에 아들 갖기를 원했다. 비록 늦게 태어난 딸로 인해 육아가 서툴고 힘들었지만 나이가 더 들기 전에 마지막이 될지도 모르는 출산을 서둘러야 할 것 같았다. 훗날 부모가 죽고 형제도 없이 딸 혼자 살아간다는 것이 그녀의 마음에 걸렸었다. 그러나 현수는 그때마다 딸 하나로 족하다고 했다. 철조망도 없는 약육강식 세상에서 오직 전사(戰士)로 자랄 수밖에 없는 현실에서 또 다른 자녀를 낳는 것은 부모로서 할 짓이 아니라고 했다. 그의 주장에 온전히 동조할 수 없었으나 그는 고집을 꿇지 않았다.

"자식들은 지금의 우리 세대보다 조금이라도 나은 삶을 살도록 해야 하는데 아무리 생각해도 자신이 없어. 지은이 하나라도 잘 키워서 사회에 보탬이 된다면 그것으로 부모 역할은 다하지 않았을까 싶어."

현수는 평소 우리나라 인구가 줄어서 몇십 년 뒤에는 나라의 존폐가 걱정이라고 했지만, 아직도 젊은이들은 취업을 못해서 실업자가 늘어나고 단기 아르바이트조차도 경쟁률이 치열하다고 했다. 또한, 노인들이 늘어나면서 젊은이들의 경제적 부담이 상승한다고 말하지만 이제 인구 감소는 한 국가만의 문제가 아니며 조금 일찍 다가오거나 늦은 차이만 있을 뿐 국제적인 추세여서 누가 거스를 수 있겠는가 하고 반문했다.

산길을 따라 10여 분 오르자 멀리 조그마한 사찰이 보였다. 가까이 갈수록 오래된 건물을 다시 도색 했는지 양쪽을 받치고 있는 대들보의 붉은색이 도드라졌다. 도색을 근래에 한 것 같았다. 산을 오르느라 흘린 땀을 나무 그늘에서 식히고 있는데, 인기척을 느꼈는지 쪽문이 열리면서 스님이 고개를 내밀었다.

"어서들 오시오."

처음 보는 스님이 말을 마치고 성큼 걸어 나왔다. 키가 크지 않아 승복이 다소 헐렁하게 보였다. 스님이 두 손을 합장하며 고개를 숙였다.

"여기까지 오느라 힘들었지요."

그들도 고개를 숙이고 인사를 했다. 그녀가 궁금한 듯 말했다.

"오래전에 여기 계시던 여승은 지금도 그대로 계시는지요?"

스님이 그녀를 보면서 조심스럽게 말했다.

"혹시 월정 스님을 찾으십니까?"

그 말을 들으니 그동안 잊고 있었던 스님의 이름이 떠올랐다. 자신을 월정 스님이라고 했었다. 그들은 동시에 고개를 주억거렸다.

"예, 스님은 지금 대덕산에 계십니다. 두어 달 뒤에 돌아오실 겁니다."

월정 스님을 찾는다는 말에 먼 길을 왔는데 차를 대접하겠다면서 스님은 그들을 옆으로 트인 조그마한 방으로 안내했다. 손님을 받는 곳인지 다기가 깨끗하게 정리되어 조그만 상에 올려져 있었다. 그들이 스님의 권유로 방에 놓인 방석에 다소곳이 앉았다.

"오늘 어떻게 오셨는지 물어봐도 되겠습니까?"

스님이 전기 포터에 물을 끓이면서 그들을 향해 물었다. 그녀가 웃으면서 말했다.

"예, 저희 부부가 오래전에 등산을 하면서 자주 찾던 곳입니다. 이제는 직장생활에 딸애까지 키우면서 몸과 마음이 갇혀 살았는데 오랜만에 직장과 집을 내려놓고 여기까지 오게 되었습니다."

스님이 현수와 그녀를 유심히 쳐다보았다. 무슨 문제가 있어 평일에 직장과 가정을 두고 이곳까지 왔을까 생각하는 것 같았다. 그러나 스님은 옅은 웃음을 짓더니 더는 묻지 않았다.

"잘 오셨습니다. 여기까지 오시느라 덥겠지만 따뜻한 차를 마시면 마음이 한결 가벼워지실 것입니다."

스님은 옆에 놓인 선반에서 조그마한 병 하나를 꺼냈다. 꽃잎을 햇볕에 바싹 말린 뒤 보관하던 입구가 좁고 안이 넓은 둥글게 생긴 병이었는데 꽃잎 몇 조각을 꺼내 다기에 담았다. 그리고 따뜻한 물을 부어서 한참을 우려낸 차는 생각보다 색이 짙었다. 차의 색깔을 보고 있으려니 어느새 방으로 꽃 내음이 번지는 듯했다. 스님을 따라서 그들도 잔을 들어 천천히 맛을 음미했다. 군더더기 없는 깔끔한 맛이 입으로 전해졌다. 굳이 꽃 이름을 알 필요는 없다고 했다. 가을 들판에 핀 꽃은 거의 모두 재료로 쓸 수 있다고 했다.

"들꽃은 자연의 섭리에 따라 한 시절 들에서 피고 지는 꽃이지요. 이들도 모양이나 생김새에 따라 다양한 이름을 갖고 있지만 제대로 이름을 불러주는 이들도 없는 들판에서 한때를 살다 갑니다. 사람이나 짐승의 발에 짓밟히기도 하고 비바람에 쓸려나가기도 하겠지요. 더러 이렇게 꽃잎을 따서 뜨거운 차로 우려내더라도 누굴 탓하거나 원망하는 일이 없지요. 제 역할 충실히 했으면 그것으로 충분한 거지요."

그녀는 알 것 같았다. 스님은 그들 부부에게 말하고 싶은 것이다. 각자 가정이나 직장의 맡겨진 자리에서 제게 맡겨진 역할에만 충실하면 그것으로 충분하다는 것이리라. 차를 마시면서 몸이 그리고 마음이 조금은 가벼워지는 것을 느꼈다.

그들은 스님에게 작별을 고하고 사찰에서 나온 뒤에도 산 중턱을 조금 더 걸었다. 근처의 나무나 풀들이 좀 전에 내린 비로 한결 푸르름을 더하고 있었고 공기는 맑았다. 나무들 사이로 불어오는 바람도 상쾌하게 느껴졌다. 그들은 조금 더 걷고 싶었으나 식사 시간이 지났으므로 아쉬운 마음으로 발걸음을 돌려 산을 내려왔다. 차를 타고 돌아오는 길에 식당에 들러 늦은 점심을 먹고 집으로 향하는 차량 유리창으로 다시 빗방울이 떨어지기 시작했다. 하늘이 점차 흐려지면서 제법 많은 비가 올 것 같았다. 비가 내리고 나면 더위를 식히는 선선한 바람이 불면서 차츰 가을도 완연해질 것 같았다. 멀리 눈에 보이는 바다는 이미 흑갈색으로 변했고 추적추적 내리는 빗길을 오랫동안 달렸지만, 그들은 말이 없었다. 누구라도 정작 필요한 말은 꺼내지도 못하고 이렇게 돌아가면 그들은 또다시 익숙한 환경과 접할 것이고 그대로 지난날을 답습할 것이라는 불안감이 엄습했다. 먼저 말을 꺼내는 것이 두려웠던 것일까? 문제는 그대로였지만, 해결된 것은 아무것도 없었다. 스님의 이야기를 들었을 때는 뭔가 해결될 것 같았지만 지금은 그것조차 아무런 도움이 되지 못했다. 그녀는 사람들이 한때의 일탈을 경험하고 싶은 이유를 어렴풋이 알 것 같았다. 행패를 부리거나 술을 마시고 독기를 내 품으면서 그들은 자신을 파괴함으로써 기존의 잘못된 질서를 깨뜨리고 싶은 것이다. 숨도 쉬지 못할 정도의 압박이 그들을 에워싸더라도 그들은 스스로 몸부림치면서 살아있음을 드러내는 것이다.

빗줄기가 굵어지면서 차량 유리창을 두드리며 후드득 소리가 계속됐다. 와이퍼가 쉴 틈 없이 유리창을 오가면서 빗물을 걷어냈다.

"갑자기 비가 많이 내리는데 잠시 쉬었다 가요."

그녀가 현수를 보면서 말했다. 이제 한 시간 정도 더 달리면 국도와 이어진 시가지에 들어설 것이다. 그리고 집에 도착하면 그만이었다. 그전에 뭔가 이야기를 나누어야 했다. 아침에 집을 나설 때는 시간을 가지고 서로의 생각을 들어볼 참이었다. 서로가 자신의 틀에 갇혀 살았다면 지금쯤은 서로의 입장을 확인하는 절차를 거쳐야 했다. 무엇이 문제였는지 드러내고 말해야 했다. 오늘 하루를 소비하더라도 아깝지 않도록 각자 준비했을 것으로 믿었다. 둘이 이야기하다 보면 해결할 수 있을 것이다. 아직은 서로가 같은 길을 가고 있다고 그녀는 굳게 믿었으므로 그 생각은 확신을 심어주었다.

현수가 도로 주변의 커피숍을 발견하고 속도를 줄여 주차장에 들어섰다. 평일이었지만 제법 많은 차들이 보였다. 차를 주차하자 그녀가 먼저 나와 우산을 펼치고 현수와 함께 커피숍에 들어섰다. 커피숍은 주변 전망도 좋은데다 내부 인테리어도 심플하게 꾸민 탓인지 바다를 바라보는 테이블은 손님들로 빈자리가 거의 없었다. 젊은 연인들도 보였지만 남편을 직장에 출근시키고 만난 듯한 중년의 여성들도 제법 보였다.

그들은 주문을 마치고 자리가 여유가 있는 안쪽으로 가서 앉았다. 벽면으로 가로로 층을 만들어 작은 소품들을 전시하고 있었는데 다양한 모양의 바보 인형이 천정의 조명을 받아 아름다웠다. 음악은 요즘 젊은이들과는 어울리지 않는 흘러간 팝송이 낮게 깔리고 있었다. 요즘 음악이 시끄러워서 그랬는지 아니면 중년의 여성들을 위한 올드한 분위기를 내려고 했는지 알 수 없었다.

주문한 차가 나올 때까지도 그들은 말이 없었다. 멀리 창밖으로는 비가 세차게 내리고 있었고 바다 위 성난 파도가 흰 물살을 가르며 해안으로 몰려왔다가 드문드문 보이는 바위를 사납게 할퀴고 있었다. 옆으로 난 백사장으로는 아무런 힘도 써보지 못한 파도가 제풀에 지쳐 몰려 나가는 일을 반복하고 있었다.

"눈은 좀 어때?"

그녀가 묻자 현수가 커피잔을 만지면서 말했다.

"뭐라고 그럴까? 지금으로서는 상태가 더 이상 나빠지지 않도록 조심하는 거지."

현수의 목소리는 힘이 없었다. 수술을 권하기도, 아니면 그대로 두고 보기도 어려운 상태라는 것을 현수는 물론 그녀도 이미 알고 있었다.

"요즘 밤에 잠을 설치는 것 같던데 그것 때문에 그런 거야?"

그녀가 커피잔 라떼 위로 우유로 장식한 하트 모양을 쳐다보면서 물었다. 얼마나 배우면 저렇게 아름답게 만들 수 있을까?

"알고 있었어?"

현수가 어떻게 알았느냐는 듯이 짐짓 놀란 표정을 짓고는 말했다.

"사실 비문증 때문에 잠을 설치는 것은 아니야. 이제는 얼굴도 가물가물한 아버지가 꿈에 나오는 날은 잠을 깨고는 해. 얼마 전부터의 일이야."

그녀는 조금 놀랐지만, 내색은 하지 않았다. 순간적으로 뭔가 자신에게 숨기고 있다는 생각이 들었다.

"당신, 나한테 말하지 않은 것 있지?"

그녀가 현수를 보면서 물었다. 그것은 전혀 생각지도 않았던 말이었다. 단지 불쑥 튀어나왔을 뿐이었다. 현수가 생각을 정리하는 것인지 커피를 한 모금 마시고 천천히 말했다.

"당신도 들어서 알겠지만 어려서 아버지가 돌아가시는 것을 지켜보았어.

살던 집과 이어진 길 아래로 철길이 놓여있었는데 어느 날 늦은 시간 잠이 들 무렵이었을 거야. 열차가 지나가고 나서였어. 사람들의 웅성거리는 소리에 놀라 어머니가 뛰쳐나갔을 때 나도 잠결이었지만 놀라 달려 나갔지. 아버지는 선로의 침목에 목을 늘어뜨리고 숨져있었어. 누군가 한순간이라고 했어. 누구나 사고를 당하고 또 죽을 수 있다는 것을 그때 알고는 많이 두려웠어. 뒤로는 밤에 꿈속에서 아버지와 둘이서 만나는 일이 많았어. 살아계실 때 아버지를 많이 좋아했거든. 그러면 반가워서 달려가고 싶었지만, 발걸음이 떨어지지 않았고 아버지는 그런 나를 바라보다가 사라지고는 했어. 제법 오랫동안 이어졌던 것으로 기억해. 놀라 잠을 깨기도 했는데 그러면 이후로는 쉬 잠을 이룰 수가 없었지. 그때까지만 해도 죽는다는 것이 정확히 무엇인지 몰랐지만, 사랑하는 가족과 별안간 헤어져야 한다는 것이 얼마나 끔찍했는지 몰라."

그녀는 커피잔을 꼭 쥐고 있었다. 시아버지는 현수가 중학생일 때 밤늦은 시간 술을 마시고 평소처럼 철길을 따라 집으로 돌아오다가 달리는 열차에 치여 돌아가셨다고 들었다. 당시에는 사람들이 가까운 철길로 걸어 다니는 경우가 많았고 죽거나 팔다리가 절단되는 사고도 제법 있었다고 들었다.

"그때 일이 트라우마가 되었는지 뒤로는 누구를 사랑하거나 정을 나누는 일이 쉽지 않았어. 그러면 헤어지는 일을 항상 염두에 두어야 했으니까 그랬던 것 같아. 제대로 결혼 할 수 있을까 걱정도 됐지. 우연한 기회에 당신을 만났지만, 그리고 지금에야 고백하자면 결혼생활도 서툴렀던 것 같아. 딸 지은을 낳고 아이의 부모가 되면서부터 돌아가신 아버지가 떠올랐기 때문이야. 특히 최근에는 원인을 알 수 없는 비문증으로 힘들다 보니까 꿈속에 아버지가 나타나기도 하고 그랬던 것 같아. 알 수 없는 두려움이 엄습할 때가 자주 있었어. 이제는 과거 아버지처럼 어쩌면 나도 가족을 두고 떠나는 것은 아닌지 걱정스러웠던 거지."

현수는 덤덤하게 말했다. 그랬구나. 현수는 그녀에게 말할 기회를 찾고 있었던 것이었어. 쉽지 않은 이야기였지만 들어야 할 말이었어.

"나는 직장과 집을 오가는 생활에 매여 당신 마음까지 생각할 겨를이 없었어. 미안해. 당신이 얼마나 힘들어하고 있는지 전혀 몰랐어."

그녀는 커피잔을 내리고 앞으로 손을 내밀어 현수의 두 손을 잡았다. 오랜만에 잡아보는 남편의 손이었다. 현수의 손은 운전대를 잡으면서 에어컨 바람에 노출되었던 것인지 생각보다 차가웠다. 그녀는 자신의 두 손으로 살며시 감쌌다. 문득 오늘 들었던 말을 진즉에 들었더라면 얼마나 좋았을까 하고 생각했다.

중편소설

빅 마마 • 120

상처는 흔적을 남긴다 • 152

빅 마마

1

    그들이 손 정희 여사를 Y시 외곽에 있는 천사 노인요양병원에 입원 수속을 끝내고 떨어지지 않는 발길을 돌려 병실을 나설 때에는 제법 늦은 시간이었다. 겨울의 짧은 해는 멀리 병실 창밖의 서산마루에 위태하게 걸려있어 곧 어둠이 내릴 것 같았다. 병원 입원실에서 손 여사의 늙어 병들고 노쇠한 모습을 바라보는 자녀들은 하나같이 작별인사를 꺼내지 못하고 병실 침대 주변에서 서성이다가 큰 딸 미란이 1남 3녀의 자녀를 대신하여 손 여사에게 작별인사를 고하면서 비로소 병실 문을 나서게 되었다. 손 여사가 자녀들을 배웅하기 위해 병실을 나오려다가 간호사가 침대에서 내려오기 힘드시니 여기서 인사를 했으면 좋겠다면서 만류를 하자 내려오는 대신 잘 가라며 힘없이 손을 흔들어보였다. 그들이 차를 타기 위해 본관을 빠져나와 주차장으로 걸어 나오자 기다렸다는 듯이 12월의 찬바람이 얼굴을 때렸다. 낮 동안에는 바람이 거의 없어 추운 날씨임에도 실감을 하지 못했는데 해가 지는 저녁나절에는 북쪽의 찬 대륙풍이 유난히 부는 제법 차가운 날씨여서 그들은 서둘러 차에 올랐다. 그리고 낮에 왔던 길을 따라 집으로 향했다. 겨울철 한적한 시내 외곽 거리에는 천천히 어둠이 내리고 띄엄띄엄 세워진 가로등마다 하나 둘 불을 밝히고 있었다.

운전대를 잡은 외아들이자 막내인 창우를 포함하여 손 여사의 자녀들은 돌아오는 차 안에서 모두 말이 없었다. 아침나절 길을 나설 때부터 손 여사 옆자리에 앉아 늙어 불거진 뼈와 주름투성이인 앙상한 손을 붙들고 눈물을 글썽이던 셋째 딸 미혜는 돌아올 때에도 뒷좌석에 몸을 웅크린 채 창밖을 내다보며 가끔 손수건으로 눈물을 찍어내고 있었다. 큰 딸 미란은 그녀의 옆자리에 앉아 어려서부터 자식들 중에서도 심성이 착하고 예쁜 짓을 자주 해서 어른들의 사랑을 독차지했을 뿐만 아니라 정이 유별나고 눈물이 많았던 미혜를 손 여사가 애지중지했던 일을 기억하고 안쓰러운 마음으로 그녀를 물끄러미 쳐다보았다. 아침 일찍 창우가 자신의 아파트에서 출발하여 시골에서 손 여사를 모시고 요양병원으로 출발하면서 위로 누나 둘을 각자의 집에서 태우고 마지막으로 미혜를 태웠을 때 그때도 눈언저리가 부어 있는 것 같았는데 간밤에도 제법 울었던 모양이었다.

그들이 탄 승용차는 30여분을 달려 지방도를 벗어나 고속도로에 접어들었다. 톨게이트를 지나자 창우는 속력을 올렸다. 평일 저녁 시간대의 남해고속도로는 퇴근길과 겹쳐 차량들이 길게 줄을 이었다. 승용차도 많지만 대형 화물차들이 길게 이어졌다. 화물차 사이에서도 앞차가 조금이라도 속력이 떨어지거나 진로에 방해를 받으면 바로 1차선에 끼어들었다. 화물차를 운전하는 그들은 시간이 곧 돈일지도 모른다는 생각을 했다. 간혹 보도를 통해서 화물차 운전기사들이 수시로 과적을 하고 졸음운전을 하거나 속도를 위반하는 이유는 한시라도 빨리 화물을 정해진 장소에 옮겨야 돈이 되기 때문이었다. 언젠가 TV를 통해 심야시간대에 고속도로 휴게소에서 차를 세우고 잠을 자는 화물 기사를 본 적이 있었다. 화물차 운전석 뒤 좁은 공간을 개조해 간이 침실을 만들었는데 운행 중일 때에는 불편을 감수하고서라도 여기서 쪽잠을 잔다고 했다.

오랜 시간 차안으로 무거운 공기가 흐르자 창우가 라디오를 틀었다. 요즘 젊은이들 사이에서 유행한다는 노래가 흘러나왔다. 다이얼을 여기저기 몇 군데 돌리다가 스위치를 껐다. 차는 고속도로를 한참 달렸다. 잠시 뒤 휴게소가 있다는 표시판이 나타났다. 창우가 백미러를 보며 말했다.

"휴게소에 잠시 들렀다 갈까?"

옆자리에 앉아 그때까지 눈을 지그시 감고 있던 둘째 딸 미영이 말했다.

"그래, 잠시 쉬었다 가자. 화장실도 들르고…"

차가 속도를 줄여 휴게소에 진입하여 주차할 공간을 찾다가 앞차가 방금 빠져 나간 듯 빈 공간을 발견하고 차를 댔다. 창우가 먼저 문을 열고 밖으로 나왔다. 찬바람에 한기를 느끼며 양복 앞 단추를 채웠다. 제법 어두워진 밤이지만 휴게소에는 많은 차량들이 붐비고 있었다. 진입하는 차들을 피해 화장실로 발걸음을 옮겼다. 멀리 밝은 유리창 안으로 식당뿐 아니라 간식을 파는 판매대 앞에도 사람들이 몰려다녔다. 오래전부터 경제가 불황이어서 경기가 어렵다는 언론 보도가 연일 계속되고 있지만 사람들은 가야 할 곳은 그곳이 어디든 가야 할 테고 그리고 어디에서 뭘 먹든 먹는 것도 끊을 수는 없는 일이다. 그렇다면 사람이 살아간다는 것은 끊임없이 움직이는 것이며 그리고 먹는 일을 쉬지 않는 것일 수도 있고 그런 이유로 보면 고속도로 휴게소는 경기와는 전혀 무관한지도 모를 일이었다.

창우는 다시 차가 주차된 곳으로 걸어오다가 차량을 개조해 음악 CD를 파는 곳에서 들려오는 오래전에 유행되었던 가요 '낙엽 따라 가버린 사랑'을 듣다가 문득 올해 초 아내와의 약속이 떠올랐다. 올해가 마침 결혼 20주년이어서 가을에는 부부동반으로 내장산 단풍여행을 떠나기로 했었다. 왜 지금까지 까마득히 잊고 있었을까? 아내는 왜 지금껏 아무런 말도 없었을까? 아내도 잊고 있었던 것은 아닐까? 그건 아닐 것이다. 결혼할 당시만 해도 신혼부부는 대개 제주도로 신혼여행을 갔지만 그들은 경비를 줄이기 위해 신혼 관광열차를 이용했고 첫날을 부곡온천에서 묵고 이튿날 내장산으로 왔었다. 내장산 일주문에서 내장사 사이에 이르는 길옆으로 길게 늘어선 단풍나무는 관광객들의 탄성을 자아내게 했다. 그때 아내는 단풍나무 아래에서 단풍을 닮아 홍조가 가득한 얼굴로 세월이 지나고 다시 와봤으면 좋겠다고 했고 창우는 언제든 당신이 원하면 그러겠노라고 말했다. 그 뒤 많은 세월이 흘렀지만 다시 찾은 일이 없었고 올해 초 아내와 결혼 기념으로 어렵게 약속을 잡은 터였다. 늦었지만 오늘이라도 다시 아내와 의논을 해봐야겠다고 생각했다. 아내는 그동안 창우를 지켜보며 기다리고 있었는지도 모른다. 그는 사실 두어 달 전부터 이어지는 야근으로 업무 외 다른 생각을 할 여력이 없었다. 회사는 최근 출고한 일부 제품에 클레임이 걸려 한시적으로 전 직원이 비상근무를 하고 있었다.

　방금 주차를 했는지 관광버스 앞 유리창 위로 구복 노인회라고 쓰인 LED 등이 색색으로 반짝이는 차량에서 문이 열리면서 노인들이 쏟아져 나왔다. 노인들은 차 안에서 술을 몇 순배 돌렸는지 얼굴들이 불콰했다. 흥겨운 모습으로 화장실로 몰려가는 모습을 보면서 뒤에서 따라오던 미영이 창우에게 다가와 어르신들을 보니 오래전에 돌아가신 할아버지 생각이 난다며 자신이 겪었던 일화를 털어놓았다. 당시에 할아버지가 살고 있던 마을이 새마을운동 모범마을로 지정되었다는 소식에 모두들 들떠 있었다고 하는데, 며칠 뒤에 생각지도 않게 관내 기업체에서 후원이 들어왔다며 동네 노인들을 대상으로 서울 나들이를 시켜준다면서 노인이 있는 가정마다 참가신청을 받는다고 했다. 당시 후두암으로 인근 병원에 입원 중이던 할아버지는 이 소식을 듣고 자신 때문에 아내마저 가지 못할까 봐 너라도 꼭 모시고 갔으면 좋겠다고 미영이 병원에 들렀을 때 신신당부를 했던 모양이다. 아마 병문안을 왔던 동네 친구 분들이 걱정을 해주었던 것 같은데 끝내 할머니는 남편과 함께 가는 것이 아니면 가려고 하지 않았다. 그렇게 몇 개월을 병원에서 병마로 고생을 하던 할아버지는 이듬해 봄 마을 뒷산에 아카시아 향기가 한창일 때 그렇게도 오고 싶어 하던 집을 들어서지도 못하고 저세상 사람이 되었다. 손 여사는 어머니의 뜻대로 장례차량이라도 집을 들렀다 가도록 몇 번이나 병원에 사정을 했다.

2

손 여사는 어려서부터 공부에 열심이었다. 교과서뿐만 아니라 책이라면 가리지 않고 읽었다. 차츰 학교에서 두각을 나타냈다. 부모는 초등학교를 마치자 장학금을 받는 조건으로 도회지로 유학을 보냈다. 그리고 부모의 희망에 따라 사범학교를 다니게 되었고 사범학교를 졸업하고 교편을 잡았는데 불과 2년이 지나지 않아 중매가 들어왔고 손 여사는 머뭇거렸다.

"그 당시 다니던 학교에 재정적으로 도움을 주던 미국인 선교사 한 분이 나에게 자신이 보증을 서겠으니 미국으로 건너가서 공부를 계속했으면 좋겠다고 했지. 학교장이 교사 몇 명을 추천을 했던 모양인데 나 혼자 선정이 되었던 것 같아. 모든 경비를 미국에 있는 교단본부에서 부담한다고 계속 권유를 했는데도 부모님은 냉정하게 말렸어. 당시에는 너무나 가고 싶었는데 차마 부모님의 뜻을 어길 수는 없었어."

당시 손 여사의 부모는 과년한 딸이 먼 이국에서 공부를 하는 것이 걱정이 되기도 했거니와 딸은 많이 배우는 것보다 혼사가 중요하다는 옛 어른들의 말씀을 근거로 내세우며 생각을 바꾸도록 요구했다. 공부와 결혼 사이에서 방황했던 당시를 떠올리며 손 여사는 자신은 훗날 자녀들에게 부모로서 자신의 뜻을 강요하지 않으리라 다짐했다고 한다.

그렇게 해서 시작된 결혼생활은 처음에는 시집살이로부터 시작되었지만 남편이 신문사에 매일 출근을 해야 했으므로 거리가 멀어 출퇴근의 어려움이 커지자 시부모는 1년이 지난 뒤에 따로 조촐한 살림을 내주었다. 남편은 지방신문 기자생활을 했는데 그 당시 지방 중소도시의 발행부수도 많지 않은 신문사였지만 외근기자라는 신분은 대단했던지 회사에서 나오는 월급이라야 얼마 되지 않았을 터인데도 수시로 지방 유지들과 어울려 술에 취해 밤늦게 집으로 돌아오고는 했다. 그리고 손 여사 앞에 두툼한 돈 봉투를 내놓곤 했는데 손 여사는 시중의 소문을 들었던 모양으로 몇 번씩 남편으로부터 다짐을 받았다. 처음 몇 번은 술김에 그랬는지 손 여사에게 고분고분했지만 남편에게 따지는 일이 잦아지자 나중에는 생활비도 잘 주지 않았을 뿐만 아니라 때로는 불같이 화를 냈다. 당시 큰 딸 미란은 어렸기 때문에 부모가 다투는 원인을 제대로 알 수는 없었지만 손 여사의 눈물을 보면서 막연히 아버지를 원망했던 기억이 그 뒤에도 오랫동안 뇌리에 남아 있었다. 몇 년 전 추석 즈음에 자녀들이 손 여사의 집에 모였을 때 아버지의 지난이야기를 나누던 중 미란이 그때 기억이 나서 말을 꺼냈는데 그 말을 들은 손 여사는 옆에 앉았던 미란의 등을 가만히 쓸어내리며 그런 걸 지금까지 기억하고 있느냐며 사람은 잊을 것은 빨리 잊어야 된다고 말했는데 그때 손 여사의 표정은 우수에 젖어있는 듯이 보였다.

　그렇게 부부 사이가 벌어지게 되었지만 손 여사는 생활비 외에는 돈을 허투루 쓰지 않고 알뜰하게 모았던 모양이다. 나중에 정부에서 사회악 일소를 위한 불량 사범 일제 단속이 있었는데 남편은 붙들리지 않기 위하여 피신을 할 수밖에 없었고 손 여사가 그동안 모은 돈은 남편의 피신 경비와 가정의 생활비 등으로 사용되었다. 그러다가 몇 개월을 넘기지 못하고 남편이 믿었던 동료의 변심으로 붙들리게 되어 어쩔 수 없이 손 여사가 생활고를 전부 떠안게 되었다.

　손 여사는 처음에는 다시 학교로 돌아가려고 했다. 해당 관청에 관련 서류를 넣을 때까지만 해도 별 문제가 없어 보였다. 그렇지만 통보가 생각보다 늦어져 다시 관청을 찾았을 때 손 여사는 남편의 전력으로 인해 복직이 어렵다는 이야기를 들었다. 이른바 연좌제였던 것이다. 그렇지만 낙심만 하고 있을 한가롭던 처지가 아니었기에 손 여사는 어린 미란과 2년 터울로 태어난 지 6개월도 넘기지 않은 둘째 딸 미영을 껴안고 살기 위해 이를 악물었다.

농사를 짓던 시부모는 손 여사에게 도회지 생활을 접고 농촌으로 내려오기를 원했지만 시부모의 형편도 어려울 때라 입을 하나라도 줄여야 했기 때문에 실제로 내려가지는 못했다. 남편이 광복절 특사로 풀려나던 3년 가까이 손 여사는 생애 가장 어려운 시기를 보냈다.

"그때는 다들 어려웠지. 뭐든지 할 만한 일만 있으면 물불 가리지 않고 했어. 그런데 어린 니들을 떼어놓을 수가 없어서 할 수없이 포기했던 일도 제법 있었지. 그렇지만 알게 모르게 니들한테도 어미로써 못할 짓을 많이 했던 것 같아. 그즈음부터 둘째는 잘 때도 내 옷을 꼭 잡고 잤는데 잠결에 잠시라도 내가 보이지 않으면 방이 떠나가라고 울었지. 그러면 하던 일을 두고 얼른 방으로 들어오고는 했는데 작은 애랑 붙들고 같이 울 때도 많았어."

손 여사는 몸에 이상이 오기 시작했던 10여 년 전까지만 해도 가끔 어려웠던 때를 회상하면서 허공을 오랫동안 바라보았다. 그렇지만 지금까지 자녀뿐 아니라 누구에게라도 남편을 탓한 적은 한 번도 없는 것 같았다.

"그때 니들 아버지 면회를 갈 때마다 차마 니들은 데려가지 못하고 이웃에 맡기고 다녔는데 자식들을 얼마나 보고 싶어 하던지 하루는 니들을 데리고 처음으로 면회를 갔을 때였어. 둘째 미영이가 첫돌을 얼마 앞두고 있을 때였는데 지 아버지를 보면서 무서웠는지 어찌나 울던지…"

남편이 병원에 입원 하고 있을 당시의 어릴 적 기억을 되살려서 큰 딸 미란이 손 여사에게 물었을 때 손 여사는 그때 단 한번 이 말을 꺼내고는 그 뒤로 이 얘기는 입 밖으로 꺼내지 않았다.

그러나 그 뒤 집으로 돌아온 남편조차도 신원조사에 걸려 직장에 취업을 할 수는 없었다. 나름대로 사업이라고 벌였지만 적성에 맞지 않았는지 또는 하는 일마다 꼬여서 그랬는지 풀리지 않았고 지켜보던 손 여사는 또다시 당신 혼자 할 수 있는 일을 찾아 나섰다. 그렇지만 살기 위해서 바동거릴수록 빚은 쌓여갔고 부부는 의논 끝에 시부모가 있는 농촌으로 들어올 수밖에 없었다.

그들의 시부모는 조상의 넉넉하지 않은 땅을 물려받아 농사를 짓고 있었지만 신학문을 배운 탓이었는지 당시로서는 흔하지 않게 아들 둘을 모두 당신의 뜻대로 도회지에서 학교를 다니게 했는데 그들의 학비며 생활비, 그리고 결혼을 시키고 장남의 사업비용까지 무리하게 부담을 하다가 물려받은 논밭 상당 부분을 처분했던 처지였으므로 부부는 농촌에 들어오면서도 닥칠 시련을 각오해야 했다. 손 여사는 농촌 일을 해보지 않았기 때문에 적응하기까지 어려움이 많았다. 산 주인의 허락을 얻어 돌밭을 개간하기도 했는데 그때를 회상하던 손 여사는 한숨처럼 말하고는 했다.

"그때도 일이야 많이 힘들었지. 그래도 지내놓고 보니 땅이 제일 정직했던 것 같더라. 그냥 지나친 것 하고 한 번 더 살펴본 것이랑은 나중에 거둘 때 보면 반드시 차이가 났지."

그곳에서 둘째를 낳은 지 5년이 지나 손 여사는 또 임신을 했다. 그때부터 시어머니는 남편의 만류에도 불구하고 천지신명께 아들을 점지해 줄 것을 빌기도 했고 용한 점쟁이를 찾아가기도 했으며 시키는 대로 아무도 모르게 부적을 베갯속에 감추어놓고 꿰매기도 했다. 이번에는 아들일 것으로 모두가 믿었다. 손 여사조차 이번에는 배가 부르다면서 아들일 것 같다는 생각을 했다. 시어머니는 없는 살림에 따로 한약을 달여 먹이기도 했다. 그랬는데 또 딸을 낳았다. 셋째 딸 미혜는 그때 태어났다. 당시 집안 분위기가 얼음처럼 냉랭했다고 손 여사는 그때를 회상하며 실낱같은 웃음을 지었다. 지금이야 시대가 변해 그렇지 않겠지만 당시 상황에서 손 여사의 마음고생이 얼마나 심했을지 그 자녀들조차 짐작하기 어려웠다.

자녀를 키우며 힘은 들었지만 큰 어려움 없이 손 여사는 농촌에 정착을 했지만 그와 달리 남편은 여전히 사업에 대한 미련을 버리지 못했다. 수시로 사업에 대한 이야기를 했다. 몸은 시골에 왔지만 마음은 아직도 도시에서 사업을 새기는 꿈을 꾸있다. 자주 어른들과 다투기도 했다. 그러다가 한 번씩 집을 나갔다. 어떤 때는 보름, 한 달 이상 집을 비운 때도 있었다. 되돌아보면 남편은 사업에서도 농사에서도 끝내 정착을 하지 못하고 술과 담배로 지난한 세월을 보낸 셈이다.

그렇게 다시 3년의 세월이 흘러 손 여사는 원하지 않는 임신을 하게 되었다. 자신은 바라지 않았던 임신이었으나 시어머니에게는 학수고대하며 기다리던 일이기도 했다. 손 여사는 남편조차 모르게 낙태를 하려고 바닥에 몸을 구르는 등 몸을 학대하기도 하고 민간에서 전해오는 쓴 나물을 먹기도 했는데 결국 식구들에게 알려졌고 꼼짝없이 낳게 되었는데 이번에는 아들이었다. 손 여사는 그때야 비로소 시어머니로부터 수고했다는 소리를 들었다. 손 여사는 그동안의 설움에 자신도 믿기지 않는 듯 젖먹이의 사타구니를 몇 번이나 쳐다보았다고 그 당시를 회상했다. 시아버지는 외동아들의 이름을 노심초사 끝에 창성할 창, 집 우자를 써서 창우라고 지었다.

3

병원에 입원하기 한 달 보름 전쯤부터 손 여사의 입원과 관련하여 몇 차례 가족회의가 열렸다. 이날은 처음 모이는 날로 큰 딸 미란이 나서서 흩어져 살고 있는 형제들이 모이기 좋게 지리적으로 중간쯤에 살고 있는 둘째 딸 미영에게 장소 제공을 부탁했고 외아들 창우가 퇴근을 하고 참석할 수 있도록 저녁 시간대에 만나기로 했다. 창우가 회사 사무실에 어렵게 부탁을 하여 야근을 빠지고 차를 몰아 미영의 여관에 도착한 시간은 저녁 7시 20분경이었다. 약속시간보다 조금 이른 시간이었다.

모두들 모여 있다가 창우가 들어오자 미영이 자리에서 일어나며 식사를 했는지 물었다. 창우가 미영을 향해 웃으며 괜찮다고 했다.

"안 먹었으면 먹어. 회사에서 바로 왔잖아. 오늘은 미혜가 일이 있어 못 왔어. 오늘은 조금 늦게 마쳐도 괜찮겠어."

셋째 딸 미혜 부부는 치킨가게를 하고 있었다. 인건비를 줄이려고 배달 알바를 쓰지 않고 평일에는 남편이 배달까지 맡다 보니 저녁시간에는 자리를 비우기가 어려웠다. 어쩌다 일이 생겨 잠시 다니러 오더라도 따로 사람을 쓰지 않았는지 서둘러 돌아가기가 일쑤였다. 창우는 미영이 이끄는 데로 부엌으로 가서 저녁을 먹었다.

"회사에서 바쁜 모양이네."

식탁 건너편에 앉아 구운 생선의 뼈를 발라 주면서 미영이 물었다. 미영은 5년 전에 남편을 교통사고로 잃고 사망사고 보상금과 얼마간 빚을 내어 여관업을 하고 있었다. 당시 모텔이 성행하던 때여서 부동산을 하는 미란의 권유도 한몫을 했다. 그러나 요즘은 손님들이 시설이 좋은 곳으로 옮기는 것 같다고 했다. 미영은 은행의 대출금 상환이 끝나지 않은 상태였지만 내년쯤에는 객실을 리모델링할 계획을 갖고 있다고 말했다.

"바쁜데 이렇게 모여줘서 고맙다. 미혜는 빠졌는데 낮에 전화가 와서 애가 갑자기 복통을 일으켜서 병원에 왔다고 하면서 미안하다고 하더라. 잘들 알겠지만 그새 어머니 건강이 많이 악화되었다. 병원에서도 걱정을 하는 눈치더라. 그래서 이제는 혼자 계시기는 어렵겠다 싶어 오늘 어머니 문제를 의논해 보려고 한다. 먼저 창우가 병원에 모시고 갔던 일부터 이야기를 해 봐라."

창우가 식사를 서둘러 끝내고 미영과 함께 방으로 들어섰을 때 오래 기다렸다는 듯 미란이 말했다. 미란의 남편은 10년 전쯤 다니던 회사에서 퇴직을 하고 몇 개월을 쉬면서 새로운 구상을 하는 듯 하더니 집에서 조금 떨어진 아파트 상가의 부동산 사무실을 인수하여 운영을 시작했다. 처음부터 부부가 사무실에서 같이 일을 했다. 주로 사무실과 집을 오가며 사무실을 지키고 전화를 받거나, 고객과 같이 전세나 매물로 나온 집을 보러 가는 일은 미란의 몫이었다. 가끔 형제들과 통화라도 할라치면 요즘은 부동산 경기가 좋지 않다며 정부 정책을 탓하고는 했다. 미란은 큰 딸로서 집안의 대, 소사를 사실상 책임지고 있었다. 이번에 손 여사가 병원의 정밀진단을 받게 된 것도 미란이 나섰기 때문에 가능했던 일이었다. 평소에도 동생들은 미란의 의견이나 생각에 기꺼이 동의를 했다. 그것은 나이로 구분되는 큰 딸의 권위로 세워지는 것이기도 했지만 자신의 솔선수범이나 소통과 배려 등으로 이루어지는 서번트 리더십과 같은 것이었다. 오늘 모임도 미란이 주선을 했다.

"요즘 갑자기 회사가 바빠져서 늦을까봐 야근도 팽개치고 바로 달려왔어. 사실 어머니가 몸이 좋지 않다는 것은 모두들 잘 알고 있을 거야."

그들은 방 한가운데 큰 담요를 두고 둘러앉았다. 방은 따뜻했다. 이 방은 여관 카운터 옆에 딸린 거실이었다. 미영은 여기서 혼자 생활했다. 자녀들은 모두 객지에서 생활하고 있었다. 가끔 객실 청소를 하는 종업원이 이동식 행거를 밀고 복도를 지나는 소리가 희미하게 들렸다.

"어머니에게 치매 초기증세나 당뇨병이 있다는 것은 모두 알고 있을 테고 그래서 평소에 누나들이랑 어머니가 수시로 병원에 다니면서 약을 받아왔는데 병원에서 진단을 했던 의사가 당뇨가 악화되었다면서 환자를 혼자 내버려두기는 위험하다고 했어."

"병원에서는 정확하게 뭐래?"

옆에서 심각하게 듣고 있던 미영이 창우의 말을 받아서 물었다.

"다니던 병원에서 정밀진단을 받아보라고 해서 얼마 전에 큰 병원으로 모시고 가서 검사를 받았는데 당뇨병이 오래되어 합병 증상이라고 하던데 정확하게는 당뇨병성 신경병증과 당뇨병성 망막병증이라고 했던 것 같아. 손발이 저리고 통증이 심한 모양이야. 그리고 눈도 잘 보이지 않고 침침하다고 했는데 의사는 당뇨로 인해서 눈의 망막에 이상이 생겨 그렇다고 말했어. 그리고 치매도 현재 진행 중이고…"

창우가 말을 멈추고 누나들을 쳐다보았다. 누구도 말이 없었다. 출입문 옆으로 설치한 보안시설의 점멸등에서 조그마한 불이 쉴 새 없이 깜박거렸다.

"지난달 중순쯤에 시간을 내서 시골에 다녀왔는데 그때 엄마가 하시는 말씀이 요즘 내가 맨발로 있어도 꼭 양말을 신고 지내는 것 같아. 그래서 왜 그런지 알아보니 그게 당뇨로 인해 신경이 무뎌져서 그렇다고 하더라.고 태연히 말씀 하는데 내가 눈물이 나오려고 하더라고."

미영이 창우를 보며 말했다. 눈물이 많은 미혜가 옆에 있었다면 아마 훌쩍거렸을 것이라고 모두들 생각을 했다. 미혜는 이 시간 부지런히 일하고 있을 것이다. 그의 남편은 지난 연말에 다니던 직장에서 권고사직을 당했다. 현장에서 용접공으로 오랫동안 일하던 그는 회사에서 직원을 감축하면서 각 부서마다 일정 비율을 할당했는데 그 속에 자신이 포함되었다는 사실을 알고 나서 처음에는 격분을 하기도 하고 몹시 힘들어했으나 나중에는 받아들일 수밖에 없는 현실을 인정했다. 그 뒤 취업을 위해 다방면으로 알아보았으나 50 중반을 넘긴 나이에 취업은 어렵다는 것을 알고 퇴직금을 투자하여 치킨가게를 차렸다. 처음 사업을 하면서 상대적으로 위험부담이 적은 체인점을 골랐고 TV광고에도 자주 나오는 치킨 체인점을 택했는데 몇 달 운영을 해보더니 계약이 본사에 유리하게 되어있어 장사를 할수록 본사만 배를 불리는 형국이라고 했다. 점주들이 모여서 몇 번 대책을 논의했지만 뾰족한 방법이 없는 모양이었다.

"그래서 말인데, 이제는 어머니를 저렇게 혼자 두실 수는 없을 것 같아."

창우가 누나들을 보며 말했다.

"이런 말 하기는 그렇지만 그동안 엄마를 소홀히 하지 않았나 싶어. 나부터 자주 찾아뵙지도 못하고…"

미영은 진즉 큰 병원에서 제대로 치료를 받고 약을 썼으면 손 여사가 이렇게까지 심하지는 않았을지 모른다는 생각을 하자 죄를 지은 것만 같았다. 옆에서 미란이 나섰다. 음성이 조금 높아졌다.

"지금 그 말 하려고 모인 것은 아니잖아. 그리고 이게 지금 누굴 탓하거나 할 것도 아니고 말이야. 굳이 이야기를 한다면 우리 모두 잘못이지."

그리고 잠시 쉬었다가 이어서 말했다.

"진작 좀 큰 병원에서 치료를 받도록 해야 되는데 모두들 제 앞가림에 바빠서 본의 아니게 무심했던 거지."

창우가 지금까지 방 한쪽에 밀쳐져 있던 과일 광주리를 끌어다가 담겨져 있던 밀감을 집어 누나들에게 건넸다. 다시 하나를 집어 껍질을 까서 입에 넣었다. 생각보다 달콤했다.

"누나들 각자 형편이 다르기도 하거니와 당신 보시기에 자식들이 사는 게 바쁘고 하니 어디가 아파도 말도 하지 않고, 벌써부터 큰 병원에 가보자고 했는데도 고집을 피우고 하다 그렇게 된 거 같아."

창우의 말에 미란이 좀 전의 높은 음성을 조금 낮추었다.

"창우야, 이 얘기는 그만하고 그래서 앞으로 엄마를 어떻게 했으면 좋을지 이야기를 해보도록 하자."

창우가 시계를 보았다. 그새 밤 9시를 넘기고 있었다. 내일은 토요일이라 아침부터 큰 딸을 레슨 장소까지 태워주기로 한 일이 생각났다. 큰 딸은 음대를 들어가기 위해 그 방면에 알려진 강사로부터 몇 달 전부터 개인 레슨을 받고 있었다.

"지금 상태로 혼자 계시기는 어렵고 일단 요양병원에라도 모셔야 되겠다 싶어서 오늘 모이자고 했어."

창우가 비로소 오늘 모인 목적을 이야기했다.

"어디 병원은 알아봤어? 그리고 비용은?"

미영이 물었다. 지금까지는 자녀들이 큰 부담이 없도록 매월 용돈 정도만 각자 분담을 했다.

"병원은 몇 군데 알아보는 중이긴 한데 비용은 매월 최소 120만 원정도 생각해야 될 것 같아. 병실 입원비가 60만 원선이고 공동간병인 비용도 50만 원정도 되는 모양이야. 많지는 않지만 개인 비용도 필요한 것 같고…"

어차피 돈은 형제들끼리 의논을 해서 배분을 해야만 했다. 미영이 미란의 눈치를 보면서 한마디 했다.

"촌에 땅을 처분하면 안 될까? 어차피 엄마는 앞으로는 농사도 지을 수 없을 텐데…"

그 말을 듣고 있던 미란이 미영을 보면서 말했다.

"그건 아닌 것 같아. 엄마가 병원을 나오게 된다면 집으로 돌아가야 되고 그러면 소일거리가 있어야 되는데 얼마 남지 않은 땅까지 팔아버리면 어떡해."

미영은 마음속으로 손 여사가 치료를 끝내고 다시 집으로 돌아가는 것은 불가능할 것 같은 생각이 들었다.

"엄마가 이제 병원을 나와 예전처럼 집으로 돌아갈 수 있으리라고 생각하는 것은 무리 아니겠어? 더 이상 악화가 안 되는 것만도 다행일 것 같은데…"

그 말은 맞는 말이었다. 병원에서는 환자의 상태가 호전되기는 어렵다고 했다.

"그래도 그러면 안 될 것 같아. 마을 사람들이 뭐라고 하겠어?"

미란이 말했다. 이 말도 따지고 보면 틀린 말은 아니었다.

"미란이 누나 말대로 했으면 해. 아직 돌아가신 것도 아닌데 얼마 되지도 않는 집이나 토지를 처분하는 것도 옳은 게 아닌 것 같고, 그리고 만약 처분을 한다고 해도 어머니 동의를 받아야 하는데 어머닌 뭐라고 하시겠어?"

창우의 말을 들으면서 오늘 어떤 결과를 내기는 어렵겠다는 생각이 들자 미란이 말했다.

"오늘은 이 정도로 마쳐야 될 것 같다. 늦기도 했지만 미혜도 빠져서 우리끼리 의논하기에는 한계도 있고 하니 며칠 뒤에 다시 만나야겠다. 그리고 지금까지 우리가 매달 조금씩 용돈을 드렸던 것은 엄마가 자식들 신세를 가급적 안 지려고 그랬던 것도 있지만 큰돈이 들어갈 일도 없었던 것이었고, 이제는 병원비가 그렇게 든다니까 우리가 부담을 할 수밖에 없고 보면 각자 집에 돌아가서 식구들끼리 의논을 하고 뒤에 만나도록 하자."

미란이 옆에 앉아있는 창우에게 당부를 했다.

"그리고 창우야, 오늘 일단 입원은 동의가 된 것 같으니까 너는 입원을 할 병원을 한번 알아봐라. 내가 듣기로는 건물도 그렇지만 치료시설이 좋아야 하고 전문의도 있는 곳으로 해야 한다고 들었다. 며칠 전에 집에 큰 애를 통해서 알아보라고 했더니 위생이나 식단도 병원마다 제법 차이가 나는 모양이더라. 가능하면 도심보다는 조금 떨어진 곳이 좋다고 하더구나."

창우는 고개를 끄떡거렸다.

"그렇겠지요. 그렇잖아도 병원 쪽에 있는 친구들을 동원해서 알아보는 중입니다. 연락이 오는 데로 직접 병원도 다녀봐야겠지요."

미란이 일어서자 모두들 같이 따라 일어섰다. 미란이 창우에게 넌지시 말했다.

"바쁜데 창우 네게 자꾸만 부탁을 해서 미안하다. 그렇지만 일을 할 사람이 너 밖에 없구나."

카운터 안에 딸린 내실에서 여관 주차장으로 나오자 그새 몸을 가려서 타이어만 드러난 승용차들이 몇 대 주차되어 있었다. 창우가 미란을 옆자리에 태우고 차들이 드나드는 대형 커튼을 밀고 나오자 미영이 입구에서 기다리고 있다가 어서 가라는 손짓을 했다.

"이 많은 사람들이 집이 없어서 밖에서 자는 것은 아닐 것이고 집을 놔두고 밖에서 자는 사람들은 도대체 어떤 사람들인지 모르겠네."

미란이 주변에 즐비한 여관과 모텔을 보면서 미간을 찡그리며 말했다. 건물마다 다양한 네온사인의 화려한 불빛이 지나는 연인들을 유혹하고 있었다.

4

미영은 시골에서 고등학교를 마치자 대학 진학을 위하여 도시로 나왔다. 마침 미란 언니가 오래전부터 인근 시에서 공장에 취업을 했기에 대학 기숙사가 아니더라도 언니와 함께 셋방을 얻어 생활할 수가 있을 것 같았다. 당시에 미란은 고등학교를 졸업하고 대학을 가는 대신 돈을 벌기 위해 취업을 했다. 장녀로서 홀어머니의 고생을 보고만 있을 수는 없었고 또한 뒤에 동생들이 계속 대학에 진학을 해야 했으므로 자신은 진학을 늦추던지 아예 포기해야 할 것 같은 생각이 들어 손 여사를 설득했다. 손 여사는 자신의 지난 시절을 들려주며 학업을 계속하기를 원했는데 미란은 손 여사의 마음을 돌리기 위해 남자들이 군 복무 3년 동안 사회생활을 포기해야 하듯 자신도 우선 3년 동안만 돈을 벌겠다고 했다. 미란이 집안의 현실적인 문제를 들어 강하게 주장을 하자 손 여사도 달리 방도가 없었다.

미란이 처음 직장생활을 시작한 곳은 컨베이어가 쉴 새 없이 돌아가는 가전제품 조립공장이었다. 출근하여 조별로 편성되어 있는 담당구역에 들어서면 쉬는 시간을 제외하면 화장실에 다녀올 시간조차 허락하지 않았다. 점심시간을 제외하면 오전 10시와 오후 3시에 각각 10분씩 휴식시간이 주어졌는데 그 시간이 유일하게 의자에 앉아볼 수 있는 시간이며 화장실을 다녀오거나 마른 목을 축이는 시간이었다. 여공들은 웬만해서는 물을 마시거나 식사 때 국물을 함부로 먹지 않았는데 그것은 작업 중 화장실에 가야 하는 문제를 피하고 싶었기 때문이었다. 처음에는 어려움이 많았으나 두, 세 달이 넘어가자 몸이 적응이 되어갔다. 회사 기숙사가 있어 싼 금액으로 숙식을 해결할 수 있었다. 저녁에 잔업을 하게 되면 식사가 제공되었으므로 회사 기숙사에서 지내는 근로자들은 밖에 나갈 일이 없으면 대개 잔업을 신청했다.

일요일은 대개 기숙사에서 종일 잠을 잤다. 가끔 봉급을 받거나 날씨가 좋을 때는 오후에 일어나 친한 동료들끼리 어울려서 영화를 보거나 시내를 활보하고 돌아다녔는데 미란은 이들과는 달리 허튼 곳에는 돈을 쓰지 않았다. 나이가 든 입사 선배들은 당시 유행하던 나이트클럽에도 가끔 출입을 하는 것 같았는데 여성들은 무료로 입장을 시켰기 때문에 남자들과 합석을 하여 같이 마시고 놀다가 시간에 맞춰 나오면 그만이었다.

봉급을 받으면 필요한 돈을 제외하고 저축을 하거나 한번 씩 시골로 내려가서 손 여사에게 생활비로 내놓았다. 손 여사는 그럴 때마다 자식에게 못할 짓을 시킨다며 길게 한숨을 쉬거나 눈물을 보였다. 미란은 손 여사의 모습을 보면서 이제는 손 여사도 나이가 들어 늙어가는 것이라고 생각했다. 사람이 나이가 들면 먼저 마음이 약해진다고 했다. 3년째 되던 해에는 동생 미영이 대학을 입학을 하면서 등록금으로 목돈을 지출했다. 목돈을 만들기 위해서 그때까지 불입했던 적금과 예금 일부를 찾았는데 잔고는 많이 줄어들었지만 그때의 뿌듯했던 마음은 평생 잊어질 것 같지 않았다. 그 뒤로 책값이나 용돈을 수시로 주었다. 대학에 입학을 하고 처음 1년 동안 학교 기숙사에서 지냈는데 무엇보다 학기마다 교재구입비에 많은 돈이 들었고 미란은 동생의 책값은 아끼지 않았다. 누군가 미란에게 물었을 때 당연한 듯이 말했다.

"학생이 책을 사겠다는데 책을 사서 뭐하겠어. 공부밖에 더 하겠어?"

그러면서 미영에게 수시로 필요한 돈을 건넸지만 싫은 내색을 한 번도 하지 않았다. 자신은 아등바등 아끼며 지냈지만 동생에게는 그렇게 하고 싶지 않았다.

처음에는 3년을 목표로 했지만 미영이 학년을 올라갈수록 더 많은 학비가 지출되었고 미란은 미영이 졸업 때까지 취업을 3년 연장하기로 했다. 그렇지만 연장기간을 1년 정도 남긴 시점에 직장 상사로부터 중매가 들어왔고 미란은 계속된 권유에 거절을 못하고 만나보기만 한다는 조건으로 휴일을 잡아 시내 다방에서 첫 만남을 가지게 되었다. 미란은 미리 손 여사에게 이 사실을 알렸고 손 여사가 같이 참석을 하게 되었다. 그들이 시간에 맞춰 약속장소에 나갔고 잠시 뒤 남자와 함께 그의 어머니와 자신을 큰 누나라고 밝힌 30대 초반의 여자가 약속시간이 조금 지나서 들어왔다. 그들을 먼저 알아본 중매를 섰던 상사가 손을 들어보이자 입구 쪽에서 두리번거리던 그들이 곧바로 자리를 찾아왔다.

"안녕하세요. 조금 늦었죠. 죄송해요. 오다 보니 길이 막혀서 어쩔 수 없이 늦었는데 이해해 주세요."

남자의 어머니가 공손하게 말했다. 일어서서 그들을 맞았던 손 여사가 가볍게 목례를 했다. 그들은 테이블을 사이에 두고 마주 앉았다. 중간에 서있던 직장상사가 먼저 자신을 소개하고 양가 인사를 시켰다. 상대방 남자는 170 정도의 키에 조금 마른 체형이었다. 나이는 미란보다 세 살이 더 많다고 했는데 얼굴만 봐서는 나이를 짐작할 수 없었다.

선을 보는 자리는 자신을 소개하는 자리이기도 하지만 상대방을 파악하는 자리이기도 했다. 주문한 차가 나올 때까지 날씨를 포함해서 이런저런 이야기를 나누었다.

"말씀은 들었겠지만 우리 애는 학교를 졸업하고 군대에 다녀와서 한 2, 3년 친척이 하는 출판사 일을 봐주고 있어요. 집안 사정으로 대학에는 못 갔지만 나름대로 공부를 계속한다며 방송통신대학인가 그곳에도 열심히 다니고 있는 모양이에요."

굳었던 분위기가 조금 풀리자 이야기가 본론에 접어들었다. 남자의 어머니가 아들을 소개하며 미란을 쳐다보았다. 미란은 고개를 조금 숙였다. 동행한 남자의 큰 누나도 아까부터 계속 미란을 주시하고 있었다. 미란은 찻잔을 내려다보고 있다가 천천히 들어 음료를 한 모금 마셨다.

"우리 딸은 남에게 그렇게 내세울 것은 없어요. 그렇지만 속이 깊은 게 지

어미도 얘한테는 안 되겠네요."

손 여사는 대뜸 그렇게 말했다. 미란은 순간적으로 부끄러워서 얼굴이 달아올랐다.

"시원찮은 엄마를 둔 죄로 지 동생 대학에 보낸다고 벌써 몇 년째 직장을 다니고 있답니다. 집에서 받쳐주지를 못하니 지라도 나섰던 거지요."

손 여사는 미란에 대한 안타까운 마음을 그 자리에서 여과 없이 드러냈다. 미란은 옆자리에 앉은 손 여사의 옆구리를 찔렀다.

5

천사노인요양병원에 손 여사를 두고 돌아오는 자녀들의 마음은 편치 않았다. 창우는 이 요양병원의 위치가 도심지에서 조금 벗어난 외곽지역으로 도시의 소음이나 공해로부터 벗어난 주변 환경이 우선 마음에 들었고 건물도 신축한 지 오래되지 않은데다가 치료시설도 우수한 편이라고 들었다. 더구나 내과뿐 아니라 외과, 신경과는 물론 한방까지 진료가 가능하다고 했다. 그래서 그들은 여기로 결정했었다. 그러나 돌아오는 차안에서 그들은 몸이 불편한 어머니를 병원이라고는 하지만 낯선 환경에서 언제까지라는 기약도 없이 남의 손에 맡긴데 대한 복잡한 감정들로 가득했다.

마지막으로 미란을 내려준 차량이 아파트를 빠져나가고 나서도 그녀는 오랫동안 그 자리에 서 있었다. 도시의 아파트 단지였지만 제법 늦은 시간이었는지 주위는 적막했다. 간혹 늦게 귀가하는 사람들이 가로등 희미한 불빛에 드러나는 보도를 따라 그녀를 스치고 지나가더니 어느새 아파트 입구로 빨려 들어가듯 사라졌다. 12월의 밤바람이 불어올 때마다 주변의 가로수 나무들이 알아들을 수 없는 소리를 냈다. 그 소리는 겨울의 찬바람을 온몸으로 받아내야 하는 나목들 저마다의 절규 같기도 했고 때로는 부모에게 떼를 쓰듯 어린아이의 잉잉대는 소리 같기도 했다. 손 여사는 병원에서의 첫

날밤을 어떻게 보내고 있을까? 이것이 정말 최선의 방법이었을까? 갑자기 눈물이 핑 돌았다. 미란은 천천히 아파트 입구로 발걸음을 옮겼다.

"밖이 추울 텐데 많이 늦었네. 장모님은 요양병원에 잘 모셔 드렸겠지."

아파트 출입문을 열고 현관에 들어서자 마침 거실에서 TV를 보고 있던 남편이 소파에서 일어서면서 말했다. 추위 때문이었는지 집안의 따스한 온기가 피부로 전해졌다. 미란은 재빨리 손가락을 모아 눈을 문질렀다.

"그래요. 잘 계셔야지요. 어쩌겠어요? 이제는 내 집이라 생각해야지요."

미란은 곧장 방으로 들어와 옷을 갈아입을 생각도 없이 화장대 앞에 앉았다. 앞에 보이는 반신 거울을 향해 고개를 들었을 때 중년 여인의 모습이 눈에 들어왔다. 거울 속에 비친 여인의 눈을 유심히 바라보았다. 화장이 번진 눈 주위로 젖어있는 속눈썹과 흰자위에 핏발이 선명한 여인이 아무런 표정도 없이 반대편에서 이쪽을 물끄러미 바라보고 있었다.

사람들은 모두 자신의 자리를 오랫동안 지키고 싶어 하지만 세월은 그것을 용납하지 않는다. 세월은 누구도 기다려주지 않고 머물러야 할 때와 떠나야 할 때를 정확하게 일러준다. 인간은 단지 그 짧은 시간 주어진 공간 안에서 온전히 자유를 누릴 뿐이다. 때가 이르면 이들은 자신의 자리를 털고 일어서야 한다. 그리고 알지 못하는 또 다른 곳으로 떠나야 한다. 우리는 모두 지금까지 그렇게 살아왔지만, 아직도 떠나는 것에는 익숙하지 못하다. 그러나 어쩌랴, 떠날 때는 떠나야 하는 것이다. 세월이 우리를 밀어내기 전에 스스로 때를 알고 자리를 박차고 떠나야 하는 삶이란 얼마나 기구한 것일까?

"당신, 마음이 편치 않은 것 같아. 그렇지만 모두 어렵게 내린 결정이니 당분간 지켜보자고."

어느새 남편이 방으로 들어와서 그녀 뒤에 서서 거울에 비친 얼굴을 보며 말했다. 미란은 아무런 말도 할 수 없었다.

그날 밤 자리에 누웠지만 잠은 오지 않았다. 낮에 병실에서 손 여사가 자녀들을 보내면서 손을 흔들던 모습이 떠올랐다. 그때 손 여사의 손은 몇 차례 공중에서 힘없이 흐느적거렸다. 그 손은 떠나보내는 손이 아니라 붙잡아 달라는 손은 아니었을까? 나를 이 낯선 곳에 혼자 두지 말라는 무언의 표현은 아니었을까? 차마 말은 하지 못했지만, 속으로는 수없이 가지 말라는 간절한 마음을 드러낸 애절한 표현은 아니었을까? 그때 우리 중에 누군가는 이런 생각을 했을 것이다. 그렇지만 그 누군가는 차마 용기가 없어 그 사실을 알고서도 그냥 돌아선 것은 아니었을까?

그때 침대 곁에 둔 핸드폰이 진동과 함께 불빛을 냈다. 미란은 알지 못할 두려움에 한순간 마음이 무너져 내리는 것 같았다. 조심스럽게 전화기를 집어 들었다. 전화를 건 사람은 미혜였다. 그녀는 남편이 깨지 않도록 조심스럽게 일어나 문을 열고 거실로 나왔다.

"너도 잠이 오지 않았구나."

미란이 불도 켜지 않은 어두운 거실에서 전화를 받았다. 아파트 베란다 건너 멀리 산복도로를 따라 길게 이어진 가로등의 밝힌 불빛이 오늘따라 유난히 밝게 보였다. 평소에는 느껴보지 못했던 것이다. 미란은 아마 거실에 불을 켜지 않아 어두운 곳에서 밝은 곳을 바라보기 때문이라고 생각했다. 그럴 것이다. 어두움이 깊어질수록 불빛은 더 선명하게 제 모습을 드러낼 것이었다. 수화기 넘어 미혜의 가라앉은 목소리가 들려왔다.

"언니, 언니도 걱정이 되어 잠들지 못했구나."

미란은 대답 대신 고개를 끄떡였다. 우리가 삶의 현장에서 모든 사물을 더 밝게 보기를 원하는 것은 미처 우리 자신을 온전히 비워내지 못하고 전적으로 외부의 힘에 의지하기 때문인지도 모른다. 우리가 자신을 고스란히 드러냈을 때 그때에야 비로소 조그마한 불씨조차도 주변을 온전히 밝힐 수 있을 것이다.

"언니, 엄마 면회한 번 가요. 엄마 좋아하는 전병 사갖고…"

미혜는 말끝을 흐렸다. 그녀 역시 쉬 잠들지 못하고 이 밤 병원에서 외롭게 침대를 뒤척이고 있을 손 여사 생각에 사로잡혀 있는 것 같았다.
"미혜야. 그러자꾸나. 이제 늦었다. 빨리 자야 내일 또 부지런히 장사를 하지."

미혜는 힘없이 대답을 하고 전화를 끊었다. 불을 밝힌다는 것은 어두워졌다는 것이다. 어두워졌을 때 우리는 불을 밝히기에 앞서 한 번 쯤 어둠에 깊이 침착해 보아야 한다. 어두움에서만 드러나는 것이 있기 때문이고 어두움에서만 알 수 있는 것이 있기 때문이다. 이제부터라도 우리는 아무런 두려움 없이 그것들과 맞닥뜨릴 수 있어야 한다.

6

손 여사의 병원 생활은 겉으로는 큰 어려움이 없는 듯 했다. 처음 며칠은 병원의 생소한 환경에 쉽게 적응하지 못해 불안한 모습을 보이기도 하고 요양병원 특유의 눅진한 냄새에도 역겨워했다. 하지만 세월이 흐르고 환자들을 돌보는 사람들의 손길을 접하면서 빠르게 주변 환경에 익숙해갔으며 병원 소독액과 환자로 인한 특유의 냄새에도 견딜 만큼 몸에 뱄다. 때로 날씨가 흐리거나 밤이면 찾아오는 전신 통증으로 견디기 어렵거나 잠을 이루지 못해 고통을 호소했지만. 낮에는 침상에 머물러 있지 않고 운동 삼아 복도를 걷거나 중간에 마련된 휴게실에서 또래의 노인들과 모여 잡담을 나누기도 했다. 체온이나 혈압 등을 점검하거나 처방 약을 가져오는 간호사를 대하는 표정도 한결 부드러워졌다.

병원 생활에 익숙해지면서 손 여사는 무엇보다 간병인 만나는 시간을 기다렸다. 남편을 일찍 사고로 잃고 딸애 식구들과 생활한다는 간병인은 곧 70을 바라본다고 했다. 사위가 지금은 비록 처가살이를 하고 있지만, 곧 아파트를 분양받아 나간다고도 했고 외손녀가 초등학교에 다니는데 아들만 하나 더 낳으면 소원이 없겠다고 했다. 간병인은 이 생활을 오래 한 듯 했다. 주변의 사람들과도 소통을 잘했다. 듣는 사람이 혹시라도 지루하지 않도록 표정을 섞어 조곤조곤 말하고 상대방의 말도 귀담아 들어주었다. 손 여사는 간병인과 만날 때면 수시로 자식들 키워온 이야기를 했다. 이제 늙고 병든 손 여사에게 남겨진 것은 자식들뿐이라는 생각이 들었다. 저들이 커가는 것과 비례해서 그녀는 사위어 갈 것이다. 그녀는 남편의 영혼이 저 세상에서도 자신과 가족들을 온전히 지켜 주리라는 믿음을 한시도 잃지 않았다. 자식 중에서도 유독 외아들 창우와 셋째 딸 미혜가 늙은 손 여사의 마음에 밟혔다.

창우는 그가 어린 시절 돌아가신 아버지로 인해 아버지와 자식사이 오롯한 정을 모른 채로 살았다. 그는 종종 손 여사에게 돌아가신 아버지에 관하여 묻곤 했다. 손 여사는 혹시라도 어린 창우가 아버지가 없어 어긋난 길로 가지 않을까 걱정했지만, 다행히 사춘기를 잘 보내주었다. 아들은 아버지를 롤 모델로 하여 어른이 되어간다고 들었던 손 여사로서는 늘 조마조마한 마음으로 세월을 보냈다. 위로 세 딸은 손 여사의 그런 마음을 미처 헤아리지 못했다. 딸들은 힘든 일이나 어려운 일이 생기면 창우를 찾았다. 손 여사가 수시로 딸들을 꾸짖기도 했지만, 그때뿐이었다. 그렇지만 창우는 누나들의 요구를 대개 들어주는 것 같았다. 선천적으로 착하기도 했지만 어려서부터 여자인 누나들의 관심을 받고 자랐던 마음도 자리했던 것 같았다.

창우가 고등학교에 들어가고 얼마 뒤의 일이다. 집을 벗어나서 인근 도시에서 학교생활을 하게 된 창우는 당시 직장에 다니고 있던 미혜와 함께 방을 얻어 자취 생활을 했다. 고등학교의 첫 여름방학을 앞둔 7월 중순, 며칠째 비가 세차게 쏟아지는 날 미혜가 손 여사에게 전화를 했다. 이틀째 창우가 집에 돌아오지 않는다는 것이었다. 손 여사는 놀라 황급히 버스를 타고 미혜가 거주하는 집으로 달려왔다. 그날 오후 걱정이 되어 조퇴를 하고 서둘러 집에 돌아온 미혜는 손 여사의 추궁에 어제까지 이틀째 집에 들어오지 않았다고 했다. 학교에 전화를 하여 담임에게도 물어보았지만, 오히려 학교에서는 집에 무슨 일이 있는지 되물었다. 담임과 함께 경찰에 가출신고를 하고 집에 돌아와 손 여사는 미혜를 몰아세웠다.

"네가 어떻게 했기에 동생이 이 지경까지 왔어?"

미혜는 울먹이면서 그런 일은 절대 없었다고 했다. 그렇지만 손 여사는 그 말을 곧이 믿을 수가 없었다. 그렇게 하루가 지나고 또 새로운 하루를 맞이했지만 연락이 두절된 창우의 행방을 기다리는 시간은 악몽과 같았다. 밥을 먹을 수 없었고 새벽녘이 되어도 잠도 오지 않았다. 머릿속에는 온갖 불길한 생각으로 가득했다. 뒤에 손 여사는 당시를 회상하며 나중에 죽어서라도 남편을 만나면 무슨 면목으로 고개를 들 수 있을까 생각했다면서 어떻게든 찾아야 한다고 다짐했다고 한다.

그로부터 이틀 뒤 비가 그친 오후에 창우가 집으로 돌아왔다. 옷은 해지고 온몸은 상처투성이였다. 며칠 사이에 부쩍 여위어진 모습을 두고 손 여사는 흡사 산송장 같았다고 했다. 자초지종을 물어보지도 못하고 급히 병원 응급실로 옮겼다. 뒤에 알게 된 사실은 과거 중학교 때 사귀었던 친구와 둘이서 뗏목을 만들었고 주위에 연락도 없이 가까운 무인도에 들어갔다가 갑자기 쏟아지는 폭우로 나오지 못하고 며칠간 갇혀 있었다는 것이다. 여름방학을 앞두고 둘이서 무인도를 순례하기로 했는데 지난 토요일 시범 삼아 타고 나갔다가 낭패를 당한 것이었다. 경찰에서는 학교에 통보를 했고 학교에서는 학생의 신분을 망각한 행동과 무단결석 등으로 징계절차에 들어간다는 이야기가 들렸다. 손 여사는 학교에 찾아갔다.

"교장 선생님, 학교에서는 학생들에게 학업과 함께 도전정신을 길러준다고 알고 있습니다. 제 아들은 방학을 맞아 뗏목을 만들어 무인도를 탐사하려고 했습니다. 그게 잘못된 행동이라고 보지 않습니다. 다만 잘못이 있다면 사전에 테스트하려고 토요일 몰고 나갔다가 폭풍우로 돌아오지 못했다는 것입니다. 그 일로 누구에게 손해를 끼친 사실도 없습니다. 그리고 학교에서 배운 그대로 당당하게 도전에 나섰던 아이들입니다. 이 아이들에게 학교에서 상은 못 줄망정 징계를 내리는 것이 타당하다고 생각하십니까?"
 지금도 손 여사는 그때의 일을 잊지 못한다. 그 뒤로는 수시로 자취방에 전화를 했고 혹시라도 통화가 되지 않으면 한밤중에라도 전화를 했다.
 미혜는 셋째 딸로 어려서부터 위로 언니들이나 손 여사에게 귀염을 받으며 자랐다. 심성이 온순했는데 나이가 들면서부터 위의 언니들과 달리 성격이 내성적으로 변하는 것 같더니 친구들과 쉽게 어울리지 못했다. 어려서부터 음악과 그림을 좋아하여 밤늦은 시간까지 그 당시 유행하던 라디오 심야 프로그램을 듣기 위해 모두 자는 시간에도 이불 속에서 이어폰을 끼고 있었고 바깥에 나들이할 때에도 워크맨을 항상 끼고 다녔다. 가수들의 프로마이드나 사진을 구하기 어려울 때였는데 어떻게 손에 넣게 되었는지 대형 사진을 벽이나 책상 앞에 붙여놓거나 따로 앨범에 보관했다. 그림을 그리기 좋아해서 책이나 노트를 가리지 않고 여백이 있으면 그림을 그렸다. 주로 인물화를 그렸는데 얼굴을 얼마나 세심하게 그렸던지 친구들에게 인기가 좋아서 수업시간에 주문받은 그림을 그리다가 혼난 적이 한두 번이 아니었다고 했다. 그렇지만 집안 사정이 여의치 않자 여상을 마치고 바로 회사에 취업했는데 손 여사는 그녀의 재능을 뒤늦게 알고 원하는 그림을 배울 수 있도록 야간 대학이라도 다닐 것을 권했는데 아쉽게도 야간에 미술을 가르치는 대학을 찾기는 어려웠다. 그렇게 직장을 몇 년 다니다가 둘째 미영이 결혼한 이듬해 여름 어느 날 돌연히 남자를 데리고 집에 왔다.
 "엄마, 나 결혼할 거야."
 그때 미혜의 나이는 스물다섯 살이었고 같이 온 남자는 동갑이라고 했다. 미혜가 눈짓을 하자 남자는 손 여사 앞에서 큰절을 했다. 손 여사는 갑자기 벌어진 일 때문에 정신을 차릴 수가 없었다.
 "그래, 알겠다. 일단 앉아서 차근차근 이야기를 해보자."
 손 여사는 그때 순간적으로 얼마나 목이 말랐는지 주전자 물을 컵에 따르지도 못하고 모두들 지켜보는 앞에서 꼭지에 입을 대고 벌컥벌컥 마셨다고 했다.

"장모님, 이 결혼을 허락해 주십시오. 제가 비록 호강은 시키지 못할지라도 평생 변함없이 아끼고 사랑하며 살겠습니다. 믿어주십시오."

마침 토요일 오후였으므로 창우도 집에 있는 시간이었다. 간단하게 차를 나누고 남자를 보낸 뒤 미혜와 같이 앉았다. 그녀는 평소답지 않게 굳은 표정으로 제 어미 앞에 공손히 앉았다.

"미혜야, 하나만 물어보자. 평생 저 남자하고 살면 행복할 것 같으냐?"

미혜는 천천히 고개를 끄덕였다. 그것은 확신을 넘어 본인 자신의 다짐이기도 했을 것이다. 그 뒤 창우가 나서 따로 알아본 바에 의하면 그 청년은 대학로에서 거리공연을 하는 음악클럽의 한 구성원으로 전자기타를 맡았고 미혜와 오랫동안 교제하던 사이였다. 이 사실을 알게 된 언니들은 동생을 설득시키고자 갖은 방법을 동원했지만 이미 결정한 미혜의 마음을 되돌릴 수 없었다. 그들은 그해 초가을 양가 부모의 승낙을 얻는 데로 서둘러 결혼을 했다. 결혼식은 그들의 뜻대로 대학로 인근 공원에서 가까운 친척과 친구들이 참석한 가운데 조촐하게 치렀다. 신랑이 포함된 4인조 밴드의 하객에 대한 감사공연을 마지막으로 식이 끝나고 그들은 신혼여행으로 배낭을 메고 지리산으로 떠났다.

7

손 여사는 젊은 나이에 병으로 남편을 잃고 어린 자녀들을 데리고 시부모와 한집에서 살게 되었다. 남편의 형제로는 나이 차이가 많은 시동생이 멀지 않은 객지에 살고 있었지만, 간혹 명절에나 들렀다가 갈 뿐이었다. 시동생은 제대하고 복학을 앞두고 빈둥거리고 있을 때 아는 형의 주선으로 용돈이라도 벌 요량으로 건축 공사장 일을 거들다가 신축 중인 건물 3층 외벽에서 발을 헛디뎌 아래로 떨어져 한쪽 다리를 다쳤다. 정식으로 회사에 취업한 상태가 아니어서 치료 후 어느 정도 보상금으로 합의할 수밖에 없었는데 그 뒤 무던히도 부모 속을 썩였다. 며칠씩 술에 취해 밤거리를 배회하기도 하고 때로 자해를 하는 일도 서슴지 않았다. 몇 번 치료를 거쳐 지금은 어느 정도 마음이 안정을 찾은 것 같았다. 그렇지만 아직도 부목 없이 걸을 수는 있으나 무릎을 제대로 굽힐 수는 없었다. 정상적인 생활이 어려운 데다가 직장마다 오래 버티지 못하고 퇴사와 입사를 반복했다. 결혼했지만 가정생활은 평탄하지 못했고 잦은 부부싸움 끝에 여자와 헤어졌으며 근래에는 회사의 주차요원으로 있다고 들었다.

손 여사에게는 당장 먹고사는 일이 급했다. 재산이라고는 시아버지 앞으로 된 낡은 한옥 한 채와 마을 앞 손바닥만 한 밭이 전부였다. 당시 시부모는 손 여사의 눈치를 살폈다. 시부모로서는 손 여사가 자신들을 떠나 친정으로 돌아가거나 따로 살림을 차릴 경우를 가정하는 듯 했다. 며칠 지나지 않아 그들 앞에 공손히 앉았다.

"아버님, 그리고 어머님. 저는 이 집 안 떠납니다. 이 집 귀신이 되렵니다."

훗날 큰 딸 미란이 손 여사에게 그때 왜 시부모에게 그런 말씀을 드렸는지 물었다.

"처음에는 어떻게 살아야 할지 막막했지. 친정에서는 속히 정리하고 집으로 들어오라는 소리도 있었고…"

그때 손 여사는 버릇처럼 허공을 오랫동안 바라보았다.

"그런데 그때 너희 아버지가 꿈속에서 자주 보였는데 그 양반이 멀리서 나를 보고만 있는 거야. 말을 않더라고. 무슨 말을 하려고 했던 것 같은데 말을 못 하니 며칠 밤을 계속 꿈에 보이더라고. 결국, 말은 한마디도 듣지를 못했지."

손 여사의 이야기를 들으면서 자녀들은 그 말 속에서 일찍 세상을 떠난 남편을 향한 안타까움과 그리움 같은 것을 느꼈다. 손 여사는 남편을 떠나

보낸 것이 아니라 오히려 남편은 그녀의 마음에서 새롭게 둥지를 틀기 시작했는지도 모른다는 생각을 했다.

"어느 날 문득 내가 그 집을 나와 버리면 너희 뿌리가 송두리째 없어질 것 같은 생각이 들었어. 아마 그 양반이 나에게 하고 싶었던 말이었을지도 몰라."

그때부터 손 여사는 늙은 시부모와 어린 자녀들을 보면서 마음을 다잡았다. 어린 자녀들은 다행히 손 여사의 말을 잘 따랐다. 그때를 돌아보면 큰딸 미란은 사춘기로 한창 예민했던 중 3이었고 둘째 딸 미영은 중 1, 막내딸 미혜가 초등학교에 막 입학을 했고 창우는 겨우 네 살이었다.

밭일은 당분간 시부모에게 맡기기로 했다. 면적도 넓지 않고 지금껏 해오던 일이어서 소일거리 삼아 일해도 무리가 없을 것 같았다. 손 여사는 자신이 할 수 있는 일이 없을까 궁리를 하다가 윗마을 새마을 두부 공장에서 사람을 구한다는 소식을 들었다. 지역에서 생산되는 콩을 원료로 두부를 생산하여 판매했는데 공장 규모는 크지 않았다. 손 여사가 이력서를 들고 면접에 참여했으나 고령의 일부 근로자를 교체하는 수준이어서 모집인원도 적었거니와 그 지역민에게 가산점을 부여하는 조항에 걸려 떨어지고 말았다.

집에서 할 수 있는 일은 일정한 범위가 있었다. 남의 삯일을 하거나 채소나 농산물을 떼다가 장날에 가져가 판매를 하는 일이었다. 수입을 올리기 위해서는 수시로 필요한 곳마다 물건을 옮겨줄 운송수단이 필요했지만, 하루에 두, 세 번 왕복이 고작인 마을버스를 이용하여 농산물을 옮기기에는 한계가 있었다. 그 외에도 손 여사는 여기저기 말을 넣어놓고 연락이 올 때면 일일이 찾아다니며 몸을 사리지 않았다.

어느 날 마을 어귀에 사는 윤 씨 어른이 손 여사에게 제안을 했다. 윤 씨 어른은 본래 산을 타면서 약초를 캐서 먹고 살았는데 서너 해 전에 산을 타다가 미끄러져 다리를 다치고부터는 집에서 쉬고 있었다.

"아주머니, 옆에서 보아하니 장사하는 수완이 좋으신데 혹시 동업 한번 해 보시려오?"

윤 씨 어른의 제안은 읍내에서 조그만 간판업을 하는 윤 씨 동생이 요즘 전업을 준비하고 있는데 마침 동생이 화물차가 있으니 같이 물건을 떼다 장날에 내다 팔면 어떻겠냐는 것이었다. 손 여사는 오랫동안 생각할 이유도 없었다. 승낙의 표시로 고개를 끄떡이자 윤 씨 어른은 기다렸다는 듯이 쇠뿔도 단김에 빼랬다고 그 길로 읍내에 나가 동생과 만나자고 했다. 윤 씨 동생은 요즘은 간판이나 현수막을 주로 컴퓨터로 작업하다 보니 젊은이들과 경쟁하는 것이 어렵다며 새로운 일거리를 찾고 있었다. 나이는 손 여사보다 두 해가 앞섰으나 희끗희끗한 머리칼 너머 작은 몸매에 장난기 있는 얼굴이어서 제 나이보다 몇 살 아래로 보였다.

그렇게 동업이 시작되었고 몇 번의 시행착오를 거쳐 생활에 필요한 가정용품, 부엌용품을 차량에 싣고 근처 오일장을 돌거나 장이 없을 때는 외진 마을로 이동하며 판매를 했다. 수시로 판매하는 물품이라도 계절이나 유행에 따라 변화를 주었고 구매단가를 줄이기 위해 조금 멀더라도 직영점과 거래를 텄다. 윤 씨 동생은 주로 차량 운행과 물품 구매를 담당했고 손 여사는 판매를 하면서 새로운 물건을 찾거나 따로 요구하는 것들은 소량이라도 주문을 받았다. 모든 경비지출은 공동부담을 원칙으로 했고 수입은 한시적으로 6:4로 나누기로 했는데 윤 씨 어른의 의견에 따른 것이었다. 시간이 갈수록 조금씩 매상이 늘었다. 손 여사는 판매 전략을 철저히 소비자 중심으로 움직였다. 많은 이윤을 남기지 않았다. 박리다매를 목표로 했다.

그러나 이 사업도 오래가지 못했다. 동네에 이상한 소문이 돌기 시작했다. 윤 씨 동생과 손 여사에 대한 남녀 간의 악의적인 소문은 금방 마을에 퍼졌고 손 여사가 나타나기라도 하면 옆에서 힐긋거리며 수군거렸다. 윤 씨 어른과 윤 씨 동생은 소문에 개의치 말고 장사를 계속하자고 끈질기게 요구했지만, 손 여사는 그럴 수 없다면서 손을 떼고 말았다. 그리고 늙은 시부모에게 그간의 사정을 이야기했다. 지병으로 바깥출입이 불편했던 시아버지는 손 여사의 말에 흥분을 가라앉히지 못하고 누군가 소문을 낸 자를 일컬어 천하에 나쁜 놈이라며 역정을 냈다. 시어머니는 아무런 말없이 며느리의 손을 꼭 잡아주었다. 그날 저녁 자녀들도 불러 모았다. 그리고 자신에 대한 소문을 에둘러 이야기했을 때 큰딸 미란이 손 여사의 품에 안기더니 울음을 터뜨렸다. 이미 들어서 알고 있는 눈치였다. 나머지 딸들도 훌쩍거리며 손 여사 곁에 다가앉았다. 양손으로 자식들을 품으로 끌어들이고 울음이 진정이 되길 기다렸다가 무릎 앞에 둘러앉히고 손 여사는 자식들에게 정색을 하고 말했다.

"결코 너희들 앞에 부끄러운 부모는 되지 않을 거야."

그로부터 몇 개월 뒤 윤 씨 동생 부부가 이혼을 하면서 소문의 진원지가 밝혀지는 듯했다. 남편과 사별한 중년의 미망인으로 살아가기에 힘든 시기를 보냈지만, 손 여사는 누구도 탓하지 않았다. 그의 옆에는 언제나 남편이 수호신처럼 그녀를 굳게 지켜주고 있다고 믿었다.

8

손 여사가 병원에 입원하고 두 달이 가까워 질 무렵 미란의 요청으로 가족회의가 열리게 되었다. 그동안 각자 형편에 따라 면회를 다녀오기로 했기 때문에 이번에는 자녀 모두 미영의 집에서 모이기로 했다. 서두르거나 급한 일이 있어 모이는 것은 아니었으므로 넉넉하게 토요일 오후로 시간을 잡았다. 미영은 저녁밥을 준비하겠다고 알려왔다. 다만 미혜는 가게가 바쁠 시간이라 참석 여부를 본인 자유에 맡기겠다고 알려주었다. 그렇지만 미혜는 그런 염려와는 달리 참석할 수 있다고 알려왔다. 그녀는 이런 모임조차 소홀히 하지 않는 것이 손 여사에 대한 자식의 도리라고 믿고 있는 것 같았다.

약속했던 토요일 오후, 창우가 미영의 집으로 가기 위해 조금 이른 시간에 아파트에서 나와 지하 주차장 쪽으로 걸어가면서 하늘을 올려보았다. 하늘은 회색빛 짙은 구름으로 덮여있었다. 비가 온다는 예보는 없었다. 창우는 불어오는 바람에 추위를 느끼고 점퍼의 호크를 위로 올렸다. 그렇지만 이제 조금만 선디면 봄이 올 것이다. 다가오는 봄은 지난겨울의 모든 흔적을 자신의 온기로 덮을 것이다. 그래서 상처받고 낙망한 사람들은 따스한 봄 햇살을 받으며 마음의 위안을 얻을 것이다.

"여보, 봄이 되면 남쪽으로 꽃구경 한번 갈까?"

지난가을 결혼기념으로 떠나기로 했던 단풍 구경을 하지 못한 것이 못내 마음에 걸려 아내에게 지나가듯이 말을 꺼냈을 때 아내는 잠시 얼굴이 밝아졌다가 본래 모습으로 돌아갔다.

"승희 대학입학금이랑 수업료는 학자금대출로 해결한다고 해도 나머지 들어가야 할 돈들이 줄을 서 있는데 여행경비를 어디서 만들 거야?"

큰딸은 자신이 원하는 음대에 진학을 했다. 요즘 대개의 회사에서는 자녀의 학자금을 고등학교뿐 아니라 대학까지 지급했지만, 창우가 몸담고 있는 회사는 아직까지 대학은 지급할 여력이 없는 것 같았다.

"꼭 목돈이 드는 것도 아니잖아. 외국을 나가는 것도 아니고…"

아내는 떠나고 싶을 것이다. 봄의 색시마냥 부끄러운 듯 수줍은 모습의 진달래 꽃길이나, 시기심 많은 봄바람에 이끌려 마치 흰 눈송이를 뿌리듯 눈비처럼 날리는 벚꽃의 화사함을 결코 모르지는 않을 것이다. 그러나 아내는 말이 없었다. 창우는 서둘러 현관을 나섰다.

한참을 달린 차는 어느덧 미란이 사는 시가지에 들어섰다. 가족 모임이 있을 때마다 창우는 미란을 태우고 다녔다. 미영의 집으로 가는 길 중간에 거주했기 때문에 자연스럽게 같이 다니게 되었다. 미란은 약속보다 이른 시간이었지만 아파트 입구에서 기다리고 있었다.

"요새 부동산 경기는 어때?"

미란을 태운 뒤 고속도로 입구에 들어서면서 창우가 물었다.

"요즘은 현상 유지도 어려워. 아파트값이 떨어지니 거래도 없고…"

미란이 손가방을 열어 박하사탕을 꺼내 창우에게 건네고 자신도 비닐을 벗기고 입에 넣었다.

"먹어봐. 나오면서 사무실에서 몇 개 집어왔어."

손 여사는 박하사탕을 좋아했다. 입 안에 넣으면 목이 확 트이는 것 같다고 했다.

"병원에서 무슨 연락이 온 거야?"

창우가 유리창에 김이 서리는 것을 보고 에어컨을 켰다. 미란이 사탕을 꺼낸 가방을 다시 의자 밑에 놓았다.

"그간 병원에서 전화는 두어 번 왔어. 우선은 당뇨로 인한 신경통증인가 그것 때문에 오른쪽 발 말초신경이 많이 손상된 모양이야."

손 여사는 요양병원에 입원하기 전부터 당뇨로 인한 합병증을 갖고 있었다. 다니던 병원에서 정밀진단을 받았을 때 의사는 신경통증 외에 눈의 망막도 이상이 있다고 했다. 그로 인해 왼쪽 눈 시력도 많이 약해진 상태라고 했다.

"족부궤양이라고 들어봤어?"

창우는 잠자코 듣고 있었다.

"괴사가 심해지면 발을 절단해야 하는 모양이야."

둘은 말이 없었다. 사람은 태어나면 반드시 생로병사의 과정을 거쳐야 하는 것일까? 그렇다면 애초에 신은 왜 인간을 이렇게 연약한 존재로 만든 것일까? 스스로 만물의 영장이라고 하지만 그건 인간의 본래 가지고 있는 속성을 숨기기 위해 꾸며낸 말은 아닐까? 제 한 몸도 건사하지 못하면서 우리는 무엇을 한다고 말할 수 있을까?

손 여사는 자녀들을 모두 출가시키는 것까지가 자신이 해야 할 일이라고 늘 말하고 다녔다. 그 일은 누구에게 맡길 수도 그렇다고 저들끼리 알아서 하도록 내버려 둘 수도 없는 자신의 일이라고 했다. 그리고 홀가분한 마음으로 남편 곁으로 가겠다고 했다. 벌써 막내가 결혼을 한 지도 20여 년이 지났다. 손 여사는 마음이 우울하거나 힘든 일을 당할 때면 자신이 오래 살아서 이런 일도 겪는다고 했다. 손 여사의 말을 빌리면 지금의 삶은 말 그대로 여분의 삶인 셈이다. 그렇지만 어느 누가 이 일을 판단할 수 있단 말인가? 손 여사는 막내가 결혼하고부터 시어머니와 둘이서 생활을 했다. 시아버지는 10여 년 전에 폐암으로 세상을 떠났다. 연로한 시어머니의 모습을 오랫동안 옆에서 지켜보면서 자신의 미래를 생각했는지도 모른다. 촛불이 마지막 심지를 태우고 어둠에 사그라지듯이 모든 인생은 언젠가는 생의 반대쪽으로 조용히 비켜나야 한다. 손 여사는 어쩌면 이 일이 두려웠는지도 모르겠다는 생각을 했다. 삶의 무대에서 퇴장하게 될 때 두렵지 않은 사람이 있을까? 주위의 많은 사람이 제 역할에 따라 충실하게 움직이고 있는데 어느 날 절대자로부터 혼자 무대에서 퇴장해야 한다는 지시를 받았을 때 그때 우리는 무슨 말을 할 수 있을까?

　차는 미영이 운영하는 여관 주차장 앞에서 멈추었다. 해가 그림자를 길게 내리고 있는 오후였지만 벌써부터 여관 커튼 밑으로 몇 대의 차량이 주차되어 있었다. 입구에 들어서자 미영이 카운터 좁은 창을 여는 대신 출입문을 열고 나왔다.

　"여기까지 온다고 힘들었지? 어서 들어와. 추워서 보일러를 좀 세게 틀어 놓았어."

　미영을 따라 내실로 들어갔다. 미영이 보던 벽걸이 대형 TV에서는 드라마가 방영되고 있었다. 요즘 중년 여성들 사이에서 시청률이 높다는 멜로드라마였는데 재방송인 듯했다. 미영이 부엌으로 가더니 미리 준비해 놓은 듯 음료수와 케이크를 가지고 나왔다.

　"엊그제가 작은 애 생일이었어. 생일 밥은 해 먹여야 되겠다 싶어서 바쁘더라도 저녁에 내려오라고 했는데 뜻밖에도 큰 애한테서 전화가 온 거야. 내려가지는 못해도 케이크를 보낼 테니 엄마랑 둘이서 생일축하를 하라면서 택배로 보내 준 거야. 먹어봐. 많이 달지도 않고 맛이 괜찮더라고."

미영이 케이크를 한 조각씩 잘라서 쟁반에 담아 내밀었다. 생크림 사이로 딸기와 키위 조각이 박혀있고 속으로는 노란 색깔의 고구마가 식욕을 돋게 했다.

"혹시 미혜는 따로 연락이 없었어?"

미영이 물었다.

"가게 형편을 봐야겠지만 늦지 않게 오겠다고 하더라. 많이 늦거나 그러지는 않을 거야."

미란이 케이크를 한 조각 잘라서 입에 넣었다.

"걔도 요즘 힘든 것 같아. 워낙 불경기다 보니 힘들지 않은 사람이 없겠지만 그런 업종은 붙임이 심하니 더 그런 것 같더라."

미란의 말에 둘째 미영이 이어서 말했다.

"그래도 우리 중에는 창우가 제일 등 따시고 배부르네. 세월만 가면 자동으로 월급이 나오니까 말이야."

창우가 옅게 웃었다. 사람들은 대부분 자신을 기준으로 판단한다. 창우는 회사 사무실을 떠올렸다. 그들은 대개 아침 출근을 할 때부터 퇴근 시간 집에 돌아갈 때까지 대부분의 시간을 사무실에 갇혀 사는 사람들이다. 그 속에는 계급이 존재하고 모든 것은 업무실적에 따라 능력이 나뉘고 대우가 결정된다. 그야말로 보이지는 않지만 철저하게 정글의 법칙이 적용되는 곳이다. 그렇지만 미영의 말도 틀리지 않는다는 생각이 들었다. 오히려 협상이 이루어지는 시장의 상거래 현장이 삶에 있어 더욱 절박한 곳이라는 생각이 들었다. 샐러리맨들이 눈에 보이지 않는 전쟁을 한다면 시장은 눈앞에서 피를 튀기는 곳이다. 내가 권하는 상품을 소비자가 구매할 수 있도록 모든 수단과 방법을 동원해야 한다. 밀리면 다른 방법이 없다. 그러므로 퇴로는 철저히 차단되었다고 보아야 한다.

"내가 막내 누나에게 전화할게."

약속한 시각이 다되어 창우가 상의에서 핸드폰을 꺼냈다.

"아직 출발 안 했으면 오지 말라고 해."

미란은 혹시라도 미혜가 지금까지 출발하지 않았으면 오지 않는 편이 낫겠다는 생각을 했다. 통화가 되었는지 창우가 어딘지 물어보았고 수화기 너머 미혜의 목소리가 희미하게 들렸다.

"이제 버스에서 내렸다니까 곧 들어 올거야."

미혜는 자주 시외버스를 타고 다녔다. 시외버스 정류장이 미영의 집에서 그리 멀지 않았기 때문에 타고 내리기에 수월했다. 부부가 치킨 가게를 하면서 중고로 산 1톤 포터를 탈 때도 간혹 있었지만, 용무가 급할 때가 아니면 대부분 버스를 이용했다. 그게 편하다고 했다. 잠시 후 현관문이 열리면서 미혜가 들어왔다. 추운 날씨여서 그런지 얼굴이 빨갛게 상기되어 있었다. 손에는 검은 비닐봉지가 들려있었다.

"오느라고 수고했어. 토요일이라 버스가 밀렸겠다."

미영이 부엌으로 차를 가지러 간 사이 미란이 말했다. 미혜는 겉옷을 벗어 근처 테이블에 걸쳤다.

"항상 그렇지 뭐. 그새 언니들은 잘 지냈어? 창우는 요즘 바쁘다더니 오늘은 회사가 쉬는 모양이네."

"또 뭘 사 온 거야, 그냥 오지 않고."

미란이 비닐봉지를 보며 말했다. 미혜가 미영이 있는 부엌으로 비닐봉지를 가져가면서 말했다.

"주차장에서 오는 길에 사과가 맛있는 것 같아서 조금 샀어."

식탁에 앉으며 미영이 주는 차를 마시면서 미혜가 말했다.

"차를 가지고 왔으면 통닭 몇 마리는 실어왔을 텐데 버스는 사람들 눈치가 보여서 차마 못 싣겠더라고."

미란을 포함한 손 여사의 자녀들은 실로 오랜만에 같이 웃었다

9

　미란이 오전에 집 안 청소를 끝내고 부동산 사무실에 나가기에 앞서 거실 소파에 앉아 쉬고 있을 때 휴대폰이 울렸다. 모르는 번호였다. 그녀는 부동산 사무실을 찾는 전화라고 생각했다. 요즘도 부동산 사무실로 수시로 전화가 오기는 하지만 실제 거래가 이루어지는 경우는 드물었다. 최근 정부에서 발표한 경기부양 정책에도 불구하고 시중 경기는 여전히 바닥권을 맴돌았다. 다만 부동산은 최근의 서민주택 공급확대 정책에 따라 지역별로 건설회사들이 무더기 공사에 들어가게 됨에 따라 기존 아파트들은 거래가 없이 관망세를 나타내더니 최근에는 점차 가격이 하락하고 있었다. 신규 아파트의 분양가격은 계속 오르는 데 비하여 기존의 아파트 가격이 하락하는 양상은 과거에는 보지 못한 현상이었다. 과거에는 분양을 하면 모델하우스 근처에 떴다방이 우후죽순처럼 생기고 각지의 부동산 관련 업자들이 몰려와 투기성 호객행위를 했지만, 지금은 프리미엄도 거의 챙길 수가 없었다. 부동산 업계에서는 이러한 사태를 심각하게 받아들이고 있었다.
　우리나라에서 부동산은 오랫동안 황금알을 낳는 거위였다. 개인뿐만 아니라 기업에서도 사업보다는 부동산으로 실리를 챙기는 경우가 허다했다. 사업용 부동산을 사서 수년간 내버려 두었다가 팔게 되면 최소 몇 배는 남길 수 있었으니 한번 그 맛을 들이게 되면 기업들은 발을 뗄 수가 없었다. 그것은 중소기업만이 아니라 대기업도 마찬가지였다. 오히려 대기업에서는 천문학적인 금액을 투자해서 서민들의 공분을 샀다.
　얼마 전부터 부동산 업자들은 각자 살 궁리를 하면서 상가나 농촌 지역으로 눈을 돌리기 시작했다. 직장에서 퇴직하거나 물려받은 돈으로 사업을 하기보다는 형편에 맞는 상가를 사들여 그곳에서 나오는 월세를 생활비로 사용하는 경우도 있었고 더러 나이가 들어 전원생활을 꿈꾸며 현재 가진 돈으로 농촌 지역에 싼 땅을 사두려는 사람들도 늘었기 때문에 그들 부부도 다방면으로 사업 확장을 꾀하고 있었다.

"여보세요."

그녀가 전화를 받았다. 날씨가 흐려서 그런지 유난히 휴대폰을 든 오른쪽 어깨가 욱신거렸다.

"혹시 정미란 씨 됩니까?"

나이가 제법 든 여자 목소리였다. 부동산 업체를 찾지 않고 당사자의 이름을 부르는 경우는 드물었기 때문에 그녀는 대답하면서 휴대폰을 귀에 가까이 붙였다.

"예, 여기 요양병원인데요. 손정희 씨 따님이 맞는가요? 어머니가 통화를 원해서 전화를 걸었어요. 아, 저는 같은 병실에 있는 환자 병문안 왔고요. 기다려보세요. 어머니 바꿔 드릴게요."

그녀는 소파에서 일어났다. 아침부터 손 여사가 무슨 일로 전화를 했을까? 전혀 생각지도 않다가 전화를 받게 되어 순간적으로 당황이 되었다. 잠시 그대로 수화기를 대고 서 있었다.

"미란아, 미란이 맞나?"

목이 잠긴 목소리였다. 손 여사는 크게 말을 하려고 하는 것 같았으나 목소리는 목 안에서 돌아다녔다.

"예, 어머니. 미란이 맞아요."

환자가 위급하면 병원의 간호사나 의사에게서 연락이 올 것이었다. 그러나 환자가 직접 전화를 했다는 것은 아픈 것 때문만은 아니라는 생각이 들자 다행스러웠다.

"어머니, 요즘 어떻게 지내세요?"

큰딸이었지만 자주 연락을 못 드렸던 것이 마음에 걸렸다. 몇 번 찾아가려고 했지만 마음뿐이었다.

"나야 잘 지내지. 여기 있으니까 때 되면 밥 주지. 심심할까 싶어 같이 말동무도 붙여주고 밤에는 불까지 넣어서 따뜻하게 해주니 나야 잘 지내지."

요양병원에 입원하고 견디기 힘들어하는 사람들의 이야기를 주변에서 많이 들었다. 밤에 잠을 이루지 못해 약을 달고 살거나 단체 생활에 적응을 못해 혼자 외톨이가 되기도 하고 지나쳐서 타인에게 피해를 주는 사람도 있다고 들었다. 심한 경우 병원에서는 독방에 감금을 하는 경우도 있다고 들었다. 그러나 손 여사는 생각보다 적응을 잘했다.

"그런데 말이다. 요즘 니들 아버지가 며칠간 계속 꿈에 나타난다 말이다. 그 양반이 옛날부터 나를 만나도 말을 안 하더니만 요새도 그렇게 말도 없이 서 있다가 불러도 그냥 가버리는 거라."

손 여사의 목소리는 잠겨서인지 시간이 갈수록 발음이 희미하게 들렸다. 전화를 하는 이 시간도 손 여사는 남편을 떠올리며 아쉬운 꿈을 쫓고 있는 것인지도 모른다. 손 여사의 말대로 결혼 초부터 그렇게 속을 태운 남편을 지금도 보고 싶어 하며 그리워하고 있는 것은 무슨 이유일까? 그녀는 말없이 듣고만 있었다.

"이제 내가 죽을 때가 다 되어가니 나를 기다리는 것 같기도 해. 이제까지 혼자 심심했겠지. 생각해보니 내가 니들 아버지를 너무 오래 기다리게 한 것 같아. 이제는 가서 만나야제."

손 여사가 기침을 몇 번 했다. 잠시 후 가래를 뱉어 내었는지 목소리가 조금은 또렷하게 들렸다.

"근데 니들 아버지가 나를 알아볼 수 있을라나 모르겠다. 그사이 무정한 세월만 하릴없이 흘렀구나."

아버지는 결혼 후 신문기자 생활을 하면서 손 여사와 걸핏하면 다투었고 이어진 도피 생활과 검거된 후 교도소 생활을 하면서 부단히 속을 썩였는데 손 여사는 오히려 그런 일들로 인해 남편을 안타까워하며 잊지 못하고 있는 것인지도 모른다.

"내가 따로 할 말이 있었는데 지금까지 엉뚱한 소리만 했구나."

그러면서 목소리를 낮추었다.

"미란아, 요새 나도 모르게 정신이 수시로 왔다 갔다 한다. 더 정신이 나가기 전에 집에 가서 정리를 좀 해야겠다. 우리 나이가 되면 다들 수의를 모셔 둔다는데 난 아직 수의가 아니라 영정사진 한 장 없으니 말이다."

손 여사가 전혀 뜻밖의 얘기를 했다. 아마 병원에서 무슨 이야기를 들었던 모양이다. 그녀뿐 아니라 자녀 가운데 누구라도 아직 손 여사가 돌아가시리라고는 생각지도 않았다. 그렇지만 듣고 그냥 넘길 수도 없었다.

"어머니, 알겠어요. 창우랑 모여서 의논을 해 볼게요. 너무 걱정 마세요. 그리고 아버지 꿈에 나타나시거들랑 당신 덕에 모두 잘살고 있다고 꼭 말씀드리세요."

손 여사는 무슨 말인가 알아들을 수 없는 혼잣말을 하는 것 같더니 전화가 끊어졌다. 미란도 전화를 끊고 소파에 털썩 주저앉았다.

10

미영은 어려서는 언니와 많이 다투었다. 두 살 터울이기는 했지만 미영이 조금 더 키가 컸다. 덩치도 좋았기 때문에 같이 데리고 나가면 사람들은 미영이 언니인 줄 알았다. 그리고 미란과 달리 미영은 어려서부터 욕심이 많았다. 조금이라도 언니가 더 가지거나 가진 게 좋아 보이면 떼를 썼다. 특히 친척이나 사람들이 모여 있는 곳이면 울음소리도 커졌다.

"커서 뭐가 되려고 저렇게 욕심을 내는지 모르겠다."

손 여사가 그런 버릇을 고치기 위하여 달래다가 때로 매를 들기도 했는데 그럴 때마다 남편은 은근히 미영을 두둔했다.

"놔둬요. 애가 어릴 때부터 욕심을 내야지. 큰 애가 순진해서 문제지. 나중에 제 밥벌이나 할 수 있을지 모르겠네."

아버지가 미영을 끼고 돌다 보니 미영의 버릇이 오랫동안 이어졌는지 알수는 없다. 아버지는 큰딸 미란이 제 엄마를 닮았는지 욕심이 없다며 불만을 털어놓았다.

"여자가 욕심이 있어야지. 여자란 말이야. 신랑이 돈을 벌어오면 악착같이 모아서 살림을 이룰 생각을 해야지. 여기저기 다 퍼줘 버리면 뭘 먹고 살아."

신문사에 다니면서 아버지는 봉급 외에도 수시로 돈을 갖다 주었지만, 손 여사는 어려울 때도 봉급 외에는 받지 않았다. 그러면서도 일가들이 찾아오면 작은 돈이지만 조금씩 쥐어주기도 했다. 그러면서 남편에게 다짐을 받았다.

"나는 이 많은 돈 다 필요 없어요. 월급만 갖다 주세요. 월급만으로도 우리 가족 충분히 먹고살 수 있어요."

아버지는 자존심이 상했을 것이다. 당시를 생각해보면 아버지가 그러한 처신을 했던 이유 중에는 손 여사가 힘겹게 신혼살림 하는 것을 안타깝게 여긴 마음도 포함되었을 것이다. 그렇지만 아버지는 아내의 마음을 읽지 못했다. 아니 어쩌면 알려고 노력하지도 않았을지 모른다. 손 여사는 그 뒤 남편이 가정을 소홀히 하여 겨우 생활을 꾸려 나갈 정도의 어려운 환경이었지만 끝까지 남편에게는 도움을 요청하지 않았다. 나중에 잘못이 드러나 교도소에 갇히게 되고 집에 남은 가족들의 생활비며 옥중 뒷바라지를 손 여사는 직접 벌어서 충당해야만 했다.

미란은 동생보다 덩치나 힘에서는 딸렸지만 조금이라도 자신을 무시하는 언행을 하면 동생에게 여지없이 혼을 냈다. 미영은 가만히 듣고 있지 않았다. 그들은 수시로 싸웠다. 집에서는 그들이 다투지 않게 장난감이나 옷을 사더라도 같거나 비슷한 것으로 골랐다.

그 뒤로 동생들이 태어났지만 나이 차가 있어서인지 동생들과는 사이좋게 지냈다. 뒤에 미영이 고등학교에 다닐 무렵부터는 어려서부터 그렇게 싸웠으면서도 떨어져 지낸 탓인지 사이가 원만해지기 시작했다. 특히 미영이 대학에 진학하면서 미란이 모았던 돈을 자신의 학자금으로 아낌없이 내놓자 미란을 따르기 시작했다.

"언니, 언니가 애써 모은 돈을 이렇게 내놓으면 어떻게 해."

대학에 합격을 하고 등록금 걱정을 하고 있을 때 대학등록금과 교재구입비 등으로 사용하라며 미란이 통장과 도장을 꺼낼 때 미영은 눈이 둥그레졌다. 그 당시 손 여사는 남편을 저세상으로 보내고 혼자 집안 살림을 어렵게 꾸려나가고 있었다. 다행히 미란이 직장에 다니고 있었기 때문에 일정부분 도움을 받을 것으로 생각은 했지만 학자금 전액을 내놓는다는 것은 상상할 수 없었다.

"받아둬. 이 돈은 너 학자금 하려고 모았던 거야. 너라도 열심히 배워서 우리 집을 일으켜야지. 그 외에 조건 같은 건 없어."

이때부터 미영은 생각이 바뀐 것 같았다. 누가 세상에서 가족이나 이웃을 위하여 희생할 수 있을까? 자신이 가진 재물을 나누거나 재능을 기부할 수는 있을 것이다. 그러나 자신의 청춘을 희생한다는 것은 불가능할 것이다. 이 돈은 단순한 돈이 아니라 미란의 청춘과 바꾼 것이란 것을 미영은 알고 있었다. 다행히 미영은 공부에도 재능이 있었다. 고등학교 성적이 좋았던 미영은 자신이 원했던 생물학과와 역사학과를 두고 고민하다가 역사학과를 선택했다. 그리고 고고학을 전공했다. 수시로 학교 내 문화재 탐구단에 소속되어 전국을 돌아다녔다.

대학 3학년 2학기 겨울이었다. 방학을 맞아 학교에서는 중국 내 고구려 유적탐사를 준비 중이었고 미영은 미란에게 이런 사실을 알렸다.

"언니, 다음 주 월요일부터 중국 내 고구려 유적 탐사를 위해 학교에서 일행이 중국으로 떠나. 혹시 내가 없을 동안에 찾을까 싶어 전화했어. 돈은 걱정 마. 학교에서 일부를 보조받고 나머지는 각자가 매달 적금을 조금씩 부었어. 다녀와서 연락할게."

토요일 저녁 미란은 잔업을 앞두고 식당으로 내려가다가 미영의 전화를 받았다. 그동안 미영은 방학이 되면 국내외 여러 곳에 탐사나 발굴을 한다며 돌아다녔기 때문에 이번 겨울 탐사도 대수롭지 않게 여겼다. 단지 경비를 도와주지 못해 아쉬웠다. 미영은 수시로 아르바이트를 하면서 부족한 돈을 버는 모양이었다.

다음 주 월요일 오후 지도교수와 미영을 포함한 중국 내 고구려 유적 탐사단 일행 12명은 인천공항을 출발한 지 채 두 시간이 되지 않아 중국 다롄에 도착하였다. 마침 피켓을 들고 기다리고 있던 연변대학교에서 역사를 공부하고 있던 한국인 가이드와 인사를 나누고 사전에 계약한 차량으로 옮겨 탔다. 그들은 비행기가 지체되어 시간적인 여유가 부족했으나 일정대로 유적지를 향해 차를 타고 가면서 가이드의 설명에 귀를 기울였다. 시내를 벗어나자 차량 주위로 넓은 평원이 펼쳐졌다. 이윽고 도착한 곳은 랴오닝성 환런현의 초기 고구려 유적지인 하고성자 성터였다. 흰 눈이 양쪽 끝으로 길게 이어진 길을 따라 걷자 집이 한 채 나타났고 대문을 통과해 뒷마당에 들어서자 성벽 흔적이 뚜렷이 드러났다. 가이드는 고구려 초기 왕이 평상시에 거주하던 곳으로 추정되는 성터가 이렇게 가정집 뒷마당에 방치되어 있다고 말했다. 마당에는 쓰레기와 땔감용 나무가 즐비했다.

"이곳이 이 유적에서 유일하게 남아 있는 성벽 흔적입니다. 민가가 들어서면서 체계적인 조사나 정비가 되지 않은 상태로 방치되고 있지요. 문제는 이곳뿐 아니라 환런과 지안 일대의 고구려 유적들이 대부분 심하게 파괴되었다는 것이지요."

그녀를 포함하여 탐사단 일행은 가이드의 설명을 들으면서 우리의 역사를 지켜내지 못했다는 안타까움을 느꼈다. 방치된 유적들은 이외에도 제법 많은 곳에 흩어져 있다고 했다. 자리를 옮겨 조사한 초기 고구려 고분군 상고성자 유적은 눈에 덮힌 돌무덤 20여기가 좌우 200여m 근방에 흩어져 있었지만 별다른 시설이나 안내문조차 없었다. 무덤군 바로 옆에는 공장건물이 들어서 있었고 무덤 위로는 전깃줄이 얽혀 있었다.

"1960년대 까지만 해도 200여기가 남아 있었는데 중국이 개발 사업을 진행하면서 밀어내 버리고 있지요. 제대로 된 발굴조차 이뤄지지 않고 있어요."

제법 늦은 시간까지 현장에서 사진을 찍고 자료들을 수집했다. 그러다 보니 주위가 어두워져서야 마무리가 되었고 서둘러 숙소로 돌아가기 위해 그들을 태운 승합차가 오던 길을 따라 고개를 지나 비탈길을 내려오다가 도로 가장자리 꺼진 웅덩이를 미처 발견하지 못해 차가 순간적으로 오른쪽으로 기울다가 넘어지면서 그대로 10여 m 이상을 미끄러지는 사고를 당했다. 순식간의 일이었다. 사고 소식은 이튿날 오전이 되어서야 학교에 알려졌고 학교에서는 서둘러 사고 대책반을 설치하고 피해 학생들의 학부모에게 사고 소식을 알렸다.

손 여사는 오후 늦어서야 미란을 통해 사고 소식을 들었다. 멀리 중국에서 미영이 차 사고를 당했다는 말에 손 여사는 처음에 무슨 말인지 이해를 하지 못하더니 미란의 설명을 듣고서야 겨우 알아듣고는 고개를 끄덕였다.

"그래, 미영이는 얼마나 다쳤을까? 지금이라도 중국 어딘가 사고 난 곳으로 가봐야 하는 것 아니냐?"

그때 손 여사는 그동안 미영에게 살갑게 대하지 못했던 일들이 생각나면서 마음이 아팠다고 했다. 그러면서 이 일이 자신 때문은 아니었는지 마치 죄인과 같은 심정이었다고 고백하듯 말했다.

"어머니, 중상을 입은 학생이 몇 명 있다는데 미영이는 일단은 그 명단에는 없나 봐요. 나머지는 모두 경상자들이라는데 애들은 현지 병원에서 안정이 되는 데로 먼저 우리나라로 들어온대요. 제발 아무 일이 없기를 바라야죠. 그리고 다른 소식 있으면 연락드릴 테니 너무 걱정하지 마세요."

미란은 나름대로 학교와 연락을 취하면서 자세한 내용을 듣고자 했으나 학교에서도 직접 연락은 어렵고 외무부에서 알려주는 이상은 확인할 수 없다고 했다. 그러나 손 여사는 미란에게서 소식이 오기만 기다리고 있지 않았다. 이튿날 당장 학교를 찾아갔고 사고대책반의 학부모 모임을 주도했으며 뜻하지 않게 학부모 대표를 맡았다. 그리고 오후 늦게 학교의 안내로 학부모들은 외무부를 항의 방문했고 현지 관계자와 어렵게 통화 할 수 있었다.

"미란아, 석성하지 말아라. 내가 학교에 와서 설명을 들었다. 미영이는 아마 1진에 포함되어 내일이라도 들어 올 거야. 많이 다친 애들은 다섯인가 되는데 학부모들이 비행기가 되는대로 중국으로 들어가기로 했다."

미란은 손 여사의 전화를 받고 누구나 저렇게 자식 일에 악착같이 전념할 수 있을까 생각했다. 무엇이 손 여사에게 저토록 뜨거운 열정을 불어넣고 있는 것일까?

11

"윤달이란 원래 없는 달이잖아. 그렇기 때문에 이 기간에 무슨 일을 해도 저승사자가 알 수 없다는 거지."

미란의 설명에도 미혜는 고개를 갸우뚱했다.

"수의를 만드는 것이랑 저승사자가 모르는 것하고 무슨 관계가 있을까?"

모두 궁금해 하며 미란을 쳐다보았다.

"나도 자세히는 모르겠어. 그런데 듣기로는 어른들이 돌아가실 때가 되면 저승사자가 수의를 만들 시간을 주는데 윤달에 구입을 해두면 저승사자가 모르기 때문에 수의가 있는 줄 모르고 계속 수의 짓기를 기다린다고 그래서 장수를 할 수 있다는 하더구나."

모두 웃고 있을 때 창우가 끼어들었다.

"저승사자도 보통 인간이랑 똑같이 모자란 구석이 있다는 말이니 따지고 보면 우리 조상들의 해학도 대단한 것 같아."

잠시 웃음이 사그라지기를 기다렸다가 미란이 말했다.

"당신이 원하시니 수의를 한 벌 해드리고 이번에 나오게 되면 곱게 꾸며서 영정사진도 만들자꾸나. 오랜만에 어머니랑 가족사진도 찍고⋯ 그렇게 집에 가고 싶어하시니 집에서 하룻밤 모셔도 좋지 않겠어?"

미혜가 천정을 물끄러미 올려다보고 있다가 물었다.

"건강상태가 최근에 악화된 모양이던데 병원에서 허락을 할까?"

미란이 미혜를 쳐다보았다. 미혜는 적잖게 걱정스러운 모양이었다.

"그래, 혼자서는 못 다녀. 내가 보호자가 되어 옆에서 돌볼게. 이제는 어머니도 자꾸만 자신감을 잃어버리는 것 같아서 안타까워. 과거에는 영정사진 말만 나와도 손사래를 쳤잖아."

모두들 고개를 끄덕였다. 불과 한 두 해 전만 해도 이웃에서 누군가 수의를 마련하거나 영정사진을 찍는다고 하면 기억해 두었다가 집에 와서 자식들 앞에서 흉을 보았다.

"영정사진 찍으면 나 죽을 때 되었소 하는 말인데 그걸 뭐 하러 찍으려 든담. 그렇고 수의는 또 뭘 그리 만들려고 애를 쓰는지 모르겠네. 죽어서 입는 옷, 옷이 없어서 못 죽을까?"

자녀들이 새삼 손 여사 생각에 빠져있을 때 미혜가 말했다.

"언니, 이번에 어머니 병원에서 나오시게 되면 우리 집에도 꼭 모시고 갔으면 좋겠어. 우리 신랑 직장 그만두고 치킨 장사 시작할 때 몇 번이나 우리 집을 가봐야 한다고 했는데 가보지 못했잖아. 엄마도 우리 박 서방 하면서 얼마나 좋아하셨어?"

손 여사는 미혜 신랑을 사위 중에서도 유난히 좋아했다. 신랑은 중, 고등학교 시절부터 거제도 외딴 섬에서 생활하는 부모를 떠나 멀리 객지에서 외롭게 자란 탓인지 손 여사를 부모처럼 친근하게 대했다. 손 여사는 박 서방을 든든한 아들 같다고 했다.

"우리 박 서방이 처음 집에 와서 미혜 데려가겠다고 할 때만 해도 천하에 날강도 같더니만 겪어보니 진국이 따로 없더라고. 내가 갈 때 가더라도 박 서방 형편 풀리는 것을 보고 가야 할 텐데 내가 언제까지 살 수 있을지 모르겠네."

손 여사의 목소리가 들리는 듯 했다. 그때까지 묵묵히 듣고 있던 창우가 누나들을 둘러보며 말했다.

"그럼 대충 정리를 해볼게. 병원에서 말하는 어머니 족부궤양은 의사에게 요청해서 최대한 연기를 하도록 하고 부득이 절단해야 하는 경우에는 그때 어머니에게 알리고 동의를 받는다. 어때?"

모두 말이 없었다. 그렇게 할 수밖에 없는 형편임을 잘 알고 있었다.

"그리고 상대적으로 나았던 한쪽 눈도 시력이 급격히 떨어지고 있는데 이것도 당뇨 합병증으로 인한 망막 이상 때문에 오는 것이라 수술이 필요한데 지금의 어머니 상태로는…."

창우가 더 말을 잇지 못하고 고개를 들어 천정을 쳐다보았다. 흘러내리려는 눈물을 멈춰두려는 듯 했다.

"창우야, 내 마음도 너랑 똑같아. 아니 우리가 모두 똑같을 거야, 지금까지 항상 우리가 필요로 할 때 당신은 먼저 우리 곁에 있어 주었잖아. 우리가 아프거나 힘들 때 당신은 어느새 우리 곁에서 닭이 계란을 품듯 우리를 품어주었어. 무엇 때문에 그랬을까? 사랑 때문이 아닐까? 당신의 넓은 사랑의 날개 안에서 우리는 지금까지 행복을 누리면서 살아온 거야."

미란이 말을 꺼냈다. 천천히 그러나 또박또박 힘주어 이어졌다.

"이제는 우리 스스로 날수 있어야 해. 지금까지 각자 맡은 일터에서 가정에서 열심히 살았잖아. 어머닌 아직도 우리가 어리다고 할지 모르지만 우리는 당신의 자양분을 흡수하여 이렇게 성숙했고 당신은 가진 것을 다 나누어 주다 보니 이제 빈 육신만 남은거지. 우리는 아직도 당신의 사랑을 필요로 하고 있지만 당신은 서서히 우리에게서 떠날 준비를 하는 거야."

옆에서 미혜의 작은 울음소리가 들렸다. 출입문 가까이 앉았던 미영이 일어나더니 밖으로 나갔다가 잠시 후 따뜻한 생강차를 갖고 들어와 빈 잔에 골고루 채웠다.

"따뜻한 생강차 한 잔씩 해봐. 지난겨울에 직접 담은 거야."

모두 미영이 권하는 뜨거운 생강차를 후후 불어가며 마셨다. 가라앉았던 분위기가 조금 나아졌다.

"맞아, 이제는 당신 몫을 다 하신 거야. 그리고 이젠 쉴 때도 된 것 같아. 우리가 그동안 소홀히 했던 것이 있다면 지금부터라도 잘 하도록 하자."

미영의 말에 모두 공감을 하고 고개를 끄떡였다.

"그리고 추가로 의논된 것은 창우가 병원과 연락을 취해서 가능한지 알아보고 대략 날짜를 잡아줘. 그럼 가족사진과 영정사진을 찍도록 하지. 수의도 당신이 원하시니 한 벌 내가 준비할게."

미영의 말에 미란이 끼어들었다.

"수의는 쓸만한 것은 가격이 너무 비싸. 미영이 혼자서 한다는 것은 무리야."

창우도 한두 사람이 부담하는 것은 안된다며 부담을 나누어야 한다고 했다. 미혜도 그 말에 동감하면서 말했다.

"마음 같아서는 모두 자기가 냈으면 하겠지만 이번에 지출되는 경비는 모두가 골고루 같이 부담을 한다면 엄마도 더 좋아할 것 같아."

그렇게 대강 정리가 되는 듯했다.

"그럼 윤달이 얼마 남지 않았는데 수의부터 맞춰야 하겠네. 저승사자가 알면 안 되잖아."

창우의 말에 모두 표정 없이 웃음을 지으며 자리에서 일어섰다.

12

손 여사는 남편이 교도소 생활을 끝내고 나오면서 다시 가정이 정상적으로 회복되기를 바랐다. 결혼하여 가정을 이룬 여자의 행복은 크게 다르지 않을 것이다. 그동안 마음에 묻어두고 있었던 가정의 평화를 되찾고 싶었을 것이다. 자녀들이 부모의 울타리 안에서 자신의 장래를 꿈꾸고 부모는 힘을 다해 가정을 외부로부터 지켜나가는 일이 평범할지라도 꼭 필요한 일이었다. 그러나 남편은 출소 후 가족 부양을 위해 애를 쓰는 것 같았지만 생활고의 무거운 벽을 뛰어넘지 못했다. 취업은 생각보다 힘들어 보였다. 몇 차례 시도 끝에 취업에 한계를 느끼고 직장을 포기하는 단계에 이르렀다. 손 여사는 눈높이를 낮추면 할 수 있는 일들이 있을 것이라며 종용했지만 한마디로 거절했다.

"내 생각만 해서 그런 것은 아니야. 부모 생각도 해야지. 아버지가 동네 유지인데 자식이 아무 데나 들어갈 수는 없잖아."

이제는 사업을 하려고 했다. 그리고 읍내로 적당한 사업 구상을 위해 돌아다녔다. 손 여사는 시부모가 아들을 설득시켜야 한다고 생각하고 어렵게 말을 꺼냈지만, 시부모는 지켜보자는 말만 했다. 지금까지 직장생활만 경험했던 남편이 사업이라고 시작하기에는 무리가 있을 것이다. 사업은 누구나 할 수 있는 것이 아니라는 사실을 알고 있던 손 여사는 시부모로 인해 적극적으로 말리지도 못했다. 그러다가 하루는 남편이 부모님과 손 여사를 앞혀 놓고 자신의 구상을 이야기했다.

"아버지, 그리고 어머니. 그동안 뭘 해야 할지 생각해 보았습니다만 그동안 해보지 않았던 사업을 하려니 신경이 많이 쓰이네요."

남편은 부모와 손 여사의 눈치를 살피면서 말을 이었다.

"그래서 우선은 안정적으로 할 수 있는 것을 해 보려고 합니다. 읍내에서 조명기구 판매점을 해봤으면 합니다. 이제 읍내도 아파트가 생겨나고 주택도 개량을 많이 하고 있으니 가정마다 조명기구가 많이 쓰이는데 현재 우리 읍내에는 조명기구만 전문적으로 파는 곳이 없더라고요."

1980년대 초에 접어들어 손 여사가 거주하는 지역에도 읍 소재지를 중심으로 아파트 개발붐이 불었다. 농촌 지역에도 5층 이상의 아파트들이 들어서기 시작했고 주택경기도 활성화되었다. 남편은 조명을 쓰지 않는 집은 없으니 다양한 종류의 조명등을 가게에 비치하면 충분히 승산이 있다는 이야기를 했다.

"지금까지는 가정에서 백열등이나 형광등을 주로 사용했지만, 요즘은 용도에 따라 구분해서 사용하는 게 대세라고 해요. 애들 책상이나 테이블에 사용되는 스탠드 조명도 인기가 있고 아파트의 경우 벽 조명을 하는데 실용성보다는 장식용으로 설치하는 경우가 많다고 해요. 그리고 샹들리에 조명도 많이 한다고 합니다. 크리스털이나 유리가 많이 달리기 때문에 전문가가 필요한 시공이지요."

남편은 조명등 시장조사를 나름대로 했던 모양이었다.

"그러면 먼저 점포부터 구해야 할 것 같은데 무슨 돈으로 할 생각이냐?"

아버지가 묻자 남편이 웃으면서 말했다.

"아버지께서 도와주셔야겠어요. 우리 부부가 무슨 돈이 있습니까? 그리고 뒤에 사업이 망하더라도 가게는 남아있으니 팔더라도 본전이야 건지지 않겠어요?"

시부모는 남편의 요구를 이기지 못하고 조상으로부터 물려받은 땅을 처분했다. 이번이 마지막이라며 제법 넓은 땅을 내놓았다. 부모에게 자식은 어떤 존재일까? 조상 대대로 이어져 오던 토지를 자신의 대에서 처분하는 것은 조상에게 면목 없는 일이라고 말하면서도 자식을 위해 처분을 결단하는 시부모의 모습을 보면서 손 여사는 부모가 가지는 자식의 의미를 다시 생각하게 되었다. 자식을 이기는 부모 없다는 말이 생각났다. 자식이 어릴 때는 부모의 판단에 따라 꾸중도 하고 혼을 내기도 하지만 나이가 차면 섣불리 부모의 뜻을 관철하기 어려워진다. 이럴 경우 대처를 적절히 하지 못하면 자식의 반항을 불러오기도 하고 때로 불편한 관계가 오랫동안 지속하기도 한다. 그러면 부모는 자식의 뜻에 다소 무리가 있더라도 관계를 개선하기 위하여 양보하게 된다. 이 때문에 자식 이기는 부모 없다는 말이 나온 것이 아닌가 싶었다. 자신의 주장을 내려놓는 이유는 단 하나 자식을 사랑하는 마음, 그것 외에는 달리 설명할 방법이 없을 것이다.

남편은 자신의 계획대로 군청에서 그리 멀지 않는 시외버스 주차장 주변에 가게를 마련하려고 했지만, 부동산에 올라있는 가게는 없었다. 무작정 매물이 나오기까지 기다릴 수도 없어 몇 군데 알아보았고 마침 역 주변으로 나온 가게가 있었다. 여성복 가게였는데 가게를 내놓자 세입자였던 옷가게 주인은 계속 영업을 할 생각을 하고 있었지만, 남편이 직접 조명등 가게를 운영할 의사를 밝히자 이내 포기하는 것 같았다. 역 주변은 시내와 떨어진 외진 곳이어서 사람들의 왕래가 잦지 않았다. 하루에 몇 차례 열차가 도착할 때만 택시가 돌아다니고 인파가 모였다가 흩어졌다.

"앞으로 역 주변으로 4차선 도로가 생기는데 지금 사 놓는 게 이득이 많이 될 겁니다. 곧 도시에 돈 있는 사람들이 달려들 텐데 그때는 이미 늦어요."

나이가 지긋한 부동산 업자는 관련 토지의 토지이용계획서를 보여주며 말했다. 남편은 도면을 들여다보았다. 부동산 업자는 역 아래 좌우로 붉게 그려진 도로예정지 표시를 손으로 가리켰다.

"여기 도로가 확장을 해서 동서로 길게 이어지면 역 주변으로는 상가가 예정되어 있지요. 주택부지는 도로 위쪽으로 들어서고 그 옆으로는 학교가 들어설 겁니다."

남편은 망설였지만, 결정을 내려야 했다. 지금은 비록 유동인구가 많지 않지만 도로가 확장되면 주변 일대는 급속한 변화를 가져올 것이다. 지금은 역 주변으로 오래된 건물들과 나대지인 채 버려둔 땅들이 많았고 한쪽에는 간이 울타리를 하고 고물상에서 가져다 놓은 고철덩이들이 쌓여있었다. 부동산 업자는 도면상 내놓은 가게가 도로 부분을 약간 포함하고 있기 때문에 지금 사게 된다면 도로로 편입되는 부분은 뒤에 군에서 일괄 매입할 때 토지와 건물 모두 시세대로 보상을 받을 수 있다고 했다. 그리고 편입을 하고 남은 부분에 다시 상가를 올리면 된다고 했다. 남편은 그 날 계약서에 도장을 찍고 술까지 마시고 늦게야 집으로 돌아왔다.

가게를 사고 내부 단장을 하고 개업을 할 때까지 많은 시간이 걸리지 않았다. 남편은 바쁘게 돌아다녔다. 일을 하다 보면 항상 생각보다 일거리가 늘어나는 법이다. 그리고 추가로 들어가는 비용도 생기기 마련이었다. 남편은 양철 판으로 만든 간판을 뜯어내고 유행하는 아크릴 간판으로 교체하고 가게 내부도 진열대를 넓히다 보니 기존의 진열대 유리는 쓸 수가 없어 다시 사야 했는데 손 여사는 기존 간판과 진열대 상태가 크게 나쁘지 않으니 약간만 손을 보면 그대로 사용해도 될 것 같다고 했지만, 남편은 사업을 시작하면서 교체하지 않으면 다음에 바꾸기는 어렵다면서 본인의 뜻대로 교체해 버렸다.

그렇게 해서 사업을 시작하게 되었다. 개업하는 날은 떡까지 돌렸다. 현수막을 만들어 시장 통과 주차장 전신주에 내걸고 지방신문 하단에도 작은 광고를 냈다. '태양조명상사 대표 정일도'라고 적힌 명함을 가는 곳마다 뿌렸다. 처음에는 손님들이 제법 들락거렸다. 손님들의 호기심도 한 몫을 했을 것이다. 그러나 대개는 집의 전등이나 형광등을 바꾸기 위해 구입하는 수준이었다. 한 달이 지날 즈음 읍에 나왔던 손 여사가 가게를 방문했을 때 어린 여직원이 인사를 했다. 앳된 표정의 여직원은 주인의 안사람이라는 말에 고개를 숙이며 올해 초에 여상을 졸업했다고 했다. 그 사이 남편은 여직원을 뽑아 자리에 앉혔다.

"사장이 가게를 지키고 있을 수 있나? 학교에서 실습생 대우를 해도 된다니까 돈이 그렇게 많이 들지는 않을 거야."

손 여사는 자녀들이 어렸기 때문에 가게에 나와 있을 수는 없었다. 그러나 가게가 앞으로 어떻게 될지도 모르는 상태에서 직원을 채용한다는 것은 여러모로 성급한 판단이었다. 다행스럽게도 학교에서는 6개월을 실습기간으로 인정해 주었다. 가게가 문을 연 지 3개월을 넘기면서 매출은 제자리 상태였다. 가끔 매출에 큰 도움이 되었던 조명공사 의뢰도 뜸해졌다. 처음에는 계절을 타는 것이 아닌가 생각했다. 조명기구는 겨울철 장사라는 이야기를 들었다. 그렇다고 하더라도 매출 없이 보낼 수는 없는 노릇이었다. 악재는 이어서 들려왔다. 시외버스 주차장 주변에 동종의 가게가 들어선다는 소문이 들렸다. 그리고 불과 한 두 달 뒤 소문은 사실로 드러났다. 시내 요지에 새로 문을 연 가게는 조명등 외에도 전기 기구까지 판매했다. 선풍기, 전기다리미, 전기밥솥 등 웬만한 전기제품을 진열했다. 개업한 이튿날 손 여사가 남편이 함께 들렸던 가게는 화려한 조명과 최신감각의 실내디자인으로 보는 이들을 유혹했다. 이미 자신들과 상대할 수준을 벗어나 있었다. 부부는 그날 참담한 심정으로 집으로 돌아올 수밖에 없었다. 장래를 심각하게 고민해야 할 시점이었다. 아직 개업하면서 들였던 비용은 채 회수되지 않은 상태였다.

영업을 계속할 수도 그렇다고 가게를 접을 수도 없는 어려운 시기를 맞았다. 부부에게 남아있는 희망이 있다면 이른 시간에 현재의 도로가 확장되고 땅값이 오르는 일이었다. 남편은 생각 끝에 군청을 찾아갔다. 그리고 담당 부서를 찾아 역 주변 개발계획을 물어보았다.

"역 아래로 도로확장 계획을 수립한 지는 좀 되었어요. 그러나 확장을 하려면 앞으로 몇 년이 걸릴지 알 수 없습니다. 예산 사정도 있지만 문제는 아직 도로를 확장할 분위기나 여건조성이 안 되었다는 거지요."

남편은 힘없이 발걸음을 돌렸다. 담당자는 언젠가는 도로가 확장될 것이라고 했지만 지금 그 시점은 누구도 알 수 없다고 했다. 그러나 당시 부동산업자는 곧 도로가 날 것같이 말했다. 그것을 지금에 와서 따질 수는 없는 노릇이었다. 가게는 매일 소소한 푼돈이 들어왔지만 월말에는 납품업체에 목돈을 결제해야 했다. 인건비나 운영비도 계속 지출되었다. 그러나 남편은 가게를 함부로 처분할 수도 없었다. 처분하기에는 현재의 적자 규모가 컸다. 시부모는 자식의 눈치를 보고 있었다.

젊은 나이에 남편은 불운했다. 생각해보면 하는 일마다 암초에 부딪혔다. 그게 숙명일 수는 없었겠지만, 나중에는 어쩔 수 없이 받아들이는 듯했다. 그리고 다시 예전처럼 돌아갔다. 그러던 어느 날 새벽 남편은 배를 가르는 듯한 고통을 견디지 못하고 손 여사를 깨웠다. 놀란 손 여사는 급히 근처 병원으로 데려갔으나 병원에서는 바로 도시의 큰 병원을 연결해 주었다. 아픈 배를 움켜진 남편과 손 여사를 태운 앰뷸런스는 사이렌을 울리며 한 시간을 넘게 날려 도시의 종합병원에 도착했고 기다리고 있던 의료진에게 넘겨졌다. 그리고 검사를 하고 결과를 기다렸다. 새벽에 급히 집에서 나오면서 옷도 제대로 입지 못하고 복도에서 숨죽여 기다리던 손 여사를 이윽고 간호사가 낮은 목소리로 불렀다. 의사는 진료실의 빈 의자에 앉을 것을 권하면서 안경너머로 손 여사를 물끄러미 쳐다보았다. 그러면서 췌장암 3기라며 너무 늦었다면서 마음의 준비를 해야 할 것 같다고 말했다.

13

형제들이 모였다가 돌아가고 난 뒤 여관 카운터 내실을 대강 치우고 미영은 바깥바람을 쐬려고 겉옷을 걸치고 밖으로 나왔다. 고개를 들자 멀리 서쪽 하늘로 해가 기울면서 주변 하늘이 천천히 어두워지고 있었다. 비가 내릴 모양인지 구름은 서쪽 하늘부터 짙게 내려앉아 있었다. 간혹 바람이 불어와 가로수를 스쳐 지나쳤다. 바람 따라 이파리들이 잠시 흔들렸다. 그녀는 겉옷 주머니에 손을 찔러 넣었다.

"여보, 오늘도 조금 늦겠소. 새벽 두시쯤 되어야 할 것 같아. 최대한 빨리 들어갈게. 기다리지 말고 먼저 자."

남편은 공대를 졸업한 그해 첫 직장에 들어간 뒤 8년쯤 지나 회사를 옮겼던 적이 있었다. 처음 들어간 회사에서 일할 당시 회사마다 부족했던 기술자에 대한 스카우트가 성행했는데 그에게도 제의가 들어왔고 앞서 입사했던 선배가 나서서 같이 G회사로 옮기기로 했다. 그렇지만 이 일은 잘못되어 사전에 회사에 알려지게 되었고 회사에서는 그들을 붙들어 두려고 했다. 이 과정에서 그는 선배와 의견 차이로 갈라서게 되었는데 이미 옮기기로 구체적인 합의를 끝냈기 때문에 그는 약속대로 옮겨야 한다고 주장했지만 선배는 그냥로 주저앉고 말았다. 그 뒤에 들린 소문은 선배가 다니고 있던 회사에 스카우트 정보를 흘려서 몸값을 높이려는 생각으로 일을 꾸몄다는 것이었는데 확인을 할 방법도 없거니와 지금도 당시 선배가 결정적인 순간에 옮기지 않은 정확한 이유를 알 수 없었다. 그는 그 뒤 결혼을 하면서 당시의 일을 미영에게 이야기했고 이후로도 스카우트제의가 드물게 이어졌지만, 자신은 아예 관심을 두지 않았다고 했다.

회사를 옮긴 후에는 업무에만 관심을 두고 성실하게 일했다. 그가 최근 일했던 기술개발실에서는 생산하는 자사의 제품 성능을 향상하기 위한 방안으로 기술위원회를 수시로 열었고 결과가 도출되면 바로 임원에게 보고했다. 이 때문에 연구원들은 개인 고과에 매달려 출퇴근이 따로 없는 생활을 했다. 시장에서의 성능 향상은 곧 매출증가로 이어졌기 때문에 회사에서는 사활을 걸고 집중적인 지원을 아끼지 않았다. 그는 5년 가까이 이 부서에서 일했다. 평소 어떤 일에 집중하면 다른 일은 잊고 오직 한 가지 일에만 매달리는 성격이 업무에도 그대로 나타났다. 누구보다 연구실에 늦게까지 남았고 실험을 하면서 밤을 지새울 때가 많았다. 조그마한 성과들을 낼 때마다 내심 조바심을 내며 더욱 일에 매진했다. 그 결과로 연말 우수 직원으로 선정되어 표창을 받기도 했다. 그리고 동료들보다 이른 승진을 했다. 평소 어울리기 좋아하고 소탈했던 모습이 변하기 시작했던 것은 그 무렵이었을 것이다. 회사 내에 경쟁자가 생기고 눈에 보이지 않는 시기심이 동료들 사이에 흘렀다. 그는 이러한 일을 겪으면서 힘들어했다.

"이번 인사에 부서이동을 희망했어. 그동안 너무 무리했더니 몸속에 에너지가 다 빠져나간 것 같아."

그러나 회사에서는 그의 요청을 받아주지 않았다. 돌아온 대답은 힘들지만 1, 2년 더 회사에 기여를 해주기를 바란다는 말이었다. 그로서는 일도 힘들었지만, 동료나 직원들로부터 받는 인신공격이 견디기 어려웠을 것이다.

그는 힘들게 버텨나갔다. 다행히 그로부터 1년이 지나 부서를 옮겼지만, 동료들과의 관계가 바로 복원되기는 어려웠고 제법 오랫동안 불편한 관계가 유지되었다.

새로 옮긴 부서도 힘들기는 마찬가지였다. 생산현장을 지원하는 부서였는데 전국의 각 지점에서 필요한 부품 리스트를 전산으로 통보받아 먼저 창고의 재고물량을 점검하여 우선 지급을 신청하고 부족할 경우 이후 분기별로 예상되는 물량을 포함하여 구매부서에 요청하는 일을 했다. 전국에 깔려 있는 지점뿐 아니라 해외에 나가 있는 곳을 포함하면 스무 군데 가까이 되었다. 일일 집계를 내다보면 현지의 사정을 감안하지 않을 수 없었고 그러다 보면 조금만 늦어져도 자정을 넘기기 예사였다.

그날도 그는 미영에게 전화하여 새벽 두시쯤이면 집에 도착할 수 있다고 했다. 미영은 그의 건강이 걱정되어 몇 번 종합검진을 권했다. 나이가 들어가면서 제대로 쉬지도 못하고 거의 매일같이 늦은 시간이면 들어왔다가 아침이 되자마자 풀리지 않은 피곤한 몸을 이끌고 직장으로 나가는 모습을 보며 걱정을 했다. 그는 미영의 말에 수긍은 하면서도 차일피일 미루기만 했다. 평일 직장을 쉬고 병원에 간다는 것이 그에게는 사치처럼 들렸을지도 모를 일이다.

미영은 식탁에 앉아 시계를 보았다. 새벽 두시를 넘어가고 있었다. 아이들은 아빠에 대하여 거의 잊고 있는 듯했다. 아침에 잠시 집안에서 만나는 짧은 시간이 전부였다. 그는 주말에도 각종 모임에 참석하기 위해 나가거나 때로 집에 있을 때는 늦잠을 잤다. 애들이 아빠와 놀려고 하면 그녀가 나서서 그가 좀 더 자도록 애들을 설득했다. 다행히 그는 처음 만날 때부터 술을 잘 하지 못했다. 회사에서 술자리를 파하고 돌아오면서 간혹 차를 몰아 직원들을 태워주기도 했다. 미영은 처음에는 그런 모습을 보면서 좋아했으나 뒤에는 친구들에게서 들었던 대로 상사의 술 접대에 소홀하여 힘든 부서를 돌아다니는 것은 아닌가 생각을 했고 기회를 내어 그에게 말을 꺼냈던 적이 있었다. 남편은 고개를 흔들었다.
"우리 회사는 그렇지 않아. 그리고 그건 다 지나간 옛날 말이야. 요즘에는 젊은 사람들도 술을 잘 안 마셔."
시계는 두시 삼십 분을 넘어서고 있었다. 미영은 은근히 걱정이 되었다. 근래에 이렇게 늦는 날이 없었다. 그녀는 일어서서 베란다로 나갔다. 베란다에 서서 아래를 내려다보면 아파트 입구가 훤히 보였다. 간혹 아파트로 들어오는 차량이 건물 주위를 돌다가 주차할 곳을 찾지 못해 지하 주차장으로 내려가는 모습을 볼 수 있었다. 시간이 늦었는지 차량 이동이 끊긴 입구는 적막한 어둠에 덮여 있었다. 드문드문 서 있는 희미한 가로등의 불빛이 적막 속에서 둥글게 원을 그리면서 주위를 밝히고 있었다.
"정미영 씨, 여기는 S병원입니다. 최지승 씨가 남편 맞으시죠. 최지승 씨가 산복터널에서 교통사고가 나서 병원에 와 있습니다. 지금 오실 수 있을까요?"
미영은 베란다에 서서 아래를 내려 보다가 전화를 받았다. 그녀는 어떻게 병원까지 갔는지 모른다. 병원에 도착했을 때 응급실 앞에 구급차가 멈춰서 있었다. 남편의 몸은 흰 천으로 덮여 있었다.
"최지승 씨가 1시 30분경 산복터널을 지나다가 터널 벽과 수차례 부딪혀 전복되었고 운전자는 현장에서 즉사했습니다. 그 시간에 터널에는 다른 차량이 없었기 때문에 아마 헛것을 보았거나 졸음운전이었던 것 같습니다."
경찰에서는 뒤에 회사 관계자와 그녀를 몇 번 불러 조사를 하더니 수사를 종결했다. 그녀와 자녀들이 외로이 지키고 있는 장례식장에 남편의 친구들과 회사직원들이 다녀갔다. 그들은 미영에게 인사를 했다. 남편의 친구 중에는 더러 아는 얼굴도 보였다.
미란이 손 여사에게 연락을 했다. 온전치 않은 몸으로 장례식장을 찾은 손 여사는 사위의 영정 아래서 그리고 미영을 붙들고 오랫동안 서럽게 울었다. 일찍 남편을 잃은 손 여사는 여자의 몸으로 이 세상을 버텨나가는 일이 얼마나 힘든 일인지 알고 미영의 앞날을 생각하며 눈물을 흘렸다. 그들은 아픈 몸의 손 여사를 장례식장에 그냥 둘 수가 없었다. 본인이 한사코 만류하는 것은 미란의 집으로 옮겼다. 그렇지 않고서는 손 여사에게 큰일이 일어날 것 같았다.

장례를 치르고 집에 돌아와서 미영은 오랫동안 누워 지냈다. 그를 생각하면 안타까운 마음과 불쌍한 생각이 들었다. 그러나 한편으로는 원망도 없지 않았다. 자식들과 살아갈 생각을 하면 두려운 마음도 들었다. 이틀째 되는 날 오후부터 심한 오한과 고열이 났다. 학교를 다녀온 딸이 미영의 곁에서 병원에 가자고 조르더니 혼자 약국에서 처방을 받아왔다. 미영은 그 밤을 고통 속에서 지내다가 새벽 동틀 무렵 새로운 각오를 하며 입술을 깨물었다. 이제부터는 과거의 미영으로 살아갈 수는 없는 노릇이었다. 약을 입에 털어 넣었다. 그리고 그날 오후 자리를 털고 일어났다. 집으로 돌아온 지 사흘만이었다. 손 여사에게 먼저 전화를 했다.

"어머니, 미영이예요. 장례식 다녀가시고 괜찮으세요? 고마워요. 그리고 이제부터 열심히 살 거예요. 지켜보세요. 너무 걱정 마세요."

14

손 여사의 자녀들은 직장생활을 하거나 상급학교 진학을 하면서 일찍 집을 떠나 객지로 떠돌았다. 손 여사는 자녀들이 어릴 때부터 무슨 일을 당하더라도 두려워하지 말고 당당하게 살기를 원했고 시간이 날 때마다 그렇게 이야기해 왔다. 그것은 자신이 오늘 이 시간까지 평생을 지켜온 생각이기도 했고 또 그렇게 살기 위하여 무던히도 애썼다. 자녀들은 손 여사의 삶을 지켜보면서 그러한 생각이 은연중 몸에 익혔는지도 모른다. 큰딸 미란이 학교를 졸업하고 직장을 따라 집을 떠날 때였다. 전날 저녁 손 여사가 밥상에 앉아있는 자녀들을 둘러보며 말했다.

"산에서 피는 야생화 중에는 바람에 꽃씨를 날려 번식을 시키는 종류들이 있지. 꽃씨는 바람에 실려 다니다가 한번 떨어지면 그곳에서 평생을 보내야 해. 너무 중요한 결정이기는 하지만 떨어지는 장소를 본인이 선택할 수가 없어. 단지 바람이 모든 것을 결정할 뿐이야."

꽃씨는 바람이 데려다준 곳에서 정착을 위해 서서히 뿌리를 내린다. 어떤 꽃씨는 물가 양지바른 곳 누구나 원하는 곳에 앉기도 하지만 잡초가 우거져 햇살이라고는 비치지도 않는 열악한 곳이나 바람 많은 비탈진 곳에 앉았다 하더라도 살기 위해 악착같이 뿌리를 내려야 하는 경우도 허다할 것이다.

"어디에 정착을 하던 그건 자신의 몫이 아니야. 내 몫은 지금부터 어떻게 뿌리를 내리고 어떻게 잎을 피워야 할 것인가 고민하고 최선의 방안을 찾아서 살아가야 한다는 것이지."

살다 보면 우리는 자신의 몫이 아닌 데도 힘들어하고 괴로워하며 아까운 세월을 보낼 때가 있다. 자신의 몫이 아닌 부분 때문에 붙들고 고민하고 원망해도 상황은 달라지지 않는다. 이럴 때의 포기는 빠를수록 좋은 법이다.

"내가 할 수 있는 것만 찾아서 하려고 해도 세월은 절대 길지가 않아. 미란아, 주어진 환경에서 네가 할 수 있는 것이 무엇인지 그리고 어떻게 하는 것이 바른 것인지 늘 생각하면서 지냈으면 좋겠다."

미란은 큰 딸로서의 책임감도 한몫을 했을 것이다. 회사에 다니면서도 수시로 주말이면 집을 다녀가면서 동생들을 살뜰하게 챙겼다. 첫 월급을 타면 부모님 속옷을 사드려야 한다면서 빨간 내의를 사와서 손 여사에게 건넨 적도 있었다. 하룻밤이라도 자고 가는 날이면 동생들은 늦게까지 미란에게 매달려 직장생활의 에피소드를 듣고 싶어 했다. 그러면 때로 늦은 밤 손 여사가 제지하고 나설 때까지 이야기는 계속되었다.

손 여사의 자녀를 사랑하는 방식은 미혜 가정이 남편의 실직으로 어려움을 겪고 있을 때도 나타났다. 다니던 직장에서 권고사직을 당하고 실의에 빠져있을 때 어느 날 손 여사가 미혜 집에 들렀다.

"박 서방, 그동안 마음에도 없는 회사 다니느라 고생 많았네. 자네는 회사가 적성에 안 맞잖아. 욕심 같으면 지금이라도 꿈을 찾아 원하는 것들을 해보라고 권하고 싶지만 아직은 애들도 어리고 돈 들어갈 때가 많으니 조금만 더 버텨보세. 그러다가 애들 크고 나면 한 번뿐인 세상 이제는 자네 뜻대로 사는 걸세."

그때까지도 그는 음악을 버리지 못하고 계절이 바뀌거나 멤버끼리 의논이 맞으면 주말을 맞아 같이 기타를 어깨에 두르고 길거리 무대에 올랐다. 결혼하여 음악을 접어버린 한 명을 제외한 3인조는 자신들의 피 속에 숨어 있던 열정을 끄집어냈다. 그리고 하나씩 밖으로 쏟아진 열정은 무대 위에서 뜨겁게 활활 타올랐다. 손가락을 녹여야 하는 그 추위 속에서도 길거리 무명의 뮤지션은 시간 가는 줄 몰랐다.

이 세상 모든 사람이 하고 싶은 일만 하면서 살게 된다면 얼마나 좋을까? 미혜는 어린 아들과 함께 남편의 모습을 지켜보면서 생각했다. 자신과 같이 그림을 사랑하는 이들은 캔버스를 벗 삼아 자신만의 그림을 그리는 거지. 아이들이 놀이터에서 뛰어노는 모습을 바라보며 스케치를 하고 한 손으로 팔레트 물감을 찍어서 그림을 그리는 거야. 그림을 보는 이들이 그 속에서 무엇을 느끼게 될까? 어떤 이들은 꿈틀거리는 생명을 느끼기도 하고 또 다른 이들은 작은 평화를 소망하기도 하겠지. 그리고 또 누군가는 글을 쓰고 싶을지도 몰라. 그들은 보거나 느낀 것을 글로 나타내는 사람들이지. 한 편의 시는 때로 실의에 빠진 이에게 용기가 되고 삶의 무게에 짓눌린 이들에게 오아시스와 같은 청량감을 주기도 하지. 그렇지만 음악은 다른 무엇보다도 사람의 마음을 터치하는 효과가 크다고 봐. 음악을 들으면서 눈물을 글썽이는 사람들을 만나게 되지. 대개의 사람은 그림이나 글을 보면서 감동을 하기는 하지만 눈물을 흘리지는 않아. 그만큼 음악의 힘은 대단한 거지. 그렇게 살아있는 모든 이들이 자신이 원하는 세계를 각자 자신의 방식대로 표현하는 거지. 그런 세상이 우리가 꿈꾸는 진정한 유토피아가 아닐까?

"어머니, 고맙습니다. 이 세상에서 어머니밖에 없다니까. 그렇지만 걱정하지 마세요. 박 광호 아직은 죽지 않았어요. 싫은 회사였지만 그래도 성실히 일했는데 나가라니까 아쉬움은 많지요. 그렇지만 아직은 젊으니까 뭐든 할 수 있어요. 보세요. 곧 일어설 거예요."

부부는 오래지 않아 장사를 시작했다. 치킨 가게를 개업하는 날 손 여사는 병원에서 진료를 받느라 참석하지 못했다. 미란을 시켜서 전화를 했다.

"박 서방, 축하해. 이제는 어엿한 사장님이 되었구먼."

손 여사의 말에 그는 호쾌하게 웃었다. 그 웃음소리는 그동안 자신에게 닥쳤던 힘든 일들을 잊어버리기에 충분해 보였다.

"감사합니다. 어머니, 아파서 입원까지 하셨는데 병문안도 못 해 죄송합니다. 뒤에 찾아뵙도록 하겠습니다."

그는 뒤에도 장사 때문에 오랫동안 나들이를 하지 못했다. 그렇지만 손 여사의 생일을 기억하고 꽃을 보낸다거나 때로는 용돈을 보내주기도 했다.

"아직 나이가 어리기도 하고 직장 다니느라 힘들 테니 니들이 잘 도와주거라."

창우가 결혼을 하자 손 여사는 처음으로 며느리를 맞게 되었다. 며느리는 개인이 운영하는 정형외과에서 오랫동안 간호사로 근무했는데 결혼을 하고 나서도 계속 맞벌이로 지냈기 때문에 손 여사는 수시로 밑반찬이나 밭에서 나는 것들을 거두어서 전해주었다.

"어머니, 딸들은 모른 체하고 너무 며느리만 챙기는 것 아녜요?"

명절이나 모임이 있어 자녀들이 시골집에 모였을 때도 손 여사는 며느리를 챙겼다. 본래 형제들이 모였을 때는 미란이 나서 집안일을 처리하는 편이었다. 때로 일을 나누기도 하고 어려운 일은 같이 매달렸는데 미란은 이후에도 손 여사의 심기를 상하게 하지 않으려고 될 수 있으면 새 며느리에게 힘든 일을 맡기지 않았다. 그러자 미영이 손 여사에게 불만을 털어놓았다.

"니들보다 어리잖아. 그리고 며칠 지나면 또 회사에 나가야 하는데 좀 쉬어야 하지 않겠어?"

 부모가 유산을 물려주는 것이 당연한 사회에서 손 여사는 하나뿐인 아들이었지만 물려줄 것이 없었다. 단칸방을 전전하며 힘들게 사는 아들 내외의 모습이 손 여사의 마음을 아프게 했는지 모른다. 그리고 출산 예정일보다 일찍 미숙한 몸으로 태어난 첫애가 오랫동안 인큐베이터에서 힘든 생활을 하는 것을 옆에서 지켜보면서 손 여사의 마음은 쉽게 허물어졌는지도 모른다.

15

 손 여사가 병원의 승낙을 받고 집을 다녀가기 위하여 나오던 날이었다. 햇살이 좋은 오후 시간에 미란과 창우가 병원에서부터 손 여사를 모시고 나오면서 오랫동안 삶의 보금자리였던 시골집으로 향했다. 겉으로 보면 누가 살 것 같지도 않은 초라한 집을 손 여사는 가장 먼저 가고 싶다고 말했다. 그곳에는 누구도 알 수 없는 손 여사의 오랜 추억과 지나간 발자취가 살아서 숨 쉬고 있을 것이었다. 그들이 긴 시간을 달려 시골 마을 입구에 들어서자 손 여사의 얼굴에 미소가 번졌다. 손 여사가 손으로 창문을 내리라는 시늉을 했다. 창우가 속력을 줄이면서 손 여사가 앉은 좌석의 창문을 조금 내렸다. 손 여사가 기다렸다는 듯이 창 쪽으로 고개를 내밀어 창을 통해 들어오는 시원한 바람을 맞으며 심호흡을 했다. 병원에서는 맡을 수 없었던 시골의 청정한 바람이 얼굴을 스치고 지나가자 손 여사는 속이 시원하게 뚫리는 기분이었다. 계절이 벌써 가을로 들어서고 있었다. 멀리 논마다 누런 벼들이 고개를 떨구기 시작했고 길가 코스모스의 가느다란 줄기들이 약한 바람에도 서 있지 못하고 수시로 흔들렸다.

"병원이 좋긴 하지만 내 집보다는 못하지."

 손 여사가 혼잣말처럼 중얼거렸다. 차가 집 앞 공터에 서자 미란이 차 문을 열어주기 위해 먼저 내렸으나 그사이를 기다리지 못하고 손 여사가 문을 열고 내려서다가 하마터면 엎어질 뻔했다. 미란이 달려와 부축을 했다. 손 여사의 표정이 일그러졌다. 마음은 성큼성큼 걸어 대문을 열어젖히고 뒤를 돌아보며 빨리 따라오라고 재촉 하고 싶었을까? 미란은 손 여사의 손을 꼭 잡았다. 그리고 한 걸음씩 앞으로 발을 뗐다. 미란이 사전에 청소해 놓은 집은 비교적 깨끗했다. 마당을 한번 둘러보고는 부엌문을 열었다. 얼마 전에 입식으로 바꾸면서 설치한 찬장 유리문 안에 진열된 그릇들이 보였다. 대충 훑어보고는 마루를 통해 큰방으로 들어갔다. 큰방 아랫목에 미란이 어제 잠시 냉기를 없애려고 불을 때고 담요를 깔아놓았는데 발로 담요를 밀쳐내고 그 자리에 주저앉았다.

"어머니, 집에 오시니까 어떠세요?"

미란이 손 여사의 눈치를 보며 물었다. 손 여사는 다른 생각에 정신이 팔렸는지 아무런 말도 없이 부엌 쪽으로 놓인 키 작은 낡은 서랍에 다가가 손잡이를 잡아당겼다. 서랍이 오래되어 틀이 맞지 않았는지 끄는 소리를 내며 열렸고 위에 있던 오래된 사진첩을 꺼냈다. 사진첩은 겉의 표지가 퇴색되어 당초에 무슨 색이었는지 알 수 없을 정도였다. 표지를 넘기자 바로 오래된 사진 한 장이 보였다. 아버지와 같이 찍은 가족사진이었다. 그들 누구나 어릴 때 몇 번 본 적이 있었다. 미란은 기억에서 가물거렸으나 손 여사는 그 사진을 보관하고 있었다.

"이 사진 기억나지."

손 여사는 미란이 앉은 쪽으로 사진을 보여주면서 말했다. 동네 사진관 한쪽 벽면에 설치했던 무대 막 앞에서 찍은 가족사진은 젊은 부부가 앉아있고 앞으로 딸 둘이 나란히 서 있었다. 미혜는 어렸기 때문에 손 여사의 품에 안겨 있었다. 아쉽게도 그 사진에 창우는 없었다. 창우가 태어나기 전 미혜가 돌을 넘길 즈음에 찍은 가족의 마지막 사진이었다.

"창우가 섭섭하겠지만 할 수 없는 일이다. 네 아버지가 그렇게 빨리 돌아가실 줄 누가 알았겠어."

창우도 그 사진을 본 적이 있었다. 어릴 때 그 사진을 보고는 나만 빼고 찍었다며 불평을 했다고 한다. 손 여사는 그 사진을 지금까지 사진첩에 보관하고 있었나.

"내가 병원에 좀 다녀오느라 매일 못 봤네요. 그동안 섭섭했수?"

손 여사가 사진의 남자에게 말했다. 그리고 대답을 기다리는 듯 한참을 들여다보고 있었다. 가끔 거칠어진 손으로 사진 위를 쓰다듬었다. 미란이 자리에서 일어섰다. 바람이 부는지 외부로 통하는 창틀이 약하게 소리를 내며 흔들렸다.

"섭섭해도 이제는 할 수 없어. 오랫동안 기다렸는데 이제 조금만 더 기다려 봐요. 만날 날이 오래지 않을 거 같아."

그러면서 알 수 없는 표정으로 빙그레 웃었다. 부부란 이름으로 엮어진 그 깊은 속을 당사자 외에 누가 짐작이나 할 수 있을까?

"어머니, 수의를 지어서 장롱에 넣어두었어요. 한번 보시겠어요?"

미란이 방 한쪽에 있는 이불장 아래의 옷장을 열어 두툼한 보자기를 꺼냈다. 손 여사가 빼앗듯이 받아서 보자기를 풀었다. 보자기 안에는 속적삼, 저고리 삼작, 겹치마, 원삼, 겹바지들이 들어있었다. 손 여사가 헤집다 말고 한참을 쳐다보더니 미란에게 말했다.

"니들 아버지는 돌아가실 때 수의도 제대로 못 챙겼지."

손 여사의 표정이 어두워졌다. 미란이 손 여사를 쳐다보고는 옷들을 다시 가지런히 보자기에 싸서 장롱에 넣고 문을 닫았다. 손 여사는 그런 미란의 행동을 물끄러미 바라보았다.

"어머니, 방에 불을 조금만 넣을게요."

춥지는 않았으나 방 온도가 조금 낮았기 때문에 미란이 부엌으로 향했다.

"저녁 식사는 미영이 준비한댔으니 잠시 후에 갖고 올 거예요. 집에서 만든 음식으로 드시게 하고 싶다고 말하던걸요."

애초 집으로 오는 도중에 식당에 들러 손 여사의 식성에 맞는 메뉴로 식사를 하려고 했지만, 미영은 자신이 만들어 가져오겠다고 우겼다. 미영은 손 여사가 좋아하는 음식을 몇 가지 알고 있었다.

"지금은 입맛이 변했는지 알 수 없지만, 어머니는 순두부 요리를 좋아하셨던 것 같아. 가끔 순두부와 신선한 해물을 듬뿍 넣어서 보글보글 끓여서 상에 올리면 그렇게 좋아하셨지."

미영은 출가한 뒤에도 간혹 손 여사가 집에 다니러 오면 직접 음식을 만들어서 내놓았고 손 여사는 맛있게 먹었다. 그리고 옛날부터 음식 솜씨가 좋았다면서 칭찬을 했다.

"그리고 갈치구이가 좋을 것 같아. 통통한 갈치를 노릇하게 구워서 양념장을 골고루 발라 먹으면 그 맛도 끝내주거든."

당시만 하더라도 갈치나 고등어는 흔한 생선이었고 찌개를 하거나 구워서 먹었던 기억이 있었다. 손 여사는 항상 뼈를 발라내어 자식들이 먹기 좋게 만들었고 본인은 주로 생선 대가리나 꼬리 부분을 먹었다.

"그리고 마지막으로 디저트는 식혜로 하는 거야. 어머니 드릴 것은 약간 달게 만들고 나중에 마실 때 그릇에 남은 밥풀은 숟가락으로 떠먹도록 하는 거지. 어때?"

차가 오고 사람들이 들락거리자 이웃에 있으면서 단짝이었던 할머니 한 분이 무슨 일인가 싶어 집에 들렀다가 손 여사를 만났다.

"언제 병원에서 나왔어? 축하해, 이제는 집에 있어도 된다고 하든가?"

현관을 잡고 서서 이야기하고 있는 모습을 보며 미란이 다가가 오늘 내려온 사정을 이야기하자 옆집 할머니는 듣고 있던 도중에도 수시로 혀를 끌끌 찼다.

그날 저녁 미영이 서울에 살던 딸을 데리고 승용차 빈자리에 스티로폼 상자 두 개를 놓고 음식을 실어왔다. 상을 차리면서 데워야 하는 것들은 부엌의 가스버너로 데웠다. 정성껏 차린 음식이었지만 손 여사는 밥을 반 공기도 비우지 못했다. 그러더니 식혜를 마시고 피곤하다며 자리에 누웠다가 곧 잠이 들었다.

"미영아, 오늘 수고 많았어. 음식을 만들기도 힘든데 여기까지 갖고 오느라 고생했어. 이머넌 오늘 오랜만에 차를 타고 오느라고 힘들었던 것 같아."

미란의 말에 미영은 괜찮다며 웃었다. 그들은 늦게까지 이런저런 이야기를 나누다가 각자 집으로 돌아갔다. 내일 낮에는 가족들 모두 모여 사진을 찍기로 했고 미리 사진사와 약속이 되어 있었다. 미란이 그들을 배웅하고 대문을 걸고 혼자 방으로 들어왔다. 담요를 꺼내 손 여사를 덮어주고 자신도 옆자리에 누웠다. 어두운 방 안에서 손 여사의 가는 숨소리만이 정적 속에서 끊이지 않고 이어졌다.

16

미란이 아침에 눈을 떴을 때 먼저 손 여사를 찾았다. 옆에 누웠던 자리는 비어있었다. 예전처럼 밭에 나간 것일까? 이부자리를 정리하고 한참을 지나서야 손 여사가 대문을 열고 들어왔다. 손에는 지팡이 대신 나무 작대기가 쥐어져 있었다.

"밭이 사람 손을 안 본 지 오래되어 올해 농사는 벌써 물 건너갔네."

손에 든 소쿠리에는 밭에서 딴 듯 가지와 고추, 애호박 같은 것들이 담겨 있었다.

"그 몸으로 밭에 갔다 오셨어요? 억지로 다니시면 몸에 무리가 올 텐데."

미란이 마루에 걸터앉으면서 말했다. 손 여사가 손에 담긴 것을 들고 작대기를 짚으면서 부엌으로 들어갔다. 간밤에는 다행히 잘 주무신 것 같았다. 미란이 부엌에 따라 들어갔다.

"어제 미영이랑 다들 잘 갔겠지. 내가 차를 오래 타서 그런지 피곤하기도

하고 졸려서 일찍 잤던 것 같아."

그들은 간단하게 아침상을 차려 식사를 했다. 손 여사가 싱싱한 풋고추를 골라 된장에 찍어서 먹었다.

"어머니, 오늘 낮에 읍내 사진사가 우리 집으로 올 거예요. 어머니 사진도 찍고 오랜만에 어머니랑 가족사진도 찍자는 의견이 많아서 그렇게 결정했어요."

손 여사는 고개를 끄떡였다. 가족들을 만나볼 수 있다는 마음에 기분이 좋아진 것 같았다.

"어머니, 사진을 찍기 전에 제가 화장을 곱게 해 드릴게요. 바닥에 편하게 앉아보세요."

미란이 집에서 걸려온 전화를 받고 방에 들어서서 가져온 화장품을 늘어놓고 손 여사에게 화장을 시작했다. 손 여사는 미란이 시키는 대로 앉아 있다가 지루했는지 리모컨을 찾아 TV를 켰다.

"오늘 병원에 돌아가야겠지."

손 여사가 TV를 보다가 불현듯 생각이 났는지 물었다.

"예, 낮에 가족들이 집에 모이면 사진도 찍고 읍내 식당에 나가서 식사도 하고 오후에는 병원에 돌아갈 거예요."

잠시 손 여사의 눈치를 보다가 물었다.

"어머니, 병원에 돌아가기 싫으세요?"

순간 괜히 물었다는 생각이 들었다. 지금 손 여사의 병으로 인한 증세는 선택할 정도로 여유롭지 않았다. 손 여사는 말이 없었다. TV화면에 정신이 팔렸는지 알아듣지 못했는지 알 수는 없었다.

화장이 끝나갈 무렵 먼저 창우가 아내와 아이들을 데리고 도착했다. 아내와 아이들이 손 여사 앞에서 큰절을 했다.

"절은 무슨, 잘 지냈어? 애가 고등학교 3학년이라더니 힘들지?"

그러면서 애들을 가까이 다가오게 하면서 말했다.

"이제 대학도 가고 빨리 커서 부모님을 편하게 해 드려야지."

시간이 되었는지 이어서 하나둘 차가 도착하고 집은 오랜만에 활기를 띠었다. 미영은 딸과 함께 찾아왔고 미란의 남편은 혼자 도착했다. 객지에 있는 자녀들은 다들 자기 일에 바빠서 같이 오지 못했다. 잠시 후 읍내의 사진사가 요란한 오토바이 소리를 내면서 집을 찾아왔다. 그리고 물을 찾더니 한잔을 비우고 나서 가방을 열어 카메라를 꺼내고 마루의 벽면을 흰 천으로 덮고 손 여사를 마루의 의자에 앉게 했다. 사진사는 손 여사의 독사진을 여러 장 찍었다. 좋은 사진을 골라서 쓴다고 했다. 미혜 부부가 오면 모두 참석을 하는 셈이었고 사진사는 가족사진을 찍을 수 있도록 마당 한편에 카메라를 고정했다.

"엄마, 저 왔어요."

차량 소리가 들리더니 미혜가 대문을 들어서면서 말했다. 곧 남편과 아이들이 따라 들어왔다.

"그래, 박 서방. 어서 오게."

인사성이 있고 싹싹한 박 서방이 들어오면서 만나는 이들에게 인사를 했다. 미혜는 손 여사의 곁으로 갔다.

"엄마, 잘 지냈어요? 오늘 엄마 만난다는 생각을 하니 간밤에 잠이 오지 않더라고요."

미혜가 손 여사를 껴안았던 손을 풀자 옆에서 이 모습을 보고 있던 미란이 물었다.

"근데 장사는 어떡하고 이렇게 다들 오냐?"

미혜가 박 서방을 보면서 웃었다.

"박 서방하고 며칠 전부터 의논해서 오늘 장사를 하루 쉬기로 했어요. 그래서 시간을 내서 닭백숙을 만들어왔어요. 식당에 먹으러 가기로 했지만 번거로울 것 같아서 못하는 솜씨지만 준비를 했으니 나중에 드시고 흉은 보지 마세요."

미혜의 갑작스러운 말에 일부는 놀라기도 하고 손뼉을 치는 사람도 있었다.

"그런데 진짜 놀라운 소식이 있는데요. 사실 박 서방이 근래에 악기를 잡은 적이 전혀 없었는데 이번에 보름 정도 연습을 해서 엄마를 위한 곡을 하나 만들었어요. 노래 제목은 '빅 마마'예요. 나중에 시간이 나면 부를 건데 그때 들어보시고 우리 박 서방에게 큰 박수 보내주세요."

모두 놀라는 모양이었다. 그럴 만한 것이 직장을 떠나 가게를 내면서부터는 공연을 한 일이 전혀 없었기 때문이다. 같이 그룹을 하던 친구들이 가끔 밴드 활동을 하면서 공연을 요청했지만 바쁘다는 핑계로 늘 거절해 왔기 때문이다.

시골집 마당에 대가족이 사진을 찍기 위해 손 여사를 중심으로 둘러섰다. 사진사가 돌아다니면서 한 사람씩 위치나 옷차림을 고쳐주었다. 손 여사는 몇 해 전에 아들 내외가 맞춰준 한복을 꺼내 입었다. 빨간색 치마에 감색 저고리를 입은 손 여사는 미란이 옷고름을 매자 오랜만에 입어보는 옷이 어색한지 저고리 끝단을 수시로 매만졌다.

"어머니, 오늘따라 너무 예쁘십니다."

평소에 과묵했던 미란의 남편이 손 여사 옆에서 말했다. 손 여사가 어색한 웃음을 지었다.

"고마워, 김 서방. 무던한 김 서방이 예쁘다면 그건 정말 예쁜 거야."

사진사가 돌아다니다가 거의 정리가 끝났는지 카메라 앞에 서서 큰 소리로 이제 찍는다고 말했다. 그리고는 셔터를 연이어 눌렀다. 손 여사는 손자들 사이에서 활짝 웃었다.

잠시 후 미혜와 집안 여자들이 부엌에 들어가 데워진 닭백숙을 솥에서 건져 그릇에 나눠 담았다. 김치와 나머지 반찬도 담아냈다. 각자 사 온 과일도 씻어서 접시에 담아놓았다. 싱싱한 포도송이에서 물이 뚝뚝 떨어졌다. 안방 문을 활짝 열어 마루와 통하게 하고 상을 길게 이어서 모두 앉아 식사를 했다.

"미혜야, 닭백숙에 뭐가 많이 들어간 것 같다."

미란이 닭백숙에서 뼈를 발라내고 나뭇가지 같은 것을 건져내면서 말했다.

"재료를 이것저것 좀 넣었어요. 녹두와 찹쌀을 넣고 엄나무, 오가피, 황기, 인삼, 감초도 골고루 넣어서 푹 삶은 거라 국물이 진하고 맛이 있을 거예요."

치킨 가게를 하면서 닭과 관련된 요리는 관심을 가지고 눈여겨보았다가 요리를 해보았다고 했다. 맛있다는 칭찬이 자자했다.

식사를 조금 일찍 끝낸 박 서방이 일어나 나가더니 차에서 악기와 준비한 것들을 가져와서 마당 가운데 놓았다. 마루에서 전기를 끌어와 전자기타와 음향앰프에 연결했다. 그리고 전자기타를 두드리며 음향을 조절했다. 모두 시선이 집중되었다. 박 서방이 마이크를 세우고 옆으로 보면대에 악보를 펼쳤다.

"어머니, 제가 아내만큼 사랑하는 어머니를 생각하며 만든 노래를 불러 드리겠습니다."

박 서방은 잠시 눈을 감고 서 있었다. 감정을 잡는 것일까? 어머니와의 기억을 떠올리는 것일까? 미혜는 남편을 애틋한 마음으로 바라보았다.

"꿈길에서 헤맬 때 내 손 잡아주신 당신, 당신의 모습을 떠올립니다. 보지 않아도 느낄 수 있는 당신은 나의 어머니, 당신은 나의 전부입니다."

그는 천성이 노래하는 사람이었다. 그의 노래는 천천히 부드럽고 달콤하게 이어졌다. 처음에는 기타를 거의 사용하지 않다가 중반이 이르러 기타와 하나가 된 듯 노래를 하면서 손에 잡은 기타의 앞부분이 아래위로 심하게 흔들렸다.

방과 마루에 앉은 손 여사와 가족들은 그의 감미로운 노래와 전자기타의 현란한 소리를 들으면서 무슨 생각을 했을까? 그의 노래는 손 여사가 살아온 인생이 결코 헛되지 않았다고 말하는 것 같았다. 손 여사는 자녀들에게 영원한 꿈이었으며 희망이었고 사랑이었다고 말하는 듯했다. 그것은 또한 영원히 식지 않는 타오르는 불꽃이기도 한 것이었다.

상처는 흔적을 남긴다

1

바깥으로 한겨울의 매서운 바람이 계속해서 몰아치고 있었다. 12월 하순에 접어들면서 날씨는 수시로 영하로 떨어졌다. 올해 겨울은 유난히 추울 것이라는 일기예보가 오래전부터 있었는데 매스컴에서는 사람들이 추운 겨울을 나기 위해 두툼한 외투를 준비하거나 난방 기구를 미리 사두었기 때문에 의류나 가전제품 업체들은 호황을 누렸다는 보도가 이어졌다. 히터를 튼 실내는 따뜻했다. 샛별 교회 예배실에 모여있는 이들은 주일 예배를 마치고 교회에서 제공하는 점심을 나눈 뒤 집으로 돌아가지 않고 목사의 요청에 따라 교회에 남은 자들이었다. 그들은 교회 부서장이나 기관장들이었는데 장로가 두 명이었고 권사와 안수집사를 합쳐도 전체인원은 10명도 되지 않았다.

아침부터 날씨가 잔뜩 흐려서 예배 시간에 맞춰 켠 조명을 지금도 끄지 못하고 일부만 켜 놓은 상태였다. 간혹 대형 히터에서 웅웅거리는 소리가 났다. 중고제품을 사서 설치하다 보니 설정된 온도보다 낮아지면 큰 소리가 났다. 앞자리에 앉아있던 여전도회 회장이 창밖을 내다보며 오늘이나 내일 눈이 온다는 예보가 있어 어쩌면 이번 성탄절은 오랜만에 화이트 크리스마스가 될지도 모르겠다고 했지만, 그 말은 히터 돌아가는 소리 때문에 뒤에 앉은 사람들에게는 잘 들리지 않았다.

"근데 오늘 갑자기 모이는 이유가 뭐라고 했습니까?"

동네에서 슈퍼마켓을 운영하는 김인대 집사가 시계를 들여다보면서 말했지만 아무런 반응이 없자 혼잣말로 중얼거렸다.

"지금쯤은 가게 문을 열어야 할 것 같은데…"

김인대 집사는 성가대장을 맡고 있었는데 음악을 전공하거나 따로 배우지는 않았기 때문에 성가대원들에게 가끔 금전적인 지원을 하는 정도였다. 지난 추수감사절이 지난 목요일 대원들을 데리고 인근의 삼겹살 식당으로 가서 추수감사절 찬양 발표회를 격려하고 저녁을 냈다. 주로 3, 40대로 구성된 대원 중 직장 때문에 참석을 못 하는 일부가 빠지고 예닐곱 명이 참석했지만 제법 고깃값이 나왔던 모양이었다.

그러자 옆에서 안경테를 닦고 있던 세탁소를 운영하는 정세영 안수집사가 말을 받았다. 그는 교회학교 부장을 맡고 있었다.

"집사님, 주일은 온전히 성수를 하셔야지요. 교회에 중직을 맡은 분이 아직도 주일에 가게 문을 열면 그렇잖아요."

김인대 집사가 아차 싶었는지 말을 주워 담기 바빴다.

"요즘 경기가 워낙 좋지 않으니까 혹시 손님이 있을까 싶어서 그러기도 하지만 길 건너에 들어선 편의점이 24시간 문을 여니 이게 딱 사람 미치게 만들더라고. 하여간 건너편 편의점만 쳐다보면 열이 나서 말이야. 아직 믿음이 부족한 모양이야."

그는 잠시 말을 끊더니 할 말이 남았는지 다시 말을 이었다.

"게다가 아무래도 편의점에 사람들이 몰리니 이 짓도 언제까지 할 수 있을지 모르겠고, 엎친 데 덮친다고 올해 애가 대학까지 가게 되니 나갈 데는 늘었는데 수입은 줄이드니 걱정도 되고 그래, 그렇지만 사실 교회 나오고 나서부터는 주일까지 아등바등하며 돈 벌 욕심은 별로 없구먼."

김인대 집사의 큰 딸은 이번에 서울에 있는 제법 이름이 알려진 대학에 들어가면서 주위의 부러움을 샀다. 그의 아내는 100일 작정 새벽기도를 채웠는데 모두 기도 응답을 받았다고 했다. 그렇지만 서울의 사립대학 등록금이 상당한 수준이어서 부족한 돈은 학자금 대출로 메우려고 알아보는 중이었다. 김인대 집사는 혹시라도 믿음이 부족한 것이 아닐까 하는 주위의 의심에 쐐기를 박듯이 말했다.

"그래도 집사람 기도를 하나님이 들어주셔서 원하는 대학에 들어갔다고 우리 식구는 철석같이 믿고 있지요."

그때까지 가만히 듣고 있던 앞자리에 앉은 강진수 집사가 입을 열었다. 그는 지난해에 이어 올해도 남전도회 회장을 맡았다.

"김 집사님, 작정 기도를 할 때 학비까지 같이 달라고 했어야지. 왜 그 기도는 빼놓고 인제 와서 그렇게 걱정을 한대요?"

좌중에 웃음이 돌았다. 김인대 집사가 따라 웃으면서 고개를 끄떡였다. 앞자리에 앉아있던 부동산을 하는 나이 지긋한 최수철 장로가 뒤를 돌아보면서 말했다.

"지금이라도 늦지 않아요. 부족한 것은 다 하나님께서 채워주실 겁니다. 우리가 믿고 기도하면 이루어 주시는 분은 하나님 한 분이시니까요."

앉아있던 대부분의 사람이 고개를 끄떡였다. 누구라도 최 장로의 말에 이의를 제기하는 사람은 없었으나 김인대 집사는 나름대로 합리적인 의심이 지워지지 않았다. 채워주신다는 것을 믿더라도 언제 어떠한 방법으로 채워주실지 예측할 수 없었거니와 채워주지 않더라도 그 또한 하나님의 방법이라면 어쩔 수 없는 노릇이 아니겠냐는 생각이 들었지만, 말을 꺼내지는 않았다.

정세영 안수집사가 분위기를 바꾸려는 듯 앞에 앉은 최수철 장로에게 물었다.

"근데 장로님은 오늘 모이는 이유를 알고 계실 것 같은데 모두 궁금해하니 대략적이라도 말씀을 해보시지요."

최 장로가 고개를 돌려 뒤에 앉은 정 집사를 바라보았다. 그리고 웃으면서 말했다.

"목사님이 나오시기까지 그리 오래 걸리지는 않을 겁니다. 아까 보니까 조강희 집사님 부부가 목사님께 면담을 신청한 것 같던데 잠시만 기다리면 될 거예요."

잠시 침묵이 흘렀다. 바람이 창을 때릴 때마다 오래된 창틀이 흔들리며 덜컹거리는 소리가 났다. 사람들이 대화를 나눌 때는 몰랐지만 난방 히터 소리까지 줄어들자 제법 귀에 거슬리는 소리가 났다. 관리를 맡은 이한태 안수집사는 새시 창틀이 벌어져서 나는 소리라 생각하고 내일이라도 시간을 내서 살펴봐야겠다고 생각했다. 뭐든 접어서 틀에 끼우면 소리는 줄어들 것 같았다.

"여전도회 회장님, 오늘 김장김치가 맛있었는데 지난주에 수고 많았지요?"

지난 금요일 아침부터 토요일 늦게까지 교회 김장을 한다고 주보에 안내했고 여전도회 회장은 시간을 맞춰 나온 인원들로 김장을 했다. 오늘 낮에 처음 김장김치를 상에 올렸는데 김인대 집사가 김치가 맛이 있었는지 말을 꺼냈다.

"어제 추운 날씨에 사람이 모자라서 일하는 분들이 고생깨나 했지요. 다행히 최 장로님과 목사님이 나오셔서 배추를 옮기는 무거운 일을 도와주어서 훨씬 수월했어요."

앞에 앉아 그때까지도 창밖을 내다보고 있던 여전도회 회장이 대답했다. 교회에서는 주일마다 전체 교인들을 대상으로 낮 예배를 마치고 1층 식당에서 점심을 나누었기 때문에 겨울에는 직접 김치를 담갔다.

"다음에는 남자분들도 많이들 나와서 도와주어야겠어요. 배추를 옮기고 절일 때는 힘 있는 남자분들이 필요하거든요."

봉사부장을 맡은 나영미 권사의 말에 강진수 집사가 나서서 말했다.

"교회마다 절임 배추를 사서 쓰는 곳이 많던데 우리도 앞으로는 절임 배추를 사서 씁시다. 일반 배추를 사니까 쓰레기도 많이 나오고, 손도 더 들고 여러 가지로 힘들지요."

여전도회 회장의 목소리가 조금 높아졌다.

"그렇기는 해요. 그래서 여전도회에서도 몇 번 이야기했는데 재정부에서 작년 비슷하게 예산이 잡혔다니까 어떻게 할 도리가 없었지요."

강진수 집사가 냉큼 말을 받았다.

"그거 절약해서 얼마나 된다고. 우리 교회가 이제는 개척한 지가 10년도 훨씬 넘었고 교인도 제법 늘었는데 생각은 아직 개척교회에서 못 벗어난 게 아닌가 싶네요."

교회 개척 당시부터 재정부장을 맡았다가 대장암으로 3년 전에 큰 수술을 받고 집과 병원을 오가며 투병을 하느라고 교회 일에서 손을 뗐다가 지난해부터 다시 재정부장을 맡은 전자제품 대리점을 하는 정은성 장로가 씁쓸한 표정을 지으며 말했다.

"강 집사님, 교회 예산이 절임 배추를 못 살 정도는 아니에요. 우리가 일 년 먹어봐야 배추 얼마나 먹겠어요? 그렇지만 아직 교회 이전하면서 진 빚을 다 갚지 못한 상태에서 줄일 수 있는 것은 줄이자는 것이 목사님 생각이었고 우리도 그때 모두 동의를 했잖습니까?"

교회는 6년 전 당시 교회가 있던 상가에서 두 블록 떨어진 주택가에 나온 공터를 사들이기로 했고 그해 매입을 했다. 앞을 내다본 결정이었는데 미리 계획했던 일은 아니었고 갑자기 땅 주인이 집터를 내놓았기 때문에 당시 교회의 입장에서는 다소 무리를 하더라도 매입을 해야 했다. 당시 상가의 지하 교회는 면적도 협소했지만, 상가의 임대료가 계속 상승하였기 때문에 갈수록 부담이 늘어났고 계속 부동산 가격이 치솟던 때라 교인들 사이에서 이전설이 조금씩 나오던 때였다. 더구나 땅 주인은 멀리 객지에 살지만 같은 기독교인이어서 부동산을 하는 최 장로에게 매매를 의뢰하면서 교회가 이전계획이 있다고 밝히자 먼저 매입 의사를 물었기 때문에 가능했던 일이었다. 당시 집 장사를 하는 이들은 도심 변두리의 주택가 토지를 사서 대충 집을 짓고 제법 많은 이윤을 붙여 팔았기 때문에 괜찮은 땅이 나오면 바로 거래가 이루어졌다. 지역적으로 뜨는 곳이기도 해서 공터는 업자들에게 돈이 되는 곳이었기 때문에 공터만 골라 주인을 찾아다니는 업자도 있다는 소문이 나돌 정도였다. 교회에서는 모두 좋은 기회라며 매입할 것을 결의했지만 가진 돈이 부족하다 보니 대출을 해야 했는데 담보가 없어 은행 대출은 꿈도 꾸지 못할 처지였다. 뾰족한 방법을 찾지 못하고 세월만 흐르고 있을 때 재정부장이 결단을 내렸다. 재정부장은 자신의 전자제품 대리점을 담보로 필요한 만큼의 대출을 받게 해 주었고 그때부터는 일이 수월하게 풀려나갔다. 토지를 사고 2층 슬래브 건물 신축도 교인들의 헌신적인 노력이 있어 최소의 비용만으로 공사를 했다. 이후에는 매월 교회에서 원리금을 지출하여 재정부장의 은행 대출금을 갚아나갔다. 애초 2년 동안은 이자만 내고 이후 5년 상환을 조건으로 했기 때문에 초창기에는 재정에 비해 매월 원리금을 갚아나가기가 벅찼지만 이제 1년 정도만 더 갚으면 부채를 정리할 수 있었다.

"그거야 알지요. 그렇지만 권사님이나 젊은 여 집사님들이 힘들게 일을 했다니까 미안해서 그러지요."

강진수 집사가 서둘러 말을 마치고 윗옷 팔 부분 양복에 묻은 먼지를 손으로 툭툭 쳤다. 그리고는 벽시계를 올려다보았다. 오래되어 유리의 아랫부분에 검은색으로 적힌 기증자의 이름이 부분적으로 벗겨진 낡은 목제 시계는 1시 30분을 넘기고 있었다.

"오래 기다렸지요."

예배실 뒤 출입문이 열리면서 윤재구 목사가 걸어오면서 말했다. 샛별 교회의 목회자는 교회 개척 이후 지금까지 윤 목사 혼자였다. 신학교를 졸업하고 전도사 시절과 목사 초년을 도시의 중형 교회에서 목회하던 윤 목사가 어느 날 담임목사의 만류에도 불구하고 사임을 하고 지방의 도심 변두리 작은 교회를 개척할 것이라고는 누구도 예상하지 못했다. 심지어 그의 아내조차 말릴 정도였다. 그러나 윤 목사는 고집을 꺾지 않았고 이후 지방에 내려오면서 시작된 개척교회의 어려움은 그들 부부에게 상상했던 이상으로 견디기 어려운 것이었다. 가진 돈과 친지들의 도움으로 상가의 교회를 마련했지만, 현실적으로 먹고살아야 할 문제에 부딪혀야 했다. 당장 아기 분윳값을 걱정해야 할 처지였다. 처가에서 잠시 지원을 했지만, 한계가 있었고 아내가 학교 기간제 교사로 취업을 하면서 겨우 한숨을 돌릴 수 있었다. 당시 상가 지하의 비어있던 공간을 개조하여 개척교회를 시작했는데 겨울철 새벽마다 기름 난로를 피우고 혼자 기도할 때가 많았다. 그렇게 한겨울을 보내다가 폐렴으로 병원에 입원했던 적도 있었다. 그러다가 최수철 장로가 직장에서 퇴직하고 아들이 있는 이 지역으로 옮겨오면서 같은 교단이었던 샛별 교회에 나오게 되었고 변두리였지만 인근 지역이 개발되면서 나날이 교인 수가 늘어났다. 주위에서는 목사님의 말씀이 은혜가 된다는 이야기가 퍼졌다. 그때가 상가 교회가 3년째 접어들던 때였다. 바야흐로 부흥의 전기를 마련하고 있었다. 윤 목사는 교회가 틀을 잡아가는 그때까지 한순간도 자신의 목회에 대한 비전을 놓지 않고 있었다. 그는 교회가 그리스도의 지체로써 이 땅에 세워진 하나님의 나라여야 한다고 생각했다. 교회는 개별 성도들로 이루어졌지만, 교회로 연합될 때에는 각자의 부족한 부분들이 충분히 상쇄될 수 있다고 믿었다. 윤 목사는 이 같은 생각을 현실에서 증명하고 싶었다. 성도들이 늘어남에 따라 윤 목사는 더욱 목회에 전념하기 위해 애썼고 교인들은 그런 윤 목사를 보면서 내년부터는 전도사를 초빙하여 교회학교 양육을 맡기기로 했다. 교회에서 멀리 떨어지지 않는 곳에 초등학교가 있어 교회학교를 소홀히 할 수 없었으므로 윤 목사는 어린 학생들에게도 관심을 가지다 보니 늘 과도한 업무에 시달려야 했다.

"조강희 집사님 부부와 이야기를 나누다 보니 제법 늦었습니다. 그동안 집사님 부부에 대해 교회 내에서 여러 가지 소문이 있어서 더 힘들었던 것 같습니다. 조금 더 기다리다 보면 원만하게 해결되리라 믿습니다."

조강희 집사 부부는 30대 후반의 동갑내기 부부로 평소 금실이 좋다는 소문도 있었으나 아내가 남편 몰래 집을 저당 잡히고 친정아버지가 하는 사업에 도움을 주었는데 부도가 나는 바람에 남편이 알게 되었고 이혼 위기까지 갔던 일이 있었다. 중앙복도를 따라서 앞으로 나온 윤 목사는 교인들이 앉아있는 앞에 섰다. 피곤한 기색이 역력한 모습이었다.

"목사님, 많이 힘들어 보이시네요."

여전도회 회장이 조금은 애교가 섞인 목소리로 물었다.

"낮에 설교 때에도 평소와 다르게 힘들어하시는 것 같더라고요."

윤 목사는 여전도회 회장을 보며 가볍게 웃었다.

"잠시 기도하고 회의를 하겠습니다."

그리고 짧게 기도를 했다. 교회의 어려운 일이 잘 해결될 수 있도록 지혜를 달라는 내용이었다. 잠시 교인들을 둘러보고는 천천히 말을 이어갔다.

"오늘 갑자기 모임을 한다니 무슨 일인지 모두 궁금하실 겁니다. 장로님들은 이미 알고 계시겠지만 이 일은 교인 모두가 힘을 합쳐서 해결해야 할 일이라는 결정에 따라 제가 회의를 소집하게 되었습니다. 본론부터 말씀드리겠습니다."

최 장로는 윤 목사의 설명을 들으면서 발아래를 내려다보았다. 불빛에 비친 구두 위로 먼지가 제법 앉아있었다. 어제 구두를 신고 제법 많은 곳을 돌아다녔지만, 오늘 집을 나서면서 솔질을 하지 않고 나온 것이 생각났다. 집에 가면 미루지 말고 닦아 두어야 할 것 같았다.

"실은 금요일 새벽에 새벽기도를 돌던 신주영 집사님이 실수로 사람을 치었습니다."

윤 목사가 잠시 머뭇거리다가 말했다. 순간 앉아있던 사람들이 뜻밖의 말에 놀란 표정으로 서로를 쳐다보았다. 다시 윤 목사의 말이 이어졌다.

"새벽기도를 마치고 모두 모셔드리고 돌아오다가 로터리 부근에서 사고가 났습니다. 다행히 피해자는 많이 다치지는 않았습니다만 지금 병원에서 치료를 받고 있습니다. 병문안을 다녀왔는데 나이가 68세로 청소회사에 소속되어 있고 그 시간에 새벽 도로청소를 하면서 도로 쪽으로 약간 걸어 나왔던 것 같습니다. 집사님이 순간적으로 발견을 하고 급정거를 했는데 차가 앞으로 미끄러지면서 충돌이 있었던 것 같습니다."

교인들이 웅성거리기 시작했다. 여기저기서 '주여' 하는 소리가 나오고 한숨 소리도 새어 나왔다.

"사고 후에 집사님이 많이 놀랐을 것인데 그 와중에 침착하게 경찰에 신고했고 잠시 후에 경찰과 구급차가 와서 다친 분을 태워서 인근 성심병원 응급실에 모셨습니다. 보험회사에도 즉시 연락을 했더군요. 경찰에서는 교통사고처리 특례법 위반으로 운전자를 상대로 조사 중입니다."

윤 목사는 마른 침을 삼켰다. 목이 말랐지만, 회의를 계속 진행할 수밖에 없었다. 마른기침이 났다.

"피해자가 넘어지면서 다리를 다친 모양입니다. 병원진단이 5주가 나왔는데 본인 이야기로는 다리만이 아니고 허리도 아파서 큰 병원에 가서 검사를 더 받아봐야겠다고 합니다. 앞으로 교회에서 피해자와 원만하게 합의를 하려면 교인들의 기도와 관심이 필요할 것 같아 오늘 우선 사고 경위를 간략하게나마 말씀드리려고 모였습니다."

모두 갑자기 일어난 일에 대하여 어떻게 해야 할지 생각을 정리하지 못하고 있는 상태였다. 지금까지 윤 목사의 설명을 듣고 있던 봉사부장 나 권사가 말했다.

"오늘 신 집사님은 교회에 왔습니까? 오늘 식당에서 못 본 것 같은데…"

교회 차량 운전을 맡은 신주영 집사는 오랫동안 학원버스를 운행하고 있었는데 교인들은 그의 운전 실력을 인정하고 있었다. 몇 년 전부터 주일과 새벽기도 차량운행을 요구하는 교인들이 있어 의논 끝에 중고로 스타렉스를 샀고 주일과 새벽기도 시간에 맞추어 운행했다. 차량을 사기 전부터 운전을 두고 말들이 많았는데 교회 형편을 아는 신 집사가 자진해서 운행하겠다고 나섰다. 따로 인건비를 지급하지는 않았고 명절에 상품권을 전달하는 것이 고작이었다.

"집사님이 당일 경찰에서 조사를 받았고 사고 이후 계속해서 운행하겠다는 것을 만류시키고 당분간 운행은 이한태 안수집사님이 하는 것으로 했습니다. 오늘은 교회에서 예배만 참석하고 바로 돌아간 것 같습니다."

대답하면서 윤 목사는 신주영 집사에게 전화라도 해야겠다고 생각했다. 그는 30대 후반의 나이였지만 집을 떠나 혼자 객지에서 생활하고 있었다.

전도부장 최수철 장로가 자리에서 일어서 옆으로 나와 복도에 섰다.

"피해자와 합의를 하는 것이 중요한 것 같습니다. 그렇지만 일단은 그쪽에서도 갑자기 당한 일이라 생각이 정리되기까지는 기다려봐야 할 것 같습니다. 교회 중직을 맡은 여러분들이 관심을 가지고 집중적으로 기도도 하시고 시간이 나시면 병원도 한 번씩 방문하여 교회에 대한 거부감이 없도록 협력해 주시기 바랍니다."

그러면서 좌중을 둘러보았다. 모두 말이 없었다.

"그러면 오늘은 저와 이한태 안수집사님이 회의를 마치는 대로 병원에 가 보도록 하겠습니다."

최 장로가 자리에 앉자 정세영 교회학교 부장이 이 집사를 보면서 말했다. 이한태 안수집사가 고개를 끄떡였다. 윤 목사가 입을 열었.

"감사합니다. 제가 이번 사고를 겪으면서 기도하는 중에 담임목사로서 부족한 것이 많지 않았나 하는 생각이 들었습니다. 교회를 위해 그리고 저를 위해서도 기도해 주시면 고맙겠습니다. 앞으로 사고가 수습될 때까지 최 장로님이 사고내책 위원장을 맡기로 했습니다. 연락이 가면 협조해 주시기 바랍니다."

윤 목사는 이 정도에서 마쳐야 할 것 같았다. 다시 말을 이었다.

"질문이 없으면 오늘은 여기서 마치겠습니다. 잠시 합심하여 기도하고 제가 마무리 기도를 하겠습니다. 먼저 하나님께서 인도하시므로 이번 사고가 잘 처리될 수 있도록, 그리고 이번 일을 계기로 교회와 자신을 다시 돌아보는 계기가 되도록 다 같이 기도하겠습니다."

그들이 한마음으로 간절하게 기도하는 시각 건물 밖으로는 심하게 불던 바람이 한풀 꺾이면서 싸라기눈이 흩어지듯 내리기 시작했다.

2

이튿날 회사에 출근한 샛별 교회 남전도회 회장이기도 한 강진수 영업부장은 사무실 컴퓨터를 통해 지난 며칠 동안 들어온 업체의 주문물량을 검토했다. 그는 지류를 납품받아 관공서나 일반 기업체에 공급하는 일을 했고 지류 가운데 장애인 복지시설에서 생산한 화장지와 복사용지를 납품받고 있었다. 회사에서 계약 중인 장애인 업체의 화장지와 복사용지는 가격 경쟁력 부분에서 어느 정도 우위를 점할 수 있었고 이를 바탕으로 판로를 넓혀 왔는데 연말 일시적인 과수요가 생겨 공급이 따라가지 못해 납품 일자를 미루고 있는 터였다. 그는 먼저 공장에 전화를 걸어 공장장을 찾았고 재고가 어느 정도 있는지, 그리고 필요한 경우 생산 물량을 어느 선까지 끌어올릴 수 있는지 확인해 보았다. 공장장은 어려움을 나타냈다.

"부장님, 재고는 지난 주말 보고 드린 그대로입니다. 주말에는 직원들이 쉬었으니까요. 그리고 생산 물량은 기계 상태가 원활하게 돌아간다고 해도 화장지는 월평균 2~3% 정도 추가 생산이 가능하겠지만 복사용지는 더 이상 어렵습니다."

강 부장은 곧 납품 독촉이 예상되는 처지에서 나 몰라라 하는 식으로 말하는 공장장에 대해 화가 났지만 애써 누그러뜨리며 말했다.

"공장장님, 주말에 근무 가능한 직원들 독려를 해서 생산을 늘렸으면 그래도 납기를 조금은 당길 수 있을 것인데 이렇게 손발이 맞지 않고서야 어떻게 같이 일을 하겠습니까?"

공장장은 전화상으로 최대한 공손하게 말했다.

"부장님, 제가 어떻게 회사 사정을 모르겠습니까? 다 알고 있지요. 그렇지만 우리 이사장님이 주말에 장애인들 조금이라도 일하는 것을 알기라도 하면 난리가 납니다."

복지시설의 이사장은 평소 장애인의 인권과 복지에 관심이 많았다. 그 역시 몸이 불편하여 휠체어를 타고 다녔지만, 장애인의 권리향상을 주장하는 일에는 늘 선봉에 섰다.

"부장님께서 이사장님을 한번 만나보시겠어요?"

공장장은 자신으로서는 어떻게 할 수가 없다고 말했다.

"그렇게 하지요. 서로가 상생하자는 건데 답답하네요. 이사장님을 한번 만나보지요."

강 부장은 전화를 끊고 이사장과 통화하여 약속을 잡았다. 이사장은 오랜만이라며 사무실에서 만나기로 흔쾌히 승낙했다. 그는 차를 타고 복지시설 사무실로 향했다. 차로 30분 정도 달려야 했다.

"반갑습니다. 부장님, 연말을 맞아 바쁘실 터인데 이렇게 누추한 사무실도 찾아주시고…"

강 부장이 건물 2층에 위치한 이사장실 문을 열자 맞은편 책상에 앉아 컴퓨터를 보고 있던 이사장이 돋보기 너머로 그를 바라보고 휠체어를 밀고 다가왔다.

"이사장님, 반갑습니다. 요즘 건강은 어떻습니까?"

악수를 하고 이사장이 책상 옆에 놓인 소파를 가리키며 앉기를 권했고 강 부장이 앉으면서 서류 가방을 소파 옆으로 놓았다. 이사장실이었지만 면적이 좁아서 창 옆으로 세워진 5단 책장과 크지 않는 책상 그리고 응접 소파만으로도 방이 가득 찬 느낌을 받았다. 옆의 직원 사무실과 벽 사이로 간이 출입문을 내어 다니게 했는데 사무실은 자치단체에서 무상으로 사용하도록 했으나 이사장은 수년 전부터 사무실이 협소하다며 이전을 하거나 확장을 요구했지만, 시에서는 예산 타령만 늘어놓았다.

이사장은 어릴 때 소아마비로 다리에 장애를 가진 60대 여성이었지만 하는 행동이나 말은 남자 못지않았다. 몸과 몸이 부딪히는 과격한 시위에서도 그는 뒤로 물러나지 않고 선두 자리를 지켰다. 장애인들 사이에서 이사장은 부모와 다름없었다. 부모가 아니라면 누구라도 그렇게 할 수 없었을 것이라고 했다. 장애인들에게는 아픈 과거가 있었다. 이전에는 누구라도 장애를 가지고 태어나면 집 밖에 나가는 것조차 꺼렸다. 부모는 창피하다며 어린아이를 집에만 가두어 두었다. 그들은 세상과 담을 쌓고 외톨이로 오직 자신만의 영역을 만들어나갔을 것이다. 이사장은 그들을 밖으로 끌어내기 위해 단체를 만들고 장애인도 당당하게 사람의 권리를 누려야 한다고 주장했다. 일반인뿐만 아니라 장애인조차도 그의 말을 들으려 하지 않던 그때, 그는 제 한 몸을 던져서라도 작은 변화를 가져오기를 원했고 실제로 장애인협회 지부장으로 있으면서 바리케이드 앞에서 자신의 몸에 쇠사슬을 두르기도 했으며 셀 수 없을 정도로 많은 단식을 했다. 그렇게 변화를 만들어 온 장본인은 정작 작달막한 키에 휠체어를 타고 입술을 빨갛게 칠한 연약한 여성의 모습을 하고 있었다.

"잘 지내지요. 요즘 공장이 잘 돌아가고 있으니 모든 게 부장님 은혜지요."

사무실의 여직원이 따뜻한 생강차를 타서 가져올 때까지 그들은 이런저런 이야기를 나누었다. 이사장은 특히 최근 장애인 고용촉진법 개정안에 대하여 이야기를 했는데 현행법은 장애인 고용의무를 이행하지 않는 기업 등에 장애인 고용부담금을 부과하도록 하고 있는데 그 부과 액수가 너무 낮다는 것이었다.

"그러니까 기업에서는 차라리 얼마 되지 않는 부담금을 내고 아예 고용을 회피하는 거예요."

강 부장은 당연히 그럴 수 있겠다고 생각했다. 그렇다고 하더라도 무게중심은 언제나 힘이 센 쪽으로 기울기 마련이다. 이윤을 추구하는 기업들이 그런 법이 만들어지기까지 두 손을 놓고 점잖게 기다리고 있겠는가 말이다. 여직원이 생강차를 가져와서 접시에 받쳐 그의 앞에 놓았다. 따뜻한 김과 함께 생강 특유의 냄새가 물씬 났다.

"강 부장님, 밖이 추울 텐데 따뜻한 차 드세요. 근데 이제껏 제 얘기만 했네요. 오랜만에 보니 반가워서 그랬던 것 같아요. 오늘 무슨 일로 오셨는지 아직 묻지도 않았네요. 바쁘신 분이 설마 제가 보고 싶어 여기까지 달려오지는 않았을 테고…"

이사장이 웃으면서 몸을 굽혀 자신의 찻잔을 들어 올렸다. 반백의 머리를 단정히 뒤로 묶었다. 사람들은 자기 일에 얼마나 자부심을 가지고 있을까? 여기 초로의 이사장처럼 자기 일에 열정을 쏟는다면 아무리 완고한 사회라도 변화는 가능하지 않을까? 강 부장은 잔을 들어 한 모금 들이켰다. 따뜻하고 달콤한 차가 입안에 머물다가 목젖을 타고 넘어갔다. 그렇지만 입안에는 생강의 향긋한 냄새와 매운맛이 쉬 사라지지 않고 남아 있었다.

"이사장님은 볼 때마다 제가 에너지를 받습니다. 아직도 한창이시네요."

이사장이 잔을 내려놓으면서 말했다.

"강 부장님, 놀리지 마세요. 마음은 그렇지 않은데 요즘에는 기억력이 떨어져서 그런지 깜박깜박하는 게 치매가 아닌지 걱정이랍니다."

'지금까지 이 지구상에는 얼마나 많은 사람이 태어났고 사라졌을까? 그들이 남긴 것은 우리에게 드러난 숱한 지식과 문명이 전부일까? 그들의 삶에 대한 자세와 정신은 어디에 남겨져 있을까? 이사장의 이 뜨거운 열정은 어디에서부터 연유되었으며 우리 사회에서 어떻게 이어갈 수 있을까?'

"사실은 상의드릴 일이 있어 왔습니다. 연말에 보이는 일시적인 현상으로 생각합니다만 화장지나 복사지의 생산이 수요를 따라가지 못하는 것 같아 다른 방법이 없는가 싶어 상의 차 들렀습니다."

강 부장은 지금의 수요를 따라잡기 위해서는 근로자들이 생산시간을 늘이는 것 외에 다른 방도가 없을 것이라면서 그렇지 않다면 오랜만의 연말 호황이 다른 업체에 배를 불리는 일이 될 것이라고 말했다.

"이사장님, 공장장 이야기로는 이사장님이 법정 근로시간을 초과하는 것을 금하기 때문에 어렵다고 하셨는데 이번만큼은 고려해 주셨으면 합니다."

이사장은 말이 없었다. 심사숙고하는 듯 보였다. 강 부장은 다시 차를 들어 한 모금 마셨다. 차는 조금 식어 있었다. 잔을 천천히 내리면서 이사장을 쳐다보았다. 눈을 지그시 감고 있었다.

"강 부장님,"

이사장이 눈을 뜨면서 그를 쳐다보았다.

"미안합니다. 저도 들어서 알고 있었습니다. 장애가 심하지 않거나 영업 직원을 동원해서 일할 수도 있습니다만 설립 당시 지자체와 협의한 부분도 있고 자체 규정도 있기 때문에 변경하기는 어렵습니다. 추가로 일을 하면 당장 수입은 늘 수 있습니다만 출퇴근 시간을 변경하는 것은 장애인들에게는 솔직히 무리라는 생각이 듭니다. 우리로서는 수용할 수가 없네요."

강 부장은 더 이야기를 나누는 것은 무리라고 생각했다. 이사장의 결심을 되돌릴 사람은 누구도 없었다.

"공장에서 일하는 장애인 근로자들은 그들 가족이나 동료들과 오랜 시간 잘 짜진 시간 속에서 출퇴근하고 있습니다. 일부는 회사 출퇴근 버스를 타기도 하지만 가족이나 이웃에서 출퇴근하면서 데려다주거나 반대로 태워 가는 경우도 있고 장애가 덜한 경우는 공동 시설에 있으면서 어울려 버스를 타기도 합니다. 이들에게 지금까지 근무시간만큼은 변하지 않는 불문율이나 마찬가지였지요. 이것을 한시적으로 바꾼다는 것은 지금까지 생각해보지도 않았지요."

이사장이 이어서 말했다. 강 부장은 그런 어려움까지 있을 줄은 미처 생각하지 못했다.

"알겠습니다. 듣고 보니 제가 무리한 부탁을 드린 것 같습니다. 제가 사업을 하다 보니 늘 손익 앞에서는 약해지는 것 같습니다. 이 부분은 여기서 정리를 하겠습니다."

사업을 하다 보면 본의 아니게 손실을 볼 때도 있다. 그렇지만 이번 일은 자신의 과실이 컸다. 들어오는 주문을 생산에 맞게 통제해야 했는데 욕심이 과해서 주문물량을 냉정하게 자르지 못했다. 추가되는 물량은 결국 타 업체로부터 추가 비용을 들여서 구매해야 할 것이다. 순간적으로 손해는 얼마나 될까 생각했다. 그러면서 이 자리에서까지 손익을 계산하고 있는 자신이 속물로 여겨졌다.

"해마다 성탄절에는 산타 복장을 하고 장애인 시설에 들러 선물을 나눠주었는데 올해부터는 그만둔다고 했어요. 이제는 힘에 부쳐서 내 한 몸 지탱하기도 힘드네요."

이어서 혼잣말처럼 아직 가야 할 길은 까마득한데 서산으로 해가 저물고 있다고 말했다.

"성경에 보면 사도 바울이 이런 말을 했지요. 나는 선한 싸움을 싸우고 나의 달려갈 길을 마치고 믿음을 지켰으니 이제 후로는 나를 위하여 의의 면류관이 예비 되었다고 말이지요. 그렇지만 내가 주님 앞에 서면 참 부끄러울 것 같아요. 맨날 싸움이나 하고 왔다고 핀잔만 주실 것 같아요."

강 부장이 웃으면서 고개를 몇 차례 저었다.

"이사장님, 싸움도 싸움 나름이지요. 방금 성경 구절을 말씀하셨잖아요. 바울도 선한 싸움을 싸웠다고요."

이사장이 따라 웃었다.

"그러고 보니 부장님도 교회 나가신다고 들었던 것 같아요. 샛별 교회라고 했지요. 연말에는 교회 일도 제법 많지요?"

어느새 딱딱한 업무에서 벗어나 교회 이야기로 옮겨지고 있었다.

"이사장님, 기억력이 좋으시네요. 아직 내장 컴퓨터가 잘 돌아가고 있으니 한참 더 사용해도 전혀 문제 될 것이 없겠습니다."

강 부장이 부러운 듯이 말했다. 그리고 이사장에게 언제 교회에 다닌다는 이야기를 했는지 기억해 내려고 했으나 기억나지 않았다.

"부장님도, 아무려니 컴퓨터도 나름이지요. 최첨단 인공위성 시대에 386 컴퓨터를 작동하는 꼴이지요. 요즘 세상에서 누가 거들떠보기나 하겠어요?"

한 세대는 가고 한 세대는 오나 땅은 영원히 있다고 했다. 한 세대가 가는 것, 또는 한 세대가 오는 것이 땅에 속한 자들에게 어떤 의미가 있을까?

"이사장님을 보면서 평소 생활과 신앙이 조화를 이룬다고 할까요. 그런 것을 보게 됩니다. 사실 우리나라 많은 이들이 신앙 따로, 언행 따로의 삶을 보여주어서 기독교 전체가 싸잡아 욕먹고 있는 것 아닙니까?"

강 부장은 어쩌면 자신도 그 속에 포함되는 것 같아서 말할수록 목소리가 줄어들었다. 자신감을 상실하자 불현듯 부끄러움이 찾아들었다.

"우리가 모두 그 속에서 벗어날 수는 없어요. 우리 자체가 완전하지 않기 때문에 그렇기도 하겠지만 사회라는 거대한 틀 속에서 어떻든 적응해야 하고 그래서 삶을 살아내야 하므로 그렇기도 하겠지요. 우리에게 주어진 숙명 같은 것이겠지요."

여직원이 부탁하지도 않았는데 벽 사이의 간이 출입문으로 들어와서 따뜻한 녹차를 내놓더니 테이블의 빈 잔을 치웠다.

"고마워요."

강 부장이 고맙다는 말을 하면서 다음에 올 때는 여직원들에게 맛있는 것이라도 사 와야겠다고 생각했다.

"다만 내가 어떤 생각을 하고 있는지가 중요하겠지요. 나의 전 인격을 걸고 지키고자 하는 것, 그것이 어떤 것인지가 결국 그 사람이 어떤 사람이라는 것을 결정하게 되겠지요."

이사장이 말하면서 강 부장을 보았다. 그는 긍정한다는 표시로 고개를 가볍게 끄떡였다.

"맞아요. 그런데 직장생활을 하다 보니 때로는 내 생각과는 달리 행동할 때가 있더라고요. 나는 그렇게 생각하지 않는데도 어쩔 수 없이 동의해야 하는 경우가 있고 때로 반대인 경우도 있고…"

녹차의 은은한 향이 조그마한 잔 속에서 피워 올랐다. 강 부장은 문득 지난해 가족들과 남해안을 여행하면서 보성의 차밭을 다녀온 일이 생각났다.

"그러니까 사람들이 사회생활을 하면서 심한 좌절을 맛보기도 하고 때로는 견디지 못하고 직장에 사직서를 쓰고 뛰쳐나오기도 하겠지요. 결코 세상은 호락호락하지 않으니까요."

이사장은 잠시 말을 멈추었다. 자신의 과거를 회상하는 것일까? 연약한 여자의 몸으로 더구나 장애를 가진 몸으로 여기까지 달려오기에는 얼마나 숱한 난관을 헤쳐 나와야 했던 것일까?

"그래서 내가 더욱 신앙에 매달리게 된 것인지도 모르겠어요. 나는 내 의사표시만 하고 하나님께 전적으로 매달렸지요. 나는 내 신앙의 양심에 따라 이렇게 해야 하니 이제부터는 나를 죽이든지 살리든지 당신 뜻대로 하라고요. 사실 그때는 그렇게 살려고 아등바등하지도 않았어요. 힘이 들어서 그랬는지 이대로 죽어도 좋다고 생각했지요. 살고 죽는 것이 큰 의미가 없는 것 같더라고요. 지금 생각해도 어디서 그런 용기가 났는지 모르겠다니까요."

강진수 부장은 회사로 돌아오면서 병실에 누워있을 교통사고 피해자와 그 가족들을 떠올렸다. 갑자기 닥친 재앙 앞에서 망연자실해 있을 그들을 생각했다. 지금은 무엇보다 진심이 담긴 따뜻한 말 한마디가 필요할 것 같았다. 또한, 그것이 가해자인 자신들이 당연히 해야 할 일이라고 생각했다.

3

교회에서 회의를 마치고 교통사고 피해자가 입원해 있는 병원을 가기에 앞서 사고대책 위원장인 최 장로로부터 몇 가지 주의사항을 듣고 밖으로 나온 정세영 안수집사와 이한태 안수집사는 병원을 향해 걷기 시작했다. 버스 두 정거장 정도의 거리로 차를 가져가기도, 그렇다고 걷기에도 모호한 거리여서 그들은 오랜만에 내리는 눈도 맞으면서 운동을 겸하기로 했다. 흐려진 하늘에서 싸라기눈이 조금씩 내렸는데 바람이 불 때마다 눈은 갈피를 잡지 못하고 공중에서 몰려다녔다.

"피해자 부부는 목사님이 찾아갔을 때 살다 보면 그럴 수도 있지 않겠느냐고 치료를 하고 있으니 곧 낫지 않겠느냐고 걱정을 마시라고 했다는데, 뒤에 아들 부부가 연락을 받고 왔는데 운전을 어떻게 했기에 나이 드신 분을 심하게 다치게 했느냐고 언성을 높이는 데 설명해 드렸지만, 막무가내라 힘들었다고 하더군요. 뒤에 내가 갈 때는 만나지 못했는데 혹시 만나게 되더라도 잘 이해를 시켜주시기 바랍니다."

최수철 장로는 병문안을 하러 가서 아들 부부를 만나는 일이 걱정되는 모양이었다. 그렇지만 정 집사는 결국에는 이들을 설득시켜야 일이 마무리될 것 같았다. 교회에서 환자에게 최대한 성의를 가지고 치료를 돕는다면 아들 내외도 수긍하리라 믿을 수밖에 없었다.

"장로님, 걱정하지 마세요. 자식 처지에서 보면 그럴 수도 있겠지요. 그렇지만 시간이 가면 진정이 되겠지요."

정 집사는 말은 그렇게 했지만 정작 그들을 만난다면 어떻게 대처해야 할지 알 수 없었다. 지금은 부딪혀보는 수밖에 없을 것 같았다.

"집사님, 요즘은 성탄절 새벽 송도 사라져 버린 것 같지요?"

겨울철 일찍 어둠이 내리기 시작한 거리에 하나둘 가게마다 조명을 밝히기 시작했다. 빵집 앞을 지나는데 크리스마스 캐럴이 들렸다. 이한태 집사가 정세영 교회학교 부장에게 물었다.

"이제는 성탄절도 옛날 같지 않지요. 우리 때 만해도 성탄절 이브 저녁때부터 교회에 모여서 뭐가 그렇게 재미있었는지 밤 깊도록 놀다가 자정이 넘어가면 조를 짜서 마을을 돌았지요. 날씨가 추워서 집에서는 목도리에 귀마개까지 하고 나섰지만, 코끝이 시뻘겋게 되도록 교인들 집마다 돌아다녔지요."

정 집사가 지난 시절을 회상하는지 발걸음이 느려졌다. 멀리 최근에 들어선 대형마트 주변의 키 작은 꽃나무마다 작은 트리 등이 어둠 속에서 은하수가 흐르듯 잔잔하게 빛을 발하고 있었다.

"집 앞에 둘러서서 찬송하는데 보통은 미리 약속되어 있기 때문에 오래지 않아 문을 열어주고 수고한다며 들어오라고 해서 선물이나 먹을 것을 주었는데 그러면 가지고 간 자루에 담아서 교회로 가져왔지요. 교회에 와서 다른 조를 기다리다가 모두 돌아왔는지 확인하고 자루를 풀면 갖가지 물건들이 나왔지요. 농촌 마을이어서 먹는 것으로는 주로 고구마나 밤, 엿강정이나 약과도 있었는데 간혹 당시 귀했던 센베이도 있었던 것 같습니다."

동네 아이들과 교회학교 교사였던 청년들은 새벽 시간 마을을 돌면서 무슨 생각을 했을까? 2천 년 전 인류를 구원하기 위하여 이 땅에 오신 아기 예수의 탄생을 알리고 복음의 기쁜 소식을 전하는 천사의 모습은 아니었을까?

"이제는 예수의 탄생이 복음이 되지 못하는 시대에 사는 것이 아닌가 하는 생각이 들 때가 있지요. 모든 게 풍족하여서 지금 여기 이대로가 좋은 거지요. 이들에게 필요한 것은 복음이 아니라 재산이나 명예, 건강 같은 이 세상의 것들이 더 필요한 것이 된 것 같아요."

정세영 안수집사의 말에 이한태 안수집사가 고개를 끄떡이면서 말했다.

"예수를 믿는다는 것이 참 어려운 게 아닌가 싶어요."

문득 성경에서 보았던 너희가 진리를 알지니 진리가 너희를 자유케 하리라고 하신 말씀이 생각났다. 진리는 어렵거나 복잡하지 않을 것이다. 진리는 간단하면서도 명확하여서 누구든지 알고자 하면 속히 드러날 것이다. 공부하고 배워야 하는 이론이거나 공식에 대입시켜야 하는 그런 난해한 것도 아닐 것이다. 그렇게 일상에서 어렵지 않게 발견한 진리 속에서 인간은 지금까지 느끼지 못했던 참 자유를 느낄 수 있을 것이다.

"집사님은 어릴 때부터 교회에 나가신 것 같네요. 저는 결혼을 하면서 아내를 따라 교회에 나가게 되었지요. 결혼 말이 돌고 처가에 인사차 들렀다가 장인어른께서 자네 교회를 다니지 않으면 딸과 결혼을 허락할 수 없다고 하는 바람에 믿음은 나중 문제였고 우선 아내를 따라 교회부터 다니게 되었지요."

이 집사가 멋쩍었는지 말을 마치면서 씩 웃었다. 대형마트 주차장으로 쓰는 너른 공터에서 주차요원들이 부지런히 차량 안내를 하고 있었다. 입구 쪽으로 차들이 길게 줄을 잇고 있었다.

"그때 회사에 다니면서 잘 나갈 땐데 처음에는 이게 뭐 하는 건가 싶었지요. 사실 회사 업무도 중요하지만, 회식이나 모임을 통해서 사람을 사귀게 되고 서로가 알아가잖아요. 그런데 당장 교회에 다니려다 보니 술 담배를 끊어야 한다는데 이건 너무 가혹하다 싶었지요. 직장생활을 그만둔다면 모르겠지만 계속 다니면서 술을 마시지 못한다면 도대체 이게 맞는 말이냐는 생각이 들더군요."

정 집사가 고개를 돌려 이 집사를 바라보았다. 당시 이 집사의 심정을 알 것 같았다.

"정작 성경에는 술이나 담배를 금한다는 말도 없다고 하더라고요. 회사에서 가까운 동료 몇 명에게 솔직히 털어놓았더니 한결같이 그 결혼 반대한다는 거예요. 누구 하나 찬성하는 사람이 없었어요. 물론 그들이 나의 장래를 생각하기보다는 우선 같이 어울리지 못하는 것 때문에 그랬다는 생각은 들지만 그렇더라도 술이나 담배도 결국은 신이 인간에게 허락한 것인데 그것을 굳이 왜 끊느냐는 것이지요."

정 집사가 웃으면서 말했다.

"집사님, 결혼하고 술 담배를 끊느냐 아니면 이 결혼은 포기하더라도 술 담배를 계속할 것이냐는 양자택일을 두고 고민이 많았겠어요. 술 담배를 끊는다고 해도 일시에 끊기도 어려웠을 테고, 그렇지만 결국은 결혼을 선택하는 어려운 결정을 하셨군요."

이 집사가 결혼할 당시를 생각하며 혼자 웃었다. 신혼 시절 술 담배로 인한 스트레스를 이겨내기는 쉽지 않았을 것이다.

"아내와 협상을 했지요. 내가 회사에서 어울리지도 못하고 외톨이가 되는 것을 어떻게 생각하느냐. 교회도 좋고 술 담배 끊는 것도 좋지만 나도 회사에서 인정받고 싶다. 앞으로 동료들과 경쟁도 해야 하고 때가 되면 승진도 해야 하는데 교회가 들어 내 앞길을 막는다면 이게 당신이 원했던 것은 아니지 않으냐고 반문했지요."

이 집사의 생각이 잘못되었다고 탓할 수만은 없었다. 그도 나름대로 지금까지 회사에 각인시켰던 활달한 이미지를 계속 유지하고 싶었기 때문에 아내와 이 문제를 두고 심각한 내전을 치르고 있었다.

"어떻게 협상은 잘 이루어졌습니까?"

정 집사가 머뭇거리다가 말했다.

"먼저 담배를 끊기로 했습니다. 담배를 피우면서도 한편으로는 늘 끊어야지 했었기 때문에 거부감은 없지만 끊기는 여간 어렵지 않았습니다. 누구는 개수를 줄여나가라고 했고 단숨에 끊어야 한다고도 하더군요. 결혼 6개월 만에 담배를 끊었습니다. 어떤 친구는 참 독하다는 소리도 하더군요."

이 집사가 말을 끊고 도로 맞은편 가로등 위를 올려다보았다. 싸락눈들이 가로등 불빛을 스치면서 하얗게 빛났다가 곧 어둠 속으로 사라졌다.

"아내와 상의해서 술은 양을 줄여나가기로 했어요. 선천적으로 그렇게 술을 좋아하는 편도 아니었고요. 친구나 회사 직원들과 만날 때 처음에는 교회 다니는 표시를 안 내려고 집에서 한약을 먹고 있다고 거짓말도 하고 때로는 속이 아프다거나 전날 과음을 했다고 말하기도 했지요. 그런데 마음이 편치 않더군요."

마음에도 없는 말을 하면 상대방은 금방 그 진의를 알아차린다. 오직 본인만 모를 뿐이다.

"내가 왜 거짓말을 하나 싶었지요. 그래서 다음부터는 아예 교회 다닌다고 밝혔지요. 밝히고 나니 마음이 한결 편해졌어요. 그러면서 술을 마시던, 마시지 않던 회식이나 모임 장소에는 빠지지 말자고 결심했지요. 아내도 당신 뜻대로 하라고 하더군요. 그래도 모임에 나가면 대개 술자리로 이어져서 여전히 술을 건네는 이들도 있었지만, 확실히 전과 비교하면 많이 줄었지요. 때로는 교회에 다닌다는 사실을 아는 분들이 잔에 음료수를 건네는 분들도 있더라고요. 그럴 때는 정말 고맙더군요."

이미 주위는 어두워져 있었고 눈은 서서히 걷히고 있었다.

"아내도 내심 직장에서 외톨이라도 되지 않을까 싶어 걱정이 되었던지 하루는 지나가는 말로 술을 마시지 않더라도 꼬박꼬박 회식 자리에 열심히 참석하는 사람은 우리 신랑밖에 없을 것이라고 하더군요."

이 집사가 말하다 말고 피식 웃었다. 정 집사도 그를 보며 따라 웃었다.

"그런데 교회를 다니다 보니 뒤에 알게 된 것입니다마는 처음부터 아내가 믿음의 본질에 관해 이야기했더라면 훨씬 좋았을 것이라는 생각이 들었지요. 사실 지금도 그 생각에는 변함이 없어요. 술이나 담배 같은 비본질적인 것을 가지고 다투다 보니 정작 필요한 믿음에 대해서는 그다지 중요하게 생각하지 않았던 것 같더군요."

　시내 쪽으로 나와서 그런지 가게마다 쇼윈도의 불빛이 화려해지고 인파도 늘었다. 멀리 병원 건물에 붙인 적십자 마크와 병원 이름이 어둠 속에서 유독 빛났다.

　"집사님, 하지만 믿음의 본질이라는 게 따로 있다고 생각하지 않습니다. 누구라도 처음부터 예수를 주로 시인한다거나 영접하는 것이 가능하겠습니까? 우리가 어떤 방식이든 예수를 알아가거나 그분의 가르침을 일상 속에서 깨닫고 실천하다 보면 우리도 모르게 우리 속에 예수의 흔적을 가지게 되는 것이 아닐까요?"

　정 집사가 말했다. 이 집사는 가만히 듣고 있었다. 오랫동안 그들은 아무런 말없이 생각에 잠겨 걸었다. 눈이 내렸지만 쌓인 곳은 없었다. 가로등이 드문드문 켜진 길을 그들은 곧장 병원을 향해 걸어갔다.

　병원에 도착할 때까지도 그들은 말이 없었다. 병원 현관을 들어서자 몇몇 사람들이 소파에 앉거나 데스크에서 야간 당직자와 이야기를 나누고 있었다. 건너편 응급실 앞은 사람들의 왕래가 잦았으나 현관과 이어진 입원실 입구는 허전했다.

　"이 집사님, 잠시만 여기 계세요. 아래 매점에 내려가서 음료수 하나 사가지고 올게요."

　정 집사가 말을 마치고 아래로 연결된 계단을 내려갔다. 이 집사가 혼자서 있다가 근처 소파에 앉았다. 오랜만에 제법 걸었던 탓에 다리가 아팠다. 잠시 후 정 집사가 과일주스 상자를 들고 계단을 올라왔다.

　"집사님, 같이 왔는데 혼자 부담을 하시네요."

　이 집사가 미안한 듯 말했다. 정 집사가 고개를 절레절레 흔들었다.

　"아녜요. 아까 최 장로님도 빈손으로 가기는 어렵고 뭐라도 사야 할 것이라면서 돈을 주려고 했는데 받지 않았어요. 얼마 되지도 않는 돈인데 받기도 그렇더라고요."

이한태 집사는 정 집사가 최 장로의 호의를 거절했던 것은 사고대책 위원장이라는 어려운 일을 맡았으면서 금전적인 부담까지 끼칠 수는 없었기 때문일 것으로 생각했다. 잠시 기다렸다가 엘리베이터를 탔다. 병실은 3층 306호실이었다.

"안녕하세요. 샛별 교회에서 왔습니다."

정 집사 일행이 병실을 들어서면서 머리를 숙여 인사를 했다. 병실에 있던 사람들이 입구 쪽을 바라보았다. 6인실의 병실은 침대 하나만 비워진 상태였고 환자와 병문안 온 사람들로 침대마다 자리를 잡고 있었다. 피해자 안만수 씨는 병실 출입구에서 오른쪽으로 가운데 자리에 누워있었다. 이 집사가 침대 끝에 달린 이름표를 보고 옆으로 다가갔다.

"안녕하세요."

이 집사가 침대 곁으로 다가가 인사를 하자 침대에 반듯하게 누워 얕은 잠이 들었던 안만수 씨가 눈을 떠 그들을 보더니 일어나려고 몸을 틀었다. 왼쪽 하반신 전체를 두껍게 깁스를 했고 이불 밖으로 내놓고 있었다.

"아녜요. 그냥 누워 계세요. 불편하실 텐데…."

정 집사의 말에 안만수 씨가 앉으려다 말고 그대로 누웠다. 안만수 씨 곁으로는 방문객이 없는 것 같았다. 정 집사가 가져온 과일주스 상자를 침대 아래로 내려놓았다.

"많이 힘드시죠."

안만수 씨의 덩치가 다소 왜소하게 보였다. 겨울이었지만 얼굴은 검게 그을려 있었고 드문드문 검은 점들이 보였다.

"……"

안만수 씨가 무슨 말을 하려는 것 같았으나 입을 열지 않았다.

"갑자기 당한 일이라 무척 놀라셨을 겁니다. 교회에서도 환자께서 속히 나을 수 있도록 기도하고 있습니다."

정 집사가 천천히 말했다.

"지금 병원에서 지내시기는 어떠신가요?"

이 집사의 말에 안만수 씨가 입을 열었다. 말을 할 때마다 목에서 가래끓는 소리가 났다.

"다리가 쑤셔서 견디기 힘들어요. 밤에는 진통제 없이는 잘 수도 없고…"

사고는 한순간에 일어난다. 잠시의 방심이 사고로 이어진다. 그리고 사고는 양쪽 모두에게 상처와 아픔을 남긴다. 그때 누군가 헐레벌떡 병실에 들어서더니 곧장 안만수 씨의 침대로 다가왔다. 다가온 여자는 서 있는 그들을 보더니 엉겁결에 인사했고 정 집사 일행도 고개를 숙였다. 안만수 씨가 집사람이라고 소개했다. 여자는 파마머리였는데 흰 머리가 제법 보였다. 두툼한 털실 목도리를 둘렀다.

"안녕하세요. 저희는 샛별 교회에서 나왔습니다. 환자분이 빨리 나으셔야 할 텐데 걱정이 많으시겠습니다."

정 집사가 말했다. 여자는 짧게 대답하고 벽에 걸린 시계를 보았다.

"저녁 식사 시간이 된 것 같아서 제가 급하게 오느라고 서둘렀어요. 저이는 움직이기가 힘이 들어서 직접 밥을 챙겨주어야 하니까요."

그러면서 익숙한 솜씨로 침대 손잡이를 돌려서 상체를 비스듬히 세우고 아래쪽으로 내려져 있던 탁자를 위로 올렸다. 곧 식사 시간이 된 것 같았다. 잠시 더 머물면서 이야기를 나누고 싶었으나 식사 시간이어서 부담이 될 것 같았다. 오늘은 인사만 하고 돌아가야겠다고 생각했다.

"저희가 오다 보니 식사 시간이 된 것을 몰랐습니다. 식사하시고 저희는 다음에 다시 들리도록 하겠습니다."

정 집사 일행이 나오려는데 누군가가 병실로 들어서더니 성큼성큼 걸어서 침대 앞에 섰다.

"재민이 애비 왔구나. 인사해라. 이분들은 교회에서 오셨단다."

여자가 자식 같아 보이는 젊은 남자에게 말했다. 그리고 정 집사에게 큰아들이라고 소개했다. 30대 중반의 건장한 아들이 정 집사 일행을 곁눈질

하고 그대로 아버지 옆으로 다가갔다.

"안녕하세요. 정세영 집사라고 합니다."

"안녕하세요. 이한태 집삽니다."

정 집사 일행이 아들에게 인사를 했지만, 그는 애써 무시하고 아버지에게 다가가 근황을 물었다.

"오늘은 쉬는 날도 아닐 텐데 어떻게 들렀어?"

여자가 묻자 아들은 마침 지나는 길이어서 들렀다고 했다. 병실에 저녁 식사가 운반되기 시작했다. 식판 대를 병실 복도에 세워두고 간호사가 침대마다 돌면서 식탁으로 쓰는 침대 탁자 위에 식판을 올려놓았다. 밥 한 공기와 미역국, 그리고 김치와 구운 생선 등이 담겨 나왔다.

"교회에서는 무슨 일로 오셨습니까?"

아들이 고개를 돌리며 말했다. 그들을 바라보는 시선이 차갑게 느껴졌다. 정 집사가 최대한 공손하게 말했다.

"뭐라 드릴 말씀이 없습니다. 그렇지만 찾아뵙고 사과도 드리고 환자분의 상태도 알고 싶어 왔습니다."

아들이 알 수 없는 표정으로 정 집사가 서 있는 방향으로 돌아섰다. 여자가 그런 아들을 보면서 말했다.

"아버지나 여기 환자분들이 식사해야 하니까 복도 끝에 쉬는 장소가 있던데 그곳으로 모시고 가는 게 좋겠다."

여자의 말에 아들이 아무런 말없이 성큼성큼 병실을 나서 복도를 따라 걸었다. 정 집사 일행도 천천히 그 뒤를 따랐다. 병실 앞을 몇 군데 지나자 복도 끝으로 긴 의자가 서너 개 놓여 있었고 대형 TV가 한쪽 벽에 고정되어 있었다. 식사 시간이어서 그런지 근처에 사람은 없었다. 창문으로 멀리 아파트 꼭대기에서 빨간 불빛이 간격을 두고 켜고 꺼지기를 반복했다.

"아버지가 언제 일어날지도 모르는데 교회에서는 앞으로 어떻게 할 생각입니까?"

아들이 의자에 앉으면서 물었다. 정세영 집사가 마주 보는 의자에 앉자 이 집사도 그 옆에 앉았다.

"병원에서 5주 진단이 나왔다고 하니 일단 그렇게 알고 있습니다. 어르신이 허리도 좋지 않다고 하니 허리 쪽은 다시 검사를 해보아야 할 것 같습니다. 걱정되시겠지만 이번 사고는 교회에서 책임을 지고 수습하려고 합니다."

정 집사가 말했다. 아들이 윗옷 안주머니에서 서류뭉치를 꺼냈다. 진단서와 그 밖의 서류들이 눈에 띄었다.

"전치 5주 진단이지만 향후 5개월 동안 치료가 필요하고 계속 보조기를 착용해야 한다는데 그 사실은 알고 있습니까?"

젊은 여자가 어린아이를 데리고 병실에서 걸어와 물통을 대고 정수기 물을 받았다. 아이가 물을 뽑는 시간을 기다리지 못하고 의자 사이를 돌아다녔다. 젊은 여자가 주의를 주었으나 아이는 들은 척도 하지 않았다.

"예, 보험회사에서 연락이 왔었습니다."

아들이 진단서를 내려다보면서 말했다.

"아들이라고 하나 있는 것이 시원찮으니 아버지가 늘그막에도 쉬지 못하고 돈을 벌려고 새벽부터 길거리를 돌아다닌 것 같습니다. 당장 먹고 살기가 어려운 분들인데 저렇게 병원에 누워 지내게 생겼으니 어떡해야 하겠습니까?"

젊은 여자가 물을 받으면서 퉁명스러운 소리에 아들을 힐긋 쳐다보았다. 그리고는 잠시 후 물통에 물이 찼는지 물통의 마개를 잠그면서 아이를 데리고 복도를 걷다가 병실로 들어갔다.

"보험회사에서 협의하는 것으로 알고 있습니다만…"

이한태 집사가 조심스럽게 말했다. 보험회사에서는 환자의 상태에 따라 입원 일수만큼의 손해 배상금과 위자료, 그리고 휴업 손해액과 향후 치료비까지 지급된다고 말했다. 담당자는 다행히 12대 중과실 사고가 아니어서 피해자가 까다롭게 나올 경우 굳이 합의를 보지 않아도 된다고 말했다.
"아니, 지금 뭐라고 하는 겁니까? 사람을 저렇게 만들어놓고 뒷일은 보험회사에 떠넘겨 버린다고요?"
아들이 버럭 성을 내며 자리에서 일어섰다. 그리고 두툼한 점퍼 호주머니에서 담배를 갑 째 꺼내 만지작거리다가 도로 집어넣었다. 병원 실내는 금연구역으로 지정되어 있었다.
"보험회사는 당연히 자기들 일을 해야 하고 당장 먹고살기 어려운 사람은 그럼 어디에 하소연해야 합니까?"
아들은 그렇게 말하면서 분이 풀리지 않았는지 갑자기 주먹으로 근처의 벽을 쳤다. 벽에서 짧고 둔탁한 소리가 났다.
"말로만 책임을 지겠습니다 하면서 떠벌리지 말고 실제로 책임지는 모습을 보여주어야 하잖소. 교회 다니는 사람들이 말만 번지래 하다더니 만 틀린 말이 아니네."
정 집사는 계속 대화를 하는 것은 무리라고 생각했다. 자리에서 일어섰다. 이한태 집사도 따라서 일어섰다.
"알겠습니다. 일단 필요한 치료는 받으시고 저희는 돌아가서 말씀하신 부분에 대해서 의논을 해보도록 하겠습니다. 이번 일은 정말 죄송하게 됐습니다."
정 집사와 이 집사가 가벼운 묵례를 하고 복도를 향해 돌아섰다. 아들이 무슨 말인가 혼자서 중얼거렸다. 그들은 복도를 걸어 엘리베이터를 타고 내려와 병원을 빠져나왔다.

4

교회에서 새벽기도회를 마친 정은성 장로는 아직 날이 채 밝지 않은 겨울 아침의 찬 공기를 마시며 천천히 집으로 걸어왔다. 몸이 예전 같지는 않았지만, 일상생활을 하는 데 큰 지장은 없었다. 가끔 배가 아프거나 속이 쓰릴 때는 아직도 지난 악몽이 떠오르면서 겁이 났다. 처음 몸이 아프기 시작했을 때 조금 더 주의를 기울이고 관심을 가졌다면 치료를 훨씬 앞당길 수 있었을 뿐 아니라 힘든 시간을 보내지 않아도 되었을 것이다. 그러나 당시에는 그런 생각을 할 겨를도 없이 직장생활에 동분서주했던 기억이 났다. 대기업이었던 전자제품 회사의 해외 시장 개척 파트에서 몸이 열 개라도 모자랄 정도로 바쁜 일상을 보냈다. 당시 회사에서는 컬러 TV를 포함하여 냉장고, 에어컨, 세탁기 등으로 해외시장 개척단을 꾸려 세계 각지로 나가 판로를 개척하고 있을 때였다. 그도 실무진에 포함되어 중동으로 날아갔는데 평소 몸이 약했던 데다가 음식이나 더위 때문에 많은 어려움을 겪었다. 다행히 에어컨, 냉장고 등의 주문실적이 좋아 일정을 단축하여 돌아올 수 있었는데 불과 3개월도 되지 않은 기간이었지만 몸이 많이 여위어 있었다. 그 뒤로 밤에 자다가 몇 번 코피를 쏟자 아내가 무슨 이야기를 들었는지 걱정을 하면서 부서만이라도 옮길 것을 요구했는데 그가 인사과 직원을 통해 알아본 바로는 해마다 인사 기간에만 이동할 수 있었으며 개별 인사는 특진이나 징계 등 특별한 경우를 제외하고는 어렵다는 것이었다. 병원도 두어 군데 다니면서 종합 진단을 받았으나 뚜렷한 병명은 찾을 수 없었다. 그로부터 몇 달 지나지 않아 다시 해외에 출장을 가야 한다는 이야기가 나오자 이번에는 아예 회사를 그만두도록 종용했다. 그때 아내는 이러다가 젊은 나이에 과부가 될 수도 있겠다는 생각이 들었던지 남편을 붙들고 돈도 좋지만 먼저 사람이 살아야 하지 않겠느냐면서 건강하면 그때 가서 벌면 되니 회사를 나와서 조용한 곳에서 쉬기를 원했다. 아내가 눈물을 흘리며 간청을 했는데 그 요청을 차마 거절할 수 없었다. 회사에서 처음에는 몇 개월 휴직을 주겠다고 했으나 그의 생각이 확고한 것을 알고 사직 처리를 하면서 그간의 공적을 인정하여 지역에 대리점을 내도록 승인했고 그는 신흥도시를 선택해 대리점을 개설했다. 그때 지금 사는 이곳으로 오게 되었다. 당시 다니던 교회에서 장로 직분을 받은 지도 2년밖에 지나지 않았을 때였다. 목사님은 그들 부부에게 어디로 가든지 건강하게 지내고 신앙생활도 잘할 수 있도록 기도해 주었다. 처음 이사를 할 때는 도심 변두리의 한적한 곳에 20여 년 가까이 직장생활을 하면서 모아두었던 돈과 퇴직금 등을 합쳐서 대리점을 내고 살 집을 계약했다. 집과 대리점을 모두 전세로 계약하고 나머지 돈은 가전제품을 싸게 구입하여 임대한 창고에 쌓아두었다. 당시 가전제품 대리점은 본사에서 물건을 받아오면서 대체로 신용거래를 했는데 그러다 보니 마진율이 작았다. 정은성 장로는 겨울에는 난로, 히터 같은 난방 기구를 위주로, 여름에는 에어컨, 선풍기, 냉장고 등으로 구분하여 몇 개월 전부터 현금으로 대량 구입하여 창고에 물건을 쌓아두었는데 대리점 납품 담당자의 조언이 큰 도움이 되었다. 자금의 융통이 어려웠던 대리점에서는 신용거래를 할 경우 주문 물량을 일찍 받을 수도 없을뿐더러 원하는 물량을 확보하는데도 어려움이 많았다. 그런데 그들이 이사를 오고 차츰 건설경기가 풀리면서 집들이 들어서기 시작했고 여름과 겨울의 기온 차가 기상이변으로 예년과 다르게 심해지면서 계절에 민감한 가전제품들이 날개가 돋친 듯 팔려나갔는데 그 자신도 놀랄 정도였다. 아내는 뜻밖의 사태에 기뻐하면서도 자신의 기도에 응답해 주셨다면서 하나님께 감사했다.

  처음 이곳에 와서 다닐 교회를 알아보고 있을 때 정은성 장로는 대리점을 찾아온 샛별 교회 윤 목사를 처음 만났다. 윤 목사는 근처에서 목회하고 있다면서 대리점이 들어서는 것을 보고 들렀다고 했다. 정 장로가 차를 건네면서 교회 장로임을 밝히고 지난 사정을 이야기하자 윤 목사가 교회에 나와서 같이 예배드리기를 원했고 그들 부부가 돌아오는 주일 낮에 교회를 찾았을 때 교인들은 그들 부부를 진심으로 반겼는데 개척교회여서 예배 인원은 겨우 열댓 명에 지나지 않았다. 그렇지만 그들은 윤 목사의 설교에서 은혜를 받았고 당일 등록을 했다. 정 장로는 이듬해부터 재정부장을 맡았다. 정 장로가 쉽지 않은 결심을 했으나 그들 부부는 그때 전혀 새로운 경험을 했다. 어려운 교회 재정이 그들 부부로 인해 조금이나마 도움이 되었으나 하나님은 잊지 않고 늘 더 많은 열매를 그들 부부에게 채워 주었다는 사실이다.

"여보, 교회가 이제는 상가를 벗어나 이전을 해야 할 때가 된 것 같아. 마침 좋은 터가 나섰는데 자금이 부족해서 걱정이라오."

정은성 장로는 재정부장으로서 교인들을 대상으로 건축헌금 약정을 받았으나 필요한 자금의 절반에도 못 미쳤고 그 금액마저 향후 1년 이내에 내기로 했기 때문에 당장 필요한 자금을 확보한다는 것은 불가능했다. 교회에서는 수시로 윤 목사를 포함해 전 교인이 이 문제를 두고 합심하여 기도했다. 그러나 뾰족한 방법은 없었다. 윤 목사를 포함해 교인들은 땅 주인과 약속한 기간이 다가오자 속이 타들어 갔다. 소개한 최수철 장로도 방법이 없기는 마찬가지였다. 어느 은행이나 금고에서도 신용 대출로는 한계가 있었고 담보 없이 필요한 돈을 빌려주겠다는 곳은 없었다.

"여보, 우리 대리점을 담보로 잡히고 대출을 받으면 어떨까? 우리가 이사 올 당시만 해도 물건 때문에 가게나 집이나 전세로 계약을 했는데 이제는 대리점을 확장하면서 집이랑 등기도 했고 건강하게 살고 있으니 이게 다 하나님 은혠데 대리점을 담보로 대출을 하면 어떨까?"

정 장로는 아내의 말에 처음에는 귀를 의심했다. 지금까지 그런 생각은 꿈조차 꾼 일이 없었다. 교회를 다니면서 돈 때문에 교회가 분란이 생기고 심지어 교인들이 제각각 흩어지는 경우를 얼마나 많이 보았는가 말이다. 더구나 평소 전혀 내색도 없던 아내가 그런 말을 하다니.

"최악의 경우 다 날린다고 생각해도 집이 있잖아. 얼마가 될지 모르지만, 대리점이 증축까지 해서 제법 시세가 나갈 것 같은데 대출을 받고 모자라면 공사 기간이 있으니까 교인들 약정헌금으로 충당하면 가능하지 않을까?"

아내는 그냥 하는 말이 아닐 것이다. 하나님과 깊은 기도 가운데 확신을 가지고 하는 말이라는 생각이 들자 정 장로는 아내의 손을 잡았다.

"당신, 장로인 나도 그런 생각을 못 했는데 인제 보니 장로인 나보다 몇 십 배 낫네."

아내가 잡힌 손을 풀면서 말했다.

"그럼 일른 목사님께 전화해. 마음 변하기 전에…"

윤 목사는 전화상으로 아내와 나눈 이야기를 듣더니 마지막에는 목이 메었는지 말을 제대로 잇지 못했다.

"장로님, 고맙습니다. 새삼 장로님을 통해 교회를 이끄시는 하나님의 은혜를 느끼게 됩니다. 저도 열심히 목회하겠습니다."

윤 목사도 얼마나 마음고생을 했었는지 전화였지만 대화 속에서 그 마음이 느껴졌다. 이후 정 장로 부부는 한동안 교회에서 이 같은 사실을 들은 교인들로부터 인사를 받았다. 교회는 자금 사정이 풀리자 바로 이전작업을 순탄하게 진행해 나갔다.

"대장암 2기입니다."

의사가 법정의 판사가 선고를 내리듯이 말했다. 누구라도 그 선고에 대하여 이의를 제기하거나 항변할 수 없다. 내심 억울하고 원통하여도 그 자리에서 할 수 있는 말은 없었다. 놀란 것은 정 장로보다 그의 아내였다. 회사를 그만두고 대리점을 하면서 채용한 직원이 대부분의 일을 맡고 있었고 정 장로는 가끔 나와서 현장을 둘러보거나 컴퓨터 화면을 통해 매출과 관련된 정보를 파악했다. 시간상으로 여유가 있었기 때문에 항상 무리하지 않았고 오후에는 근처 산을 오르거나 시장 파악을 위해 타 대리점이나 본사를 다녀오기도 하고 근래에 배우고 있는 서예가 마음을 편안하게 하는 데 도움이 된다고 말했다.

"여보, 큰 병원에 가서 다시 검사를 해봐야겠어. 요즘에도 의사들의 오진이 많아서 필요 없는 수술을 할 때도 있다지 않아."

병원을 나서면서 정 장로의 아내가 말했다. 그는 몇 개월 전부터 속이 불편한 증세를 겪고 있었다. 간혹 2~3일 변비가 나타나거나 설사를 했으며 때로 출혈도 있었다. 그럴 때마다 인근 병원을 찾았는데 의사는 소화 기능이 약해졌다면서 식단을 바꿔볼 것과 술이나 커피 등 자극성 있는 음식을 금하도록 했다. 그리고 그때마다 소화제를 처방해 주었다.

"그러지, 치료를 받는다고 해도 여기서는 어려우니 큰 병원에서 다시 검사를 받도록 해야겠어."

정 장로는 아무렇지도 않은 듯 이야기했으나 받은 충격은 컸다. 그는 회사에서 퇴직하고 이곳으로 이사를 오면서 빠르게 건강을 회복하고 있다고 믿었다. 너무 앞질러 갔던 것일까? 자신이 다시 아프게 될 것이라고는 생각지도 않았지만, 항상 변수는 있는 것이라는 사실을 잊고 있었던 것은 자신의 잘못이 컸다.

"돌아오는 주일에 목사님께 알리고 당분간 서울에 좀 다녀와야겠어. 대리점이 걱정되기는 하지만 지금 이대로만 해준다면 괜찮을 것 같아."

대리점의 직원은 아내의 소개로 들어왔는데 먼 친척이 된다고 했다. 그는 친구와 멀지 않은 곳에서 동업으로 어린아이들의 장난감 임대사업을 했는데 자본을 댔던 친구가 어느 정도 기반이 잡히자 갈라서기를 원했고 그는 일정 지분만을 받은 채 갈라선 상태였다. 기술을 댔던 친척은 배신감에 언젠가 재기의 날을 꿈꾸면서 다른 동업자를 찾고 있었는데 그때 아내가 정 장로를 연결해주었다. 친척은 동업자를 찾을 때까지 한시적으로 일한다는 조건으로 들어왔는데 자기 일처럼 책임감을 느끼고 성실히 일하였으므로 믿을 수 있었고 그에 따라 보수도 신경을 써서 지급했다.

"목사님, 서울에서 재검사를 했는데 크게 달라진 것이 없습니다. 아무래도 수술은 재검사한 병원에서 해야 할 것 같습니다. 2기일 때 5년 생존율은 80% 이상이라고 하니 그렇게 걱정하지 않으셔도 될 것 같습니다. 다만 당분간 재정부장을 맡기는 어려울 것 같아서 목사님이나 교인들에게 죄송합니다."

서울에서 내려온 다음 날 윤 목사를 찾은 정 장로는 병원에서의 재검사 결과를 알려주고 보름 뒤 수술 날짜를 잡았다고 했다. 앞으로 수술과 입원 기간만이 아니라 통원치료까지는 얼마나 걸릴지 알 수 없었다.

"장로님, 그동안 교회를 위해서 너무 애를 써 주셔서 감사합니다. 이제는 교회가 장로님을 위해 기도해야 할 차례인 것 같습니다. 교회 일은 걱정하지 마시고 온전히 치료와 회복에 전념하셔서 속히 건강하게 만날 수 있기를 바랍니다."

마지막으로 윤 목사는 정 장로에게 안수기도를 했다. 그리고 교회 사무실을 나서는데 윤 목사가 교회 앞까지 따라 나왔다. 며칠 뒤 정 장로가 병원에 입원하기 위해 서둘러서 서울에 올라가기로 했다 그의 아내는 고등학교에 다니고 있는 딸을 매일 학교에 보내야 했으므로 수술 날짜에 맞춰 병원에 다녀가기로 했다. 그리고 병원에서 정한 날짜에 수술을 받았고 의사의 지시에 따라 재발할 우려를 차단하기 위해 항암치료를 받기로 했다. 치료에 전념하고 있을 때도 윤 목사와 교인들은 간혹 일이 있어 서울에 올라올 때마다 병원에 들러주었다. 수술 후의 항암치료는 기나긴 체력과 싸움이었다. 부작용으로 탈모가 왔으며 빈혈과 오심, 구토 등이 엄습했다. 항암제 처방을 받고 나면 침대에 누워서 몸을 가누지 못할 정도로 지쳐 쓰러졌으며 통증으로 인해 모든 것을 포기하고 싶은 마음이 들기도 했다. 시간이 흐르면서 차츰 하나님의 존재에 대한 의문이 일었다. 자비와 사랑의 하나님이 아닌가? 그 하나님이 무슨 잘못을 저질렀다고 자신을 이렇게 비참한 상태로 절망 가운데 내버려 두신다는 말인가? 정 장로가 힘들어하는 것을 본 간호사가 간혹 의사의 지시를 받아 주사를 처방하면 오래지 않아 잠이 들었다. 그렇게 잠이 들면 악몽을 꾼 날도 많았다. 누군가 정체도 모르는 이가 거센 힘으로 덜미를 잡고 그를 마음대로 끌고 다녔다. 잠에서 깨면 옷은 땀으로 젖어있기 일쑤였다. 이후에도 제법 오랫동안 병원과 병원 인근의 임차한 주택을 오가면서 치료를 받았다. 그의 아내는 수시로 병원에 다녀갔으며 주말에는 딸애를 데리고 함께 오기도 했다.

"여보, 교회에서 목사님이랑 성도님들이 당신을 위해 기도하고 있어요. 힘이 들겠지만, 당신은 꼭 이겨낼 거예요."

정 장로는 고통 가운데서 욥기를 떠올렸다. 욥은 하나님 앞에서 의로운 자였지만 말할 수 없을 정도로 견디기 어려운 고난을 받았다. 그의 아내조차 하나님을 욕하고 죽으라고 했지만 욥은 하나님을 원망하지 않았다. '주신 자도 여호와시요 취하신 자도 여호와이시니 여호와의 이름이 찬송을 받으실 지니이다.' 정 장로는 며칠 뒤 깊은 밤 홀로 잠에서 깨어나 침대에서 천천히 무릎을 꿇었다. 그리고 기도를 드렸다. '아버지여, 저를 용서하시고 불쌍히 여기소서.' 다른 말은 생각나지 않았다. 정 장로는 기도를 하다가 그대로 침대에 쓰러졌다. 눈에서는 하염없이 눈물이 흘렀다. 시간이 흘러 창문으로 먼동이 트고 있었지만 그는 오랫동안 그대로 쓰러져 일어날 줄을 몰랐다.

5

주말을 앞둔 목요일 아침 그날도 나영미 권사는 출근을 위해 오전 9시가 넘어 집을 나섰다. 아파트 현관에서 신발을 신으려다가 갑자기 어제저녁 TV에서 일기예보를 하면서 내일은 올해 들어 가장 추운 날이 될 것이라고 했던 생각이 나서 다시 방으로 들어가 지난해 겨울 딸이 선물한 목도리를 찾았다. 평소에는 몸이 둔하게 보일 것 같아 두툼한 것들은 구입하기를 꺼렸고 한겨울에도 입거나 걸치는 경우가 드물었지만, 날씨가 추웠고 출퇴근길을 제법 걸어야 했으므로 필요할 것 같았다. 옷장을 뒤져 딸이 몇 년 전 일본 여행에서 사 왔다는 실 목도리를 찾아 거울을 보면서 목에 둘렀다.

밖으로 나오자 찬바람이 얼굴을 때렸다. 그녀는 두르고 있던 목도리를 잡아당겨 눈 아래까지 가렸다. 목도리를 가지고 나오기 잘했다는 생각이 들었다. 햇살이 구름에 가려서 우중충한 하늘은 옅은 구름이 낮게 드리워져 있었다. 겨울이 깊어가면서 영하의 날씨도 하루가 다르게 기록을 경신했다. 옛날에는 겨울 날씨의 특징을 삼한 사온이라고 했다지만 지금은 그런 일이 언제 있었느냐는 듯이 한파가 장기간 이어졌다.

버스 정류장은 한산했다. 학생들의 등교는 벌써 끝났을 것이다. 근처에 공사립 중학교가 몇 군데 있었기 때문에 학생들이 등하교하는 시간은 교문 주위에서 주차장 인근까지 도로가 번잡했다. 등교 시간도 그렇지만 특히 하교 시간에는 학생들 태우려는 학원 차들과 아이를 태우려는 부모의 승용차가 교문 주위로 길게 늘어서 있었기 때문에 평소에도 2차선 넓지 않은 도로는 더욱 좁아 보였다. 가정주부들이 자녀를 태워서 속히 학원이나 그룹 지도 반에 보내기 위해 온다고 들었지만, 경제적인 어려움으로 학원에 보내지 못하는 부모도 있을 것인데 승용차까지 동원하여 학원까지 데려다주는 것은 지나친 처사로 여겨졌다. 잘 사는 집이나 못 사는 집의 아이를 가릴 것 없이 아이들이 그것을 보면서 무엇을 배울 수 있을 것인가? 그것이 잘못된 것을 안다면 학교에서도 대책을 내놓아야 하는데 그렇지 못한 것을 보니 학교는 학부모들을 상대로 부담을 느끼는지 개입을 꺼리는 것 같았다. 아직도 어린 중학생 아이들을 두고 어른들이 참 너무한다는 생각이 들었다.

버스는 오래지 않아 도착했다. 버스에 올라 빈자리에 앉자 히터를 틀었는지 실내에 따뜻한 공기가 느껴졌다. 왼손으로 목도리를 잡고 아래로 끌어내렸다.

"안녕하세요."

버스로 30여 분 달려와 도심을 벗어난 외곽지역의 주택가에 내려 산동네로 제법 걸어올라 허름한 한옥 대문 앞에서 한 손을 전봇대에 기대고 잠시 한숨을 돌렸다. 마침 바람이 등 뒤로 불었기 때문에 얼굴과 맞닿지 않았고 걷기도 수월했다. 대문 옆으로 난 쪽문을 열고 들어서니 시야가 어두워지면서 멀리 노파가 거실에서 담요를 허리 위까지 걸치고 벽에 기대어 TV를 보고 있었다. 옆으로 선풍기형 전기난로에서 빨간 불빛이 몇 줄기 비쳤다. 햇

빛이 들어오는 거실 좁은 창 아래에 놓인 긴 소파에는 신문지를 깔고 말리는 빨간 고추가 어지럽게 널려있었다. 뇌졸중으로 편마비가 와서 거동이 불편한 노파는 집안에서도 활동이 어려웠다. 왼손은 불편했기 때문에 오른손으로만 일했고 쉴 때는 오른손으로 불편한 왼손을 붙들고 있었다. 걷기가 어려워 밖에서는 휠체어를 타지만 집안에서는 간신히 벽을 짚고 걸음을 옮겼다.

"지난밤은 잘 지내셨어요? 할머니."

노파가 고개를 끄덕이며 무슨 말을 하는 것처럼 보였으나 귀에 들리지는 않았다. 노파는 수시로 혼잣말처럼 중얼거렸다.

"식사 하셔야지요."

나영미 권사가 시계를 힐끗 보았다. 9시 40분을 조금 넘겼다. 근무시간은 오전 10시부터 오후 2시까지 4시간이었다. 서둘러 가스레인지를 돌리고 어제 남은 국을 따뜻하게 데웠다. 전기밥솥에는 아직 밥이 남아있어서 점심까지 충분할 것 같았다.

"오늘 낮에 따님이 오신 댔지요?"

멀리서 사는 큰딸이 가끔 들러서 안부를 묻고 텃밭에서 키운 채소나 집에서 만든 반찬을 전해주고 갔다. 노파는 딸이 어렸을 때 살림이 어려워 남의 집에 양녀로 주었다고 했다. 제게는 상처가 되었을 텐데도 이렇게 찾아주는 것이 한없이 고맙다고 입버릇처럼 말했다.

"그려, 날씨가 풀리면 그때와도 되는데…"

말은 그렇게 했지만, 눈은 어느새 거실 한편으로 난 자그마한 창을 바라보았다. 바람에 창이 흔들리며 덜컹거리는 소리를 냈다.

"가만히 보니 옷도 오늘은 밝은 색으로 갈아입으셨네. 색깔이 고와요, 할머니."

노파의 얼굴에서 근래에 보지 못한 웃음이 잠시 머물다가 사라졌다. 무엇이 이 노파의 얼굴에서 웃음을 빼앗아 간 것일까? 냉장고에서 반찬을 꺼내 식탁을 차렸다. 반찬이라야 교회에서 가져다준 김장김치와 호박 나물, 젓갈 그리고 조미 김, 미역국이 전부였다. 조기라도 한 마리 구웠더라면 좋았을 것이었다. 얼린 조기는 몇 마리 남아서 냉장고에 들어있었지만 아껴 먹으려고 하는 깃인지 잘 먹지 않았다. 점심때는 우겨서라도 한 마리 구워야겠다고 생각했다.

방문 요양 일을 하는 나영미 권사는 벌써 6년째 이 일을 계속하고 있었다. 친정아버지가 돌아가시기 전까지 나 권사는 오랫동안 요양원에서 병상을 지켰다. 어려서부터 딸을 애지중지했던 아버지는 시골 마을에서 아들조차 상급 학교 진학이 힘들었던 시절에 딸을 고등학교까지 보냈다. 어머니는 처음부터 한사코 반대했다. 여자는 한글만 떼면 살아가는 데 지장이 없다고 했다. 부려먹을 땅도 얼마 남지 않았던 시절에 위로 오빠는 곧 대학에 가야 할 때였다. 어머니는 언제나 아들에게 우선순위를 부여했다. 딸은 안중에도 없었다. 남편에게는 수시로 뒤에 누가 제삿밥을 챙겨주겠느냐고 말했다. 먹을 수도 없는 제삿밥이 무엇이 그리도 소중했던 것일까? 그러나 아버지는 그렇지 않았다. 자식은 다 똑같다고 했다. 부모가 자식을 같이 보듬지 못하고 편 가른다면 어찌 부모의 도리를 다했다고 할 수 있겠느냐고 말했다. 그때는 어려서 그게 무슨 말인지 잘 몰랐다. 그러나 살면서 그때 아버지의 심정을 생각할 때마다 한쪽 가슴이 먹먹해 왔다.

아버지는 중풍으로 쓰러진 뒤 오래지 않아 이전처럼 회복하는 모습을 보였던 때가 있었다. 가족들은 기뻐했지만 석 달을 넘기지 못하고 다시 쓰러졌고 그렇게 10년이 넘도록 나아질 기미를 보이지 않았다. 차츰 어머니는 지쳤고 그런 어머니를 아버지는 더욱 힘들어했다. 아버지의 심해진 잔소리와 사소한 일에도 화를 내는 모습은 이전에는 볼 수 없던 일이었다. 아버지의 달라진 모습에 지친 어머니는 더는 견딜 수 없었든지 하루는 도시에 나가 있던 아들에게 연락을 했다. 그즈음 나영미의 오빠는 유망 중소기업으로 인정받고 있던 회사에서 곧 승진을 앞두고 있던 때여서 바빴기 때문인지 아버지 문제로 어머니와 상시간 의논하기는 어려웠다.

"어머니, 아버지 문제는 영미하고 이야기해 보세요. 영미가 아버지를 잘 따랐잖아요."

그러나 나영미 자신도 어떻게 할 수는 없었다. 당분간 병원에 입원을 시키기로 했고 상태를 지켜보기로 했다. 그러나 병원에서도 치료한다든지 처방할 일은 달리 없었다. 간혹 밤에 잠을 이루지 못할 때마다 신경안정제를 주사할 뿐이었다. 대신 병원비는 시간이 갈수록 늘어났다.

나영미는 남편에게 사실을 털어놓았다. 듣고만 있던 남편은 다른 방법이 없다면 요양원에서 지내도록 하는 게 어떠냐고 말했다. 요즘은 과거와 달리 요양원이 감옥살이 같은 곳도 아니고 좋은 요양원도 많아서 오히려 집에 있을 때보다 더 나은 생활을 할 수 있다고 했다. 나영미는 오빠와 먼저 상의를 했고 어머니에게도 알렸다. 그리고 그들이 내린 결론은 아버지에게 이 사실을 알려주고 본인이 원한다면 요양원에 모시기로 했다. 아버지를 설득시켜야 했는데 어머니는 처음부터 고개를 저었기 때문에 나영미가 설명하기로 했다. 아버지에게 가기로 했던 전날 밤까지도 나영미는 어떻게 말을 꺼내야 할지 생각을 정리하지 못하고 있었다. 이후에 아버지와 영영 멀어지는 것은 아닌지 걱정이 되었고 다른 사람도 아닌 아버지의 사랑을 받기만 하던 딸이 아버지의 마음을 힘들게 하는 것은 아닌지 갖가지 생각에 밤새 잠을 이룰 수 없었다.

주말을 맞아 남편은 이른 시간에 친구들과 바다낚시를 떠났다. 최근 남편은 낚시에 빠져서 주말이면 친구들과 어울려 낚시터를 찾았다. 아직은 잡은 물고기라며 집에 가져온 적은 없었다. 아이들도 아침을 먹고 뿔뿔이 흩어지고 나영미는 설거지를 끝내고 간단하게 차려입었다. 그리고 아버지가 평소 좋아하는 곶감을 들고 집을 나섰다. 당시 아버지와 어머니는 시골의 집과 땅을 처분하고 나영미가 사는 곳에서 그리 멀지 않는 곳에 아파트를 얻어서 살고 있었다. 그러나 일을 하러 다녔기 때문에 자주 들리지는 못했다.
"아버지, 영미 왔어요."
아버지는 침대에 누워있었다. 그새 몸이 많이 여위었다. 광대뼈가 드러난 얼굴에 이마의 주름이 깊이 패어 있었다. 가만히 침대 옆에 걸터앉았다.
"왔어? 정 서방은 잘 있고…"
아버지가 감고 있던 눈을 떠서 영미를 올려보았다. 영미가 침대에서 빠져나온 아버지의 한쪽 손을 잡았다. 과거 듬직했던 손은 살점이 제법 빠져나가서 뼈와 껍질만 남은 것 같았다.
"식사는 하셨어요?"
짐짓 쾌활하게 말했다. 그렇지 않으면 눈물샘에 고인 눈물이 곧 터질 것 같았고 자신도 감당하기 어려울 것 같았다.
"나야 집에서 노는 사람인데 뭔 걱정을 해?"
어머니가 마실 것을 들고 방으로 들어왔다. 만나지 못한 그새 어머니도 많이 늙어있었다. 어머니의 흰 머리카락이 불빛 아래 은빛처럼 반짝거렸다. 부부는 평생 사랑하면서 살아야 마땅하지만 때로는 서로에게 상처를 주고 상처를 받으면서 힘들어하고 괴로워한다. 사랑에도 한계가 있는 것일까? 그게 아니라면 이들 부부에게 있어 사랑의 순도는 얼마나 될까? 바다의 진주는 몸속으로 들어온 온갖 불순물을 자신의 살로 순화시키는 과정에서 만들어진 것이라고 했다. 진주에게 있어 시간은 자신에게 붙은 불순물을 녹여내고 아름다운 보석을 만드는 재료이기도 했지만, 인간에게 주어진 길지 않는 시간동안 각자 자신의 벽을 쌓아 올려서 그 성에 혼자 고립되고 결국은 어둠 속에 내팽개쳐지는 버림받은 존재는 아니었을까?
"아버지, 이제 요양원에 들어가세요."
돌아가야 할 시간까지 말을 꺼내지 못하고 있던 영미가 결심한 듯 아버지를 보며 말했다. 아버지가 처음에는 무슨 영문인지 몰라서 가만히 있다가 아내와 영미를 번갈아 바라보더니 잠시 후 고개를 끄떡거렸다.

"안녕하세요. 큰딸 왔어요."

늦은 점심을 마치고 나 권사가 설거지하고 있는데 노파의 큰딸이 문을 밀치며 들어왔다. 나 권사가 고무장갑을 낀 손으로 달려가 큰딸이 들고 있던 물건들을 받았다. 큰딸은 종이 박스를 노끈으로 감아 한 손에 들고 다른 손으로는 큰 비닐봉지를 들었다. 나 권사가 박스를 싱크대 한쪽에 내려놓았다.

"어서 오세요. 밖에 상당히 춥죠. 어머니께서 기다리고 있었어요."

큰딸은 어머니 쪽을 바라보았다. 그리고 고개를 숙여서 인사를 했다. 노파가 몇 마디 하였지만 알아들을 수는 없었다.

"식사는 하셨어요? 금방 국만 데우면 되거든요."

큰딸이 고개를 가로저으며 주차장에서 먹고 왔다고 말했다. 유행이 지난 낡은 외투를 벗어 소파 한쪽에 놓았다. 그리고 노파 곁으로 다가갔다.

"어머니 잘 지냈어요? 몸은 좀 어떠세요? 요즘 소화는 잘되세요?"

노파가 알아들었다는 듯 고개를 끄떡거렸다. 나 권사가 주전자에 물을 부어 가스레인지 위에 올렸다.

"멀리서 무거운 것 들고 오시느라 고생하셨어요. 따뜻한 유자차를 한잔 마시고 나면 몸이 좀 따뜻해질 거예요."

큰딸은 몇 발자국을 옮겨 노파가 거주하는 방 입구에 멈춰 서서 잠시 방 안을 둘러보았다. 그리고 잠시 후에는 부엌으로 옮겨서 냉장고를 열어보았다. 냉장고는 김치와 동치미 그리고 밑반찬 서너 가지가 들어있었다. 아래에는 사과와 몇 가지 과일도 보였다. 냉동실에는 다듬은 조기 몇 마리와 노파가 간식으로 즐기는 냉동만두 등이 보였다. 집은 기름보일러가 설치되어 있었지만, 노파는 기름 값이 비싸다며 겨울이 되면 방이나 거실에 전기장판을 깔아놓고 겨울을 보냈다. 난방 기구라고는 전기장판과 나 권사가 사다 준 선풍기형 전기난로뿐이었다. 전기난로를 노파는 아침저녁으로 방과 부엌으로 끌고 다녔다. 전기 제품이라 수시로 옮기면서 사용하는 것이 불안하기도 하고 신경이 쓰여 같은 전기난로를 하나 더 사 주어야겠다고 생각하면서도 쉽게 사지 못했다. 무엇보다 여기까지 들고 와야 할 일이 엄두가 안 났다.

큰딸이 가져온 박스를 풀고 비닐을 열었다. 양념장에 버무린 깻잎과 파김치, 젓갈 등이 담긴 통이 여럿 있었고 따로 마늘과 양파, 고추 등이 비닐마다 담겨있었다. 나 권사가 정리하자 큰딸이 옆에서 거들었다.

오랜만에 만난 모녀지간이었지만 달리 말이 없었다. 금세 정리를 끝내자 그들은 똑같이 담요에 발을 모으고 앞에 놓인 TV를 보았다. 화면에는 가수가 출연하여 오래된 유행가를 들려주고 있었다. 나 권사는 물이 끓자 유자차를 타서 노파와 큰딸에게 잔을 권했다. 그리고 자신도 컵에 타서 큰딸 옆에 나란히 앉았다.

"올해 밭농사는 잘 되었어요?"

큰딸이 나 권사를 바라보며 고개를 저었다.

"밭농사라 할 것도 없어요. 텃밭에 이것저것 조금씩 가꾸는걸요."

그러면서 나 권사를 바라보았다.

"어머니, 어디 크게 아픈 데는 없어요?"

노파는 수시로 병원에 다녔다. 나이가 들수록 장애가 몸을 더욱 힘들게 했고 시간이 갈수록 약국에서 처방하는 약봉지의 부피가 늘어났다. 나 권사는 설명을 하려 다가 어떻게 이야기를 꺼내야 하나 싶어서 그냥 가볍게 웃었다.

"나이가 있으니까 늘 조심을 하세요. 병이 모두 그만그만하답니다."

큰딸이 나 권사의 얼굴을 쳐다보았다.

"언니, 고마워요. 어머니 잘 돌봐 주세요."

노파가 큰딸이 50대 초반이라고 했던 기억이 났다. 그렇지만 시골 일을 해서인지 햇볕에 검게 탄 얼굴은 그보다 나이가 훨씬 들어 보였다. 화장은 따로 하지 않는 것 같았다.

"어머니는 젊어서 고생을 참 많이도 했지요. 들으신 줄 모르지만…"

노파는 자신에 대한 말은 잘 하지 않았다. 그러나 간혹 인근 경로당에서 술을 마시거나 처량한 생각이 들 때면 자신의 지난 시절을 떠올리듯 이야기했다. 결혼하고 얼마 지나지 않아 남편은 다른 여자와 살림을 차렸고 그녀는 딸과 단둘이 살았지만, 딸도 얼마 뒤에는 다른 집으로 보내야 했다.

"과거에는 모두 힘든 세월을 보냈지요."

나 권사가 공감했다. 세 사람 모두 말이 없었다. 각자 무슨 생각을 하고 있을까? 그들 앞으로 TV가 놓여 있었지만, TV를 보는 것 같지는 않았다. 그래도 TV는 소리가 이어졌고 그래서 그들은 적막감을 느끼지 않았다.

"교회 나가신다고 하셨지요?"

노파의 큰딸이 침묵을 깨고 말을 꺼냈다. 나 권사가 엉겁결에 그렇다고 했다. 동시에 최근 교회에서의 교통사고와 관련된 일들이 떠오르고 갑자기 사건 처리가 어떻게 되었는지 궁금해졌다. 나중에라도 전화해보아야겠다고 생각했다.

"교회에 다니신 지는 제법 되셨나요?"

생각해 보니 꽤 오랜 세월이 지났다. 30여 년이 훌쩍 흘렀다. 오래된 것들은 연륜을 가지는 법이다. 나무의 나이테같이 선명한 형체를 갖는 것은 어렵겠지만 나름대로 그에 걸맞은 생각이나 행동이 그 속에 베어져서 자연스럽게 드러날 것이다. 자신은 어떻게 비쳤을까?

"제법 되었지요. 그렇지만 그냥 세월만 보낸 것 같아요. 나는 나대로 세월은 세월대로 각자 그렇게 살았던 것 같아요."

부끄러움 같은 것이 몰려왔다. 신앙의 정도(正道)는 어떤 것일까? 그 길을 걷노라고 말할 수 있을까?

"이제 서너 번 만났지만 볼 때마다 그런 걸 느껴요. 전에 요양보호사로 오신 분이 있었는데 그분과는 다른 것 같아요."

나 권사도 그 이야기를 들었던 적이 있었다. 자신이 오기 전에 노파를 보살폈던 요양보호사는 평소 세상에 불만이 많았다고 했다. 이제는 손주들 재롱이나 보면서 지내야 할 나이였지만 그렇지 못한 신세를 탓하면서 자식에게 때로 세상에 그 원인을 돌렸다. 자신을 이렇게밖에 대우하지 못하는 자식을 그리고 세상을 향한 분노는 얼마만 했으며 그것들로 인해 그녀는 또 얼마나 힘든 세상을 살았을까?

"그분 나름대로 어려움이 있었겠지요."

그 뒤 요양보호사는 교체되었다. 큰딸이 요양센터에 연락하였고 며칠 지나지 않아 나 권사에게 일이 돌아왔다.

"요즘 교회에 대해서 말들이 많으니 불편하시겠어요?"

매스컴을 통해 부쩍 교회 세습이나 목회자의 성추행, 금전 문제 같은 비리가 보도되었지만 나 권사는 애써 외면했다.

"인간의 한계를 보는 것이지요. 사람이 아무리 선하고 깨끗해도 예수님 같겠어요?"

큰딸이 더는 말이 없었다. 나 권사가 노파를 돌아보니 벽에 기대어 얕은 코를 골면서 잠들어 있었다. 일어나 베개를 가져와서 조용히 옆으로 눕혔다. 노파가 잠시 눈을 뜨더니 다시 스르르 감았다. TV를 끄고 큰딸에게도 베개를 권하면서 간다는 눈인사를 했다. 큰딸이 일어나려고 하는 것을 한손으로 막아서 일어나지 못하게 했다.

바깥의 바람 소리가 잦아들었다. 집으로 돌아갈 시간이어서 나 권사는 가방을 집어 들고 일어섰다. 살며시 현관을 빠져나왔다. 한낮이었지만 올 때와 마찬가지로 바깥 공기는 차가웠다. 맞바람이 불어 목도리를 두르면서 눈 아래까지 바짝 올렸다. 내리막길을 조심스럽게 내려오면서 이 땅에서 이루어지는 일들의 최종 책임이 신과 인간 가운데 누구에게 있는 것인지 생각했다. 나 권사는 생각할수록 더욱 모호해지는 기분이었다.

6

윤재구 목사는 새벽기도를 마치고 교인들이 돌아간 뒤에도 혼자 예배당에 남아 생각에 잠겨 있었다. 뜻밖의 교통사고로 교회가 어려운 여건에 빠지지 않을까 걱정이 되기도 했지만, 그보다도 이 일을 통해 하나님께서 자신에게 무엇을 말씀하시는지 알려고 노력했고 아직도 쉽사리 알 수 없었다. 그럴수록 그는 더욱 주님께 매달렸다. 주님, 말씀하여 주옵소서. 그는 예배당 정면의 십자가를 오랫동안 응시하다가 다시 고개를 숙였다. 그러자 아주 오래전 처음 목회자가 되어야겠다고 생각했던 시절의 일들이 머리를 스치기 시작했다. 당시의 집안 분위기로서는 상당히 어려운 결정이었고 목회를 하면서도 많은 어려움을 겪었다. 그러나 그때나 지금이나 고난이나 고통은 하나님의 일을 하려면 당연히 따르는 것으로 생각했다. 베드로가 예수를 따르지 않았다면 그는 평생 배를 타고 물고기를 잡는 어부로 사랑하는 아내와 자녀들과 함께 평범하게 살았을 것이다. 바울이 회심하기 전에는 로마 시민권자이며 산헤드린 회원으로 그 시대의 석학이요 실력자로 알려진 사람이었다. 그러나 이들이 모든 것을 포기하고 주를 따랐을 때 그들은 말할 수 없는 처참한 환경에 처하였고 핍박받았으며 끝내 목숨조차 두려워하지 않고 순교의 길을 걸었던 것이다.

윤 목사는 농촌에서 선조로부터 대를 이어 농사를 짓는 평범한 가정에서 태어났다. 아버지는 자녀가 딸 둘에 아들이 셋이나 되었으므로 딸은 고사하고 아들을 대학까지 보내면서 목돈을 마련하기 위해 부득이 물려받은 전답을 처분해야 했는데 그때마다 쉽지 않은 결정을 해야 했다. 뒤에 어머니를 통해 들은 이야기로는 땅을 내놓을 때마다 아버지는 조상들에게 죄를 짓는 심정이었다고 말했다는 것이다. 윤 목사는 집안에서 막내로 태어나 어려서부터 똑똑하다는 소리를 들었고 공부도 잘했으므로 부모는 내심 기대가 컸다. 중학교를 졸업하면서 고등학교는 어려운 형편에도 근처의 도시로 보냈다. 학교가 미션 스쿨이어서 집안의 행사나 사월초파일이면 절을 찾던 아버지의 마음에는 들지 않았지만, 아이의 장래를 생각해서 결정한 일이었다. 학교는 당시 지역사회에서 높은 대학 진학률을 나타내고 있었다. 입학 후에도 아들은 매 학기 재단장학금을 놓치지 않았다. 2학년에 오르면서 교목(校牧)은 윤 목사를 포함하여 몇 명의 학생을 불러 장래 목회자로서 자질이 우수한 학생으로 학교이사회에 추천했던 적이 있었는데 당시 윤 목사는 교목의 관심이 싫지 않았고 대학에 진학하면서 장학금을 받을 수 있는 길을 제시하였기 때문에 어려운 처지의 부모를 생각하면 도움이 되는 일이라고 여기게 되었다. 매주 월요일이면 채플을 통해 성경을 공부하면서 신학을 더 배우고 싶었고 여건이 된다면 목회자의 길로 나설 수 있다는 마음을 가지게 되었다. 그렇지만 그런 사정을 알 리 없는 부모는 법대나 의대를 나와서 판검사나 의사가 되어야 한다고 시간이 날 때마다 말했다. 그러다가 대학수학능력시험이 끝나고 대학을 선택하면서 부모는 아들로부터 뜻밖의 말을 들었다.

"아버지, 어머니의 뜻을 모르지는 않지만 저는 철학을 전공할 생각입니다."

부모는 아들의 말에 한동안 어리둥절했다. 잠시 후 정신을 차린 아버지가 물었다.

"성적이 나쁘게 나오지도 않았다는데 왜 법대나 의대에 갈 생각을 않고…"

윤 목사는 할 말이 없었다. 자신은 먼저 철학을 공부하면서 사유(思惟)의 폭을 넓히고 이후 신학대학원에 들어가 목회자가 되리라는 꿈을 갖고 있었지만 사실대로 부모에게 털어놓을 수는 없었다. 그가 말을 하지 못하고 있자 옆에서 어머니가 말했다.

"지금 보니 얘가 판검사나 의사는 생각이 없고 대학교수를 하려는가 보네."

어머니의 말에 아버지가 곰곰이 생각하더니 말했다.

"네가 생각이 꼭 그렇다면 대학교수도 말리지는 않으마. 그렇지만 나는 동네에서 네가 판검사나 의사가 될 거라고 했는데 내가 거짓말한 꼴이 되었구나."

아버지의 말에 어머니가 타박을 했다. 아이가 아직 학교도 들어가지도 않았는데 판검사나 의사를 운운하는 것은 우물에서 숭늉을 찾는 꼴이라고 했다. 윤 목사는 대학에서 철학을 공부하면서 기독교 동아리에 가입하였고 관련 단체의 세미나나 모임에도 부지런히 쫓아다녔다. 그렇지만 윤 목사에게는 풀어야 할 숙제가 있었다. 학교를 졸업하기 전에 부모의 마음을 돌려놓는 것이었는데 쉽지 않은 일이었다. 답답한 마음에 형제들에게 지나가는 말로 내색을 하기도 했지만 귀담아듣는 이도 없었다. 다만 큰 누나가 결혼하여 부부가 신앙생활을 하고 있었는데 큰 누나에게 매달릴 수밖에 없었다.

"매형에게 이야기해서 아버지에게 아들 하나쯤은 목회자로 키워도 괜찮을 것이라고 말해주면 어떨까?"

그러자 큰 누나가 질겁을 했다.

"얘, 우리 집에서 네가 대학교수가 안 되면 부모님은 아마 쓰러지실걸."

그리고 두 말이 안 나오도록 결정적인 말을 덧붙였다.

"딴생각 말고 교수나 할 생각해. 네게 잔뜩 기대를 걸고 있는 부모님은 어떻게 하고? 그리고 그냥 크리스천으로 열심히 신앙생활 하면 되는 거지. 꼭 목회자가 되어야 한다는 것은 아니잖니."

그렇다고 윤 목사의 생각이 흔들리지는 않았다. 이미 마음으로는 단단히 결정한 일이었다. 다만 부모의 뜻을 따르지 못하는 안타까움이 그를 힘들게 했다.

학교 2학년을 마치고 군에 다녀왔다. 군에서는 통신병이었지만 1년여를 남기고 군종병으로 일할 수 있었는데 그해 군단에서 열린 기독교 군종병 신앙수련회가 자신의 신념을 굳게 만든 계기가 되었다. 지금은 부모가 이해하지 못할지라도 언젠가는 자신의 마음을 이해하리라 믿었다. 그리고 언젠가는 부모와 힘께 신앙생활을 하게 될 것을 굳게 믿었다. 제대하고 바로 복학을 했다. 달라진 것은 아무것도 없었다. 시간이 갈수록 부모에게 자신의 뜻을 알려야 할 시간이 촉박했음을 느꼈다. 윤 목사는 아버지에게 솔직하게 털어놓아야겠다고 생각하고 어느 날 저녁 식사를 마치고 마루에서 TV를 보고 있던 아버지에게 다가갔다.

"아버지, 드릴 말씀이 있습니다."

아버지가 무심코 고개를 돌려 아들을 보았다. 평소와 달리 정색을 하고 자신에게 다가온 아들을 보고 뭔가를 직감한 듯 아버지가 곧바로 TV를 끄고 자세를 고쳐 앉았다. 둘 사이에 잠시 무거운 침묵이 흘렀다. 이윽고 아버지가 먼저 말문을 열었다.

"혹시 학교에서 무슨 일이 있었어?"

평소 식사를 하면서 반주 삼아 한두 잔 마시던 아버지는 저녁에도 술을 몇 잔 마셨는지 얼굴이 불콰했다. 윤 목사가 고개를 들어 아버지를 바라보았다. 여름철 농사일로 햇볕에 검게 탄 얼굴은 계절이 바뀌어도 그대로 남아있었다.

"곧 대학 졸업이 다가옵니다. 그러면 대학원을 진학해야 하는데 저는 신학대학원에 들어가고자 합니다."

아버지가 순간적으로 놀랐는지 눈이 휘둥그레졌다.

"어디를 간다고? 신학대학원이면 목사가 된다는 말이냐?"

아버지의 날 선 목소리에 부엌에서 설거지를 하던 어머니가 놀라서 쫓아왔다. 양손에 낀 고무장갑에서 물이 뚝뚝 떨어지고 있었다.

"아니, 네가 전에 말한 대로 철학을 전공하여 교수할 생각이 아니었어?"

말을 못하고 고개를 숙이고 있는 아들을 보면서 어머니가 말했다.

"당신은 자세히 들어보지도 않고 역정부터 내고 그러세요? 무슨 말인지 차근차근 들어봐야지요. 무슨 말인지 찬찬히 해 보거라."

윤 목사가 고개를 들어 어머니를 바라보았다. 순간 어머니의 얼굴이 창백해진 것을 알았다. 어머니에게 직접 말을 꺼낸 적은 없지만 벌써 알고 있었던 것은 아닐까?

"부모님께 미처 말씀드리지 못한 점은 용서해주세요. 그렇지만 저는 목회자가 되고 싶습니다."

아버지가 화를 참지 못하고 언성을 높였다. 그 소리를 듣고 방 안에 있던 작은 누나가 마루로 나왔다.

"아니, 대학교수 한다기에 실컷 공부시켰더니 이제는 신학을 하겠다니 그게 무슨 말이냐?"

아버지의 말에 모두 윤 목사를 쳐다보았다. 윤 목사는 할 말이 없었다. 입술을 깨물었다. 길어진 침묵이 불편했는지 아버지가 말을 꺼냈다.

"나는 네가 신학을 하겠다는 것은 도대체 인정할 수 없어. 그러니 다시 생각해봐."

아버지가 자리에서 일어났다. 그리고 마루에 걸린 겉옷을 걸치고 휑하니 밖으로 나갔다. 어머니가 윤 목사를 측은한 듯 바라보다가 부엌으로 향했다.

"언젠가 이런 날이 오리라 생각했어. 지금은 아버지께서 막내의 말을 이해하지 못하고 역정을 내지만 나중에라도 끝까지 아버지를 설득한다면 아버지도 허락하시리라 믿어."

작은 누나가 윤 목사에게 나지막이 말하고는 제 방으로 돌아갔다. 어머니는 뒤에도 아무런 말이 없었다.

그 뒤로 아버지는 윤 목사를 힘들게 만들었다. 대학원에 들어가고 나서는 쉬는 날, 집에 마음대로 다녀올 수도 없었다. 아버지는 부자(父子)의 인연을 끊어버리겠다고 했다. 아예 아들 하나 없는 셈 치고 살겠다고 입버릇처럼 말하고 다녔다. 아버지는 아들에 대한 배신감에 수시로 술을 마셨고 어머니와는 자연히 부부싸움이 늘어났다. 윤 목사는 학교 기숙사에서 생활했기 때문에 집안 사정에 대해서는 어두울 수밖에 없었다. 가끔 작은 누나와 통화를 하면 집안 소식을 전해주었다. 윤 목사는 자신으로 인해 생긴 일이었지만 달리 어떻게 할 방도가 없는 것이 안타까웠다. 단지 어려움을 신앙의 힘으로 버틸 뿐이었다.

졸업을 앞두고 인근 교회에 전도사로 청빙을 받아 가게 되었다. 담임목사는 초등학생을 대상으로 하는 교회 학교의 양육과 지도를 맡겼다. 도시아이들은 저학년에도 불구하고 학교 외에도 대다수가 교습소나 학원을 다녔고 주말에도 부족한 과목을 보충하거나 개별지도 명목으로 출석했기 때문에 교회에 나오는 것이 어려웠다. 담임목사는 윤 전도사에게 현황을 설명하면서 교회 학교 인원이 해가 갈수록 줄어들고 있다면서 걱정을 했다. 윤 전도사는 부임한 이튿날부터 아이들의 특성을 파악하고 주일이면 그들과 면담하면서 나름대로 대책을 세우기 시작했다. 보름쯤 지나 그 결과를 정리하여 담임목사에게 보고하였고 윤 전도사의 뜻에 따라 교회 학교의 예배 프로그램을 일부 수정하여 놀이시간을 만들어 예배를 마치고 같이 어울리게 했다. 아이들은 학교나 집에서 뛰어다닌다거나 놀이 활동을 좀처럼 하지 못했기 때문에 시작부터 반응이 좋았다. 6개월 정도 지나자 교회 학교 학생들이 조금씩 늘어나기 시작했다.

"윤 전도사, 열심히 하려는 마음은 알겠는데 교회 예산을 그렇게 쓰면 금방 바닥을 드러내지 않겠어?"

아이들이 쓰는 예배실을 부분적으로 개조하여 예배실 겸 공간과 바닥에 놀이 시설을 설치하려고 했을 때 재정을 맡은 장로가 힐난하듯이 말했다.

"장로님, 그렇지만 기본적인 시설은 초기에 마무리가 되어야 할 것 같습니다. 혹시 어려우시면 제가 목사님께 다시 말씀을 드려볼까요?"

장로가 혀를 끌끌 찼다.

"아니, 전도사님, 재정에 대해서는 재정부장인 내게 사정을 이야기하고 이해를 구해야지 목사님께 무슨 말씀을 드린다는 겁니까? 목사님은 말씀 전하기에도 바쁜 분인데 금전적인 문제까지 부담을 주려고 하십니까?"

이미 내부적으로는 설치하기로 결정된 사항이었기 때문에 다소 의아했지만 재정부장은 현재 유동성 자금이 부족하므로 예산을 봐가며 시기적으로 나눠 설치하여야 한다고 했다.

"장로님, 시설공사를 부분적으로 시공하는 것이 가능하겠습니까?"

윤 전도사는 난감한 듯이 물었다.

"그러길래 천천히 돈이 모이면 해도 될 것을 급하게 벌리려다 보니 이 지경까지 온 것이지요."

윤 전도사는 목회를 시작하고 불과 몇 달 만에 낭떠러지를 만난 기분이었다. 어쩌면 하나님의 일이라는 목회도 사람이 살아가는 일과 다름이 없을 것 같다는 생각을 했다.

신학교 졸업식이 있던 날, 윤 목사는 기대하지 않았으나 매형을 포함한 가족들이 와서 축하해 주었다. 형과 누나들이 준비한 꽃다발을 안겼다. 그러나 아버지는 보이지 않았다. 어머니가 머뭇거리다가 말을 꺼냈다.

"아버지는 못 오셨다. 섭섭하겠지만 네가 이해를 하거라."

가족사진을 찍고 매형이 어머니를 모시고 모두 예약한 식당으로 향했다. 매형의 차량 뒷좌석에 어머니와 함께 앉아서 식당으로 가는 길에 어머니가 나지막이 말했다.

"졸업을 축하한다. 네가 신학을 한다고 했을 때 나는 속으로 소스라치게 놀랐단다. 결혼 전까지만 해도 교회에 부지런히 다녔었는데 결혼하고 발걸음을 끊었던 것이 퍼뜩 떠올랐다. 하나님께서 너를 통해 이 어미를 깨우치려고 이런 일이 벌어졌나 싶어 며칠을 잠을 이룰 수 없었다."

윤 목사는 놀란 눈으로 어머니를 바라보았다. 어머니가 한 손으로 윤 목사의 손을 살며시 잡았다.

"나는 지금도 모르겠다. 아버지가 널 미션계 고등학교로 보내는 것을 보면서 불안했지만 말을 꺼낼 수는 없었다. 아버지는 지금 그 일을 몹시 후회하고 있지만 어쩌면 이 모든 일이 하나님의 섭리인지도 모른다는 생각이 든다."

앞에서 조용히 운전대를 쥐고 있던 매형이 어머니의 말을 들었는지 말했다.

"신학을 어떻게 하고 싶다고 할 수 있겠습니까? 그 어렵고 험준한 길을 누가 가고 싶어 가겠습니까? 저도 아내로부터 오래전에 이야기를 들었지만 지켜보자고 할 수밖에 없었습니다. 결국 제 스스로 그 길에 들어섰으니 이제는 목회에 생명을 걸어야지요."

윤 목사는 가슴이 먹먹해져 왔다. 그동안 큰누나를 비롯하여 가족들에게 섭섭했던 마음을 품었던 것이 부끄러웠다. 말은 하지 않았지만, 겉으로 전혀 내색을 하지 않았지만 곁에서 꾸준히 지켜보고 있었던 것이다. 조수석에 앉은 큰누나가 뒤돌아보며 말했다.

"전도사님, 이쯤에서 한 말씀 하셔야지요."

윤 목사가 멋쩍은 듯 천천히 입을 열었다.

"제가 목회를 하게 된 것이 지금 생각해 보니 전적으로 하나님의 은혜였구나 싶습니다. 앞으로 열심히 하겠습니다. 그동안 부모님께 잘하지 못했던 것이 마음에 걸립니다. 기회를 봐서 아버지도 찾아뵙도록 하겠습니다."

얼마나 시간이 흘렀을까? 윤 목사가 고개를 들었다. 목회를 시작한 지 벌써 20년이 지났다. 처음 신학을 시작하려고 했던 고등학생 시절, 그리고 처음 교회에 청빙을 받던 날 밤에 스스로 다짐했던 초심을 지금껏 잃지 않고 살아왔을까? 윤 목사는 자신이 없었다. 아버지와는 끝내 화해를 이루지 못했다. 몇 차례 아버지와 대화를 나누고 싶었지만 이미 차갑게 식어버린 아버지의 마음을 녹일 수 없었다. 결혼식장에서 어머니의 간절한 바람에도 불구하고 시종 굳어있던 아버지의 모습에 아내는 자신의 잘못인 양 끝내 울음을 터뜨렸다. 아버지는 위암으로 뒤늦게 수술을 받고 마지막 눈을 감을 때까지도 막내아들이 찾아오면 등을 돌렸는데, 이 모습을 옆에서 지켜보던 어머니 또한 속으로 얼마나 많은 눈물을 흘렸을까. 어머니는 자식들이 모두 출가해 버린 농촌에서 끝내 혼자 살기를 고집했다. 가끔 자식이나 손주들이 보고 싶으면 언제든 연락도 없이 찾아왔는데 윤 목사를 만날 때마다 개척교회의 어려운 형편을 보면서도 내색은 하지 않았다. 다만 주일 예배에 참석하여 교인들과 이야기를 나누기도 하고 손이 부족한 주방에서 교인들의 식사를 거들기도 했다. 그러던 어머니도 3년쯤 전에 세상을 떠났다. 큰 누나의 다급한 목소리를 듣고 병원에 달려갔을 때 어머니는 윤 목사의 손을 잡고 말했다.

"네가 교회를 개척할 때 어려운 형편을 알면서도 네 아버지가 무서워 도와주지도 못했던 것이 지금도 마음에 걸린다. 정말 미안하구나. 내가 왜 그렇게 어리석었는지 모르겠다."

새벽의 찬 공기가 가득한 공간에서 누군가 따뜻하게 어깨를 감싸는 것이 느껴졌다. 누굴까? 교인들은 모두 돌아갔을 것이다. 윤 목사는 따뜻한 기운이 혹시 기도의 응답인지도 모른다고 생각했다. 아니면 누가 왔을까? 무슨 일인지 알기 위하여 천천히 눈을 뜨고 옆으로 고개를 돌렸다. 막 해가 뜨기 시작했는지 뒤에서부터 비추기 시작한 빛이 길게 이어진 유리창을 조금씩 넘어오고 있었다. 순간적으로 눈이 부셔서 얼굴을 찡그리고 조금 더 고개를 돌리자 뜻밖에도 아내가 뒤에서 팔을 두른 채 웃고 있는 모습이 보였다. 윤 목사가 반가운 마음에 얼른 상체를 돌려 아내를 껴안았다. 윤 목사의 갑작스러운 행동에 아내가 놀랐는지 몸을 빼려다가 윤 목사의 눈을 보고는 이내

동작을 멈추었다. 눈물을 잔뜩 머금은 눈이 조금이라도 움직이면 금방 터져 버릴 것 같았다.

7

실로 오랜만에 공원묘지로 오르는 산길은 황량했다. 겨울이기도 했지만, 산지를 개발하면서 나무를 베어내고 추가 공정 없이 그대로 겨울을 넘기는 듯 넓은 산 중턱에 심어져 있던 나무마다 잘려져서 드러나 있는 나무 밑동이 눈에 거슬렸다. 개발사업이 겨울을 넘겨 진행된다면 굳이 서둘러 먼저 나무를 베어내고 보기 흉하게 방치하는 일은 하지 않아도 될 것이었다. 신주영 집사는 세찬 바람 때문에 걷던 걸음을 멈추고 잠시 뒤돌아섰다. 나무를 베어낸 산비탈에서부터 찬 바람이 연신 불어와 얼굴을 할퀴고 지나갔다. 귀가 얼얼할 지경이었다. 모자를 쓰고 나왔으면 좋았을 것이다. 언제 이 산에 올랐는지 생각해보았으나 기억나지는 않았다. 하나뿐인 자식이었지만 그동안 참으로 무심했다는 생각이 들었다. 이국만리 그렇게 멀리 떨어져 있는 것도 아닌데 어머니 한 권사의 산소를 몇 년 만에 찾는다고 생각하니 송구스러웠다. 어머니가 평소 자신을 끔찍이도 아꼈던 것을 모르지는 않았다. 아니 정확하게 말하면 마음에 두지를 않았다. 진즉에 어머니의 마음을 헤아렸더라면 하는 후회가 오늘따라 파도처럼 가슴 한편으로 밀려왔다.

공원묘원은 과거에 들렀을 때보다 많이 확장되어 있었고 곳곳에 산소가 들어차 있었다. 새로 설치된 산소마다 봉분과 비석이 줄을 지어놓은 듯 깔끔하게 꾸며져 있었다. 많은 사람이 지금 이 시각에도 태어나고 또 죽어갈 것이다. 마지막 죽음 앞에 섰을 때 그들은 무슨 생각을 했을까? 한 많은 세상이었지만 모든 것을 훌훌 벗어버리고 미련 없이 떠날 수 있었을까?

멀리 어머니의 산소가 보였다. 조그마한 상석과 비석은 새의 오물이 묻었는지 얼룩져 있었다. 상석 옆에 있는 꽃꽂이에는 다른 무덤과는 달리 아무런 꽃도 꽂혀있지 않았다. 명절 때마다 찾아와 꽃을 올렸을 다른 산소에 비해 어머니의 산소는 오랫동안 비어 있었을 것이다. 신주영 집사는 입구에서 산 조화를 꽃꽂이에 세우고 그 자리에 서서 기도를 드렸다. 그러다가 무릎을 꿇고 주저앉았다.

"어머니, 여기 못난 자식이 왔습니다. 생전에 그렇게 어머니를 힘들게 했던 아들이 왔습니다. 욕이라도 실컷 듣고 싶습니다. 그래야 마음이 후련해질 것 같습니다."

사람들은 왜 부모가 떠난 뒤에야 한결같이 때늦은 후회를 하는 것일까? 부모의 은혜를 그렇게 배우고 익혔으면서도 정작 살아계실 때는 실천하지 못하는 것일까? 그래서 이렇게 늦은 나이에 지나간 세월을 후회하며 가슴을 치는듯한 아픔을 견뎌내야 할까? 이것이 신의 장난이라면 너무나 가혹한 것 같았다.

새해를 앞둔 12월 연말의 새벽공기는 차가웠다. 출소 시간이 되기도 전부터 정문 앞에 사람들이 하나둘 모여들었다. 그들은 추위를 피하려고 두툼한 외투를 걸치거나 상의에 부착된 모자를 눌러 쓴 사람들도 있었다. 일부는 멀리 주차장에 차를 주차 시키고 창밖을 내다보며 출소 시간을 기다리는 모습도 보였다. 대개 젊은 사람들이었지만 그들 사이로 나이가 지긋한 이들도 보였다. 기다리기 지루했는지 대화를 나누거나 생각을 하는 듯 주위를 서성이는 사람들도 있었고 휴대폰에 몰두해 있는 이들이 대부분이었다.

신주영 집사 어머니 한 권사도 그들 틈에서 아들이 나오기를 기다리며 아들에게 입힐 옷이 담긴 가방과 두부를 담은 포장지를 들고 출입문이 잘 보이는 가로수 아래에 서 있었다. 집은 멀리 떨어져 있었기 때문에 어젯밤에 이곳에 도착하여 하룻밤을 묵었다가 새벽같이 나왔다. 집에 있던 두툼한 외투를 가져왔고 출소를 하면 두부를 먹인다는 말을 듣고는 어젯밤 오던 길로 식료품 가게 몇 군데를 돌아 만든 지 오래지 않은 손 두부를 사 놓았다. 아침 일찍 여관을 나서기 전에 주인에게 사정하여 따뜻하게 데웠지만 기다리는 시간이 지날수록 겹겹이 비닐에 싸인 두부가 식어가는 것이 안타까웠다.

"요즘은 손두부를 구하기 어려워요. 마트에서는 여러 가지 이유로 납품을 받지를 않아요. 근처 재래시장에 가면 구할 수 있을지 모르겠네요."

사람들은 왜 출소자에게 두부를 권하는 것일까? 아마 이제부터는 두부처럼 깨끗하게 인생을 살라는 당부가 아닐까 하고 한 권사는 생각했다. 그렇게 될 수만 있다면 얼마나 좋을까? 한 권사는 두부가 담긴 비닐을 물끄러미 쳐다보았다.

한 권사 부부에게는 결혼 후 오랫동안 아기가 없었다. 결혼 초기에는 조금 늦어진다고 생각하고 별다른 걱정을 하지 않았으나 시간이 흐르자 불안한 생각이 들기 시작했다. 남편과 함께 병원에서 검사를 받기도 했으나 이상은 없었다. 어른들은 몸에 좋다는 것이 있으면 챙겨 주었고 뒤에는 없는 살림이었지만 비싼 돈을 들여 유명한 한의원을 찾아 한약을 지어 보내기도 했다. 그렇지만 별다른 효험은 보지 못했다. 속이 타들어 갔다. 3년이 지난 어느 날, 그날도 한 권사는 새벽에 교회에 나가서 자식을 가질 수 있도록 간절히 기도하다가 자신도 모르게 불쑥 한마디가 입 밖으로 흘러나왔다.

"하나님, 이제라도 자식을 주신다면 아버지께 바치도록 하겠습니다."

한 권사는 순간 자신도 모르게 소스라치게 놀랐다. 전혀 생각하지 않았던 말이었다. 시골에서 자라고 신앙생활을 하면서 목회자의 길이 얼마나 힘들고 어려운지는 익히 보고 들어서 알고 있었다. 학창 시절을 보낸 고향 마을의 작은 교회가 떠올랐다. 마을을 지나는 큰 도로와 이어진 동네 어귀에서 마을 진입로를 따라 잠시 걷다 보면 낮은 산 중턱에 있던 마을에서 유일한 교회였다. 교회의 역사는 제법 되었지만, 교인들은 어린아이까지 합해도 30명을 넘지 못했다. 새로 부임해 오는 목회자마다 한, 두 해를 버티지 못하고 떠났다. 대부분의 이유는 생활고였다. 시골이었고 사택이 딸려 있었기 때문에 당장 먹고 살아야 하는 기본적인 문제는 해결되더라도 아이들의 학비며 수월찮게 나가는 생활비가 해결되지 않고는 목회를 유지하기 힘들었을 것이다. 공석인 목회자를 대신하여 나이 많은 장로가 수시로 강단에 서서 말씀을 읽고 기도했으며 교인들은 좋은 목회자를 보내 달라는 기도를 수시로 드려야 했다.

한 권사는 집에 돌아와서도 말을 꺼내지 못하고 내심 걱정을 했다. 자신이 전혀 생각하지 않았던 말이었다. 그렇다면 지금 이 생각은 주님이 주신 것인가? 아니면 자신이 실수로 내뱉은 말인가? 실수였다면 거두어들이면 될 일인가? 아니면 실수였더라도 끝끝내 지켜야 하는가를 두고 오랫동안 생각을 거듭했다. 그러다가 한순간 깨달음이 오면서 자신을 탓했다. 한 권사는 그 자리에서 엎드렸다.

"하나님, 저의 믿음 없음을 용서하여 주옵소서. 서원을 드리고도 순간적으로 사탄의 생각을 했던 잘못을 용서하여 주옵소서. 기도가 이루어져서 1년 이내에 자식이 생긴다면 기꺼이 아버지 일에 쓰도록 하겠습니다. 약속을 지키겠습니다."

한 권사는 스스로 기간을 정했다. 1년 안에 자식이 생긴다면 아버지와의 약속을 따를 것이지만 그렇지 않으면 이 약속은 해제가 되는 것으로 마음을 굳혔다. 남편이 어떻게 받아들일지 마음이 쓰였지만, 자신은 결심을 지키기로 했다. 그리고 달력 위에 자신만이 알아볼 수 있는 작은 표시를 했다.

시간이 되자 출입문 옆에 작은 문이 삐꺽거리며 열렸다. 아직 먼동이 트기에는 이른 시간이었다. 사람들이 여기저기서 출입문 주위로 몰려들었다. 한 권사도 출입문 쪽으로 발걸음을 옮겼다. 방금 차에서 지켜보던 일행이 어린아이를 보듬고 빠른 걸음으로 옆을 스치며 지나갔다.

"아빠…"

앞에서 어린아이가 제 아비를 부르는 소리가 들렸다. 한 권사가 바라보니 아이가 철문을 나오는 제 아비를 발견하고 달려가면서 부르는 소리였고 어미가 급히 아이 뒤를 따르고 있었다. 그들 부부는 얼마나 오랫동안 헤어져 있었던 것일까? 아이는 제 아비를 얼마나 보고 싶어 했을까? 제 아비에게 달려오는 아이를 보듬기 위해 그는 걷다 말고 쪼그리고 앉아서 아이가 다가오기를 기다렸다가 번쩍 들어 올렸다. 아이가 제 아비의 품을 파고들었다. 이어 아내가 다가오자 남편이 한 손으로 아내를 보듬었다. 아내는 남편의 등에 얼굴을 묻고 한참 동안 가만히 있었다. 울고 있는 것일까? 남편이 보듬은 손으로 아내의 등을 토닥였다. 남편은 무슨 연유로 사랑하는 가족을 떠나 혼자 감방에서 금쪽같은 세월을 죽이고 있었을까? 이제는 죄에 대한 정당한 대가를 받은 것일까? 세상을 원망했을까? 아니면 자신을 탓했을까? 재판과정을 통해 판사는 나름대로 공정하게 판단했을 것이다. 그러나 사람이기 때문에 얼마든지 잘잘못이 전도되거나 잘못된 판단도 내려질 수 있을 것이다. 사람이 사람을 얼마나 정확하게 판단할 수 있을까? 오직 의로우신 재판장인 하나님만이 선과 악을 바르게 심판하시며 선한 자의 눈에서 눈물을 닦아주실 것이다.

    그때 옆에서 누군가 엎드리며 큰절을 했다. 이제 막 출소를 한 젊은 사람이 나이가 지긋한 어른 앞에서 무릎을 꿇고 큰절을 하고는 고개를 들지 못하고 그대로 바닥에 엎드려 있었다. 나이가 지긋한 사람이 가만히 앉더니 상대방의 몸을 일으켜 세우려고 했다. 부자지간이었을까? 아들은 오랫동안 일어나지 않았다. 차가운 바닥에 꿇어 엎드린 아들을 바라보는 부모의 마음에 생겼을 생채기투성이의 상처는 온전히 치유될 수 있을까? 한 권사가 출입문을 나서는 주영을 보았다. 조그마한 가방을 들고 주위를 두리번거리며 앞으로 걸어오고 있었다. 자신을 보았을까? 한 권사가 나지막한 소리로 주영을 불렀다.

    "주영아."

    주영이 한 권사의 목소리에 고개를 돌렸다. 그리고 어머니를 알아보고 고개를 숙여 인사를 했다. 몸은 그동안 조금 마른 듯했다. 주영이 자그마한 종이가방을 들고 어머니 앞으로 뚜벅뚜벅 걸어왔다.
"추운데 뭐하러 이렇게 나오셨어요?"
한 권사는 앞으로 다가서서 주영의 손을 잡았다. 오랜만에 느껴보는 아들의 체취였다.
"그동안 고생했다."
한 권사는 주영의 손을 잡은 채 그대로 잠시 서 있었다. 그들 사이로 찬바람이 스치며 지나갔다. 한 권사가 잊고 있었다는 듯 가방을 열어 외투를 꺼냈다. 그리고 주영의 등에 걸쳐주었다. 주영이 쭈뼛거리다가 옷을 입었다. 그 모습을 지켜보다가 한 권사는 손에 있던 포장지를 벗겨 두부를 꺼냈다. 두부는 생각대로 식어있었다. 따로 준비했던 나무젓가락을 건네면서 말했다.
"식었지만 한 입만 먹어 보아라."
주영이 어머니의 얼굴을 잠시 보고는 손으로 두부를 떼어 입으로 가져갔다. 그리고 우물거리며 먹었다. 한 권사가 남은 두부를 다시 포장지로 쌌다.
"됐다. 이제 집에 가자꾸나."
그들은 천천히 길을 따라 내려갔다. 의외로 많은 이들이 가족이나 친지가 오지 않았는지 혼자서 길을 따라 걷고 있었다.

여름 한낮이어서 한 권사는 무더위를 피해 집에서 가까운 개울에 나가 흐르는 물에 발을 담그고 물속을 들여다보고 있었다. 오늘따라 물속에는 제법 큰 물고기들이 보였다. 이상한 생각이 들면서 자세히 들여다보니 붕어도 보이고 가물치도 있었다. 어떻게 하면 고기를 잡을 수 있을까 궁리를 하다가 발밑 가까이에서 놀고 있는 가물치를 잡으려고 몸을 천천히 숙이고 손을 벌려 물 가까이 가서 순간적으로 낚아챘다. 손에 오는 감촉으로 보아 잡았구나 싶었는데 보니 빈손이었다. 순간적으로 고기가 빠져나간 것 같았다. 그러다가 잠이 깼다. 꿈이었다. 꿈이었지만 다 잡은 것으로 생각했는데 놓치고 말았다고 생각하니 제법 아쉬웠다.

이튿날 교회에 나갔다가 우연히 어제 꿈 이야기를 했더니 사람들은 태몽이라고 했다. 그것도 아들을 낳을 태몽이라고 했다. 한 권사는 과거에도 몇 차례 들어보았던 소리여서 크게 마음에 두지는 않았다. 그러나 그 뒤에도 생리가 늦어지는 등 몇 가지 이상한 조짐을 보여 직감적으로 임신을 알게 되었고 따로 보관해 놓았던 달력을 찾아 자신이 표시했던 날짜를 찾았다. 작년 9월이었다. 한여름이니 아직 1년을 넘기지 않았다. 순간적으로 한 권사 등줄기를 따라 짜릿한 전율이 느껴졌다.

"하나님, 감사합니다. 만일 자식을 낳는다면 하나님의 일에 쓰겠습니다. 하나님께서 예비하신 것을 믿습니다. 그 길을 인도하여 주옵소서."

한 권사는 아이가 출생하면 남편에게 이야기를 꺼내고 승낙을 받을 생각이었다. 남편은 조상으로부터 물려받은 얼마 되지 않는 논을 오래전에 과수원으로 바꾸어 작물을 재배했는데 농사를 지을 때보다는 소득이 높았지만, 일거리가 많아 늘 분주한 생활을 했다. 한 권사도 바쁠 때는 하우스에서 종일 일해야 했다. 안타깝게도 아이를 보기도 전에 남편은 그해 가을 늦은 저녁에 밭에서 시장에 나갈 물건들을 싣고 경운기를 몰고 집으로 돌아오다가 마을 입구에서 달려오던 화물차와 충돌하여 현장에서 목숨을 잃었다. 남편은 불러오던 아내의 배를 만지며 늦게야 아버지가 될 것을 기뻐하며 하루하루 자식을 기다리는 재미로 살던 때였는데 동네 어른 중에는 자식이 아버지의 명을 이어받아 태어날 것이라고도 했다.

주영은 태어나 얼마 지나지 않아 유아세례를 받았다. 유아세례를 받을 때는 부모가 함께 아이를 데리고 강단에 나가 세례를 받았으나 한 권사는 아이를 보듬고 혼자 세례를 받았다. 아이를 키우면서 주위에서는 딱하다는 소리도 들렸지만 혼자서도 얼마든지 아이를 잘 키울 수 있다고 믿었다. 주영도 그런 어머니를 잘 따랐다. 주영에게 교회는 학교와 마찬가지로 배움터이기도 했고 놀이터이기도 했다. 한 권사는 수시로 주영에게 하나님께 기도하여 얻은 자식이라고 말하고 뒤에 목회자가 되어야 한다고 일러주었다. 어려서는 쉽게 받아들이는 듯했으나 나이가 들고 사춘기가 되자 어긋난 길로 빠지기 시작했는데 한 권사로서는 감당하기 어려운 지경이었다. 수시로 학교에 불려 다녔고 피해를 보았다며 나타나는 이 사람 저 사람에게 용서를 빌어야 했다. 한 권사는 이 시절 눈물로 하나님께 매달렸다.

"하나님, 목회자로 키우기로 저와 약속하셨잖아요."

뒤에도 주영의 행동은 나아지지 않았다. 한 권사는 서둘러 군에 입대를 시켰다. 군대에 다녀오면 조금은 나을 것으로 생각했다. 그리고 해병대에 지원하여 짧지 않은 세월을 보내고 제대를 했다. 이제는 달라졌겠거니 했지만, 군대를 다녀와서도 변한 것은 없었다. 이유 없이 집을 나가 연락도 없이 몇 달을 지내기도 하고 갑자기 들이닥쳐 돈이 필요하니 내놓으라고 윽박지르기도 했다. 그즈음 마음을 잡을 수 있게 취업을 시킨 적이 있었다. 과거 군에서 운전을 했던 경험을 살려 제과점 빵을 차량으로 마트마다 돌리는 일을 하도록 했는데 불과 3개월을 넘기지 못하고 수금한 돈을 모아 도주를 했고 수배 중에 검거되면서 재판을 받았고 형을 살게 되었던 것이다. 한 권사는 남편이 떠난 뒤 오랜 세월을 오직 아들만을 낙으로 삼고 살았으나 갈수록 기대를 저버리자 생의 의욕을 잃어버리는 지경에 까지 다다랐다. 마을에서는 주영에 대한 좋지 않은 소문까지 퍼져서 결국 농촌에 있던 재산을 처분하고 도시의 자그마한 아파트를 마련했다. 그리고 교회를 옮겼다. 그때부터 생활을 위해 가리지 않고 일했다. 아무리 바쁘고 힘들어도 교회는 빠지지 않고 다니도록 스스로 다짐을 했다. 또한 자신은 아들을 바르게 키우지 못했지만, 하나님과 약속한 것은 하나님께서 반드시 이루실 것으로 굳게 믿었다.

복역을 마친 주영이 어머니와 함께 집으로 돌아온 후 처음 몇 달은 마음을 돌린 듯 보였으나 나쁜 버릇은 고쳐지지 않았다. 수시로 한 권사를 힘들게 했다. 친구들과 어울려 늦은 밤까지 길거리를 배회했고 수중에 돈이 떨어지면 집에 와서 소란을 피웠다. 한 권사는 끝이 보이지 않는 길을 걷고 있다고 생각했다. 그러나 그 길 끝에는 하나님이 기다리고 있을 것으로 믿었다. 그렇지 않다면 단 하루도 견디기 어려웠다. 그즈음 한 권사는 우울증약을 복용하고 있었다. 병원에서는 지나친 스트레스가 원인이라고 말했다. 의사는 자기 욕구가 억제되면서 스트레스가 발생하는데 이 과정에서 내부의 공격성이 외부로 발산되거나 내부로 향한다고 말했다. 외부로 향할 경우 분노로 드러나는데 그렇지 못할 때는 자신을 탓하게 된다고 말하면서 약을 먹으면 점차 나아질 것이라고 말했다.

그러나 현실은 그렇지 않았다. 그즈음 주영의 폭력은 나아질 기미를 보이지 않았다. 마음에 들지 않으면 수시로 집에서 행패를 부렸다. 심한 날은 부끄러움을 무릅쓰고 이웃집으로 급히 피신하기도 했다. 주영이 행패를 부리다가 술에 취해 잠든 어느 날 밤에 한 권사는 마루에 앉아 주영을 바라보며 하나님을 원망했다.

"하나님, 이게 하나님께서 바라신 것인가요? 이제 속이 후련하십니까?"

이튿날 해가 중천으로 떠오른 한낮에 주영이 잠에서 깨어나 정신을 차리고 주위를 둘러보았다. 집이었다. 어젯밤 술에 취해 들어와 마루에 누워 잠이 든 것 같았다. 발아래 무엇인가 걸리는 것이 있어 고개를 들고 발아래를 내려다보았다. 그곳에는 한 권사가 피를 토하고 엎드려 있었다. 한 손은 길게 뻗어 주영의 발을 붙들고 있었다. 그는 짧은 비명을 질렀다.

주영이 산소 옆에서 그대로 누워 하늘을 올려보았다. 하늘은 구름 한 점 없이 맑고 청명했다. 한 권사의 장례식이 있던 날 장지까지 따라온 어느 나이 많은 권사님은 주영에게 다가와 등을 두드리며 권사님이 아들을 위해 새벽마다 교회에서 눈물로 기도했다고 말했다. 그러면서 젊어서 홀로된 권사님에게 아들은 자신의 전부나 마찬가지였을 것이라고 말했다. 문득 한 권사가 자주 했던 말이 기억났다.

"주영이가 목회자가 되지 못한다면 하나님 앞에서 얼마나 질책을 받게 될지 나는 그게 두려워."

주영은 일어서서 옷을 가볍게 털고 비석을 잠시 바라보다가 몸을 돌려 오던 방향으로 내려오기 시작했다. 바람은 조금 잠잠해 있었다. 주머니에 들었던 휴대폰이 진동으로 울리기 시작했다. 학원의 원장이었다.

"주영 씨, 학원입니다. 휴가가 짧지는 않았습니까? 교회에 무슨 일이 있었다는데 해결은 잘 되었나요? 내일부터는 예정대로 학원 버스를 운행할 수 있나 싶어 전화했습니다. 주영 씨가 안 보이니 애들도 주영 씨를 찾네요. 계속 잘 부탁드리겠습니다."

8

최수철 장로는 시간에 맞춰 집을 나섰다. 오후 3시에 교통사고 피해자 안만수 씨의 아들 안강호를 병원 근처 커피숍에서 만나기로 했다. 그는 택시를 운행했는데 쉬는 날을 잡아 만나자는 연락을 해왔다. 피해자는 아들의 요청에 따라 몇 가지 추가 검사를 했지만 특별한 이상은 발견되지 않았다. 병원에서는 나이가 있으니 회복이 생각보다 늦어지고 있으나 그 외에 특이점은 없다고 말했다. 며칠이 지나면 퇴원할 수 있을 것이라고 말했다. 교회에서는 수시로 윤 목사와 성도들이 병원을 방문했다. 성도들은 환자를 찾아 위로하고 기도를 드리고 돌아갔다. 지난주에는 안만수 씨의 생일을 맞아 교회 여전도회에서 다과를 준비하여 깜짝 파티를 열고 이웃 병실에까지 먹을 것과 음료를 돌리기도 했다.

"일찍 오셨네요."

최수철 장로가 10여 분 먼저 와서 기다렸고 잠시 후 아들 안강호가 인사를 하며 들어섰다.

"어서 오세요. 반갑습니다."

그들은 서로 악수를 했다. 종업원이 다가오더니 물컵과 생수를 놓고 주문을 받았다. 안강호가 갈증을 느꼈는지 앉자마자 생수를 따서 그대로 벌컥벌컥 들이켰다.

"목이 말랐나 보군요."

최 장로가 안강호를 보면서 말했다. 안강호가 반쯤 들이켠 생수를 내려놓으면서 말했다.

"지금 회사에 다녀오는 길인데 요즘 택시 영업이 아주 힘들어요. 기존에 택시들도 힘들다고 아우성치는데 이번에 추가로 허가를 내준 택시들까지 합세하면 시내에 빈 택시들이 넘쳐날 것 같네요."

최 장로도 최근 시에서 추가로 택시 허가를 곧 발표할 예정이라는 보도를 읽은 적이 있었다. 시에서는 인구가 증가함에 따라 늘어나는 교통체증을 해소하기 위하여 부족한 택시를 증차할 계획이라고 밝혔다.

"요즘 주변에 보면 택시 타는 사람이 있나요? 다들 자가용을 갖고 다니지, 밤에는 대리운전 부르지. 택시도 다 옛날이야기라니까요."

최 장로는 가만히 듣고 있었다. 택시에 대해서는 자세히 몰랐기 때문이기도 하지만 굳이 답변할 필요를 느끼지 못했다. 안강호가 괜히 자신만 언성을 높였다는 것을 느꼈는지 고개를 돌려 홀을 한 바퀴 돌아보았다.

"낮에도 사람들이 참 많이 찾는가 봅니다. 커피숍은 불황도 없는 것 같네요."

홀에는 제법 많은 사람이 보였다. 젊은 사람들이 곳곳에 앉아 이야기를 나누고 있었고 더러 혼자서 노트북을 펴고 작업을 하는 이들도 있었다.

"환자분이 주말에 퇴원이 가능하다는데 그동안 아드님이 애를 많이 썼지요."

안강호는 수시로 병원에 다녀갔다. 아버지가 당한 교통사고였지만 자식으로서 본인의 사고처럼 나서서 챙겼다. 아버지는 나이가 많고 세상 물정을 잘 모른다고 말하기도 했지만, 최 장로가 보기에는 안강호의 성격이 다소 급하고 나서기를 좋아하는 면도 있는 것 같았다.

"아버지는 제가 어렸을 때부터 늘 남에게 속고 살았지요."

최 장로가 안강호를 쳐다보았다. 생수병을 들어 남아있는 물을 조금 마셨다.

"그동안 우리 가족이 참 어렵게 살았는데 그런 원인이 사실은 아버지 때문이었지요."

그러면서 버릇처럼 호주머니에서 담뱃갑을 꺼내 만지작거렸다.

"흔히 우리가 귀가 얇은 사람이라고 하면 남의 말을 별 의심 없이 쉽게 받아들이는 사람을 가리키는 말이지요. 그래서 귀가 얇다거나 여리다고 하는 사람은 남에게 속아서 이용당하기 쉽다고 하는데 아버지가 그랬지요."

종업원이 차를 가져와서 내려놓았다. 안강호는 주문한 주스를 한 모금 마셨다.

"과거에 인보증이 흔할 땐데 아버지는 보증을 서달라는 요구를 거절을 못했지요. 보증으로 넘어간 재산이 제법 많았지요. 그때는 제가 어려서 아무것도 모를 때였는데 밤에 자다가 채무자들이 집에 들이닥친 경험은 지금도 뚜렷이 기억나요. 아버지는 미리 피하셨지만, 엄마와 나는 자다 말고 깼고 그들이 구둣발로 이불을 밟고 돌아다니고 심한 말을 하는 것을 다 들었지요. 엄마는 듣지 못하게 하려고 나와 여동생을 이불 속으로 밀어 넣었는데 어떻게 그 말을 안 들을 수 있었겠어요?"

최 장로는 안강호를 쳐다보았다. 그는 손바닥으로 눈 주위를 감쌌다.

"그랬군요. 힘드셨겠어요."

최 장로가 앞에 놓인 아메리카노를 한 모금 마셨다. 따뜻한 느낌 때문에 종이컵을 두 손으로 감쌌다.

"쓸데없는 이야기를 했지요."

안강호가 얼굴에서 손을 떼며 말했다. 그는 평생 아버지를 옆에서 지켜보면서 아버지를 닮아서는 안 된다고 생각했을 것이다. 남의 말을 곧이곧대로 믿는 것은 어리석은 짓이라는 것을 뼛속 깊이 새겼을 것이다.

"그렇다면 그 반대의 삶, 그러니까 뭐라 할까요? 남의 말에 의심하고 믿지 못하는 생활도 마찬가지로 힘들고 어렵지 않았겠나 하는 생각이 드는데 어떻습니까?"

안강호가 머리를 긁적거리면서 말했다.

"그렇지요. 눈에 드러나기 전에는 일단 믿지를 않지요. 적어도 나는 그렇게 살았습니다. 그런데 그 짓도 힘들기는 하지만 내 것을 빼앗긴다든지 하는 손해는 상대적으로 적었지요."

세상에는 많은 사람 만큼이나 생각이나 판단의 잣대도 많을 것이다. 이래서 성경은 이 세상을 가리켜 혼탁한 세상이라며 한탄하고 있는 것일까?

"근데 지금은 꼭 그렇지만도 않아요. 눈에 드러나는 것도 믿을 게 못 되는 세상이지요. 사람들은 간교하여서 없는 증거들도 어디서 구하는지 잘도 가져옵니다. 돈이면 안 되는 게 없는 세상이 되었지요."

아닐 것이다. 최 장로는 속으로 아니라고 생각했다. 아직도 세상에 정의를 살아있고 진리는 숨 쉬고 있을 것이다. 그러나 정의와 진리가 우리와 얼마나 가까이 있는 것인지는 말할 자신이 없었다.

"아파트를 내놓고 싶어서 찾아왔소."

어느 날 오전 60대 후반으로 보이는 남자가 부동산 문을 밀고 들어왔다. 자전거를 타고 왔는지 문을 들어서다 말고 돌아서더니 자물쇠를 채웠는지 다시 확인했다.

"어서 오세요."

최 장로가 반갑게 맞았다. 남자는 두 블록 떨어진 J 아파트에 산다고 했다. J 아파트는 거의 28평으로 이 지역에서는 제법 오래된 아파트여서 거래가 뜸했다.

"아파트가 제법 되었는데 계속 그 아파트에서 사셨어요?"

최 장로의 물음에 남자는 고개를 끄떡였다.

"자식들 출가시키고 집사람이랑 근처 텃밭에서 채소나 가꾸며 소일거리 삼아 살았는데 집사람이 갑자기 병에 걸려서 서울 근처에 있는 아들네 집에 갈 생각이요."

남자가 그렇게 말하고 최 장로가 권하는 의자에 앉았다. 얼굴에 덮인 근심을 읽을 수 있었다.

"걱정이 많이 되겠네요. 서울에 올라갔다가 치료를 끝내고 다시 내려올 수도 있겠습니다만…"

그러면서 남자의 얼굴을 쳐다보았다. 늘그막까지 텃밭을 가꾸며 살던 부부가 서울에서 자식들과 한집에서 지낼 수 있을까 하는 생각이 들었다. 남자는 내뱉듯이 말했다.

"아들이 제 어미가 수술을 하고 계속 치료를 받으려면 왔다 갔다 하기가 어려우니 이번 기회에 아예 집을 처분하고 올라오라네요."

최 장로는 아파트의 시세를 인터넷으로 확인해 보았다. 15층 건물이었는데 중간층을 기준으로 1억 8,000만 원 정도에서 거래가 이루어졌다.

"그러시군요. 그러면 정확한 동호수를 말씀해 주시면 제가 확인을 해보겠습니다."

확인해 보니 남자 명의로 되어있었고 아파트를 분양할 당시에 샀던 것 같았다. 남자의 물음에 주변에서 거래되는 시세를 알려 주었다.

"그럼 매물로 내놓으시겠어요?"

남자는 고개를 끄떡이면서도 정든 집을 떠나야 해서 그런지 표정이 밝지 않았다.

"혹시 부인이 무슨 병인지 물어봐도 될까요?"

남자가 머뭇거리더니 말했다.

"위암이라고 합디다. 그렇지만 다행히 나라에서 하는 일반검진에서 조기 발견을 해서 수술만 잘하면 된다니 그나마 다행이지요."

최 장로가 종이컵에 녹차를 타서 남자에게 내밀었다. 남자가 입으로 불어서 식히더니 한 모금을 마셨다.

"집사람은 지금 서울 아들네 집에서 수술 날짜를 기다리고 있고 나는 밭을 그냥 둘 수가 없어서 잠시 내려와 있는 것이라오."

서울의 아들 내외가 의논하여 시골의 연로한 부모를 모시겠다고 했다면 자식을 잘 키웠다고 생각했다. 지난 시절 모두가 어려웠던 시기에 자녀를 학교에 보내고 남과 같이 어엿이 사회인으로 키워 출가시킨 보람을 이제야 느끼며 흐뭇해야 할 일인데 남자는 그렇지 않았다. 최 장로가 조심스럽게 물었다.

"혹시 아파트를 처분하면 그 돈은 어떻게 하시겠어요?"

남자는 잠시 말이 없었다. 다시 종이컵을 들더니 차를 한 모금 마셨다.

"실은 아들이 서울에서 조그마한 사업을 하는데 며느리까지 나서서 지금 어려우니 좀 도와달라고 합디다. 길게 잡아서 1년만 빌려달라고 하는데 집사람까지 나서서 나를 자식도 안중에 없는 이기적인 사람으로 몰아붙이는데 어떻게 해야 하겠습니까?"

남자는 다시 입을 닫고 조용했다.

"그러셨군요. 그래서 결국 집을 내놓기로 하셨군요."

남자가 의자에서 일어섰다. 약간 굽은 등이 들어올 때보다 더 굽어 보였다.

"자식에게 넘어간 돈은 다시 돌아오기 어려워요. 아내도 알고 있지요. 그렇지만 알고도 자식이 형편이 어렵다는데 어느 부모가 모른 척 쥐고 있을 수가 있겠소?"

그러면서 점퍼 호주머니에서 자전거 키를 꺼냈다. 그리고 출입구 쪽으로 성큼성큼 걸어가더니 돌아서면서 말했다.

"저기 십자가가 걸려있는 것을 보니 댁도 교회에 나가는 모양인데 우리 아들도 며느리 따라 교회에 다닌다네요. 교회에서 뭐라더라 구제부장이라고 합디다. 수시로 시설이나 양로원을 찾아다니며 좋은 일을 한다고 상도 받고 그랬다는데 나중에 부모가 양로원으로 쫓겨나면 그때 찾아와서 도와주겠지요."

남자는 옅은 웃음을 남기고 문을 열고 나갔다. 최 장로가 뒤따라 나가보니 오래된 자전거를 타고 좁은 인도 사이에서 달리는 듯하더니 시야에서 사라졌다.

교회의 주일 낮 예배가 끝나고 이어서 재직회 모임이 있었다. 두 달에 한 번씩 교회의 세례 받은 모든 교인이 모이는 자리였다. 오늘도 30여 명이 모였다. 기도에 이어 순서에 따른 제반 보고가 끝나고 윤 목사가 교회 차량의 사고대책위원장 최수철 장로의 경과보고가 있겠다고 말했다. 최 장로가 앞으로 걸어 나갔다. 그리고 마이크를 잡았다.

"지난해 12월에 있었던 교회 스타렉스 차 사고에 대한 그간의 경과를 간략하게 말씀드리겠습니다. 당시 새벽기도 시간에 차량 운행을 맡은 신주영 집사가 교회로 돌아오는 중간에 도로를 청소 중이던 안만수 씨를 치었고 피해자는 전치 5주 진단을 받고 병원에서 치료를 받았으며 얼마 전 퇴원을 하여 현재 집에서 통원치료 중입니다. 교회에서는 그동안 피해자의 아들인 안강호와 피해 보상에 대해 협의를 진행해 왔습니다. 보험회사에서는 손해 배상금과 위자료, 휴업 손해액에 이어 향후 치료비까지 산정하여 이미 지급을 했습니다."

최 장로는 잠시 말을 끊고 가지고 나간 생수를 따서 한 모금 마셨다.

"다행히 12대 중과실에 포함되지 않아 법적인 합의는 필요하지 않았지만, 사고대책위원들이 어려운 피해자와 그 가족들을 위해 할 수 있는 일이 없을까 의논하다가 각자 형편에 따라 얼마간 모금하기로 결의를 했고, 이 소식을 전해 들은 목사님과 일부 교인들께서 협조해 주셔서 며칠 전에 안강호와 피해자의 부인을 만나 전달했습니다. 그동안 이 일을 위해 기도하고 시간과 물질로 도움을 주신 교회 기관들, 그리고 싱도님들께 감사드리며 이번 일을 통하여 모든 교인이 하나님의 도우심과 은혜 가운데 있음을 다시금 깨닫게 되었음도 감사합니다."

듣고 있던 교인 중에 일부가 손뼉을 쳤다. 최 장로가 고개를 숙이며 인사를 했다. 내려오려다가 다시 마이크를 잡았다.

"제가 이번 일을 통해 느낀 게 있습니다. 처음 사고가 났을 때 피해자 안만수 씨의 아들 안강호가 우리 위원들을 무척이나 힘들게 했습니다. 정말 어려웠지요. 그런데 알고 보니 그 사람도 상처가 있었고 우리와 똑같은 성정의 사람이었다는 것입니다. 아직 복음이 무엇인지도 잘 모릅니다. 그러나 우리 교회가 그들에게 섬겼던 일을 보면서 교회에 나오기로 했고 아버지가 회복되는 데로 같이 오기로 했습니다. 속히 그날이 왔으면 좋겠습니다. 감사합니다."

박수 소리가 요란하게 울렸다. 최 장로는 마이크를 놓고 자리에 돌아오면서 보니 신주영 집사가 뒤에 앉아 손뼉을 치고 있었다. 최 장로가 신주영 집사에게 다가가 손을 내밀었다. 신주영 집사가 일어나 최 장로의 등 뒤로 손을 돌리며 가만히 껴안았다.

■ 작품 해설

인간 삶의 본질적인 문제들을 파헤치다

– 강난경(문학평론가·소설가)

■작품 해설

인간 삶의 본질적인 문제들을 파헤치다

강난경(문학평론가·소설가)

 이번 박영민 작가의 소설집은 7편의 단편과 2편의 중편으로 구성되었다. 단편의 특징이 짧지만, 강렬한 인상을 남기면서 한 장면의 순간을 포착하는 예술이라면 중편은 조금 더 깊이 있는 인물 묘사와 사건 전개로 한 사람의 변화나 한 사건의 흐름을 따라가는 서사라고 할 수 있다.
 박영민 작가는 그동안 주로 단편을 써오면서 사회의 아웃사이드로 불리는 인간 삶의 한계점에 서 있는 이들을 다루었다. 그들도 우리와 똑같은 세상을 살아가지만, 우리가 모르거나, 또는 알면서도 외면하고 있었던 헐벗고 소외된 이들의 삶을 통해 인간 삶의 본질적 문제를 제기하였다는 점에서 이 시대의 아픔을 있는 그대로 드러낸 작품들로 평가된다.

 이번에 발표한 작품 가운데 단편부터 순서대로 살펴보고자 한다.
 먼저「소리 없는 아우성」이 있다. 현대 들어 직업병 가운데 전자파로 인한 피해가 늘어나면서 그들의 고통을 호소하는 소리도 언론 등을 통해 점차 커지고 있으나 제대로 보상이 이루어지고 치료받았다는 소식은 들은 적이 없다. 그런 의미에서 제목을 '소리 없는 아우성'이라고 정하지 않았나 싶다. 이 소설의 주인공 '그'는 육십 대 후반으로 이단에 빠진 아내와 이혼했고, 다니던 전자 부품 중소기업에서 전자파로 인해 이름도 알 수 없는 병으로 퇴직하고 혼자 외롭게 살고 있다. 입사 8개월 만에 신체의 이상 증세로 그만둔 회사여서 전자 부품 제조로 인한 병이라는 추측만 할 뿐 직장이나 병원에서 증명할 방법이 없어 치료비조차 받아내기 어려웠고 다른 직장을 구하지도 못해 기초생활 수급자로 살다 보니 생활비조차 힘에 버거울 정도다. 혼자 사는 집에서 전자제품을 몸 가까이 두면 가슴이 답답하고 불면증으로 잠을 못 자니까 TV, 냉장고, 전기밥통, 스마트폰 등 생활필수품에 가까운 전자제품들을 가까이 두지 않고 살려니 불편함이 이루 말할 수 없다. 사십 대 아들이 있지만, 직업이 시원찮아서 결혼도 하지 못하고 객지에서 혼자 살고 있으니 도움을 바라지만 금전적인 문제는 말조차 꺼내기 어렵다.

 그런데 몇 달 전부터 다시 통증이나 불면증이 심해져서 걱정이 많았는데 과거 조카가 회사에 다니면서 전자파 피해를 당했다는 동네 슈퍼주인 김 씨로부터 근처 사우나 건물 옥상에 근래 들어 이동통신 3사가 통신 중계기를 설치했는데 그것이 원인일 수도 있을 것이라는 말을 듣게 된다. 그가 자리에서 일어나 '잠시 망설이다가 사우나 건물을 향해 천천히 발걸음을 옮기기 시작했다.'로 소설은 끝난다.

 결과는 어떻게 될까? 우리는 충분히 짐작할 수 있다. 원인을 안다고 하더라도 힘없는 소시민이 대기업을 이길 수 있을까? 설령 그가 아무리 아우성을 쳐도 그들은 눈도 까딱하지 않을 것이다. 소설은 사회를 비춰 주는 거울이다. 달리 말하면 잘못된 것들을 알리고 고발하는 고발자라고도 할 수 있다. 그러나 안타깝게도 그 시도는 사회가 정상적으로 돌아가는 건전한 사회라면 상식적인 결과를 기대할 수 있겠지만, 부패한 사회라면 아무리 이의를 제기하고 고발을 거듭해도 한계에 부딪히고 말 것이다. 우리 사회는 어떨까? 작가는 누구나 어렵다고 생각하더라도 아직은 정의가 살아있다는 것을 역설적으로 말하고 싶은 것은 아닐까? 사회적 약자로 살아가면서 억울함을 호소하는 사람들이 사회 곳곳에 얼마나 많이 존재하고 있을까? 그들이 오롯이 바라는 것은 어떠한 경우에서도 같은 시대를 살아가는 우리가 이들을 외면하지 않고 따뜻한 시선으로 바라보는 것이라고 말하고 있다.

단편 「바람은 숲에 머물지 않는다」에서 주인공 성진은 과거 알콜 중독으로 치료받았던 적이 있다. 다행스럽게 치료가 잘 마무리되어서 사회로 복귀하고 직장에도 다니게 된다. 과거를 드러내지 않는 이상 주위에서는 누구라도 그가 알콜 중독이었다는 사실을 알 수 없다. 성진은 직장에 다니면서부터 아예 술을 마시지 않는 사람으로 통한다. 회식 자리에 참석하지만, 술을 마시지 않고 직원들을 챙기며 마칠 때까지 기다렸다가 상사의 차를 대리운전하는 모습도 보여주기도 한다. 성진의 어머니는 알콜 중독의 아들 때문에 속을 태웠고 술을 끊겠다는 약속을 받기도 했지만, 결과를 보지 못하고 숨을 거두었다. 성진은 취직한 지 1년이 지날 무렵부터 눈이 침침해 지면서 머리가 아프고 눈도 빠질 듯 해서 진통제를 먹고 있다. 정확한 원인은 알 수 없다. 과거 알콜로 인한 증상이 아닌지 의심스럽다. 그래서 더 불안한지도 모른다. 시간을 내어 병원에 다녀오려고 생각하고 있다.

그날도 직장에서는 회식이 있었지만, 술은 입에 대지도 않았고 2차까지 자리를 지키다가 팀장의 차를 집까지 몰아주고 밤늦게 집으로 돌아왔다. 그런데 뜻밖의 행동을 보인다. 늦은 시간 주변의 상가에서 소주를 사고 빈 생수통에 옮겨 담아 집으로 가져와 혼자 마시기 시작한다. 술이 들어가니 갑자기 기분이 좋아졌다. 자기 인생을 자기 마음대로 살겠다고 생각하며 TV 화면에 나오는 가수를 따라 노래를 흥얼거리면서 소설은 끝난다.

주인공은 알콜 중독이 재발했으며 이 사실을 숨기고 직장에서는 이중생활을 하고 있다. 이게 가능한 이유는 모두가 바쁜 일상으로 자신조차 들여다볼 여유를 가지지 못하기 때문에 주인공은 판단을 유보하고 현실에 붙들려 있는 것이다. 실상 우리는 자신의 삶을 산다고 하기보다는 환경이나 분위기에 동조되거나 휩쓸리는 경우가 허다하다. 인간은 사회적 동물이라고 한다. 맞는 말이다. 우리는 혼자서는 살아갈 수 없는 존재들이다. 그러나 우리는 철저히 개별화된 존재들이다. 중요한 판단이나 결정을 내려야 할 때에는 혼자일 수밖에 없다. 주위의 도움을 받을 수는 있지만 책임은 결국 자신이 져야 하기 때문이다. 또 다른 현실적인 이유를 댄다면 마약중독보다도 알콜 중독 재발이 더 높다는 말도 있다. 이유 중 하나는 마약은 돈이 많이 들고 구하기도 어렵지만, 알콜은 천지에 깔려있고 값도 싸다는 것이다. 살면서 노름 중독이거나 알콜 중독 등 중독에 빠지면 정상적인 사고를 할 수 없다. 정상이란 말이 붙어야 사람다운 생활을 할 수 있다. 사람답게 산다는 말이 대수롭지 않게 들리면서도 그렇게 살기 힘든 것도 사실이다.

다음은 단편「길 끝에 서다」이다. 남편은 경찰이었지만 금품수수로 퇴직 후 일용직으로 전전하다가 다리를 다치는 사고를 당하게 되면서 고립을 자처하게 되고 결국 술만 찾다가 알콜중독자가 되어 전문병원에 강제 수용하기에 이른다. 남편이 경찰에 몸담고 있는 이상 쉽게 불의와 타협하지는 않았을 것이다. 그러나 본의가 아니더라도 어떤 잘못된 여지를 남기게 되면 나중에는 변명의 기회조차 어려울 수 있다. 여기서 보듯 한 가정이 일시에 허물어질 수도 있는 일이 일어나기 때문이다. 결국 아내는 기초생활 수급자가 되어 혼자 산다. 외지에서 공장을 다니던 아들은 기계에 손이 절단되어 치료를 받고 집에 돌아왔으나 그동안 사귀던 보육원 출신 여성과 결혼하겠다고 말하면서 어머니와 작별을 고한다. 이후 연락하겠다던 아들은 전화조차 없고, 외톨이가 된 아내에게 어느 날 주민센터로부터 아들이 회사에서 사고 이후 보상금을 수령 했으며, 동시에 어머니의 기초생활 수급 자격도

탈락되었음을 알린다.

　아내는 이웃으로부터 남편 복은 없지만 아들 복은 있다는 소리를 듣고 살았다. 그만큼 착하고 성실했던 아들이었다. 그러나 아들은 사고로 인한 보상금을 움켜쥐고 여자와 함께 어머니를 떠났다. 결과적으로 가족으로부터 버림받은 자는 어머니 자신이다. 더구나 자신의 육신조차 온전하지 못한 상태에서 병든 남편까지 책임져야 하는 길 끝에 서게 되었다. 이제 어머니는 어떻게 처신하여야 할까? 그 방법이 남아있기는 할까? 부부관계도 그렇고 부자지간도 인정사정이 없어진 지 오래다. 혈연관계를 말할 때 흔히 쓰는 물보다 진하다는 피도 이제는 얼어붙어서 인간이 냉혈동물이 된 것은 아닐까?

　다음은 단편 「이룰 수 없는 약속」이다. 남편은 과거 농기구 하청 업체 사장이었다. 그러나 화재로 공장을 잃고, 중고 1톤 트럭으로 과일 장사를 하게 된다. 아내는 남편을 도와서 다시 공장을 세우겠다는 약속을 굳게 하고 직업전선에 뛰어든다. 전문적인 개인 기술이 없는 그녀는 파트타임 마트 계산원으로 시작했으나 수입이 적으므로 일이 많은 식당으로 자리를 옮긴다. 딸이 미술에 소질이 있다는 것을 알게 되어 아내는 미대를 보내기 위해 비싼 학원에 등록시키면서 밤이 늦도록 일하게 된다. 그러나 딸은 제 아빠에게 그림을 자유롭게 그리고 싶다면서 엄마의 뜻대로 어떤 형식이나 틀에 맞춰서 그림을 그리니까 행복하지 않다고 말한다. 그러면서 요즘 엄마가 늦게 들어오기도 하고 이튿날까지 술이 깨지 않아 아침밥도 챙겨주지 않는 날이 많다고 했다. 남편은 마음이 편치 않았지만, 아내를 믿었으므로 밖에서 늦게까지 일하는 아내에게 자초지종을 묻기는 어려웠다. 그로부터 얼마 뒤 불안했던 생각은 현실이 되어 남편 앞에 나타났다. 아파트 입구 편의점 주인에 의해 그간 늦은 밤마다 외제 승용차에서 아내가 비틀거리며 차에서 내리는 모습을 목격했다고 말한다.

작가는 그 이후에 어떻게 되었는지 결과를 독자들에게 넘긴다. 그 가정이 파탄이 날지, 크게 한바탕 회오리가 지나가고 다시 새출발할 수 있을 것인지 아무도 모른다. 그러나 소설 제목이 '이룰 수 없는 약속'이라고 했으니, 부부는 갈라설 가능성이 높고 딸은 자의 반 타의 반으로 미대를 포기할 것이다. 제목을 '약속'이라고 했더라면 일부 독자는 그 가정이 어려움을 딛고 재기할 수 있을 것이라고 볼 수도 있지 않았을까? 한 단란했던 가정이 자본주의 사회에서 돈에 흔들리는 과정이 안타깝다.

다음의 작품 제목은 「운명」이다. 주인공인 대학생 혜진은 어머니를 잃고 아버지와 살고 있는데 아버지가 새 부인을 들이자 이를 받아들이지 못하고 무작정 가출을 결심한다. 갈 곳이 없던 그녀는 같은 과 친구 숙소로 들어간다. 그러나 혜진은 휴학했기 때문에 학교 개학하는 시기에 친구의 숙소에 같이 있을 수가 없어 궁리 끝에 채팅으로 만난 혼자 사는 남자 집으로 들어간다. 남자는 바다가 가까운 시골집을 얻어, 취직하려고 공부하는 사람으로 아르바이트로 겨우 생활비를 버는 상태였다. 남자는 친누나의 요청으로 요양원에서 임종을 기다리는 어머니 면회를 가게 되는데 혜진도 동행한다. 어머니 병문안을 끝내고 나오는 길에 누나가 따라 나와서 혜진에게 남자와 결혼할 의사가 있는지 묻는다. 혜진은 정직하게 대답해야 한다고 생각하며 여기까지 온 것이 신이 허락한 운명이 아닌가 생각하다가 갑자기 머리가 어지러워 고꾸라지면서 귀는 아무 소리도 들리지 않는다.

혜진은 신경성 실신 증세로 기절한 것이다. 심신이 미약한 사람에게 일어나는 병이다. 혜진은 새엄마가 싫다는 이유로 성급하게 집을 나왔고, 채팅 3개월의 남자와 동거를 시작한다는 것도 정상적으로 볼 수 없다. 그냥 그대로 눌러앉아 살 것인지, 아니면 이러한 상황을 끝내야 하는 것인지 어떤 각오도 없는 것 같다. 대학까지 다닌 성년으로 뚜렷한 인생관도 없이 현실과 적당히 타협하며 살아간다는 생각에 일말의 동정심도 얻기 어렵다. 작가는 이 작품을 통해 운명론을 주장하고 싶었는지 모른다. 운명론은 사전적으로 반드시 그렇게 될 수밖에 없이 이미 정해져 있는 것을 가리킨다. 운명을 아주 무시할 수는 없겠지만, 같은 처지에 놓여있더라도 그 사람이 어떻게 대처하는가에 따라 사람의 일생은 얼마든지 달라질 수 있다고 본다. 미국의 정치가이자 웅변가인 윌리엄 제닝스 브라이언이 말했다는 '운명은 기다리는 것이 아니라 만들어가는 것이다'가 생각난다. 작가는 결국 운명이란 스스로 개척하는 것이란 말을 하고 싶었던 것이다.

단편 「혼자 하는 놀이」는 주인공 남편의 1인칭 소설이다. 나는 직장에서 정년을 맞아 집에서 하릴없이 시간을 보내고 있다. 나이가 들면서 고혈압, 당뇨, 동맥경화 등 대사증후군 증상이 나타나고 뒤이어 우울증까지 겹치게 된다. 대인기피증이 오면서 바깥출입도 힘든 상태에서 유일한 소일거리였던 노인복지관 출입조차 어려워지자, 집에서 유일한 말동무인 아내에게 의지하려는 모습이 애처롭기까지 하다. 아내는 남편의 빈자리를 메워야 했지만, 잦은 외출이 이어지면서 남편은 혼자 있는 시간이 늘어나고 우울증은 더욱 깊어진다. 아내는 문화센터나 단체 모임에 나가면서 자신의 삶은 다시 활기를 되찾았지만, 남편은 상대적으로 삶의 벼랑 끝으로 몰리게 된다. 그즈음 아파트 상가에서 부동산을 하는 교회 장로를 만나게 되고 그의 인도를 받아 가까스로 교회를 다니게 되지만 장로는 암으로 딸네 집에서 항암치료를 받던 아내 몰래 다른 여자를 만나고 있었다. 그리고 얼마 뒤 아내가 죽자마자 사귀던 여자와 집과 가게를 정리하여 다른 곳으로 이사를 가버렸다는 사실을 알게 된다.

현대에 있어서 결혼하고 부부로 살지만 여러 가지 사유로 남보다 못한 사이가 되어 서류상으로만 부부로 남아있는 가정도 더러 있을 것이다. 특히 젊어서는 자녀와 함께 가정을 이루어가지만 나이가 들고 자녀가 출가하고 나면 부부간의 관계가 소원해지는 경우가 많다. 설령 그렇지 않더라도 노후에는 자녀들이 떠나버리고 부부 모두 외로움을 겪게 된다. 빈둥지 증후군을 겪을 때 비로소 부부의 진정한 사랑이 필요한 때가 아닐까? 하지만 평생을 살아왔다는 것을 내세우며 서로에게 소홀한 경우가 많다. 그러나 부부는 끝까지 서로를 보살피고 함께 해야 할 반려자가 아닌가? 사회가 남존여비의 잘못된 사상이 무너지고 남녀 평등의 사회로 변하고 있지만 언제라도 변하지 말아야 하는 것이 부부간의 사랑이 아니겠는가? 특히 부부 한쪽이 어려움을 겪고 있다면 더욱 따뜻한 관심과 애정을 쏟아야 하지 않겠는가 묻고 있다.

단편 마지막 작품은 「흔들리는 성」이다. 줄거리는 한 가정에 딸아이와 함께 맞벌이 부부가 살고 있다. 아이는 취학 전이라 외할머니가 돌봐주고 있다. 부부는 사랑뿐 아니라 미움까지도 함께하는 애증(愛憎)의 단계를 거치며 세월이 갈수록 더 단단해져야 하지만 아이 외할머니의 눈치 때문인지 정작 서로가 하고 싶은 말을 하지 못하고 넘길 때가 많았다. 그러다 보니 부부 사이에도 거리가 벌어져서 이제 거의 남남처럼 지내고 있다. 남편은 남편대로 선배의 직장에 스카우트되어 일에 매달려 있으며 아내 역시 어린이집에서 부족한 교사 충원 요구를 묵살하고 있는 원장으로 인해 일에 파묻혀 지내고 있다. 이런 환경에서 남편은 눈에 이상이 오면서 비문증을 겪게 되는데 심리적 원인이 큰 것으로 보인다. 비문증은 이들 부부에게 있어 소원했던 관계를 개선할 기회로 보였지만 그렇지 못했다. 이들 부부는 날이 갈수록 기계처럼 반복되는 일상에 갇혀 지내다 보니 서로를 바라보는 마음이 불편할 수밖에 없다.

그들은 어느 날 이대로 견디기는 힘들다는 생각에 무언가 결정을 봐야겠다는 마음으로 평소와 같이 아침 출근길에 같이 차에 올라 시외로 향한다. 그리고 과거 산길에서 만났던 사찰에 들러 지난 과거를 회상하면서 서로를 돌아보게 된다. 집에 돌아오는 길에 어렵게 남편이 과거 자신이 어렸을 때

밤늦은 시간 집으로 돌아오던 아버지가 철길에서 열차에 부딪혀 돌아가신 이야기를 꺼낸다. 아버지를 유독 따랐던 그는 사랑했던 사람의 죽음을 목격하고 그 충격에서 오랫동안 헤어 나올 수 없었고 나중에는 누구를 사랑한다는 것소차 두려웠다고 고백한다. 아내를 만나 애를 낳고 가정까지 이룬 지금도 그에게 사랑이란 두려운 존재로 남아있다. 바쁜 업무에 더해 원인을 알 수 없는 비문증으로 고통을 겪으면서 오래전 돌아가신 그래서 이제는 얼굴조차 알아볼 수 없는 아버지를 꿈에서 만나기도 했다고 말한다. 근래 들어 아내가 힘들게 지내는 것을 어렴풋이 알았지만 어떻게 해 볼 도리가 없었다고 말한다. 그제야 냉랭했던 아내의 마음이 돌아서게 된다. 진작 서로를 위로하고 마음을 털어놓고 살지 못했던 것이 아쉬웠지만, 이제라도 부부는 오해가 풀리면서 서로 손을 잡는 것으로 마무리된다.

사회에서 일어나는 불미스러운 사건들 가운데 소통 부족이 원인이 된 경우가 허다하다. 인간이 모이는 곳 어디서나 소통이 필요하다. 우리는 타인과는 소통을 통해 각자의 필요를 채워가지만 정작 가까운 사람과는 소통을 소홀히 할 경우가 많다. 애써 표현하지 않아도 이해하고 알아줄 것으로 생각하기 때문이다. 부부가 같이 살지만 상대방이 무슨 생각을 하는지 전혀 알 수 없는 상태에 이른다면 상상만 해도 끔찍한 일이 아닐 수 없다. 작가가 섣불리 눈에 띄지 않는 심리적인 부분을 파고드는 관찰력이 돋보이는 작품이다.

이번에는 중편소설을 살펴보고자 한다.

먼저 중편소설 「빅 마마」에서는 남편을 일찍 여위고 1남 3녀를 억척같이 키워낸 손정희 여사의 이야기를 다루고 있다. 과거 6·25전쟁으로 동족상잔의 아픔을 겪은 우리로서는 주위에서 어렵지 않게 들을 수 있었던 이야기이기도 하다. 하지만, 이 이야기가 평범하지 않은 것은 어렵고 힘든 환경에도 굴하지 않고 당당하게 자녀들을 키워냈다는 것이다.

대강의 줄거리는 이렇다. 손 여사에게는 1남 3녀가 있다. 장녀 미란을 비롯하여 둘째 미영, 셋째 미혜, 그리고 막내아들 창우가 있다. 막내아들 창우가 결혼 20주년을 앞둔 시점이니 손 여사는 늙고 병들어 노쇠한 가운데 시골에서 혼자 살기가 어려워지자, 자녀들이 모여 의논한 결과 요양병원으로 모시게 된다.

손 여사는 과거 사범학교를 나와 교사로 순탄한 길을 걸었다. 학교에서는 해외연수까지 제안할 정도로 인재이기도 했지만, 부모의 강압에 못 이겨 일찍 결혼하게 된다. 남편은 당시 잘 나가던 지방신문 기자였는데 아내의 간절한 바람에도 불구하고 못된 짓을 일삼다가 당시 사회악 일소를 위한 불량사범 일제 단속에 걸려 교도소에 수감 되었다가 광복절 특사로 풀려나게 된다. 이후 부모의 재산으로 사업을 벌이지만 실패를 거듭하다가 병에 걸려 젊은 나이에 목숨을 잃는다. 그때 막내 창우가 4살이었다. 그로부터 시작된 손 여사의 살기 위한 몸부림은 아이들을 모두 출가시킨 이후까지 계속되었다. 돈 없고 힘없는 과부의 몸으로 네 자녀를 출가시키기까지 어떻게 살았을지 우리는 미루어 짐작할 수 있다.

손 여사는 이미 당뇨로 인한 합병증으로 손발이 저리고 눈이 침침해진 것은 오래 전의 일이다. 치매까지 더해져서 혼자 시골에서 지내기는 어려웠지만 누구도 모실 만한 처지가 되지 못하자 가족회의를 거쳐 요양병원으로 옮겼지만, 얼마 지나지 않아 손 여사는 정신이 흐려지고 시력도 급격히 나빠지면서 당뇨 합병증인 족부궤양으로 심하면 발을 절단해야 할 지경에 이르게 되었다.

그즈음 손 여사가 큰딸에게 전화를 걸어 요새 네 아버지가 자주 꿈에 보인다면서 이제 만날 때가 된 것 같은데 내가 더 정신이 나가기 전에 집에 가서 정리를 좀 해야겠다고 한다. 이참에 수의도 장만하고 영정 사진도 찍어야겠다고 한다. 다시 가족회의가 열리고 병원의 허락을 받아 하룻밤 시골집에 모시기로 한다. 미리 수의를 장만하고 사진사를 불러 영정 사진을 찍으면서 손주들까지 모두가 함께 단체 사진을 찍기로 했다. 그리고 날을 잡아 병원에서 집으로 모시고 와 시골집에서 하룻밤을 보내게 된다. 셋째 딸 미혜 남편은 과거 뮤지션이었으나, 지금은 부부가 치킨 가게를 하고 있어 주말에는 주문이 밀려 시간을 빼기 어려웠으나 손 여사가 집으로 돌아온 이튿날 미혜 부부가 차량에 치킨과 닭백숙을 싣고 나타난다. 장사는 쉬기로 했으며 어머니와 참석한 이들의 음식을 준비했다고 말한다. 그리고 미혜 남편이 그동안 시간 날 때마다 당신을 생각하며 작곡했다면서 기타를 치면서 잔잔하게 노래를 들려준다. 마루와 마당에서 그들은 음악을 들으며 어머니를 바라보는 것으로 이야기는 끝난다.

대가족 제도가 무너지고 가족의 형태가 다변화되는 시대에 다시 곱씹어 볼 이야기가 아닌가 싶다. 아직도 유교 사상이 일상생활 전반을 지배하는 우리로서는 사회질서의 핵심 가치를 어떻게 풀어가야 할지 고민할 때다. 특히 부모와 자녀의 유대가 흔들리지 않도록 노력해야 하는 것은 물론이다. 손정희 여사의 삶은 빅 마마로서 자녀들에게 포커스가 맞춰져 있었고 자녀들 역시 그런 어머니의 삶에서 깨달은 것이 많을 것으로 보인다.

중편의 마지막 작품은 「상처는 흔적을 남긴다」이다.

한 교회가 반듯하게 반석 위에 서기까지를 생각하면 서정주 시인의 「국화 옆에서」를 생각나게 한다. 참 어렵고도 힘든 과정을 거치는 경우가 많다. 그래서 눈물 없이는 교회를 세울 수가 없다. 목회자 한 사람도 그냥 되는 수가 없다. 윤재구 목사가 아버지의 반대를 무릅쓰고 신학을 하고 도회지의 좋은 자리를 미련 없이 버리고 어렵게 개척한 샛별교회가 주 무대다. 교회는 3년을 넘기면서 제자리를 찾아가는 과정에서 교회 차량을 운행하던 신주영 집사가 어느 날 교통사고를 내면서 이야기는 시작된다. 윤 목사는 주일 낮 예배 후 임원 회의를 소집하여 사고를 알리고 해결 방안을 의논한다. 그러나 피해자의 젊은 아들은 아버지가 뜻하지 않은 사고로 입원하면서 진단 결과에 따른 장기간의 치료와 가해자의 보상 등을 주장하면서 언성을 높인다. 충분히 예견할 수 있는 상황이지만 현실적으로 대처하기가 쉽지 않다. 더구나 교회는 어떠한 경우에도 성경적인 방안을 제시하고 해결하도록 노력해야 한다.

한편으로는 평소 샛별교회 교인들의 일상이 소개된다. 크리스천은 주일이면 교회에서 예배드리며 신앙심을 키워가지만 정작 신앙을 실천하는 곳은 교회가 아니라 가정이나 직장, 또는 자신의 사업체가 된다. 일을 하면서 사람을 만나고 대화하는 과정에서 자연스럽게 자신의 신앙 정도가 드러나는 것이다. 장애인을 고용한 지류회사 영업부장 강진수 집사, 과거 전자제품 대리점을 하면서 재정부장을 맡았던 최수찬 장로, 그는 대장암을 극복했던 과거가 있다. 아버지의 중풍으로 힘들었지만, 지금은 요양보호사인 나영미 권사, 자녀를 갖게 해달라는 어머니의 간절한 기도로 태어난 신주영 집사, 그는 회사 자금을 횡령하는 등 어머니를 힘들게 하였고 어머니가 돌아가신 이후 정신을 차렸다. 부동산을 하는 최수찬 장로 등이 등장하면서 평소 생활에서 신앙심을 알 수 있는 각자의 에피소드가 소개되고 있다.

각자의 믿음은 어떤 경우에도 획일화할 수 없다. 성경 해석의 다양성도 그렇지만, 살아온 방식이나 영적 체험 여부도 한몫하고 있다. 믿음은 단순한 지적 동의가 아니라 개인적 경험에 기반을 두기 때문이다. 그러므로 이러한 다양성 속에서 공통된 신앙을 중심으로 연합을 추구하는 성도들은 교회에서 일어난 문제를 두고 어떻게 대처할 것인지 작가는 개인의 신앙을 중심으로 사건을 전개하고 있다.

총 9개 중단편을 모두 읽었다. 단편 7편은 읽고 씁쓸한 생각을 떨칠 수 없었다. 대개가 암담한 현실에서 마무리되어 미래가 불투명해 보였기 때문이다. 앞일을 전혀 예측할 수 없다는 것은 여간 안타까운 일이 아닐 수 없다. 반면에 중편 두 작품은 마무리가 산뜻하다. 출연자들의 인간미가 엿보이고 앞으로 더욱 밝아질 것으로 예견되기 때문이다. 그렇다고 해서 모든 작품이 해피앤딩이 되어야 한다는 것은 아니다. 단편소설을 읽으면서 느끼는 것은 소설의 줄거리가 어둡게 끝나더라도 다시 밝아질 길을 조금이라도 열어놓아야 하지 않을까? 그래야 하고 싶은 일을 하고, 음악도 듣고, 글도 쓰고, 꿈도 꾸지, 모두가 깜깜한 절망의 상태에서 끝난다면 무슨 재미로 문학과 예술을 돌아보겠는가? 현실이 비록 어렵고 출구가 보이지 않는다고 하더라도 흙탕물 연못에도 청순한 연꽃잎 하나 정도는 띄워놓아야 언젠가는 깨끗한 연꽃이 피리라는 희망을 갖고 살 수 있을 테니까 말이다.

이번 소설집에 소개된 작품 외에도 평소 박영민 작가를 옆에서 지켜보았던 사람으로 그의 작품을 총체적으로 평하라면 '소리 없이 전진하는 작가'라고 말하고 싶다. 주위에 많은 작가들이 처음에는 소설가라고 떠들다가도 어느 날부터 조용해지는 경우를 제법 보았다. 이렇게 박영민 작가처럼 물고 늘어지는 작가는 드물다. 연년이 해를 거듭할수록 작품 발표가 늘어나는 것에 더해 글 쓰는 방식이 발전해 나가고 있다는 점이 눈에 띈다. 그것은 독서를 많이 하고 쓰기를 게을리하지 않으며, 깊은 생각을 하는 데서 비롯되는 것이다. 아무쪼록 오랫동안 좋은 작가로 남기 바란다.

창연산문선 012

빅 마마

2025년 11월 30일 초판 1쇄 발행

지 은 이 ｜ 박영민
편 집 인 ｜ 이소정 임혜신 김수지
펴 낸 이 ｜ 임창연
펴 낸 곳 ｜ 창연출판사
주   소 ｜ 경남 창원시 의창구 읍성로 36, 2층
출판등록 ｜ 2013년 11월 26일 제2013-000029호
전   화 ｜ (055) 296-2030
팩   스 ｜ (055) 246-2030
E - mail ｜ 7calltaxi@hanmail.net

값 20,000원
ISBN 979-11-94987-13-0   03810

ⓒ 박영민, 2025

* 이 책의 판권은 저자와 창연출판사에 있습니다.
* 양측의 서면 동의 없이 무단 전재나 복제를 금합니다.
* 이 책은 🅰 경상남도, 🅱 경남문화예술진흥원 지원을 받아 발간 되었습니다.